W0387991

UNE INVITÉE INDÉSIRABLE

Louise Douglas

UNE INVITÉE INDÉSIRABLE

Roman

Traduit de l'anglais
par Catherine Berthet

PRESSES DE LA CITÉ

Titre original : *The Secrets Between Us*

Le Code de la propriété intellectuelle n'autorisant, aux termes de l'article L. 122-5, 2e et 3e a), d'une part, que les « copies ou reproductions strictement réservées à l'usage privé du copiste et non destinées à une utilisation collective » et, d'autre part, que les analyses et les courtes citations dans un but d'exemple et d'illustration, « toute représentation ou reproduction intégrale ou partielle faite sans le consentement de l'auteur ou de ses ayants droit ou ayants cause est illicite » (art. L. 122-4).
Cette représentation ou reproduction, par quelque procédé que ce soit, constituerait donc une contrefaçon, sanctionnée par les articles L. 335-2 et suivants du Code de la propriété intellectuelle.

© Louise Douglas, 2011

© Presses de la Cité, 2013 pour la traduction française

ISBN 978-2-258-10158-6

Presses de la Cité

un département **place des éditeurs**

place des éditeurs

A Chris, Nick et Mark,
avec tout mon amour

1

C'est dans le patio de l'hôtel La Fiora, sur la côte sud de la Sicile, que je vis Alexander pour la première fois.

Cela faisait un certain temps que je nageais dans la piscine. Une demi-heure peut-être, car mes doigts étaient déjà tout fripés. Je faisais la planche, les bras écartés. Vue du ciel, je devais ressembler à un crucifix se balançant lentement à la surface de l'eau. Je fermais les yeux pour me protéger de la brûlure du soleil. En ce début d'après-midi d'août, il faisait plus de trente degrés et la plupart des Italiens faisaient la sieste derrière leurs volets clos. Ma sœur May, qui avait le teint plus clair que moi et supportait mal la chaleur, était allée s'allonger dans sa chambre avec Neil, son mari. Je n'avais pas sommeil. De toute façon, il était préférable que je nage plutôt que d'essayer de dormir. Chaque fois que je tentais de me reposer, je revoyais la même scène. Laurie sur le seuil de notre chambre, une semaine plus tôt, me suppliant de ne pas le quitter. Ses cheveux étaient ébouriffés, il était pieds nus, vêtu de son vieux pantalon gris délavé, et faisait de grands gestes avec ses lunettes. Moi, j'entassais des vêtements dans le sac de voyage posé sur le lit.

« Sarah, ton départ n'arrangera rien, m'avait-il dit. Il faut que nous parlions de nos problèmes. Tu ne peux pas t'en aller comme ça.

— C'est ce qu'on va voir », avais-je répliqué tranquillement.

Le problème le plus grave, de mon point de vue, c'était que Laurie avait couché avec ma meilleure amie, dans notre lit. Vraisemblablement, cela s'était produit plusieurs fois. Ce qui me bouleversait le plus, ce n'était pas l'infidélité en elle-même, mais le fait que Laurie ait emmené Rosita dans ce lit, le lieu intime où notre couple se retrouvait. Je crois que j'aurais moins souffert s'ils s'étaient simplement rendus dans une chambre d'hôtel anonyme, pour s'envoyer en l'air comme des malades.

Après l'amour il avait dû rester allongé pour la regarder s'habiller. Il avait sûrement contemplé ses épaules et l'arrière de ses bras, tandis qu'elle agrafait son soutien-gorge. Tel que je connaissais Laurie, à cet instant il commençait certainement déjà à culpabiliser. Malgré tout, il avait pris soin de remettre la chambre en ordre. Après le départ de Rosita, il avait dû prendre une douche, refaire le lit, tapoter les oreillers, chercher d'éventuels longs cheveux noirs sur les draps. Je l'imaginais secouant la couette et l'arrangeant soigneusement en chassant les plis. Puis il m'avait laissée dormir à l'endroit même où Rosita s'était couchée.

Cela, je ne pouvais pas le lui pardonner.

Pendant que je faisais mes bagages, Laurie n'avait cessé de plaider sa cause. Il me rendait responsable de son infidélité, prétendait que c'était moi qui l'avais poussé à l'adultère. Il était égaré, le visage creusé, empêtré dans ses contradictions.

« Tu étais tellement distante, ces derniers temps. Je ne savais plus comment t'atteindre.

— Ce n'était pas le meilleur moyen, Laurie, crois-moi. »

D'après lui, Rosita n'était rien d'autre qu'une distraction passagère, un baume apaisant. Le symptôme du mauvais état de santé de notre couple, depuis que nous avions perdu le bébé. Il employait toujours le terme « nous » lorsqu'il parlait de l'enfant, mort à la naissance. Comme pour souligner qu'il s'agissait d'une perte commune dont nous avions autant souffert l'un que l'autre, et dans laquelle nous n'avions aucune responsabilité.

Coucher avec Rosita était une erreur stupide, avait-il dit, ça ne comptait pas. Cela ne voulait rien dire. Je ne me rappelais pas avoir articulé les mots à voix haute, mais ils résonnaient douloureusement dans ma tête : Laurie, tu n'as même pas changé les draps. Tu l'as emmenée dans le lit où notre enfant a été conçu, cet endroit sacré où tu lui parlais chaque soir en posant ta main sur mon ventre pour mesurer ses progrès. Tu l'as fait venir ici, dans notre intimité, et ensuite tu m'as laissée dormir là où elle s'était allongée. Tu nous as trahis. Tu as menti, et tu n'as même pas changé les draps.

Je battis des mains pour tourner dans l'eau de la piscine. Mes pensées pesaient sur moi de tout leur poids. Je flottais, mais j'avais l'impression d'être aussi lourde que du plomb.

Il faisait chaud et le silence régnait dans les jardins de l'hôtel. Les murs blancs du bâtiment principal dévalaient le long de la falaise, de sorte que toutes les fenêtres avaient vue sur la baie. Des citronniers au feuillage sombre, des palmiers et des cactus aux extrémités pointues plantés dans des jarres de terre cuite projetaient leurs ombres sur la pelouse. Un jet d'eau continu arrosait sans bruit les massifs. Des gens somnolaient à l'ombre sur des transats, tandis qu'un minuscule chaton gris essayait d'attraper une araignée sur les dalles. Les paupières à moitié closes, le menton dans la main, le barman luttait contre le sommeil dans le pavillon près de la piscine. Il bâilla en chassant un insecte sur sa joue. Une moto passa sur la route semée de nids-de-poule, en contrebas.

La plupart des clients s'étaient étendus sur des chaises longues. Ils avaient les yeux fermés ou lisaient des romans policiers. Dans l'ensemble, ils étaient plus âgés que moi. Des touristes allemands ou italiens, avec des cheveux gris et courts, des lunettes de soleil, des plis sur le ventre. Je plongeai sous l'eau pour traverser la piscine et me retournai une fois au bout du bassin.

Sous les arbres, un petit garçon était en train d'enlever son pantalon, en se tenant au bras de la chaise longue pour ne pas perdre l'équilibre. Un homme vêtu d'un short hawaïen aux couleurs délavées, les yeux protégés par des verres sombres, soufflait dans un brassard pour le gonfler. La Fiora n'était pas un hôtel familial et c'était la première fois que je voyais un enfant dans ses jardins. Les autres pensionnaires ne semblaient pas l'avoir remarqué.

Je glissai de nouveau sous la surface et fis quelques brasses, puis émergeai à l'air libre en me frottant les yeux. Il y eut un bruit de plongeon et des remous derrière moi. Muni de ses brassards orange, le garçonnet avançait en nageant comme un petit chien, le menton bien haut. Ses cheveux blond pâle étaient très courts, et on ne voyait que ses yeux et ses oreilles dans son petit visage mince. Des traces de crème solaire faisaient briller son nez et ses joues. Peu encline à partager la piscine avec un enfant, je me dirigeai vers les marches pour sortir de l'eau. L'homme se tenait sur la deuxième, hésitant. La sonnerie stridente d'un téléphone troublait le silence, dérangeant les dormeurs. Certains levèrent la tête en remontant leurs lunettes sur le front, les sourcils froncés. Le regard de l'homme passa de l'enfant au téléphone resté sur le transat, puis revint se poser sur le petit garçon, croisant le mien au passage.

— Vous voulez bien le garder à l'œil un instant ?

J'acquiesçai d'un petit signe de tête, en haussant les épaules. Qu'aurais-je pu faire d'autre ?

L'homme leva le pouce en signe de remerciement et sortit du bassin. Les poils noirs de ses jambes se plaquèrent sur sa peau mouillée. Je me dirigeai vers l'enfant, qui se concentrait sur ses mouvements.

— Salut, fis-je.

— Salut.

Il semblait aussi contrarié que moi de se retrouver sous ma surveillance. Je cherchai quelque chose à dire, et demandai de but en blanc :

— Qui t'a appris à nager ?

— Je n'ai pas besoin de ces brassards, répondit-il en zézayant.

Je remarquai qu'il lui manquait deux dents de devant.

— Oh.

— Maman dit que ce n'est pas la peine, mais papa m'oblige à les porter.

Le gamin posa les yeux sur son père. Celui-ci se tenait face à nous, mais il penchait la tête, absorbé par sa conversation.

— Comment t'appelles-tu ?

— Jamie.

— Quel âge tu as ?

Il me regarda. Ses yeux étaient du même bleu que les petits carreaux de céramique de la piscine. Le tour de ses iris était sombre et des gouttes d'eau perlaient à ses cils. Il avait encore des traits délicats de bébé, mais son expression était grave, semblable à celle d'un adulte.

— Six ans trois quarts.

— Oh. C'est bien.

Mon fils lui aurait-il ressemblé, s'il avait vécu tout ce temps ? Il aurait certainement été plus brun, avec un regard moins intense. Quand je pensais à mon petit garçon, j'imaginais toujours un enfant radieux, au sourire angélique, aux yeux vifs, avec des joues roses et des doigts collants. Il aurait gigoté entre mes bras tandis que je le chatouillais en l'embrassant.

Non, il n'aurait pas du tout ressemblé à Jamie.

Pâle et solennel, celui-ci m'observait tout en battant des pieds.

— Regarde.

Il posa les mains à la surface de l'eau et agita doucement les doigts, comme s'il jouait du piano. Les rayons de soleil se reflétèrent dans les remous provoqués par les mouvements, dessinant des fleurs, des cercles et des spirales. Le fond du bassin se transforma en kaléidoscope. Jamie me dévisageait avec impatience, et je compris qu'il attendait un compliment.

— C'est beau. Qui t'a appris à faire cela ?

— Maman.

— Où est-elle ? Elle se repose ?

Jamie secoua la tête, les yeux dans le vague. Ses joues et son nez semés de taches de rousseur étaient rougis par le soleil. Il poussa un petit soupir, visiblement las d'entendre cette question et de devoir y répondre.

— Maman est partie.

Je devinai, au ton sur lequel il prononça ces mots, qu'elle n'était pas simplement allée faire des courses, ou se reposer. Elle était partie « pour de bon ».

2

Après sa communication téléphonique, le père de Jamie rejoignit la piscine. Il descendit les marches, glissa sous l'eau et émergea à côté de moi. Il avait ôté ses lunettes et cligna des yeux au soleil, ses pupilles marron cachées par de longs cils noirs. Ses cheveux, qui lui arrivaient presque aux épaules, étaient très foncés. Il n'avait pas dû se raser depuis plusieurs jours et avait le teint terreux, comme s'il était en convalescence. Quelque chose n'allait pas chez lui. Lorsqu'il s'approcha de moi, j'eus un mouvement de recul.

— Merci, dit-il.

— Je vous en prie.

— Ecoutez...

— De toute façon...

Nous nous mîmes à parler en même temps et sourîmes de notre maladresse.

— Je m'appelle Alexander. Alex, ajouta-t-il.

— Et moi, Sarah.

Je ne savais pas quoi ajouter et n'avais pas envie de continuer à nager avec eux, aussi annonçai-je :

— Il faut que j'y aille.

— OK.

Je fus soulagée qu'il ne cherche pas à engager la conversation. Je redoutais des questions sur ma vie personnelle, qui m'auraient obligée à mentir pour ne pas mettre mon interlocuteur mal à l'aise. J'avais honte d'avoir tant de choses à cacher, et je préférais de loin rester seule.

Je me dirigeai vers les marches, sous le regard de Jamie et de son père. Quand j'atteignis le bout du bassin, Alexander replongea sous l'eau.

Je sortis et gagnai la douche de plein air. La tête renversée en arrière, je me rinçai les cheveux, le visage orienté vers le soleil. Lorsque je me redressai et ouvris les yeux, je vis qu'il m'observait, tandis que Jamie s'amusait à l'éclabousser. Son visage était calme, sans expression. L'eau faisait jouer la lumière sur ses joues et son menton. Je me figeai un instant, les mains dans les cheveux. Il croisa mon regard et le soutint. Pourquoi me dévisageait-il ? Avait-il perçu que je n'allais pas bien ?

Je me détournai, m'essorai les cheveux, et m'enveloppai dans le drap de bain jaune de l'hôtel, que j'avais posé sur la barrière près de la douche. Je le nouai sur ma poitrine, ramassai mon sac et traversai la pelouse. L'herbe drue me picota la plante des pieds. Le téléphone mobile s'était remis à sonner sur le transat d'Alexander. Lorsque je passai à côté, je vis le nom de son correspondant s'afficher sur l'écran : Rowl. Un petit ours en peluche bleu gisait face contre terre, à côté du fauteuil. Je le ramassai et l'assis contre les vêtements, en jetant un coup d'œil à la piscine.

Je demandai une limonade au barman et allai m'installer à l'ombre. Mon regard survola la haie qui bordait le jardin côté mer et je contemplai le ciel bleu et les contours indéfinis de la côte, de l'autre côté de la baie. Mais les mouvements dans la piscine et le son de la voix du père de Jamie m'empêchèrent de me concentrer sur les couleurs et le paysage au loin.

Je passai à côté d'eux en regagnant mon transat. Alexander frottait la tête de son fils avec une serviette et ce dernier geignait en reprochant à son père d'être brutal. En équilibre sur une jambe, il se grattait l'arrière du genou avec les doigts de pied. Ses petits bras maigres étaient croisés sur sa poitrine et il frissonnait. Alexander avait remis ses lunettes de soleil, aussi ne pouvais-je voir son expression. Son dos était tout en muscles, de longs poils noirs ornaient ses aisselles. Une vilaine cicatrice, encore un peu rouge et boursouflée, lui barrait le torse juste sous les côtes.

Leur tournant le dos, je fis glisser ma robe sur mon bikini humide, puis rangeai mes affaires dans mon sac. Je chaussai mes lunettes, enfilai mes sandales et traversai la pelouse en empruntant le chemin dallé pour me réfugier dans la véranda climatisée.

Je gardai la tête haute et ne me retournai pas.

3

Une fois dans ma chambre, j'empilai les oreillers au pied du lit et m'allongeai sur le ventre, le front sur mes bras croisés. Les coups frappés à la porte me firent sursauter. L'espace d'une seconde, je crus que j'étais encore à l'hôpital, que je me réveillais de l'anesthésie et que j'avais rêvé tout ce qui s'était passé. Quand j'ouvrirais les yeux, je verrais peut-être un bébé brun et joufflu emmailloté dans le berceau à côté de moi, qui me regarderait en tétant son petit poing. A cette pensée, les battements de mon cœur s'accélérèrent, et je fus partagée entre l'espoir et la panique.

Je roulai sur le côté, ouvris les yeux, et reconnus la peinture sur le mur, la nature morte dans son cadre doré. Une boule se forma dans ma gorge, j'eus du mal à contenir ma déception.

On cogna un peu plus fort contre le battant.

J'allai ouvrir, en m'efforçant d'afficher une expression neutre. May, enveloppée d'un délicieux parfum doux et poudré, sortait de la douche. Elle était ravissante, merveilleusement maquillée. Son regard s'assombrit très brièvement. Je souris pour la tranquilliser, mais le cœur n'y était pas.

— Tu n'es pas encore prête ?

Je jetai un coup d'œil à ma tenue. Mon maillot avait mouillé ma robe, et je savais que mes cheveux étaient en désordre. May les lissa du plat de la main.

— Tu te sens bien, Sarah ?

— Oui, j'ai dû m'endormir, répondis-je d'un ton léger. Il est tard ?

— Nous avons retenu le taxi pour huit heures, comme convenu, tu te rappelles ? Cela nous laissera le temps d'aller boire un verre avant le dîner.

Je me souvins tout à coup du programme.

— Quelle heure est-il ?

— Moins le quart. Mais ne t'inquiète pas. Neil est descendu, et si le chauffeur ne veut pas attendre, nous en trouverons un autre. Prends ton temps.

May s'approcha de la fenêtre pour contempler le coucher de soleil. Un moustique voletait dans la chambre en bourdonnant. Je grattai trois petits boutons sur mon mollet, avant d'aller ouvrir l'armoire pour y prendre une longue robe bleue. Dans le miroir de la porte, ma sœur me regardait fixement en se frottant les lèvres de l'index, un geste qui trahissait généralement son inquiétude.

— Tu pensais encore au bébé, n'est-ce pas ?

Je secouai la tête.

— J'ai fait un rêve, rien de plus.

— Il s'est passé quelque chose ?

— Non.

— Tu n'as pas parlé à Laurie ?

— Non.

Je fis passer ma robe par-dessus ma tête et la mis à sécher sur le montant du lit.

— Il t'a envoyé un message ? Je sais que tu lui as demandé de te laisser tranquille, mais je me disais que...

— Non, il ne l'a pas fait.

Je lui tournai le dos pour enlever le haut de mon maillot et enfiler la robe.

— En tout cas, tu as meilleure mine, annonça May d'un ton enjoué qui sonnait faux. Tu te sens mieux ?

— Je vais bien.

— Sarah...

— Si. Je t'assure.

— J'ai eu tort de te laisser seule dans le jardin. J'aurais dû rester avec toi.

Je fis glisser le tissu sur mes hanches et arrangeai les fines bretelles croisées dans le dos.

— J'étais bien, toute seule. J'ai rencontré des Anglais près de la piscine.

— Ah oui ?

— Un homme et son petit garçon.

May se raidit. Je savais ce qu'elle pensait. Cet homme et son fils me rappelaient l'enfant que j'avais perdu.

Son inquiétude partait d'un bon sentiment, mais je détestais lui causer autant de souci. J'enchaînai rapidement, comme si le parallèle avec ma situation ne m'avait jamais effleurée :

— Ce n'est pas un tout petit enfant, il doit avoir presque sept ans. Je l'ai surveillé pendant que son père était au téléphone. Il s'appelle Jamie. Je veux dire, le petit garçon.

— Et sa mère ? Tu l'as vue ?

— Non, elle n'est pas avec eux. Jamie m'a dit qu'elle était partie.

— Elle a dû rendre visite à des amis. Ou bien elle travaille.

— Peut-être.

May recula d'un pas et me regarda.

— Tu as pris un coup de soleil. Mets donc ça.

Elle fouilla dans son sac et me tendit le pot de crème après-soleil qu'elle avait payé une fortune à la boutique de l'aéroport.

Je dévissai le couvercle et plongeai un doigt dans la préparation fraîche et parfumée, que j'étalai sur mon visage enflammé, en insistant sur la peau desséchée du contour des yeux. Mon sourire dut paraître plus convaincant à May, car elle sourit à son tour.

— Je n'aurais pas dû te laisser seule. Il faut que je m'occupe davantage de toi, murmura-t-elle.

4

Le lendemain, la journée s'écoula lentement. J'en passai la majeure partie dans les jardins de l'hôtel avec May. En fin d'après-midi, une fois la chaleur moins forte, nous descendîmes un raidillon à l'arrière du bâtiment, qui débouchait sur une plage privée. Une jetée en bois surplombait l'eau transparente qui clapotait contre les rochers. J'aimais m'asseoir au bord, pour contempler la côte de l'autre côté de la baie. Lorsque le temps était très clair, je distinguais les arbres et les maisons. Parfois, tout disparaissait sous une brume de chaleur.

C'était un lieu paisible, je n'étais pas obligée de parler à quelqu'un, d'expliquer ce qui s'était passé, ni même de trop penser à ma situation.

Neil, le mari de May, était journaliste à la NWM, une agence de presse basée à Manchester. Il avait été envoyé en Sicile pour travailler sur le tournage d'un film, d'après une pièce de théâtre. Son rôle consistait à interviewer les acteurs et à écrire des articles à distribuer aux médias, afin de faire de la publicité au film à venir. J'étais contente d'être en Sicile avec May et lui. Je n'avais pas envie d'être ailleurs. Surtout pas chez moi.

Mon seul « chez-moi », c'était la maison dans laquelle je vivais avec Laurie. Etre là-bas, c'était être confrontée à des discussions interminables, des négociations, des explications, et, pour reprendre l'expression de Laurie, cela nous obligerait à mettre en lumière les problèmes qui minaient notre relation. Il souffrirait d'un mélange de culpabilité et de frustration qui se manifesterait par une série d'accusations voilées, de piques pleines de colère se dissimulant sous une apparente sollicitude. Car ce qu'il pensait, c'était que si je l'avais laissé prendre soin de moi, si j'avais partagé mes sentiments avec lui après la naissance du bébé, rien de tout cela ne serait arrivé.

Pendant tout le temps que j'avais passé avec Laurie, c'est-à-dire la majeure partie de ma vie d'adulte, j'avais été plus souvent considérée comme sa compagne plutôt que comme individu à part entière. Nous étions « Laurie-et-Sarah ». Il n'était ni exigeant ni autoritaire, mais il prenait plus de place que moi. Il était plus âgé, plus intelligent, plus cultivé, et plus sociable. J'étais discrète, réservée, moins instruite, et ne voyais pas d'inconvénient à vivre dans son ombre. Je ne pouvais même plus imaginer d'exister sans lui. Laurie avait toujours veillé sur moi, fait attention à moi, mais après la naissance de notre fils mort-né, quelque chose avait changé. J'avais refusé d'analyser mes sentiments comme lui l'avait fait, je voulais juste qu'on me laisse tranquille. Et lui, avec la sensation d'être abandonné, s'était tourné vers Rosita.

J'étais trop fatiguée pour régler mon problème avec lui. En Sicile, je me sentais en sécurité. J'étais loin. J'aurais aimé rester là toute ma vie.

5

Brusquement, tout fut chamboulé. L'acteur principal du film s'effondra sur le plateau. Officiellement, il s'agissait d'une insolation, mais Neil redoutait que ce ne soit plus grave. L'acteur fut rapatrié aux Etats-Unis, le tournage interrompu. Neil était désormais libre de regagner Manchester.

Ce qui signifiait que je devrais également partir, avec May. Nous n'avions plus que quelques jours de vacances devant nous et la Sicile me devint d'autant plus précieuse. L'idée de quitter ce pays m'était insupportable.

L'un des derniers soirs, nous décidâmes de dîner à l'hôtel, pour changer. La terrasse était illuminée par des guirlandes électriques et des bougies logées dans le col de bouteilles de vin vides. Le bleu artificiel et lumineux de la piscine se détachait dans le jardin obscur. Dans le lointain, de l'autre côté de la baie, les lumières des villas et des fermes clignotaient comme des étoiles. Les rayons de lune jouaient sur l'eau, un petit bateau de pêche lançait ses filets le long de la côte, à la lueur d'une lanterne.

Nous prîmes place à table. Je regardais les gens aller et venir dans le hall de l'hôtel, tandis que May et Neil bavardaient. Mon regard se posa sur deux personnes qui entraient, un homme à la silhouette frêle, avec un chapeau, et un autre plus jeune qui l'accompagnait. Son fils, peut-être... Ils échangèrent quelques mots avec la réceptionniste, prirent leur clé et se dirigèrent vers l'ascenseur au moment même où les portes de la cabine coulissaient. Un petit garçon aux oreilles un peu trop décollées en émergea. C'était Jamie, le garçonnet de la piscine. Je ne l'avais pas revu depuis. Son pantalon était propre mais froissé, et son tee-shirt trop grand pour lui. Il semblait avoir été tiré du sommeil. Son père le suivait, vêtu d'un jean et d'une ample chemise aux manches retroussées. Derrière Alexander apparut un homme grand et élégant, au visage osseux, en costume de lin clair. Il tenait une serviette de cuir sous le bras.

Les deux hommes s'arrêtèrent dans le hall. L'inconnu donna une tape dans le dos d'Alexander et ils se rapprochèrent pour échanger quelques mots, le visage grave. Jamie s'accrochait à son père en tirant sur le pan de sa chemise. Les deux hommes finirent par s'écarter, Alexander prit une enveloppe dans sa poche et la donna à son interlocuteur. Ce dernier l'ouvrit, examina son contenu puis sortit après avoir serré la main d'Alexander et ébouriffé les cheveux de Jamie.

Alexander consulta sa montre et s'adressa à la réceptionniste. Celle-ci fit un geste vers le jardin, lui suggérant visiblement de dîner au restaurant de l'hôtel. Ils franchirent tous deux les portes vitrées et le maître d'hôtel s'avança à leur rencontre. Il eut un haussement d'épaules pour s'excuser, mains ouvertes devant lui en signe d'impuissance. Que pouvait-il faire ? Toutes les tables étaient occupées, ou réservées.

La mine de Jamie s'allongea, il se tassa un peu sur lui-même. L'enfant était fatigué, il était déjà tard et il avait faim. La pensée qu'il allait devoir attendre encore me fut soudain insupportable.

Je jetai un coup d'œil à May et Neil. Ceux-ci étaient absorbés par leur conversation, aussi décidai-je de prendre les choses en main. Je me levai et me faufilai entre les tables. Parvenue à la hauteur d'Alexander et de son fils, je toussotai pour attirer leur attention.

— Il y a de la place à notre table. Vous voulez vous joindre à nous ?

Alexander se tourna vers moi, et je vis à son expression qu'il me reconnaissait. Je crispai les doigts sur le dossier de la chaise derrière moi.

— Non. Je vous remercie, mais ce n'est pas la peine, répondit-il. Nous trouverons sûrement une pizzeria au bord de la route.

— Mais j'ai faim ! protesta Jamie.

— Il y a plein de restaurants dans les environs.

Le maître d'hôtel arqua les sourcils. L'établissement le plus proche se trouvait à près de deux kilomètres. Les routes sans trottoirs ni éclairage servaient de pistes de moto aux jeunes Siciliens.

— Papa, j'ai mal aux jambes.

Alexander lança un coup d'œil à notre table.

— Nous ne pouvons pas nous imposer...

— Ce n'est pas le cas. Il n'y a que ma sœur et mon beau-frère.

Il ouvrit la bouche pour élever une nouvelle objection, mais je ne lui en laissai pas le temps.

— Le choix vous appartient, dis-je.

Le serveur se concentra avec tact sur son classeur à pince. L'enfant se mit à tirer son père par la main en le suppliant d'accepter. Il mourait de faim, il ne pouvait pas faire un pas de plus. Si sa maman avait été là, elle l'aurait déjà fait dîner depuis longtemps. Cette dernière remarque fut un argument décisif.

— D'accord, capitula Alexander. Sarah, vous êtes sûre que cela ne vous dérange pas ?

Un peu surprise qu'il ait retenu mon nom, je le rassurai.

May et Neil levèrent la tête à notre approche.

Je fis les présentations, expliquai que j'avais rencontré Alexander et Jamie à la piscine, et qu'il n'y avait pas de table libre pour eux. Comme je m'y attendais, May les accueillit avec plaisir. Elle déploya tellement d'efforts pour mettre Jamie à l'aise que je devinai qu'elle voulait faire oublier au petit garçon l'absence de sa mère. J'eus envie de la serrer dans mes bras.

Nous poussâmes nos chaises pour leur faire de la place. Le serveur apporta du pain, de l'eau et des couverts supplémentaires. Un peu nerveuse, je me tenais raide sur mon siège, ne trouvant rien à dire.

Calé contre le dossier de sa chaise, Jamie se mit à sucer son pouce. Il était très différent de l'enfant plein d'assurance qui m'avait parlé dans la piscine. Il me semblait plus jeune, plus vulnérable.

— Il devrait déjà dormir, expliqua Alexander. C'est ma faute. Nous avons fait une longue route aujourd'hui, et nous n'avons rien mangé depuis le petit déjeuner.

— Où êtes-vous allés ? demanda Neil.

— A l'intérieur du pays. J'avais des affaires à régler.

— Ah oui ? fit May.

Mais Alexander ne s'étendit pas davantage.

— Vous êtes partis longtemps, fis-je remarquer. Je ne vous ai pas vus à l'hôtel.

Alexander acquiesça.

— Plus d'une semaine. Mais j'ai fait tout ce qui était en mon pouvoir, à présent. Nous allons nous reposer un jour ou deux avant de reprendre l'avion.

— L'hôtel est situé dans un très joli coin, fit remarquer Neil.

— En effet.

— J'ai faim, gémit Jamie.

May lui sourit gentiment, et remarqua qu'elle aussi détestait devoir attendre pour manger, surtout après une longue route. Jamie fronça les sourcils.

— Je me suis ennuyé. Papa a parlé pendant des heures avec cet idiot.

— Normalement, parler avec des idiots fait partie de mes prérogatives, déclara Neil.

— Pourtant, je lui ai dit que j'avais faim.

— Mange un morceau de pain, lui conseilla Alexander. Regarde, tu peux le tremper dans l'huile d'olive.

— J'aime pas l'huile d'olive.

May sourit.

— Vous êtes venus tous les deux seuls ? s'enquit-elle d'un air innocent.

Alexander acquiesça d'un signe de tête. La table se mit à vibrer. Jamie balançait les jambes tout en donnant des coups de pied contre les montants.

— Jamie, arrête, dit Alexander.

— Maman est partie, et elle n'est pas revenue.

— Oh, je suis désolée, dit May.

— Elle ne voulait plus vivre avec papa parce qu'il était trop méchant avec elle. C'est grand-maman Ginny qui me l'a dit.

Alexander posa la main sur le genou de son fils.

— Tais-toi, ordonna-t-il d'un ton plus sec.

— Et maintenant papa est toujours fâché, nous n'avons jamais de vrai dîner, et c'est dégueulasse.

— Assez.

Alexander n'éleva pas le ton, mais il prononça ce mot avec une telle autorité que j'en eus le souffle coupé. Un ange passa. Même les grillons parurent se taire. Jamie cessa de s'agiter et leva les yeux vers son père. Ce dernier soutint son regard. J'eus peur que l'enfant ne se mette à pleurer. Les doigts du père tremblaient sur le genou du petit garçon.

— Qu'allons-nous prendre ? lança May d'un ton enjoué. J'ai envie d'une pizza.

Pendant le repas, Neil et Alexander discutèrent de leur travail. Ce dernier nous apprit qu'il était tailleur de pierre et possédait sa propre société. Il découvrit que Neil entretenait la même passion que lui pour la géologie et pour l'architecture grecque et romaine. Ils parlèrent des monuments antiques de Syracuse, et Alexander demanda lesquels avaient eu leur façade modifiée, ou embellie, pour le tournage du film. J'essayai d'engager la conversation avec Jamie, mais de toute évidence l'enfant n'avait pas envie de papoter. Je le regardai avec plaisir dévorer son repas. Il engouffra ses pâtes, puis s'endormit pelotonné sur sa chaise, comme un chiot. Alexander le couvrit avec son pull, et reprit sa conversation avec Neil.

Je leur prêtai une oreille attentive, mais Alexander révéla très peu de choses sur lui en dehors de sa vie professionnelle, et ne prononça pas un mot au sujet de sa femme. Nous n'apprîmes pas non plus où il s'était rendu avec Jamie pendant la semaine, ni en quoi consistaient les affaires qu'il avait à régler. Moins il en disait, et plus j'avais envie de savoir. Des serveurs aussi effacés que des fantômes évoluaient autour de nous, apportant des plats, servant du vin, emportant des assiettes. Les autres clients se fondirent dans la nuit, le murmure de leurs conversations se réduisant à un bourdonnement lointain. Notre table formait un îlot isolé. May se tapota les lèvres avec sa serviette. Je posai la joue contre son épaule, puisant un réconfort dans son parfum poudré et vanillé. Je jetai un coup d'œil à la silhouette sombre d'Alexander. Celui-ci avala une gorgée de vin et attaqua son foie de veau, mangeant sa viande avant les légumes avec un plaisir de carnivore. Il dut sentir mon regard sur lui, car il leva les yeux.

— Et vous, Sarah ? Qu'est-ce qui vous a poussée à venir ici ? demanda-t-il en essuyant son assiette avec un morceau de pain.

Je tressaillis en l'entendant prononcer mon prénom.

La question m'avait été posée plusieurs fois depuis mon arrivée en Sicile et je pensais pouvoir y demeurer indifférente, pourtant mes joues s'enflammèrent. May vint à mon secours, comme d'habitude :

— J'ai invité Sarah à me tenir compagnie pendant que Neil travaillait.

Alexander hocha la tête.

Ma sœur était adorable, mais je me sentis obligée de rétablir la vérité. Je tenais à être franche, même si c'était un peu embarrassant.

— En fait, mon compagnon a eu une aventure avec une de mes amies. May et Neil se sont arrangés pour que je puisse venir me reposer ici... prendre de la distance.

Ma voix était bizarre, le débit précipité. May se crispa. Le sourire de Neil s'évanouit, il parut mal à l'aise. Avais-je parlé trop fort ? En avais-je trop dit ?

— Sarah... chuchota May dans un souffle. Ne...

Je fis mine de ne pas l'entendre et souris pour montrer que je n'avais pas dit cela dans l'espoir de m'attirer de la sympathie. Je bus une longue gorgée de vin et poussai un soupir un peu tremblant.

— Oh, fit Alexander, sans manifester de surprise ni de sollicitude. Vous êtes donc là pour décider si vous allez ou non ravaler votre fierté ?

Il me regardait droit dans les yeux. La flamme vacillante de la bougie se reflétait dans ses pupilles.

— Rien n'est encore décidé, déclara May. Sarah a besoin de temps pour réfléchir.

J'enroulai ma serviette autour de mes doigts.

— Vous ne pouvez pas y retourner, dit Alexander sans me lâcher du regard. Quand il se passe quelque chose comme ça, il ne faut jamais revenir en arrière.

Jusqu'à ce moment, sur la terrasse de ce petit restaurant sicilien du bord de mer, je n'avais pas envisagé de quitter Laurie pour de bon. Pour moi, la question ne se posait pas, et j'étais certaine que pour lui non plus. Je m'étais dit, comme tout le monde, que nous passerions par quelques mois difficiles, et vivrions une longue réconciliation qui aboutirait sur une réorganisation de notre vie. Laurie ferait un geste spectaculaire. Nous allions peut-être nous marier, ou déménager. Ou bien nous ferions ce que tout le monde nous conseillait, et essaierions d'avoir un autre enfant pour surmonter la perte du premier. Aucune de ces perspectives ne parvenait à me motiver. Le futur avec Laurie me faisait l'effet d'une colline escarpée que j'étais trop lasse pour gravir.

A présent, je prenais conscience qu'il existait un autre choix. Alexander venait de me le montrer. Partir était facile, je l'avais déjà fait. Si je ne rentrais pas à la maison, je n'aurais pas à endurer une scène de rupture douloureuse avec Laurie, ou une autre crise de larmes avec Rosita. Si je restais au loin, je ne courrais pas le risque de me laisser fléchir par leurs arguments, ou de me torturer à l'idée que les années passées avec Laurie étaient du temps perdu. J'eus une bouffée d'adrénaline, un brusque frisson, comme si j'avais plongé dans de l'eau glacée. J'étais libérée. Je n'avais plus de décision à prendre.

Je finis mon vin et tendis mon verre à Neil, qui le remplit à moitié.

— Doucement, me dit May. N'oublie pas que nous devons nous lever tôt pour prendre le bus.

— Où allez-vous ? demanda Alexander.

— A Taormina. C'est une excursion organisée par l'hôtel.

— Il paraît que l'amphithéâtre est splendide.

— C'est à voir en effet, confirma Neil. Ils ont tourné quelques scènes là-bas, au lever du jour. Elles sont fantastiques.

— Il faut profiter au maximum de notre séjour, reprit May. Nous ne disposons plus de beaucoup de temps. Nous sommes si paresseuses que nous n'avons pas fait de visites culturelles pendant des semaines. A présent, nous allons être obligées de tout bloquer sur les derniers jours.

— C'est toujours comme ça.

Alexander consulta sa montre. Ses mains et ses avant-bras étaient couverts d'une toison brune. Ses vêtements étaient trop larges, comme s'il avait perdu du poids récemment. Il posa les yeux sur son fils endormi. Les cheveux clairs de Jamie étaient ébouriffés et ses paupières tressautaient. J'éprouvai une bouffée de tendresse. L'enfant avait besoin de quelqu'un pour rester auprès de lui quand son père vaquait à ses affaires, quelqu'un qui le fasse manger à heures régulières et l'envoie dormir quand il en avait besoin. Le sentiment maternel que le petit garçon éveillait en moi me troubla. J'avais envie de le toucher, de le tenir dans mes bras pour le réconforter, mais ce n'était pas mon fils. Je n'avais pas d'enfants à moi, et mon instinct maternel ne pouvait être comblé. Jamie avait une maman, même si celle-ci n'était pas là, avec lui, en ce moment. Je n'avais pas le droit de m'en occuper. J'avalai mon vin avec avidité, comme s'il s'était agi d'eau, en espérant que l'alcool anesthésierait mes sentiments. Alexander étouffa un bâillement.

— Merci pour votre accueil. Il est temps à présent que j'aille mettre mon fils au lit.

— Prenez encore un peu de vin, proposai-je en saisissant la bouteille.

Je n'avais pas envie qu'il emmène Jamie. Neil intervint :

— Nous prenons toujours un verre de limoncello à la fin du repas. Nous serions très heureux...

Alexander refusa d'un signe de tête, sortit quelques billets de sa poche, et les posa sur la table. May et Neil voulurent protester, mais il balaya leurs arguments d'un geste de la main.

— Merci à vous. Nous avons passé une soirée très agréable.

Il se leva et me pressa doucement le bras. C'était un au revoir moins formel qu'une poignée de main, moins familier qu'un baiser sur la joue. Ce geste ressemblait à un signe de solidarité, et je me sentis émue. Pour la première fois depuis des mois, je me détendis un peu, comme si un objet lourd et compact venait d'être retiré de mon corps. J'éprouvai un intense soulagement. J'eus envie de m'appuyer à la table, la tête dans les mains, en relâchant mon souffle. Je souris à Alexander.

— Bonne nuit, dis-je doucement.

Alexander prit son fils dans les bras et nous souhaita également une bonne nuit avant de s'éloigner. Je le regardai traverser le jardin et le hall. Le maître d'hôtel lui ouvrit la porte vitrée et il le remercia d'un signe. La lumière de l'ascenseur les enveloppa, puis les portes coulissèrent sur eux.

May remplit nos verres avant de reposer la bouteille vide dans le seau. Nous gardâmes le silence un moment.

— Pauvre petit bonhomme, dit-elle enfin. Il aurait dû être couché depuis longtemps.

— Ce n'est pas grave, observa Neil, en grattant la cire qui avait coulé sur la bouteille contenant la bougie et en la pétrissant. Alexander a l'air d'être quelqu'un de bien.

May mit son cardigan sur ses épaules.

— Ce que Jamie a raconté sur sa mère ne t'a pas paru bizarre ? Je ne savais plus quoi dire.

— Je suppose que sa grand-mère lui a mis des idées dans la tête. Certaines personnes ont toujours besoin de rejeter la faute sur quelqu'un d'autre.

May acquiesça, me regarda, et détourna aussitôt les yeux.

— C'est dommage de voir des familles se briser. Surtout lorsqu'il y a des tout-petits.

— Avec le temps, les choses s'arrangeront sans doute.

— Peut-être. Il n'avait pas envie de parler de sa femme, tu as remarqué ?

— S'il a beaucoup souffert, il doit avoir du mal à évoquer le sujet, suggérai-je.

— C'est possible, en effet, déclara Neil.

— Absolument, ajouta May.

Il y eut un nouveau silence. J'eus l'impression que notre table, transformée en île déserte, avait dérivé à des kilomètres de tout.

May resserra les pans de son cardigan.

— Il fait un peu plus frais, ce soir. Vous croyez que le vent va tourner ?

— Oh, cela m'étonnerait, répondit Neil.

Nous regardâmes la flamme vacillante de la bougie. Je fus parcourue d'un frisson lorsqu'elle s'éteignit.

— Oh, dit May en se serrant contre moi. Je t'ai sentie trembler. Est-ce que quelqu'un a marché sur ta tombe ?

6

Le lendemain, je me levai tôt et gagnai la piscine dès sept heures. Chaque fois que j'arrivais au bout du bassin, j'espérais voir Alexander en me retournant. Mais il n'était pas là. Pas le moindre signe de lui, ni de Jamie. Seul un jardinier était présent, occupé à nettoyer les allées. Après trente longueurs, je renonçai et retournai dans la chambre me doucher. Ensuite je pris un solide petit déjeuner avec May et nous allâmes attendre le bus de l'excursion dans le hall. Taormina était le lieu le plus visité de cette région de la Sicile, après l'Etna.

May avait envie de parler, et j'étais fatiguée. Je n'avais pas bien dormi. Mes cheveux étaient encore humides lorsque nous montâmes à bord du minibus. Notre chauffeur, Salvatore, nous fit traverser Syracuse et nous emmena sur une longue route de campagne. L'Etna grandissait peu à peu face à nous. Je fermai les yeux et m'abandonnai quelques instants au sommeil. Je fis un rêve qui revenait sans cesse depuis la naissance du bébé. J'étais dans la cour de l'école primaire. J'avais huit ou neuf ans et je sautais à la corde. Deux de mes camarades la faisaient tourner au rythme d'une comptine. « Sarah et Laurie perchés dans un arbre. D'abord vient l'amour, ensuite le mariage. Voilà Sarah avec un enfant en bas âge. » Elles chantaient et faisaient tourner la corde de plus en plus vite, je sautais plus vite, je riais, hors d'haleine, le visage enflammé. Puis la chanson s'éteignait, la cour d'école et les enfants disparaissaient. J'étais adulte, seule quelque part, tenant la poignée d'un landau de forme démodée. Je me penchais en souriant pour repousser la couverture, le cœur dilaté de joie à l'idée de voir mon bébé endormi, pelotonné dans sa grenouillère de laine bleue.

Mais le landau était vide.

J'avais fait ce rêve une centaine de fois, le landau était toujours vide, et chaque fois j'éprouvais le même choc.

J'avais dû crier, car May me donna un coup de coude.

— Hé, Sarah ! Chut... murmura-t-elle en me prenant le bras.

Au prix d'un violent effort, je chassai les images du rêve et m'efforçai de me rappeler où j'étais.

— Tu as fait un cauchemar, ma chérie ?

— Hmm.

May fit la moue, me prit le visage à deux mains et l'attira à elle pour m'embrasser sur le front.

— Tout va s'arranger, dit-elle.

— Je sais.

— Tu as traversé de rudes épreuves. Il faut du temps pour se remettre de tout cela.

— Oui.

— Regarde, ajouta-t-elle avec un geste vers la fenêtre. Nous y sommes.

Je regardai dans la direction qu'elle me montrait. Au-delà des cèdres et des villas aux toits de tuiles rouges, je vis la ville de Taormina, accrochée tout en haut d'une colline escarpée, comme un village de conte de fées.

Le bus gravit lentement la route sinueuse et pénétra dans la jolie petite ville. Malgré les touristes et les voitures, le lieu était ravissant. Nous bûmes une limonade et dégustâmes de la mozzarella et de la pizza aux épinards, assises à l'ombre à la terrasse d'un café entouré par des boutiques de souvenirs et de cartes postales. Nous donnâmes à manger à une petite chatte rousse qui attendait des petits et qui vint se frotter à nos chevilles. Puis nous nous promenâmes dans les jardins ombragés. Les arbres résonnaient des piaillements des étourneaux, l'eau coulait dans les fontaines avec un bruit cristallin, et des terrasses en surplomb offraient une vue plongeante sur les toits des hôtels et des immeubles. Nous prîmes quelques photos et montâmes un peu plus haut sur la colline, le long d'une rue étroite bordée de magasins et d'échoppes en plein air qui vendaient des bibelots. Un portail donnait accès au parc, devant les arènes.

Nous achetâmes nos tickets, suivîmes l'allée qui montait dans le théâtre, et nous assîmes sur les gradins taillés dans le rocher. Nous gardâmes le silence. Le lieu était d'une telle splendeur que nous ne trouvions pas de mots pour exprimer notre admiration.

Nous nous trouvions à un endroit assez élevé pour que notre regard puisse englober toute l'arène et, derrière celle-ci, par-delà un mur en ruine, la brume qui enveloppait l'Etna comme un châle de soie. Un peu plus près de nous, des petits villages dévalaient les pentes des collines environnantes. Le paysage était teinté de rose, d'or et d'abricot.

Nous observâmes un groupe d'enfants sur la scène, plusieurs mètres en dessous de nous. Ils tenaient des épées en plastique et portaient des casques de gladiateurs. Deux jeunes adultes vêtus de tee-shirts bleus les faisaient jouer en hurlant dans un mégaphone. Je mis une main en visière. Un des enfants, un garçon blond et maigrichon, avec de grandes oreilles, se tenait à l'écart. Il me rappela Jamie. Je fronçai les sourcils, sans parvenir à distinguer ses traits. J'eus beau regarder autour de moi, je ne vis Alexander nulle part. C'était ridicule. S'il avait prévu de venir à Taormina aujourd'hui, il nous en aurait parlé.

— J'ai trop chaud, dit May en étirant ses jambes. Je voudrais boire quelque chose.

— Je ne pense pas qu'il y ait une buvette par ici.

— Je vais redescendre en ville. Si je garde mon ticket, on me laissera rentrer, tu ne crois pas ?

J'acquiesçai.

— Tu viens avec moi ?

— Je préfère rester, si ça ne te fait rien. C'est tellement beau.

— Tu es sûre que je peux te laisser ?

— May...

— Désolée. Je ne peux pas m'empêcher de me comporter comme une grande sœur.

— Je suis très contente de t'avoir, mais cesse de t'inquiéter pour moi.

— Je te retrouve ici dans une heure, dit-elle en me confiant le guide. Veux-tu que je te rapporte un Coca ?

— Oui, merci.

Je la regardai redescendre. Les touristes étaient peu nombreux à cette heure de la journée. Au bout d'un moment, je décidai de changer de place pour éviter d'attraper un coup de soleil, et je montai au sommet de l'amphithéâtre creusé à même la roche. Mes jambes étaient couvertes de poussière et mon cœur battait fort. Je m'aventurai dans la colline boisée, à l'arrière du théâtre, cherchant un peu de fraîcheur.

L'endroit était désert.

Des rambardes délimitaient le site. J'avançais prudemment, craignant de me trouver face à un précipice. Mais lorsque j'atteignis les barrières métalliques, je fus rassurée. La colline descendait en pente douce. Le sol était parsemé de cactus aux feuilles larges et fleuries, et d'arbustes rabougris. Je me penchai par-dessus la clôture et j'aperçus au loin une magnifique petite île cernée par une eau bleue et transparente. Fascinée, je me perdis dans la contemplation du paysage.

La solitude me plaisait. Eblouie par le bleu et le blanc qui m'entouraient, je laissai mes pensées dériver comme des plumes dans la brise. Il sembla surgir de nulle part. Je ne l'entendis pas approcher mais soudain il fut près de moi. Je sursautai et laissai tomber mon livre qui roula de l'autre côté de la barrière et échoua, grand ouvert, dans les cailloux et la terre.

— Désolé, je vous ai fait peur.

— Non, c'est ma faute, protestai-je.

— Je vais enjamber la barrière et aller le récupérer...

— Non ! Non, ça ne fait rien.

Alexander ôta ses lunettes de soleil et je lui trouvai l'air épuisé.

— Je... je vous ai vue monter jusqu'ici. J'étais sûr que c'était vous. Je...

Il déglutit et détourna les yeux.

J'attendis un moment en silence, mais il semblait perdu dans ses pensées.

— C'était donc bien Jamie, sur la scène, avec les autres enfants ?

Alexander acquiesça et consulta sa montre.

— Il a voulu se joindre au groupe. Il en a assez d'être avec moi, il a envie de voir d'autres gosses. Ils vont jouer une petite pièce dans un quart d'heure.

— Alors, nous avons un quart d'heure devant nous.

J'ignore ce qui me passa par la tête, je ne suis pas du genre à parler à tort et à travers. J'ai toujours été timide, introvertie, ne prenant jamais d'initiative. Les mots m'avaient échappé. Il fallait absolument que je reste avec Alexander. Depuis qu'il m'avait pressé l'épaule, la veille, je ne pensais plus qu'à lui. Il s'humecta les lèvres. Je me demandai si j'étais allée trop loin, ou s'il n'avait pas saisi le sens de mes paroles.

— Vous êtes sûre ? s'enquit-il en faisant un pas vers moi.

Nous étions irrésistiblement attirés l'un vers l'autre, comme deux aimants, animés par une force invisible mais bien réelle. Nous nous étreignîmes dans l'ombre de la colline. Il nous était impossible de nier cette attraction, elle s'imposait à nous. C'était inévitable.

7

Notre étreinte ne dura que quelques minutes. Alexander poussa un grognement, je sentis son souffle chaud sur ma joue et m'abandonnai entre ses bras, épuisée. J'avais l'impression que tout mon corps était endolori. Je ne m'étais jamais sentie aussi forte, et j'étais étourdie par ma propre audace. J'étais effrontée, désirable, vivante.

Tellement vivante.

Le nez au creux de son cou, j'inspirai, m'enivrant de son odeur. J'étais adossée à la rambarde. Lorsque j'examinerais mon dos un peu plus tard, dans le miroir de la salle de bains, je verrais une marque étroite, horizontale, tout le long de mes hanches, correspondant exactement au diamètre de la barrière métallique. Je repris mon équilibre, les jambes contre les siennes. Le sol poussiéreux était doux et tiède sous mes pieds, mais l'intérieur de mes cuisses était enflammé, humide. Alexander fit un pas en arrière et s'essuya les lèvres du dos de la main, en me regardant.

— Tu te sens bien ?

— Très bien.

Il prit mes sandales, les secoua pour chasser la poussière et me les tendit, puis me tint par le bras tandis que je les enfilais, l'une après l'autre. J'étais un peu embarrassée à présent.

— Faisons quelques pas, suggéra-t-il.

Nous nous mîmes à marcher très lentement, l'un contre l'autre mais avec beaucoup de retenue, comme un vieux couple. Je sentais le parfum de sa peau. Aux yeux du monde nous devions avoir l'air d'être mari et femme, et non deux personnes qui se connaissaient à peine. Je mis mes lunettes de soleil. J'aurais aimé me presser contre lui, m'abandonner, sentir ses mains sur moi, m'envahissant comme une vague.

Nous nous arrêtâmes au bord de la falaise, non loin du groupe de touristes. La voix du guide nous parvint, il expliquait qu'il y avait une différence de niveau entre les deux mers qui se rejoignaient au-dessous de nous. L'une était plus haute que l'autre. C'était un phénomène étrange et les anciens racontaient une légende à ce sujet. Une palourde géante avalait deux fois par jour l'eau d'un côté de la mer, pour la recracher dans l'autre. Les touristes américains riaient. L'histoire était intéressante mais je n'arrivais pas à me concentrer. J'étais agitée. Nous avions les yeux fixés sur l'horizon. J'aurais presque souhaité que le monde s'arrête de tourner, juste maintenant, alors que nous étions encore des étrangers l'un pour l'autre, et que tout était parfait entre nous.

Alexander fit glisser le dos de sa main sur mon cou, comme s'il m'explorait.

— J'ai pensé à ce que tu m'as dit, murmura-t-il.

— Hmm ?

— A propos de ton compagnon et de ton amie. De ce qu'ils ont fait.

Je n'aimais pas être obligée de penser à Laurie. Encore moins à cet instant précis.

— Tu ne connais pas toute l'histoire.

— J'en sais suffisamment. Ne retourne pas à Manchester. Quand quelqu'un te fait ce genre de chose...

Il soupira, avant de reprendre :

— Quand j'ai rencontré Geneviève, ma femme, elle était amoureuse de quelqu'un d'autre. Elle me l'a dit, elle a été très honnête. Je l'ai épousée quand même. Je croyais que je pourrais changer ses sentiments, mais je n'ai pas réussi.

— Elle t'aimait assez pour avoir un enfant.

Il ne répondit pas, le regard perdu dans le lointain.

— Les choses ne pouvaient pas s'arranger entre Geneviève et moi. Je m'en rends compte à présent. Et elle est partie. C'est fini, ajouta-t-il en se passant une main sur le torse. Tout cela n'était qu'une perte de temps inutile.

— Tu as Jamie.

— Oui. Je l'ai. C'est le seul point positif.

Tous les mots qui me vinrent à l'esprit me parurent dérisoires, des clichés. Mais cela n'avait pas d'importance, car Alexander s'était de nouveau réfugié dans ses pensées.

— Que fais-tu dans la vie, Sarah ? Tu as un job ?

— Je travaille pour une société d'ingénierie. Je suis secrétaire.

— Cela te plaît ?

— Oui. Le problème, c'est que Rosita travaille là aussi. Mon amie. Celle qui a...

— Oh. Alors, tu n'as pas envie d'y retourner ?

— Je ne sais pas. Je n'y ai pas encore réfléchi.

Alexander hocha la tête et garda le silence un moment.

— Je ne peux pas tout faire seul, travailler et m'occuper de Jamie. J'ai besoin de quelqu'un pour m'aider.

— Naturellement.

— Ce que je veux dire, c'est...

Il marqua une pause, et ajouta :

— Tu pourrais venir vivre avec moi.

Je me mis à rire, croyant à une plaisanterie. Puis je le regardai. Ses doigts avaient glissé sous son bras droit, à l'endroit où se trouvait sa cicatrice. Il ne plaisantait pas. Il était sérieux.

— Je pensais que ça serait mieux sans elle, mais depuis que Geneviève est partie, tout est difficile.

— C'est pour cela que tu es venu en Sicile ? Pour t'échapper ?

Une ombre passa sur son visage et il soupira.

— Non.

J'attendis mais il n'en dit pas davantage et s'absorba dans ses pensées. Quand il parla de nouveau, soit il avait perdu le fil de la conversation, soit il avait décidé de ne pas m'expliquer ce qui l'avait poussé à venir en Sicile avec Jamie.

— Ce sera pareil à notre retour, à moins que...

Il gratta la blessure sous sa chemise. Je m'efforçai de détourner les yeux.

— ... à moins que tu ne viennes avec nous. Alors, les choses seront différentes.

— Tu ne sais rien de moi.

— J'en sais suffisamment. Tu es honnête. Tu me plais. Je n'ai pas les moyens de te payer beaucoup, mais tu auras un toit, tu t'occuperas de Jamie et de la maison, et... ce sera un nouveau départ pour toi, ajouta-t-il, le regard dans le vague.

J'acquiesçai d'un signe de tête.

— L'école reprend dans deux semaines. J'aurai du mal à quitter le travail à temps pour aller chercher Jamie à la sortie. J'ai besoin de savoir que quelqu'un de confiance s'en chargera à ma place. Si tu étais là... Si tu venais...

Une minuscule goutte de sang jaillit de l'ancienne blessure et imprégna le tissu de la chemise. Hypnotisée, je la regardai s'agrandir, prendre la forme d'un croissant de lune. Ses doigts finirent par se détendre.

— Qu'as-tu à perdre, Sarah ? Si ça ne marche pas, tu pourras toujours repartir à Manchester. Et puis, on ne sait jamais. Ce sera peut-être bien pour nous.

Je me penchai et embrassai sur les lèvres cet homme que je connaissais à peine.

— C'est d'accord, dis-je.

Ma famille et mes amis estimèrent que c'était une très mauvaise idée.

D'après eux, je réagissais trop vivement à la situation, je ne devais pas prendre de risque avec un inconnu, je serais trop vulnérable seule, loin de tous ceux que je connaissais. Ils me dirent que je n'avais pas les idées claires, que c'était la faute des hormones qui avaient envahi mon organisme depuis ma grossesse. C'était de la dépression, ou du chagrin. Envisager de vivre avec un homme dont j'ignorais tout était stupide, dangereux, et tellement en contradiction avec ma personnalité que cela traduisait très certainement une profonde dépression. Alexander pouvait être un repris de justice, ou pire encore. Même s'il n'avait pas maltraité sa femme, elle avait sûrement eu de bonnes raisons de le quitter. Et pour qu'elle abandonne par la même occasion son enfant, c'est qu'il avait dû commettre quelque chose d'horrible. Ce devait être un de ces hommes à double visage, un Dr Jekyll et Mr Hyde, charmeur en apparence, mais en réalité monstrueusement possessif et voulant tout contrôler. Ces gens-là isolaient leur victime pour mieux la dominer. Si la maltraitance n'était pas physique, elle était verbale ou émotionnelle.

Ma famille ne fut pas la seule à réagir. Je n'étais pas retournée travailler depuis le bébé, mais Shelley, ma supérieure hiérarchique, me téléphona.

— Le mieux serait sans doute que tu reviennes au bureau, dit-elle. Quand on n'a pas le moral, il faut s'entourer des gens qu'on aime bien.

Je m'abstins de lui faire remarquer que la personne que je connaissais le mieux et en qui j'avais le plus confiance était justement celle qui m'avait fait le plus de mal.

Je refusais de voir Laurie, de crainte de me laisser fléchir. J'effaçais ses mails et ses messages sans les lire, mais je lui parlai tout de même une fois au téléphone. Il me dit qu'il était prêt à tout pour réparer le mal qu'il avait fait et rétablir notre relation. Il n'eut pas recours à des excuses faciles, ne s'abaissa pas à demander pardon. Sa sincérité était évidente, et je compris que la situation était aussi douloureuse pour lui que pour moi, mais ses paroles me laissèrent étrangement indifférente. Je n'éprouvais ni empathie ni regrets. Ma décision était prise, mon billet réservé.

Ma mère me supplia de réfléchir. Elle m'obligea à voir le médecin, qui en dépit de mes protestations augmenta la dose d'antidépresseurs. En fait, je n'avais plus avalé un seul comprimé depuis la Sicile. Maman, ou peut-être Laurie, avait dû dire au Dr Romney que j'avais un comportement inquiétant, car il me recommanda de consulter un psychologue. Je l'écoutai poliment, mais je ne voyais aucune raison de suivre ce conseil. Après tout, il est normal d'être triste après avoir accouché d'un enfant mort-né, non ? N'aurait-il pas été curieux que je ne sois pas perturbée par cet événement ? Le médecin m'annonça qu'il allait avertir l'hôpital, et que ses confrères me contacteraient pour prendre rendez-vous. J'acquiesçai, en me promettant intérieurement d'ignorer leur courrier.

Mon père déclara que l'idée de partir dans le Sud était bigrement ridicule, et que je ne tiendrais pas plus d'une semaine, quinze jours au maximum. May, la seule à connaître toute l'histoire, m'expliqua que mon attirance pour Alexander était purement sexuelle, et qu'un instinct maternel frustré me poussait vers Jamie, mais qu'aucun de ces sentiments n'était assez solide pour servir de base à un nouveau départ.

Je les écoutai et appréciai leur sollicitude sans pour autant me laisser fléchir. Je demandai pardon à mes parents, dis à ma sœur que j'étais absolument de son avis, mais je ne tins aucun compte de leurs conseils. Deux semaines plus tard, je quittai donc la chambre que May et Neil avaient mise à ma disposition et m'embarquai pour ma nouvelle vie.

8

Alexander et Jamie m'attendaient à la gare de Temple Meads, à Bristol.

Alexander, avec sa barbe récente et ses cheveux longs, était plus grand et plus mince que dans mon souvenir. A ses côtés se trouvait le petit garçon aux yeux bleus, à la mine grave et aux oreilles écartées. Alexander vint à ma rencontre lorsque je descendis du train, Jamie pendu à ses basques. Il se pencha vers moi. Croyant qu'il voulait m'embrasser je tendis la joue, mais il se contenta de prendre mon sac de voyage.

— Tu as l'air en forme, dit-il.

Je ne pouvais lui retourner le compliment. Il était échevelé, l'air épuisé et les traits tirés.

— Je t'aime bien, avec la barbe.

— Mon grand-père dit qu'il ressemble à Jésus, déclara Jamie.

— Ah, oui ?

— Et grand-maman dit que c'est une honte.

— Allons, reprit Alexander. Par ici.

Nous descendîmes un escalier et empruntâmes un tunnel. Je ne trouvais rien à dire. La Sicile était loin, nous étions de retour dans le monde normal.

La vieille Land Rover poussiéreuse d'Alexander était garée dans le parking, devant la superbe façade de la gare. J'ouvris la portière et m'installai à la place du passager. Le sol était jonché d'emballages de sandwichs, de canettes vides et de tickets de stationnement. Je repérai un tube de rouge à lèvres dans tout ce désordre. Ce petit bout de métal argenté me mit mal à l'aise. J'étais à la place de la femme d'Alexander. Elle avait dû s'asseoir là des milliers de fois, à côté de son mari. Mes joues s'empourprèrent, comme si j'avais la sensation de faire quelque chose de mal.

Je claquai la portière et baissai la vitre. Alexander aida Jamie à grimper à l'arrière, lui fit de la place en repoussant les outils et les salopettes de travail qui encombraient la banquette, puis prit place à côté de moi et fit démarrer le moteur. La voiture se mit à vibrer et tressauter. Il manipula un bouton sous le volant jusqu'à ce que les secousses cessent.

— Ça va ? me demanda-t-il.

— Oui, très bien. C'est loin ?

— Il faut environ une heure pour aller à Avalon.

— Avalon ?

— C'est le nom de la maison. Tiens.

Il fouilla derrière le siège et me passa une bouteille en plastique qui avait contenu à l'origine de la bière au gingembre, mais était à moitié remplie d'eau du robinet. Le liquide était tiède, mais je bus tout de même. Alexander me coula un regard en biais, puis quitta le parking et s'engagea dans la file de bus et de taxis qui faisaient la queue pour sortir de la gare.

La voiture traversa Bristol à toute allure. Je posai quelques questions, auxquelles Alexander répondit par monosyllabes. Il semblait totalement absorbé dans ses pensées, aussi je renonçai à parler et contemplai le paysage.

Nous traversâmes l'Avon. De la route, le point de vue était spectaculaire. Jamie désigna du doigt un pont suspendu sur notre droite, qui enjambait les eaux sombres du large fleuve, accroché aux parois vertigineuses des gorges. Sur la gauche, la forêt était éclatante de couleurs, et un millier de nuances de verts se reflétaient dans la rivière. Je ne me doutais pas que Bristol était une aussi belle ville.

— Des gens s'amusent à sauter de ce pont, déclara Jamie.

Je lui lançai un coup d'œil par-dessus mon épaule. Il jouait avec une figurine de soldat qu'il tint par les pieds, tête en bas, pour me faire une démonstration.

— C'était il y a des années, précisa Alexander, ils sautaient en élastique. Nous les avons vus à la télé, n'est-ce pas ?

— C'est très haut.

Alexander se tourna vers moi, mais ses yeux étaient cachés par les lunettes de soleil et je ne vis que mon reflet dans les verres.

— Tu as le vertige ? demanda-t-il.

Je fis oui de la tête. En réalité, cette phobie était récente. Avant, je n'avais peur de rien. Mais quand j'avais mis au monde mon enfant mort-né, j'avais compris à quel point la vie était effrayante et imprévisible. Je sentais le danger là où autrefois je n'en entrevoyais que la possibilité. Cela n'avait aucun lien avec l'épreuve de l'accouchement, à laquelle je m'attendais. Quand la douleur sourde qui persistait en moi depuis plusieurs jours s'était accentuée, je m'étais sentie transportée. J'avais appelé Laurie pour l'avertir, puis j'étais montée dans ma chambre pour vérifier que mon sac était prêt. C'était une précaution inutile, car je savais que tout était en place. Je me préparais depuis des semaines.

Je n'avais jamais été aussi excitée de ma vie. Jamais je n'avais eu une telle hâte de vivre les prochaines heures.

Une fois dans la salle de travail, à l'hôpital, je m'étais lancée avec enthousiasme dans le processus de la naissance. Tout le monde vous prévient que l'accouchement est douloureux, mais rien ne vous prépare à une telle violence physique, ni à la façon dont votre corps réagit. J'éprouvai un choc, mais je savais que toutes les femmes devaient en passer par là pour être mères. J'étais trop occupée à respirer pour écouter le personnel médical quand ils m'expliquèrent qu'ils changeaient le monitor car ils ne percevaient pas les battements de cœur du bébé et qu'il y avait sans doute un problème avec l'appareil. Une nouvelle sage-femme arriva, bientôt suivie d'un médecin. L'atmosphère de la salle changea, mais je n'y prêtai pas attention. Laurie voulut me parler, me préparer, mais je le repoussai sans ménagement. J'avais une tâche à accomplir. Je devais accoucher. Laurie, la sage-femme, le médecin et les infirmières faisaient fausse route, je ne voulais pas les écouter. Je ne voulais pas les regarder, je ne voulais pas croire ce qui se passait. Tant que je ne les croyais pas, ça ne pouvait pas être vrai.

Nous atteignîmes les lisières de la ville, de l'autre côté de la rivière, et nous retrouvâmes tout à coup dans une campagne luxuriante. Des vaches paissaient dans les champs, nous dépassâmes des petits villages. Les haies ployaient sous le poids des fleurs et des feuilles de la fin d'été. Loin devant nous se découpaient les contours pourpres des collines de Mendip, dans le soleil couchant. Nous quittâmes la route principale et nous engageâmes dans un chemin étroit et sinueux. Les collines verdoyantes s'élevaient au-dessus des forêts plongées dans l'ombre. La brume typique du Somerset envahit la vallée, et Alexander me désigna Glastonbury Tor, dans le lointain. Des centaines de corbeaux tournoyaient en croassant au-dessus de la tour Saint-Michel, dans le ciel pâle. L'automne s'annonçait.

— Nous y sommes, dit Alexander.

Nous franchîmes une portion de route recouverte d'une grille anti-bétail et la Land-Rover s'engagea en cahotant dans un chemin ombragé semé de nids-de-poule. Puis la forêt laissa place à une vaste étendue de champs, et je découvris enfin la maison, tout au bout.

La nuit tombait, mais la façade était encore illuminée par les derniers rayons de soleil. La demeure était plus grande, plus ancienne, et plus cossue que je ne l'avais imaginé. Elle était là depuis si longtemps qu'elle avait fini par se fondre dans le paysage, comme une créature de pierres, de tuiles rouges, de bois et de ciment. Alexander se gara au bout de l'allée, à côté d'une grange en ruine envahie par le lierre et les ronces, et qui abritait deux box vides et une vieille remorque à cheval, dont la barre d'attelage reposait sur le sol. Des balles de foin étaient empilées au fond de la grande remise. Dans cet environnement bucolique, des hirondelles volaient au milieu des vieux bâtiments et au-dessus du verger, rasant les hautes herbes. Des vaches blanc et noir broutaient sous les arbres. Le verger était délimité par des buissons d'orties presque aussi hauts que moi, ployant sous le poids de leurs propres feuilles.

La maison était ceinte d'un jardin d'agrément, et la porte surmontée d'une imposante marquise de bois. Un massif de chèvrefeuille, si âgé que le tronc principal était aussi large que mon poignet, retombait devant le battant de chêne. Les massifs de fleurs étaient mal entretenus et mangés de mauvaises herbes. Mais à en juger par les roses fanées, par les formes et les couleurs des arbustes qui manquaient d'espace et de lumière, il était clair que le jardin avait dû être très beau autrefois.

— C'est un désastre, dit Alexander en suivant mon regard. Geneviève était trop occupée avec ses chevaux pour se soucier du jardin, et je n'ai pas le temps de m'y atteler.

— Elle est bonne cavalière ?

— Oui. Excellente.

— Oh. Elle fait du saut d'obstacles ?

— Des concours. Du dressage, du saut d'obstacles, du cross-country.

— Où sont les chevaux ?

— La mère de Geneviève s'en occupe, en attendant. Elle... je t'expliquerai plus tard. Par ici.

Il poussa un petit portail de bois et longea une allée de gravier qui menait à une porte, sur le côté. Celle-ci s'ouvrait sur une pièce badigeonnée de blanc, encombrée de bottes, de piles de journaux, de bouteilles de Coca et de whisky vides, de linge, et de toiles d'araignée. Un pan de mur entier était couvert de rosettes, presque toutes rouges, et deux licols étaient suspendus à un crochet en métal sous la fenêtre. Du matériel de pansage et une boîte en fer rouillée contenant de l'huile pour sabots étaient rangés dans un seau en plastique bleu. Un lave-linge se trouvait dans un coin de la salle, avec une vieille corbeille à chien.

Une seconde porte donnait sur une vaste cuisine en désordre, où régnait une douce chaleur. De la vaisselle sale était entassée dans l'évier, et sur le plan de travail un chat mangeait les restes d'une carcasse de poulet. Le sol semblait ne pas avoir vu de serpillière depuis des semaines et les fenêtres étaient sales.

Alexander posa mon sac et chassa le chat d'un geste. Il ne restait plus grand-chose dans le plat.

— Merde, grommela-t-il. Je comptais faire des sandwichs pour le dîner.

Le chat sauta sur la table et se lécha posément les pattes, du bout de sa petite langue rose. Alexander soupira.

— Ce n'est même pas le nôtre. Il ne vient que pour nous voler de la nourriture.

Jamie s'approcha de l'animal pour le caresser.

— Je suis désolé de t'accueillir aussi mal, reprit Alexander. Nous avions prévu de faire du ménage, n'est-ce pas, Jamie ?

Jamie fit la moue et posa la tête sur la table sans cesser d'observer le chat.

— Ce n'est pas grave, dis-je. Je suis là pour ça, n'est-ce pas ? Pour vous aider.

— Oui, admit Alexander, l'air exténué. Tu es là pour ça.

9

Alexander me fit un thé que je bus pendant qu'il préparait des toasts pour Jamie. Quand ce dernier fut installé à table, il prit mon sac.

— Viens, je vais te conduire à ta chambre.

Je franchis derrière lui une porte étroite qui ouvrait sur la salle à manger, et nous gravîmes un escalier exigu.

Il me fit entrer dans une petite chambre sous les toits, à l'arrière de la maison. Le plafond était si bas que je ne pouvais me tenir debout qu'à la tête du lit. Il y avait tout juste assez de place pour celui-ci et pour une vieille commode bancale sur laquelle trônait une lampe Tiffany couverte de poussière. La fenêtre en face du lit était petite, carrée, formée de quatre panneaux vitrés. Une toile d'araignée était accrochée en haut du chambranle, retenant quelques insectes morts. Néanmoins, quelqu'un avait fait un effort pour me souhaiter la bienvenue. Un petit vase sur le rebord de la fenêtre contenait trois roses, dont les pétales jaune et rouge évoquaient les couleurs d'une grenade mûre, et répandaient un parfum doux et léger.

— Cela ira ? s'enquit Alexander.

— Oui.

Je marquai une pause avant d'ajouter avec un peu plus d'enthousiasme :

— C'est charmant.

En réalité, cette chambre, visiblement un logement de domestique, n'avait rien de séduisant. Elle n'avait certainement jamais été habitée par quelqu'un de la famille, car elle avait l'air abandonnée, négligée, et il y régnait une odeur d'humidité et de moisi comme si la porte et les fenêtres étaient rarement ouvertes. J'avais espéré quelque chose de différent. Je ne savais pas quoi exactement, mais quelque chose de mieux, de plus accueillant.

J'avais parlé plusieurs fois avec Alexander par téléphone depuis notre retour en Angleterre. Nous nous étions montrés très prudents, évitant les sujets délicats, nous en tenant aux arrangements d'ordre pratique, tels que ma rémunération par exemple. Je savais qu'il était originaire des Midlands de l'Ouest mais qu'il n'était pas proche des siens. Il m'avait appris également que les parents de Geneviève étaient très à l'aise et vivaient dans une grande maison, non loin de là. Leur famille avait fait fortune grâce aux carrières de pierre. Alexander disait qu'ils avaient creusé la colline comme un enfant aurait grignoté un gros gâteau. La plus ancienne galerie, ouverte du temps de la reine Victoria, était épuisée depuis des années. Une nouvelle, immense et ultramoderne, avait été ouverte plus près de la route. Je savais, sans vraiment comprendre les détails de leur relation, que c'était le travail d'Alexander et la fortune du père de Geneviève qui les avaient rapprochés. Tout comme moi, Alexander savait mieux écouter que parler. Si bien que nos conversations avaient parfois tendance à s'éteindre. Malgré cela, nous avions fini par atteindre un certain niveau d'intimité.

A présent, je me trouvais plongée dans un puits d'angoisse et d'insécurité. J'avais appris à ne pas m'inquiéter de l'avenir, mais cette petite chambre sombre, avec son plafond mansardé et sa fenêtre minuscule, m'effrayait.

Alexander se gratta le front. La situation était terriblement embarrassante. Le fait de venir ici, à des kilomètres de Manchester, d'échapper à tous ceux de mon entourage qui marchaient sur des œufs pour éviter d'aborder les sujets douloureux, m'avait paru une bonne idée. Je n'étais jamais allée dans le Somerset, personne ici ne me connaissait ni ne savait ce qui m'était arrivé. Je croyais que cela m'aiderait à laisser tous ces événements dramatiques derrière moi. J'avais hâte d'aider Alexander en m'occupant de Jamie.

Mais au lieu de cela, j'avais l'impression de ne pas être à ma place dans cette maison. Rien ne se passait comme prévu. Et cela ne paraissait pas devoir s'arranger.

Alexander posa les yeux sur le lit. Je me demandais si je n'avais pas fait une erreur en venant, et de toute évidence, il se demandait de son côté s'il ne s'était pas trompé en m'invitant. Je m'assis au bord du matelas, en faisant mine de tester la résistance du sommier.

— C'est très confortable.

Alexander prit place à côté de moi. Le matelas plia sous son poids, me faisant basculer vers lui.

— Sarah, il y a des choses que je dois te dire. La situation est... plus compliquée que tu ne le penses. Geneviève... elle...

— C'est bon. Tu n'es pas obligé de m'expliquer.

— Il le faut. Tu viens de Manchester, et je suppose que là-bas tu pouvais être qui tu voulais. En ville, les gens ne se jugent pas, car il y a toutes sortes de personnes totalement différentes.

Je hochai la tête.

— A présent tu es à Burrington Stoke, qui comprend moins d'un millier d'habitants. Tout le monde se connaît, et les villageois croient qu'ils ont le droit de s'occuper des affaires des autres. C'est comme une grande famille. Ce qui peut paraître sympa, mais ne l'est pas toujours.

— Tu veux dire qu'ils vont se demander pourquoi je suis là ?

— Un peu, oui.

Je souris timidement.

— Ce n'est pas grave.

— Mais tu ne sais pas ce que c'est, d'être le centre de l'attention dans un endroit comme celui-ci.

— La curiosité des gens ne me gêne pas, dis-je en haussant les épaules.

Il secoua la tête.

— Ce n'est pas toi qui les intéresses.

— Alors, qui ?

— Geneviève.

En proie à une légère sensation de malaise, je regardai mes mains. Alexander soupira.

— Il faut que je te parle d'elle.

— D'accord.

Et il se mit à parler de sa femme. Au fur et à mesure, sa voix se fit plus basse, plus grave, il pencha la tête et son dos se voûta comme celui d'un vieil homme. Il me raconta leur relation, et j'eus la sensation de faire partie de quelque chose d'important et d'énorme.

Geneviève était très précieuse pour ses parents car elle était la fille unique de sa mère, et pour son père, le seul enfant de l'amour. Très jeune, elle avait développé un don prodigieux pour l'équitation, don sans cesse encouragé. Geneviève avait eu la meilleure éducation possible, elle avait eu ce qu'il y avait de mieux en tout. Cet investissement s'était révélé profitable.

Alexander ne me dit pas comment Geneviève et lui s'étaient rencontrés. Mais quand ils s'étaient mariés, elle était encore sous le coup d'une déception sentimentale. Elle avait promis à Alexander qu'elle ferait tout ce qui était en son pouvoir pour oublier cet homme, mais qu'il était l'amour de sa vie. Pendant quelque temps, plusieurs années à vrai dire, Alexander et Geneviève s'étaient bien entendus. Mais dernièrement leur relation avait chaviré. De toute évidence, Geneviève n'était pas heureuse. Ils avaient commencé par se chamailler, puis ils s'étaient disputés, et enfin carrément battus. Ils s'étaient efforcés de maintenir les apparences pour la famille, le village, Jamie. Mais malgré leurs efforts, ils savaient que ça ne s'arrangerait jamais entre eux. Quand Geneviève l'avait quitté, leur mariage avait déjà sombré depuis longtemps. Il dit qu'il s'était résigné à son départ, que dans un sens c'était un soulagement. Personne ne pouvait savoir à quel point les choses en étaient arrivées, ni combien ils étaient malheureux ensemble. Donc, quand Geneviève était partie, tout le monde en dehors d'Alexander avait éprouvé un choc, y compris ses parents.

Les yeux fixés sur le motif démodé du couvre-lit, je tirai distraitement sur un fil. Il disait qu'elle était spéciale. La meilleure cavalière du Somerset, une célébrité locale. Ses parents étaient des gens influents, et respectés. Et comme tout le monde avait l'impression de la connaître, ils s'étaient tous inquiétés de ce départ inattendu.

— Tout le monde ne parle que de ça. Ils veulent savoir où est Geneviève, ce qu'elle fait, pourquoi elle a disparu du jour au lendemain. Il y a toutes sortes de rumeurs. C'est pourquoi il vaut mieux laisser croire à tout le monde pour le moment que tu es la gouvernante et que tu es là pour t'occuper de Jamie. Rien de plus.

Il se gratta le crâne. Le soir tombait, et la chambre paraissait encore plus sombre et plus froide. Un insecte noir fila entre les grosses poutres du plafond.

— Tu ne m'en veux pas de te raconter tout cela ?

— Pas du tout, protestai-je un peu trop vite. Il vaut mieux que je sois au courant.

— La famille de Geneviève est propriétaire de presque toute la région. Beaucoup de villageois sont leurs locataires. Et... ils sont accablés de chagrin.

— Geneviève n'appelle jamais ses parents ?

— Non.

— Elle n'écrit pas ?

— Elle a laissé des lettres, pour moi et pour eux, le jour de son départ. Elle leur demandait de ne pas se faire de souci et disait qu'elle reprendrait contact une fois les choses rentrées dans l'ordre. Depuis, nous n'avons pas eu de nouvelles.

— J'espère qu'elle leur en donnera bientôt, dis-je d'un ton enjoué.

Alexander ne sourit pas.

— Nous nous sommes quittés en mauvais termes. J'ai dit des choses... Nous avons tous les deux prononcé des mots que nous aurions mieux fait de garder pour nous.

Je hochai la tête, compréhensive.

— Tu ne la connais pas, et tu ne peux pas comprendre ce qu'elle était, dit-il d'une voix triste. Pour moi, elle était...

Les mots moururent sur ses lèvres et il contempla le mur sans parvenir à exprimer ses sentiments.

— Pourquoi parles-tu d'elle au passé ?

— Parce que je fais allusion au temps où elle était là, expliqua-t-il en haussant les épaules.

10

Il partit, me laissant m'installer dans ma nouvelle chambre. Je me penchai par-dessus le lit pour ouvrir la fenêtre. Celle-ci donnait sur le verger. Les toutes dernières lueurs du soleil teintaient d'or le sommet d'un arbre. Les branches ployaient sous le poids des pommes, et des bouquets de gui sombre apparaissaient entre les feuillages. Je ne comprenais pas que l'on puisse vouloir quitter cet endroit. C'était si beau. Tout semblait parfait.

Je crus entendre des pas sur le palier, et la porte bougea un peu ; la poignée de métal heurta le bord de la cheminée. Je me retournai, mais il n'y avait personne. J'allai voir si Jamie m'espionnait derrière le battant. Le couloir était désert. J'attendis un moment pour m'assurer qu'il n'était pas caché quelque part, mais il n'y eut pas le moindre mouvement, aucun craquement de parquet, pas un souffle. Un courant d'air avait probablement fait frémir la porte. Les vieilles maisons étaient toujours pleines de bruits inexpliqués, je le savais.

J'avais promis à May de l'appeler, mais il n'y avait pas de réseau. J'écrivis un texto et passai le bras par la fenêtre pour l'envoyer. En vain. Je me sentis subitement très seule, et j'essayai de ne pas penser à ce que ma mère m'avait dit à propos des hommes qui isolent les femmes. Ce n'était tout de même pas la faute d'Alexander si le téléphone ne fonctionnait pas dans le secteur.

Je fis le lit avec les draps empilés sur le matelas, défis mes bagages et rangeai mes affaires dans la commode. Une odeur de moisi émanait des tiroirs, aussi ôtai-je les papiers humides qui en garnissaient le fond. Alors que je les froissais pour les jeter dans la corbeille, je songeai aux vêtements de nouveau-né que j'avais laissés chez moi. Je n'en avais pas acheté beaucoup avant la naissance, car nous ne voulions pas savoir si l'enfant était un garçon ou une fille. Nous préférions avoir la surprise. J'avais imaginé le plaisir que j'aurais à me rendre dans les magasins avec mon bébé serré contre ma poitrine, dans son kangourou, et à choisir des vêtements pour lui, ou pour elle. Quand cette joie m'avait été refusée, je n'en avais pas moins été attirée par les rayons de puériculture. Je passais des heures dans les grands magasins, à regarder des grenouillères bleu pâle, en faisant semblant d'être une vraie mère. Je prenais des petites vestes, des bonnets, des gants, de minuscules chaussettes, et je tâtais le lainage en me demandant si ce serait assez chaud pour mon petit garçon. Des femmes enceintes me regardaient. Je leur souriais et elles détournaient les yeux. Je me demandais si elles pouvaient deviner, si elles craignaient que je ne leur porte la poisse. Les vendeuses étaient gentilles, elles ne me demandaient pas où était mon bébé. Personne ne me posait de questions.

Je dépensai des centaines de livres en couches, tricots, vêtements. J'en emplis mes tiroirs. Quand j'étais seule, je les sortais et les étalais sur le lit. Je parlais à mon fils, tout en les pressant contre ma joue.

Laurie était au courant mais il ne disait rien. Du moins, pas à moi. Mais je savais qu'il savait, car parfois je surprenais sur moi son regard inquiet, comme si j'avais été alcoolique et qu'il avait trouvé une bouteille de vodka à moitié vide cachée dans la corbeille à linge sale.

Je refermai les tiroirs de la commode. Ils glissaient mal et grinçaient. Je m'essuyai la joue du revers de la main en me redressant.

Cette partie de la maison n'était sans doute plus utilisée depuis des années. La chambre avait besoin d'être aérée, voilà tout, me dis-je. Il fallait que quelqu'un y vive, ouvre les fenêtres, y mette un peu de vie.

Je passai dans la salle de bains pour me laver les mains et le visage, et me brosser les cheveux avant de redescendre.

Jamie était allongé sur le canapé du séjour. La tête sur l'accoudoir, il regardait la télé en mangeant des carrés de fromage et des chips dans un bol à même la moquette. La porte de la cuisine était fermée, mais j'entendis la voix d'Alexander.

— Ton père est au téléphone ?

Jamie fit oui de la tête, sans lâcher l'écran des yeux.

Je m'assis à côté de lui et lui pris les pieds pour les mettre sur mes genoux. Ses chaussettes étaient collantes, elles sentaient la sueur et les baskets.

— Il parle avec grand-maman.

Je supposai qu'il s'agissait de la mère de Geneviève.

— Elle ne voulait pas que tu viennes. Elle dit que tu es une *aventureuse*.

— Je pense qu'elle a dû dire « aventurière ».

Jamie leva les yeux, croisa mon regard et se détourna de nouveau.

— C'est quoi, une « aventurière » ?

— Une personne qui fait semblant d'être amie avec quelqu'un d'autre parce qu'elle s'intéresse à son argent.

Jamie me dévisagea tout en absorbant cette information.

— Non, je crois qu'elle a vraiment dit *aventureuse*.

J'essayai de cacher un sourire, mais je ne fus pas assez rapide.

— Grand-maman ne trouve pas ça drôle.

— Non, bien sûr.

— Moi non plus, ajouta-t-il en prenant la télécommande pour augmenter le son.

Il retira ses pieds de mes genoux. Je me levai, allumai la lumière et tirai les rideaux. Puis j'allai à l'autre bout de la pièce examiner les livres sur les étagères. Parmi une foule de romans de Jilly Cooper, des livres sur l'éducation des chevaux et des biographies d'animaux de concours, se trouvaient deux dictionnaires d'italien, des guides de voyages, et un bon nombre de manuels de droit. Des photographies encadrées étaient alignées sur le rayonnage du haut. La plupart représentaient Jamie, mais il y avait aussi le portrait d'une femme. Je le pris et l'orientai vers la lumière.

Geneviève n'était pas du tout telle que je l'avais imaginée. Elle se tenait près d'une clôture, dans un pays étranger. Derrière elle, des falaises grises dominaient une mer uniformément verte. Une main fine était posée sur la barrière et son visage était tourné vers l'appareil. Ses cheveux bien coupés, dorés comme des blés mûrs, lui effleuraient les épaules. Elle portait une chemise jaune sans manches, un short, une alliance. Ses épaules rondes étaient bronzées. Son attitude et son élégance rappelaient celles de célébrités d'un autre temps, mais son allure était résolument moderne. Elle avait un visage en forme de cœur, des yeux sombres ourlés de longs cils noirs. Elle était belle, c'était indéniable. Geneviève était une femme ravissante.

— C'est maman, me dit Jamie.

— Elle est très jolie.

Je perçus une note de jalousie dans ma propre voix.

— Hmm.

Je lui souris, et soudain je fus frappée par le fait que Jamie était petit. Trop petit pour être privé de mère. Je n'avais pas le droit de semer le doute dans son esprit déjà perturbé. Je reposai le cadre à sa place.

— Elle te manque beaucoup ?

Jamie hocha la tête. Il se redressa et se carra au fond du canapé en portant le pouce à sa bouche, son ours en peluche bleu calé sous son bras.

— J'aimerais qu'elle revienne, dit-il.

11

Le week-end suivant, Alexander me fit visiter le village. La lumière de fin d'été donnait au paysage un air artificiel, comme un décor de cinéma. L'air de la campagne était doux, il avait un goût différent, et je m'habituai vite à la senteur caractéristique de foin coupé et de fumier qui imprégnait toute la région.

Nous descendîmes à pied l'allée d'Avalon et fîmes environ cinq cents mètres avant d'atteindre le croisement menant à la nouvelle carrière. Celle-ci semblait déplacée, sur cette route tranquille. Il y avait des feux de circulation à l'entrée, et un immense portail blanc protégé par des caméras. Tout le site était entouré par une haute barrière métallique hérissée de pointes. La voie était suffisamment large pour que les camions puissent manœuvrer avec leur lourde cargaison. Il y avait une loge à l'entrée, et je distinguai le gardien en uniforme à l'intérieur. Les pieds sur le comptoir, il regardait un écran de télévision accroché au mur. Je ne pouvais dire s'il suivait une émission, ou s'il surveillait les caméras de sécurité.

— Ceci est l'héritage de Jamie, m'expliqua Alexander. Tout appartient à la famille de Geneviève. Non seulement la carrière, mais aussi le terrain derrière.

— Tu travailles pour eux ?

Il fit non de la tête.

— Je ne travaille que pour moi. Parfois, je viens ici examiner un morceau de roche et voir s'il est utilisable pour une commande particulière. La plupart du temps, je travaille sur le chantier de Castle Cary.

Le portail s'ouvrit et un camion s'engagea sur la route, grinçant et gémissant sous le poids de son chargement. Il se dirigea vers le village, semant derrière lui une fine poussière blanche.

— Les gens d'ici ne sont pas gênés par le bruit ?

Alexander fit la moue.

— Ils ont l'habitude.

Nous continuâmes notre chemin vers Burrington Stoke. Ce n'était qu'un tout petit village, avec quelques boutiques de chaque côté de la rue principale. Un pub décoré de corbeilles de fleurs multicolores et flanqué d'un hôtel délabré annonçait qu'il servait des repas le dimanche et de la bière Butcombe. Des maisons d'apparence modeste, ayant appartenu autrefois aux autorités locales, s'alignaient le long de la chaussée, tandis qu'on apercevait un peu plus loin d'adorables vieux cottages et des maisons de campagne. Tout au bout du village, près d'une croix commémorative, se trouvait l'entrée d'une ferme. Des vaches, petites et au poil rude, assaillies par un nuage de mouches noires, broutaient une balle de foin près du portail. Un chemin longeant la ferme menait à l'école primaire. Alexander salua deux jeunes femmes qui descendaient le chemin de terre à cheval. Je me plaquai contre la haie pour les laisser passer. Les animaux étaient énormes, leurs sabots claquaient, et ils me dévisagèrent d'un air suspicieux au passage. Les deux femmes aux épaules carrées et aux bras nus ne cachèrent pas leur curiosité. A peine se furent-elles éloignées que l'une d'elles lança, d'une voix assez forte pour que je l'entende :

— C'est qui, celle-là ?

— Aucune idée. Tu as vu ses chaussures ?

Je regardai mes pieds. Mes ballerines violettes, couvertes de poussière, étaient presque grises.

— Il te faudra des bottes, fit remarquer Alexander. Le sol est boueux quand le temps est à la pluie. Je t'en trouverai une paire.

Il me désigna l'entrée de l'école, un peu plus haut sur le chemin.

— Je déposerai Jamie pour son premier jour de classe mardi matin, et Claudia le reprendra l'après-midi en allant chercher ses filles, m'expliqua-t-il. Elle te mettra au courant. Ensuite, je veux que tu viennes l'attendre tous les jours. Il ne doit pas rentrer avec quelqu'un d'autre que toi. C'est important.

— D'accord.

— Sarah, il ne faut pas que tu sois en retard. Tu devras te tenir devant la porte de l'école avant trois heures et demie.

— Ne t'en fais pas. Qui est Claudia ?

— La demi-sœur de Geneviève.

— Ma présence ne risque-t-elle pas de l'étonner ?

Alexander fit un signe de dénégation.

— Elle sait que j'ai besoin d'aide. Elle a été forte comme un roc, ces dernières semaines. En fait, c'est elle qui m'a suggéré d'engager une gouvernante.

— Ses enfants sont aussi dans cette école ?

— Non, elles vont à Sainte-Margaret, à Montacute.

— Elles sont obligées d'aller à l'école le samedi matin, dit Jamie.

Je fis la grimace.

— C'est affreux.

— Mais elles ont des vacances plus longues et elles font de l'équitation.

— Alors, ce n'est pas si terrible.

— Oncle Bill dit que ça lui coûte un bras et une jambe, pour que les jumelles aient des vacances plus longues que les autres.

— C'est ce qui fait toute la beauté de l'enseignement privé, observa Alexander.

Nous marchâmes encore un peu, passant devant l'hôtel en ruine, et ce qui avait dû être un étang pour les canards. Nous atteignîmes bientôt la lisière du village.

— Il n'y a pas d'église ? demandai-je.

— Elle se trouve au sommet de la colline. Non loin de l'endroit où vivent les parents de Geneviève.

Je souris à Jamie.

— Ils ont une belle maison ?

— Elle est gigantesque ! répondit-il en écarquillant les yeux et en écartant les bras d'une façon exagérée.

— Je te la montrerai, ajouta Alexander en m'adressant un petit signe de tête. Nous irons en voiture.

Après déjeuner, nous reprîmes la Land Rover. Comme le matin, nous tournâmes à gauche en bas de l'allée, continuâmes sur la route principale, puis prîmes un étroit chemin à droite, environ une centaine de mètres avant l'entrée de la carrière. Par endroits, la route n'était guère plus large qu'un sentier, bordée par de hautes haies. Après une ascension longue et sinueuse, nous parvînmes à un croisement.

— Voici l'entrée de l'ancienne carrière, dit Alexander en ralentissant. Cela fait trente ans qu'elle est désaffectée.

Les battants du portail étaient fermés par une lourde chaîne et un cadenas. Du fil de fer barbelé était entortillé autour des barres métalliques. Un panneau rouge sang, terni par les intempéries, et sur lequel se détachait un crâne menaçant, était accroché au portail, proclamant : *DANGER DE MORT*. Un autre annonçait : *ENTRÉE INTERDITE*.

— Pourquoi ont-ils fermé la carrière ? demandai-je avec un frisson d'appréhension.

— Elle était devenue inaccessible pour les gros engins. Commercialement, il était plus rentable d'en ouvrir une au pied de la colline, où les camions peuvent manœuvrer sans problème, plutôt que de construire une nouvelle route jusqu'ici.

— Mais pourquoi l'accès est-il barricadé ?

— Les gosses avaient pris l'habitude de venir nager dans le puits, en été. Des ados. Ils ne tenaient pas compte des panneaux et s'amusaient à plonger de la falaise. L'un d'eux s'est noyé.

— C'est horrible !

— C'était il y a des années, bien avant que je fasse connaissance de Geneviève. Mais elle se souvenait de lui.

— Il n'aurait jamais dû entrer là, dit Jamie d'un ton solennel.

— Non, il n'aurait pas dû.

Alexander garda le silence un moment, puis reprit à voix basse :

— Personne ne vient plus ici. Les gens ont oublié l'existence de cette mine.

Nous repartîmes.

Au sommet de la colline, le chemin s'élargissait. De chaque côté s'étendaient des champs bordés de haies et de clôtures. Je remarquai un couple de superbes alezans sous un petit bouquet d'arbres, au centre d'une prairie. Alexander hocha la tête, sans quitter la route du regard.

— Ce sont ceux de Geneviève, dit-il, confirmant mon intuition.

Le premier bâtiment que nous vîmes se dressait à l'écart de la route, entouré d'une haute clôture percée d'un portail électrique. Je ne pus voir que le toit et une immense fenêtre en arc de cercle. Il s'agissait de toute évidence d'une vaste grange qui avait été superbement transformée.

— Mes cousines habitent là, déclara Jamie en se penchant par-dessus mon épaule pour désigner la maison.

— Waouh !

— C'est chic, n'est-ce pas ? Un mélange de la vieille fortune de Claudia et de la nouvelle richesse de Bill, commenta Alexander, sarcastique.

Je l'observai du coin de l'œil. Etait-ce de la jalousie que je percevais dans sa voix, ou bien de la rancœur ?

— Et voilà l'église, enchaîna-t-il d'un ton plat. Si cela t'intéresse, l'église et le cimetière regorgent de détails sur l'histoire de la famille Churchill.

— Oh, très bien.

— Et là, poursuivit-il avec un geste vers l'autre côté de la route, tu peux apercevoir les toits d'Elenora House.

— Ils vivent là ? Juste au-dessus de l'ancienne carrière ?

— Le premier M. Churchill a voulu que sa maison soit construite le plus près possible de la source de sa richesse. Je suppose que c'était par fierté. En outre, cela lui permettait de garder un œil sur ses affaires.

Il fit avancer la Land Rover jusque devant l'allée menant à Elenora House mais ne coupa pas le moteur.

La maison était plus grande et plus somptueuse que tout ce que j'aurais pu imaginer. C'était un édifice de campagne d'autrefois, avec de la glycine accrochée à la façade, situé loin de la route, tout au bout d'une longue allée bordée de buis sculptés. Une statue grandeur nature, de style victorien, trônait sur un piédestal au commencement de l'allée. Elle représentait un ange au visage ravissant, les yeux baissés. D'une main, il tenait une rose contre son cœur.

L'autre était tendue, comme pour inviter les visiteurs à s'avancer.

— C'est Elenora, expliqua Alexander. La plus jeune fille du premier M. Churchill, et sa préférée.

— Elle est morte jeune ?

— Oui. Un accident, pendant les travaux. Le sculpteur s'est servi de son masque mortuaire pour la statue.

— C'est morbide !

— Gen trouvait cela romantique. Enfant, elle était le portrait vivant de la statue.

J'aurais aimé en apprendre davantage. Mais à ce moment, Jamie, qui était assis derrière moi, s'écria :

— Voilà grand-père !

Un homme âgé, de haute taille, coiffé d'un chapeau et appuyé sur une canne, examinait les feuilles d'un rosier.

— On peut aller le voir ? Lui dire bonjour ?

Alexander me lança un coup d'œil.

— Je ne sais pas, dis-je. Il vaudrait peut-être mieux attendre.

— Trop tard, répondit Alexander.

Une femme à la silhouette mince avait rejoint le vieil homme. Elle mit une main en visière, et nous fit signe de les rejoindre.

— C'est Virginia, murmura Alexander dans un souffle.

— Tu ne peux pas faire comme si nous ne l'avions pas vue ?

— Ce serait un mensonge ! protesta Jamie.

— Allons-y, reprit Alexander. Finissons-en.

12

Nous prîmes place dans les fauteuils solides et confortables qui garnissaient la terrasse entourée d'un gazon parfaitement entretenu, dans ce que Virginia Churchill appelait « le jardin de famille ». La pelouse carrée était bordée de massifs qui abritaient une grande diversité de fleurs. Au centre se trouvait un très grand bassin dont les rebords de pierre étaient couverts de plantes grimpantes. Des nénuphars d'un blanc laiteux s'étalaient à la surface des eaux vert sombre. L'ensemble me fit penser à un tableau romantique et si je n'avais pas été aussi nerveuse, j'aurais été heureuse de m'asseoir simplement pour admirer ce somptueux décor.

Alexander évita soigneusement de croiser mon regard, tandis que Mme Lipton, une dame d'âge mûr, nous servait le thé. M. Churchill, que je ne pourrais jamais, j'en étais sûre, me résoudre à appeler Philip, était gauchement assis dans son fauteuil, une jambe étirée devant lui. Il portait un pantalon de velours usé, une chemise et une cravate. Le bord de son chapeau dissimulait ses yeux, mais je pus observer sa large mâchoire et son menton ombré d'une barbe de deux jours. Son visage était buriné. De grosses veines saillaient sur ses grandes mains osseuses marquées par des taches de vieillesse.

Quand le thé fut servi, Mme Churchill demanda à Mme Lipton d'aller chercher des jouets pour Jamie. La gouvernante revint avec un jeu de tir à l'arc. Elle disposa la cible tout au bout du jardin et, après s'être assurée que nous avions tout ce qu'il nous fallait, elle emmena Jamie. Les traits de M. Churchill se relâchèrent, sa bouche s'ouvrit et il se mit à ronfler.

— C'est très aimable de venir vous présenter, me dit Mme Churchill, d'un ton sec et sarcastique qui révélait son irritation, tout en me tendant une tasse de thé.

— Je suis désolé, Virginia, nous n'avions pas l'intention de passer sans nous être annoncés, dit Alexander.

Elle balaya ses excuses d'un geste.

— Je suis contente que vous soyez là. Vous savez que j'avais hâte de faire la connaissance de la personne que vous avez engagée pour veiller sur notre petit-fils.

Je souris en m'agitant un peu dans mon fauteuil.

— Eh bien, elle est là.

— Je ne vous imaginais pas comme ça, fit observer Mme Churchill.

— Qu'imaginiez-vous, Virginia ?

Cette dernière ignora la question d'Alexander.

— Ma fille n'aurait jamais laissé son fils sous la surveillance d'une étrangère, déclara-t-elle d'un ton plaisant mais chargé de sous-entendus.

Alexander voulut protester, mais elle leva la main pour le faire taire.

— Les choses étant ce qu'elles sont, vous pourriez peut-être me dire quelles sont vos qualifications pour cet emploi, Sarah ?

— Je...

— L'important, c'est que Jamie l'aime bien, me coupa Alexander. Et que j'aie confiance en elle.

Mme Churchill se pencha en avant. Ses prunelles étaient d'un bleu très pâle, comme de la glace. Son visage, bien que marqué par l'angoisse et la détresse de ces dernières semaines, exprimait néanmoins la force et la détermination. Elle était si proche de moi que je perçus son haleine.

— Avez-vous des qualifications pour ce genre de travail ?

— Pas vraiment.

— Avez-vous déjà été gouvernante, ou jeune fille au pair ?

Je lançai un coup d'œil en coin à Alexander, mais il contemplait les cheminées ouvragées sur le toit.

— Non.

— En d'autres termes, aucune compétence professionnelle ne justifie votre présence ici !

— Virginia, je vous en prie... protesta Alexander.

— Où avez-vous la tête ? lui demanda-t-elle d'une voix calme, mais si froide que je me crispai.

— Sarah va simplement s'occuper de Jamie pendant que je suis au travail, tout au plus deux heures par jour. S'il y a le moindre problème, elle pourra demander de l'aide. Et je prendrai le relais en rentrant le soir.

— Et que fera-t-elle de son temps, quand Jamie sera à l'école, et vous au bureau ?

— Elle tiendra le rôle de maîtresse de maison.

— Le rôle ?

— Vous savez bien ce que je veux dire.

Virginia reposa délicatement sa tasse dans la soucoupe et se tourna vers moi.

— Alexander nous a dit qu'il avait fait votre connaissance en Sicile.

— C'est exact.

— Et que votre relation est purement d'ordre professionnel.

— En effet.

— Sarah, pouvez-vous me regarder dans les yeux et m'assurer qu'il n'y a rien entre Alexander et vous ?

J'eus une brève hésitation. Alexander intervint. Il fit de son mieux, affirmant qu'il n'y avait pas l'ombre d'une intrigue entre nous. Il expliqua qu'en l'absence de Geneviève il était le mieux placé pour décider ce qui était bon pour Jamie et pour lui. Virginia répliqua qu'en l'absence de Geneviève sa position était discutable. Il y avait quelque chose d'implicite dans ses propos que je ne comprenais pas. Ils continuèrent de discuter poliment mais froidement, d'un ton coupant, sans élever la voix un seul instant. Soudain, sans même ouvrir les yeux, Philip grommela d'une voix sourde :

— Cela suffit.

Sur le chemin du retour vers Avalon, je demandai pardon à Alexander pour mon manque de repartie. Il avait descendu sa vitre et posé le coude sur la portière. Il conduisait de la main gauche, tout en mordillant nerveusement l'index de sa main droite.

— Ne t'inquiète pas. Virginia peut bien penser ce qu'elle veut.

Il se tourna vers moi et sourit, résigné.

— Il n'y a qu'à la laisser faire. Nous survivrons.

13

Je n'ai pas le souvenir d'avoir rêvé cette nuit-là. Je sais juste que quelque chose me dérangea aux premières heures de l'aube.

Je restai un long moment allongée, les yeux clos. Mon cœur battait fort, mais je ne savais pas ce qui m'avait réveillée.

Je me soulevai doucement sur un coude. Les doigts tremblants, la gorge serrée, je tirai le rideau. Une faible lumière s'étendait sur le champ devant la maison. Il n'y avait rien. J'essayai de me calmer. Me disant que mes nerfs me jouaient un tour, je soufflai et me détendis, fermant les yeux. Alors, j'entendis distinctement un bruit derrière le mur, juste au niveau de ma tête.

Je m'assis toute droite dans le lit, l'édredon plaqué contre ma poitrine. Les battements de mon cœur étaient si violents qu'ils en étaient douloureux. Je respirais avec peine. C'était un grattement fort et insistant, comme si une des briques du mur était en train d'être descellée. Le bruit évoquait le crissement d'ongles contre la pierre, il avait quelque chose de désespéré. Il se poursuivit plusieurs secondes. Il y eut une pause, puis il reprit.

— Alexander !

Je voulais crier, mais aucun son ne sortit de ma bouche, j'étais bâillonnée par la panique. Je sortis du lit et quittai la chambre à tâtons, trop effrayée pour regarder derrière moi. Dans la pénombre, la main glissant sur le mur à ma gauche, je traversai le long couloir qui ressemblait à un boyau noir, tournai le coin qui menait à la chambre d'Alexander, et frappai à la porte. La peur me faisait trembler au point que je ne sentais plus mes bras et ma main retomba sans force. Il n'y eut pas de réponse.

Au bord des larmes, je m'appuyai à la porte en criant :

— Alexander ! Alexander ! Réveille-toi, je t'en prie.

J'entendis les ressorts du sommier grincer, et je devinai qu'il repoussait ses couvertures en ronchonnant.

— Hmm ?

Je poussai le battant et entrai. Il faisait sombre, mais je distinguai la silhouette d'Alexander lorsqu'il se dressa sur un coude, les yeux fixés sur moi.

— Que se passe-t-il ? Tu te sens mal ?

— Je suis désolée... c'est juste que quelqu'un... Il y a quelque chose...

Je me tus un instant et tendis l'oreille. J'entendais encore le même bruit de grattement dans le mur du couloir. Il était plus faible à présent, mais toujours là. Ce n'était pas un effet de mon imagination. Je croisai frileusement les bras.

— Il y a quelque chose à l'intérieur du mur, Alexander. Quelque chose qui est enfermé, qui essaye de sortir...

Alexander s'assit au bord du lit. Mes yeux s'étaient habitués à l'obscurité et je le vis faire la grimace dans un effort pour chasser les brumes du sommeil.

— Ce sont les écureuils, marmonna-t-il. J'aurais dû te prévenir.

— Des écureuils ?

— Dans le toit. Ils grignotent les fils électriques, alors j'ai tendu un piège. L'un d'eux a dû tomber dans la cavité derrière le mur.

— Oh !

— Ils deviennent fous furieux quand ils se font attraper. Il a dû faire basculer le piège.

— Tu peux le faire sortir ?

— Je vais essayer. Passe-moi quelque chose à enfiler, tu veux ?

Alexander tendit la main et je me retournai pour prendre un tee-shirt accroché à un panier en osier dans un angle de la chambre.

Je perçus la présence de Jamie à la porte avant même de l'avoir vu. L'enfant se tenait juste derrière moi, pieds nus, en pyjama.

Il était dressé sur la pointe des pieds, le bras tendu. Je ne compris son geste que lorsqu'il y eut un clic et que la lumière inonda la chambre.

Jamie se frotta les yeux des poings. L'ours en peluche bleu était calé sous son bras, et sa ceinture de pyjama avait glissé sous son petit ventre maigre. Son regard passa de moi à Alexander.

— Grand-maman a dit que vous iriez ensemble dans le lit de maman.

— Non, Jamie, ce n'est pas ça, protestai-je.

— Et maman, alors ? Si tu vas dans le lit de maman, où elle va dormir, elle ?

— Oh, mon cœur, non, je suis juste entrée parce que...

— Sarah a fait un cauchemar, déclara Alexander d'un ton ferme.

— C'est vrai, renchéris-je.

Jamie dévisagea son père d'un air soupçonneux.

— Elle va retourner dans sa chambre, à présent.

J'acquiesçai d'un mouvement de tête.

— A plus tard, dis-je à Jamie.

— Tu es une aventureuse !

Il y avait un tel dépit dans sa voix que mon cœur se contracta. Je me vis à travers ses yeux : je n'étais qu'une étrangère pour ce petit garçon dont la mère était partie quelques semaines auparavant, une intruse dans la maison de ses parents, une inconnue aux cheveux longs, au visage blême, qui se tenait pieds nus dans cette chambre, le lieu de leur intimité. Pire encore, je me vis telle qu'il pensait que sa grand-mère me voyait. Une chercheuse d'or, avec une pelle à la main, debout dans une tombe, creusant et rejetant la boue derrière moi. Une image surgit de nulle part. Je vis une chose grise et inanimée, en lambeaux, les yeux grands ouverts, dans la terre à côté de moi. Je frissonnai.

— Viens, petit soldat, dit Alexander. Tu vas retourner dans ton lit.

Il souleva Jamie, et j'entendis ses pas s'éloigner dans le couloir.

L'idée de regagner ma chambre m'était insupportable. Je ne voulais pas entendre le pauvre petit écureuil désespéré, pris au piège. J'entrai dans la salle de bains pour me doucher. J'eus soin de tirer le verrou et je retirai ma chemise de nuit en frissonnant. Je me sentais nue et vulnérable. C'était stupide, mais le bruit fait par l'écureuil m'avait terrorisée et tout me paraissait étrange. Pourtant, personne ne me regardait.

J'entrai dans le bac à douche et fis coulisser le rideau.

Le bac était glissant et l'eau à peine tiède. Elle s'écoulait lentement sur mes cheveux, dans mon dos. J'eus le plus grand mal à faire mousser le shampooing, qui ne dégageait pas son habituel parfum fruité. Une odeur bizarre régnait dans la petite pièce. Je poussai du bout de mes doigts de pied un amas de cheveux et de savon qui s'était formé autour de la bonde. Le rideau de vinyle se plaqua contre mon dos et je me retournai pour le repousser. A cet instant, je crus voir un mouvement derrière la toile. Je me penchai à l'extérieur en retenant mon souffle, mais la porte était toujours fermée et verrouillée. La pièce était vide. J'avais dû apercevoir des volutes de vapeur du coin de l'œil, rien de plus.

14

L'atmosphère fut tendue pendant le petit déjeuner. Je m'efforçai de distraire Jamie pendant qu'Alexander, monté au grenier, tentait de repêcher le piège à écureuils. J'étais sur les nerfs. Je cassai un verre et ne parvins pas à allumer la cuisinière Rayburn pour faire chauffer le lait. Le liquide resta froid, mais quand je posai la main sur la plaque quelques minutes plus tard je me brûlai. En la retirant vivement, je heurtai la casserole et son contenu se répandit partout.

Jamie était pâle et faisait la tête. Alexander redescendit avec le piège caché sous une serviette de toilette et passa dans le jardin. Je supposai qu'il allait relâcher l'animal quelque part, loin de la maison. Quand il revint, il sentait le froid et le grand air. Il posa une paire de gants de cuir sur le plan de travail, se lava les mains à l'évier avec du produit à vaisselle, puis se mit à parcourir les pièces du rez-de-chaussée en cherchant des documents, son chargeur de téléphone et divers objets.

Jamie était assis à table dans son uniforme d'écolier, pantalon gris et sweat-shirt bleu. Il balançait les jambes tout en mangeant ses céréales au chocolat à la petite cuillère. Il n'y avait rien à boire, à part du sirop à l'orange. Ce n'était pas suffisamment nourrissant pour un garçon en pleine croissance. Je décidai de remplir le réfrigérateur de fruits et de produits frais.

Lorsque Alexander et Jamie furent partis dans la Land Rover, je me préparai une tasse de café et un toast au fromage. Je mangeai dehors, en regardant les oiseaux et les écureuils qui enterraient des noisettes. J'aimais la vivacité de ces petits animaux, la façon dont ils s'asseyaient et regardaient de droite et de gauche avec leurs yeux brillants, tandis que la brise ébouriffait leur fourrure brune. De temps à autre, à intervalles réguliers, ils se pourchassaient sur la pelouse, grimpaient dans un arbre et couraient dans les branches qui se balançaient sous leur poids en laissant tomber des brindilles. Je me demandai lequel d'entre eux s'était trouvé pris au piège. En plein jour, je me sentais ridicule d'avoir eu peur d'une créature si petite et si mignonne.

Un ruisseau coulait en bas du jardin. L'eau attirait des canards et des insectes qui scintillaient au soleil. J'étais certaine d'avoir aperçu un héron un peu plus loin. Le jardin était beau et plein de vie. Mais j'avais conscience de la maison dans mon dos, avec ses vieilles fenêtres qui avaient l'air de me surveiller. J'aurais dû être heureuse. J'avais enfin ce dont je rêvais à Manchester : la paix, le silence, du temps pour moi. Au lieu de cela, j'étais aussi nerveuse qu'un oiseau.

Je n'avais pas l'habitude de la vie à la campagne, voilà tout, me dis-je.

Je me tournai pour contempler Avalon. C'était juste une grande maison vide, et j'étais là pour la nettoyer. Si je voulais prouver que j'avais de bonnes références de ménagère, il fallait que je me mette au travail.

Je dénichai une bouteille de Javel, un produit d'entretien et quelques chiffons dans un amas de sacs à provisions, sous l'évier. Mon iPod dans la poche, les écouteurs aux oreilles, je montai au premier étage.

Je commençai par la chambre d'Alexander. C'était un désastre. Des vêtements et des serviettes de toilette traînaient partout, des verres et des tasses sales occupaient toutes les surfaces libres, le sol était jonché de canettes de bière vides. Une cravache pendait à la poignée d'un battant de l'armoire, une veste noire maculée de boue à l'autre. Des magazines d'équitation *Horse and Hound* étaient entassés en vrac à côté de la coiffeuse. Des photos des deux chevaux de Geneviève ornaient le pourtour du miroir. Je ramassai le tee-shirt qu'Alexander portait le matin et le pressai contre mon visage. Cela m'aida à me sentir mieux. Je l'enfilai par-dessus mon pull, comme un talisman puis entrepris de ramasser le linge et de l'entasser sur le palier pour le laver. Je ne savais pas trop quoi faire de la veste. Décidant finalement qu'elle était trop crasseuse pour que je la laisse là, je l'ajoutai à la pile de vêtements. Un cheveu était resté accroché sur le col, si blond qu'il brillait au soleil comme de l'or. Geneviève n'avait pas les cheveux aussi longs sur la photo que j'avais vue. Celui-ci était de la même longueur que les miens.

Au fur et à mesure que l'état de la chambre s'améliorait, mon moral remontait. Je fredonnais en écoutant la musique sur mon iPod, et j'étais presque détendue, contente de ce que je faisais. Tout à coup, de l'autre côté de la pièce, je crus voir quelqu'un qui me regardait. Une femme frêle, aux cheveux blonds, accroupie comme si elle avait peur, la main tendue, suppliante. Ses lèvres bougèrent. Je l'entendis murmurer : « A l'aide. »

— Geneviève ? chuchotai-je en ôtant mes écouteurs.

Je me redressai lentement, et la femme m'imita. Alors seulement je me rendis compte que j'avais vu mon propre reflet, déformé, dans un miroir posé de côté. La main était la mienne, tendue pour attraper un jean oublié sur le sol. La blondeur et la fragilité de l'image n'étaient dues qu'à une illusion d'optique, un jeu de lumière. Quant aux mots, ce n'étaient que les paroles de la chanson que je chantonnais. Je demeurai là une seconde ou deux, à m'observer, mais je ne reconnus pas cette femme dans le miroir. Ce n'était pas moi.

J'eus une sensation de nausée, la tête me tourna.

J'enlevai le tee-shirt d'Alexander et quittai la chambre en hâte.

Je ne pris pas le temps de m'appesantir sur ce qui s'était passé, et augmentai le son de mon iPod avant d'entrer dans la chambre de Jamie. Elle était plus petite que celle de son père, mais il y régnait le même désordre. Les murs étaient tapissés d'un papier représentant la lune et les étoiles. De loin en loin apparaissaient des vaisseaux spatiaux avec des extraterrestres souriants, assis dans des nacelles. Il y avait un lit d'enfant très bas et une armoire. Les portes en étaient ouvertes, laissant voir des vêtements entassés et des jouets débordant des tiroirs. A côté, un petit bureau, une chaise et un hamster dont la cage avait grand besoin d'être nettoyée. Elle était installée sur un chiffonnier, près de la fenêtre. Je remplis d'eau la bouteille du hamster et notai mentalement qu'il faudrait acheter de la litière la prochaine fois que j'irais au village. Je ramassai le linge sale, ôtai les draps et les jetai en vrac sur le palier avec les affaires d'Alexander.

Il y avait une autre porte dans le couloir. Elle donnait sur une pièce longue et exiguë, avec une petite fenêtre tout au bout. C'était un dressing, où étaient rangées toutes les affaires de Geneviève.

J'effleurai les tissus du bout des doigts. Les vêtements étaient agréables au toucher, ravissants, et de taille trente-six. Ils me donnèrent l'impression d'être trop grande et trop lourde. Les vestes et chemises de compétition étaient sous des housses protectrices. Il y avait aussi toute une collection de vestes de chasse, de pantalons et de cravates de soie de couleurs variées. Des bottes cirées à la perfection et toutes sortes de bombes d'équitation occupaient le rayonnage du bas. Au-dessous se trouvait une rangée de chaussures. Je soulevai l'une d'elles, une superbe sandale italienne à talon haut, avec une semelle de cuir et des lanières à nouer autour de la cheville. Elle était jolie, délicate, de taille trente-six. Comme les vêtements, beaucoup trop petite pour moi.

Une psyché était installée près de la fenêtre. Cette maison était pleine de miroirs. Et aussi de souvenirs. Pourquoi Geneviève avait-elle laissé autant de vêtements ? Etait-elle partie si précipitamment ?

Je songeai au jour où j'avais fait mes valises pour le voyage en Sicile. Je n'avais pas vraiment prêté attention à ce que j'emportais. C'était le fait de partir qui comptait, et non le contenu des bagages. Geneviève avait peut-être eu le même sentiment. Je me demandai si Alexander s'était trouvé derrière elle, s'il lui avait parlé pendant qu'elle prenait ses affaires, s'il l'avait suppliée de rester. Je n'avais pas envie de l'imaginer ainsi, diminué, humilié. Je préférais penser qu'il avait été furieux, et fier.

Il m'avait confié qu'il s'était résigné à son départ, que leur relation était terminée. Dans ce cas, pourquoi s'étaient-ils séparés en si mauvais termes ? Pourquoi semblait-il encore aussi perdu, aussi dérouté ?

Il fallait que je cesse de me poser autant de questions sur ce qui était advenu entre eux, sur leur mariage. Cela ne me regardait pas. Ces choses-là étaient trop personnelles, c'était ce qui constituait l'intimité d'un couple.

Je sortis de la chambre, fermai doucement la porte et m'attelai au récurage de la salle de bains. Il me fallut des heures pour obtenir un résultat, mais je fus récompensée de mes efforts. Les carreaux de céramique brillaient, et une odeur fraîche de savon et de citron régnait dans la pièce. J'eus soudain l'idée, après coup, de nettoyer les miroirs, et j'ouvris la porte de l'armoire à pharmacie accrochée au mur, près de la fenêtre. Elle contenait un assortiment de flacons de comprimés, de rasoirs, et d'échantillons d'hôtels. Je triai les médicaments périmés et les jetai à la poubelle.

Cachée au fond de l'armoire se trouvait une petite trousse à maquillage en soie bleu foncé. Je la pris et actionnai le fermoir. J'y trouvai un tube de rouge à lèvres sans son étui, une pince à épiler et deux petites boîtes en carton. Je devinai au premier coup d'œil de quoi il s'agissait. J'ouvris l'une des deux boîtes et en sortis une plaquette. Il manquait environ la moitié des pilules.

Celles-ci ne pouvaient appartenir qu'à Geneviève.

Je ne comprenais pas pourquoi elle avait laissé ses pilules contraceptives à la maison. C'était la première chose qu'on pensait à mettre dans son sac avant de partir en voyage, non ?

15

A seize heures trente, une vieille Volvo Estate brinquebalante s'arrêta dans l'allée, et Jamie en descendit avec deux fillettes en uniforme d'écolière. Quand elles me virent près du portail, elles s'immobilisèrent, l'une contre l'autre, et me dévisagèrent en chuchotant. Elles devaient avoir environ neuf ans.

Une grande femme aux longs cheveux bruns striés de gris émergea de la voiture et alla soulever le hayon, libérant deux labradors noirs. Le petit groupe s'avança. Le plus massif des deux chiens, visiblement le plus jeune, vint vers moi en bondissant joyeusement et manqua me renverser en posant ses deux grosses pattes sur mes épaules. Il devait être aussi lourd que moi.

— Blue, assis ! lança sa maîtresse.

Le chien l'ignora et fit mine de me lécher le visage. Je le repoussai et il bondit de nouveau. Le manège se répéta deux ou trois fois, puis il tournicota autour de moi en remuant la queue et en faisant mine de sauter pour jouer, sa grosse langue rose pendant sur le côté.

Son compagnon était plus vieux et se déplaçait pesamment, comme leur maîtresse. Les cheveux de la jeune femme étaient retenus en arrière par des barrettes, et ses gros pieds chaussés de lourdes sandales en cuir brun. Elle portait une longue robe informe qui lui arrivait aux chevilles. Elle vint jusqu'au portail en ahanant et me sourit. Je voulus dire bonjour à Jamie, mais celui-ci m'ignora, l'air renfrogné.

— Jamie...

— Fiche-moi la paix !

Il s'enfuit dans le jardin et les jumelles, à la fois choquées et impressionnées, le suivirent d'une démarche gracieuse. Je m'efforçai de ne pas accorder trop d'importance à sa réaction et de ravaler mon humiliation.

La nouvelle venue franchit le portail en secouant la tête et me tendit la main. Son sourire était franc et chaleureux.

— Je suis Claudia, la demi-sœur de Geneviève. Comment allez-vous ?

— Et moi, je suis Sarah. La gouvernante d'Alexander.

— Inutile de vous présenter. Tout le monde ici sait qui vous êtes.

— Je ne suis pourtant là que depuis quelques jours !

— Le tam-tam de la jungle fonctionne sans arrêt, nuit et jour.

Je perçus du coin de l'œil un mouvement dans le jardin. Jamie jetait des pierres dans le ruisseau, et les canards s'envolaient en nasillant. Les jumelles poussèrent des cris stridents tout en reculant.

— Il ne devrait pas lancer des pierres sur les canards, dis-je.

— Il veut se rendre intéressant. C'est pour vous qu'il fait ça. Il vaut mieux l'ignorer.

— Je ne sais pas bien m'y prendre avec lui.

Claudia me tapota gentiment le bras.

— Vous finirez par l'amadouer. Il faut un peu de patience, c'est tout.

Nous observâmes les enfants un moment. Jamie avait ôté ses chaussures et ses chaussettes avant d'ordonner à ses cousines de l'imiter. Le plus jeune des labradors bondissait autour d'eux, en espérant qu'ils allaient lui lancer les bâtons qu'ils ramassaient.

— Quel est leur nom ? demandai-je.

— Vous parlez des chiens, ou des filles ?

— Des jumelles, répondis-je en riant.

— Petra et Allegra. Les chiens s'appellent Bonnie et Blue. La plus vieille vient d'un refuge. Le mâle est un chien de pure race qui provient d'un élevage local. Il nous a coûté six cents livres et est totalement incontrôlable. Le facteur menace de nous faire un procès s'il le fait tomber encore une fois de sa bicyclette. Je peux mettre de l'eau à bouillir pour le thé ? Je meurs de soif.

— Oh, désolée, j'aurais dû y penser !

Nous entrâmes dans la cuisine et je remplis un bol d'eau pour Bonnie pendant que Claudia préparait le thé.

— Vous vous habituez bien, ici ?

— Très bien, je vous remercie.

— Vous ne trouvez pas que cette maison est un vrai cauchemar ? Il y a toujours une fuite ou quelque chose qui ne fonctionne pas quelque part. C'est ce que disait Geneviève.

— Je m'adapte tout de même. Nous sommes passés devant chez vous, pendant le week-end. Votre grange restaurée est magnifique.

— Oui, elle est belle. Nous avons de la chance.

Elle s'appuya contre la table et me sourit. Allongée à ses pieds, Bonnie la contemplait avec adoration.

— J'ai appris que vous aviez fait la connaissance de mon père et de ma méchante marâtre ?

— Décidément, tout se sait par ici.

— Absolument. Virginia a été désagréable ?

— Un peu. Elle estime que je ne suis pas qualifiée pour m'occuper de Jamie.

— C'est parce que vous avez saboté ses plans. Elle voulait que Jamie aille vivre à Elenora House avec elle, jusqu'au retour de Geneviève.

— J'ignorais cela.

— Virginia aime contrôler les choses. Alexander s'est débrouillé tout seul ici et Virginia a beaucoup insisté pour prendre Jamie. Quand il est rentré de Sicile en annonçant qu'il avait trouvé quelqu'un pour l'aider, elle en a été très contrariée.

J'essayai de dissimuler le choc de cette nouvelle. Cela jetait un éclairage nouveau sur ce qui s'était passé entre Alexander et moi. Il était donc impératif pour lui de trouver quelqu'un pour lui venir en aide. Est-ce que n'importe qui d'autre que moi aurait pu faire l'affaire ? S'était-il contenté de chercher une femme disponible et suffisamment manipulable pour se laisser persuader d'endosser le rôle de gouvernante, du jour au lendemain ?

— Virginia a-t-elle des soupçons à mon égard ?

— Naturellement. Mais Alexander nous a assuré que votre relation était d'ordre strictement professionnel. Elle m'a dit que vous n'aviez pas répondu directement quand elle vous avait questionnée, mais je suppose que vous étiez embarrassée.

— En effet.

— Mais c'est la vérité, n'est-ce pas ? Il n'y a rien entre Alexander et vous ?

— Non, affirmai-je. Rien du tout. Il ne pense qu'à Geneviève, et il ne parle que d'elle.

Je me rendis compte, en prononçant ces mots à haute voix, que c'était la vérité. Tout à coup, j'éprouvai une intense nostalgie. J'avais envie de parler avec May, de me trouver parmi les gens qui m'aimaient. Des larmes me montèrent aux yeux. J'avais appelé ma famille depuis mon arrivée dans le Somerset, mais brièvement. Je leur avais laissé entendre que c'était le nirvana, que l'endroit était merveilleux, que je me sentais beaucoup mieux, et que tout ce qu'il me fallait au bout du compte, c'était un changement d'air. Je compris brusquement que je m'étais montrée égoïste, que ces paroles avaient dû paraître blessantes à ceux qui avaient fait tout leur possible pour m'aider.

Claudia ne remarqua pas mon malaise. Elle sourit d'un air approbateur.

— C'est exactement ce qu'il faut. Virginia n'a aucune raison de s'inquiéter. Elle soupçonne toujours le pire chez les gens, c'est regrettable. Elle devrait vous remercier de soutenir notre famille dans cette épreuve.

Je caressai la tête massive de Bonnie.

— Vous vous entendez bien avec elle, Claudia ?

— Avec Virginia ? Comme ci, comme ça.

— Oh.

— Elle a de bonnes intentions, je suppose. Alexander vous a-t-il raconté notre histoire, à Geneviève et moi ?

— Non.

— Il vaut mieux que ce soit moi qui vous explique, alors, enchaîna-t-elle en versant du thé dans la théière. Sinon, quelqu'un d'autre s'en chargera et se croira obligé d'en rajouter.

— Que vous m'expliquiez quoi ?

Claudia soupira, avant de reprendre :

— Virginia est la deuxième épouse de mon père. Elle a surgi dans notre vie quand j'avais douze ans, et mon père a eu le coup de foudre. On ne peut pas lui en vouloir. Mère était comme moi. Trop grosse, pas très belle ni très intelligente. Virginia était... Eh bien, elle n'était pas du tout comme ça.

Je ne sus que répondre. Claudia sourit.

— Bref, mon père et ma mère ont divorcé pour qu'il puisse épouser Virginia, et tout est devenu un peu triste pour mon frère et moi. Je suis polie avec ma belle-mère, mais nous ne sommes pas les meilleures amies du monde.

— Vous avez un frère ?

— A dire vrai, c'est comme si je n'en avais pas. Il nous a reniés.

J'attendis, mais elle n'en dit pas davantage, et se massa le bout du nez du revers de la main d'un air songeur.

— Et votre mère ? Elle vit toujours à Burrington Stoke ?

— Non, elle est morte il y a longtemps.

Claudia reposa le couvercle sur la théière et son expression changea d'un coup. Elle regarda dans le jardin en souriant.

— Mais j'ai une sœur, dit-elle d'une voix plus douce. Geneviève a été ma récompense pour tous les efforts que j'ai dû faire pour supporter ma belle-mère.

Elle s'éventa avec un exemplaire du journal du village et ajouta :

— Nous avons toujours été très proches.

— Savez-vous où se trouve Geneviève, en ce moment ?

Claudia secoua la tête.

— Je suis désolée, repris-je. Vous devez être terriblement inquiète.

Claudia haussa les épaules, prit le paquet de biscuits que j'avais posé sur la table et déchira l'emballage.

— Le problème, c'est que...

Elle soupira en prenant un biscuit. Elle le regarda, le cassa en deux et en donna la moitié à la chienne.

— Genny est de ces personnes qui agissent avant de réfléchir. Depuis qu'elle est toute petite, elle a toujours été impétueuse et j'espère que... j'espère qu'elle n'a pas d'ennuis.

Je songeai aux pilules contraceptives abandonnées, oubliées, ou bien délibérément laissées à leur place. Je songeai à l'image dans le miroir. Je me détournai en frissonnant.

— Je suis persuadée que Geneviève va bien, dis-je, autant pour me rassurer que pour réconforter Claudia. Si elle est du genre à agir sur un coup de tête, alors...

— Mais elle n'était jamais partie comme ça. Enfin, si, une fois. Quand elle était à l'université, elle a un peu perdu les pédales, mais ce n'est pas rare, n'est-ce pas ? Virginia a toujours été tellement protectrice que je n'ai pas été étonnée que Geneviève rue dans les brancards à la première occasion.

J'approuvai d'un hochement de tête.

— C'est pour cela que papa et moi nous sommes tant réjouis quand elle a rencontré Alexander. Il l'a calmée, il a eu une influence positive. A l'évidence, Virginia ne le trouvait pas assez bien pour elle, mais mon père l'a tout de suite adoré. Et quand Jamie est arrivé, tout était absolument parfait !

Claudia mit l'autre moitié de biscuit dans sa bouche.

Nous gardâmes le silence un moment, puis elle reprit :

— Je finis toujours par parler de Geneviève. Il fait beau, nous n'aurons plus beaucoup de belles journées comme celle-ci, cette année. Nous devrions aller boire le thé dehors.

Nous étendîmes une couverture sur la pelouse, dans le jardin de devant. Je sirotai mon thé et inhalai la fumée de sa cigarette, tandis que les enfants jouaient. Les abeilles butinaient les fleurs de lavande et les oiseaux se gorgeaient de mûres. Claudia me parla de la vie du village, me raconta son enfance à Elenora House, le temps rythmé par les concours hippiques, les compétitions et la vie sociale. Les bals, les réceptions, les dîners de charité, les fêtes d'anniversaire. C'était un monde radicalement différent de celui que j'avais connu et j'écoutai ses histoires avec plaisir, sans toutefois l'envier. J'étais triste pour son frère et elle. Il devait être très difficile de grandir dans une famille où tout était planifié. Ce style de vie rigide laissait peu de place à la rébellion. Rien d'étonnant à ce que Geneviève ait étouffé dans cette atmosphère. Je massai doucement l'oreille de la vieille chienne, qui émit un grognement de plaisir.

Un peu plus tard, une fois Claudia repartie avec les jumelles et les chiens, et Jamie installé devant la télévision, je pris les tasses et vidai les feuilles de thé par-dessus le petit mur qui séparait le jardin du verger. Mon geste dérangea un corbeau qui s'envola paresseusement et je jetai un coup d'œil de l'autre côté du muret. L'oiseau avait abandonné sur le sol un petit tas de fourrure argenté et d'os maculés de sang. Les restes d'un écureuil dont le crâne avait été brisé en morceaux.

La manche de mon cardigan s'accrocha aux pierres, et je baissai les yeux en tirant sur le lainage.

Je le regrettai aussitôt.

Le mur était taché de sang, et des poils gris et un fragment d'os étaient restés prisonniers de la pierre. Un maillet en bois était adossé à la paroi.

Je reculai en lâchant les tasses.

Alexander avait tué l'écureuil.

Il n'y avait pas d'autre explication.

16

Le tueur d'écureuil entra dans la cuisine en coup de vent. Il portait sur lui une odeur sèche et âcre, qui me fit songer à un mélange de poussière et de sueur. Il avait ôté le haut de sa salopette, et noué les manches autour de sa taille. Il alla droit à l'évier pour se laver les mains, puis se tourna vers moi en souriant. J'étais en train de trier le linge lavé l'après-midi.

— Salut, dit-il. Ça sent bon.

— Ce sont des lasagnes.

— Tu ne peux pas savoir comme c'est agréable de rentrer et de sentir de bonnes odeurs de cuisine !

— Ce n'est rien d'extraordinaire.

Il me lança un coup d'œil en coin, mais je refusai de le regarder.

— Comment s'est passée ta première journée ?

Je lissai de la main une serviette de toilette avant de la plier.

— Bien.

— Pas de problèmes avec madame ?

— Virginia ? Non. Mais Claudia a passé un moment avec moi, en ramenant Jamie de l'école. Elle est adorable.

— Oui, c'est vrai.

— Elle m'a parlé de sa famille.

— De ce braillard de Damian ?

— Damian ?

— C'est son frère.

— Oh... Non, elle... elle n'a pas dit grand-chose en réalité. Seulement que ton père et elle t'aiment beaucoup.

Alexander me tournait le dos, si bien que je ne pus voir son expression. Il marmonna quelque chose d'indistinct.

— Elle m'a posé des questions à notre sujet. Je lui ai dit qu'il n'y avait rien entre nous.

Il tira une chaise et s'assit.

— Merci. Tu as bien fait, même si Claudia et Virginia ne s'aiment pas beaucoup. Claudia a toujours été du côté de sa sœur.

Je remarquai que nous n'avions pas parlé plus de deux minutes avant que le nom de Geneviève ne surgisse dans la conversation. Je saisis une taie d'oreiller sur la pile de linge.

Alexander délaça ses bottes posément, et quand il les ôta, je sentis l'odeur de laine de ses chaussettes. J'éprouvai une bouffée d'affection. Si je l'avais mieux connu, si je n'avais pas su qu'il avait tué l'écureuil, je serais peut-être allée derrière lui, pour lui masser les épaules. Mais de fait, mon cœur s'était un peu endurci.

— Hé, fit-il, tout va bien ?

— Non. Ça ne va pas. Tu as tué l'écureuil qui était pris au piège, ce matin ?

Il n'essaya pas de trouver une excuse, n'eut même pas l'air désolé.

— Ouais, dit-il simplement.

— Pourquoi tu ne l'as pas laissé repartir ?

— Parce qu'il serait remonté directement dans le toit. Le piège n'aurait servi à rien.

— Tu aurais pu l'emmener plus loin et le libérer.

— On ne peut pas faire ça, ce serait cruel. Les écureuils sont des animaux de territoire.

— Ç'aurait été plus cruel que de lui fracasser le crâne ?

Il me prit la main et la pressa doucement. La vision de nos doigts entrecroisés me parut saugrenue.

— C'est la vie à la campagne, expliqua-t-il. C'est ce qu'il faut faire. Cela vaut mieux que de les empoisonner.

— C'est horrible.

Je retirai ma main et la frottai du plat de ma paume.

— Tu es une fille de la ville. Tu vois les écureuils comme de jolies petites bêtes à la fourrure rousse, tu imagines les lapins avec des vestes en velours, et...

— Ne prends pas ce ton condescendant avec moi.

— Je suis désolé, mais c'est vrai. En réalité, les écureuils sont des nuisibles.

Il y avait de la colère dans sa voix, à présent. Je ne le connaissais pas assez pour savoir jusqu'où je pouvais aller. Je me tournai pour qu'il ne me voie pas rougir.

— C'est idiot, reprit-il d'un ton plus conciliant. Ne nous disputons pas pour ce genre de choses.

Je hochai la tête, mais gardai le silence.

— Si cela te contrarie, je trouverai un autre moyen de me débarrasser des écureuils.

— D'accord. Je te remercie.

Alexander prit une douche avec son fils pendant que je finissais de préparer le repas, puis nous prîmes place à la grande table de salle à manger. J'avais rapidement nettoyé la salle, mais à en juger par la saleté que j'y avais trouvée, elle n'avait pas dû être utilisée pour le dîner depuis des mois. Les couleurs de l'immense tableau représentant deux chevaux dans un champ étaient ternies par la poussière. Geneviève ne devait plus faire le ménage depuis quelque temps, quand elle avait pris la décision de partir. Ou bien, elle ne s'était jamais donné la peine de nettoyer. Pourquoi aurait-elle gaspillé du temps à frotter et passer l'aspirateur, alors qu'elle pouvait chevaucher dans la campagne, le nez au vent, consciente d'être la meilleure cavalière de la région ?

Je mangeai lentement, tout en observant Jamie. Il avait oublié sa mauvaise humeur et se tortillait joyeusement sur sa chaise, en répondant aux taquineries incessantes de son père. Je me détendis et me sentis un peu plus sereine. L'ours en peluche bleu était posé sur la table, à côté de l'assiette de Jamie. J'étais heureuse de le voir aussi animé et effronté comme tous les enfants de son âge.

Alexander avait allumé des bougies disposées sur le gigantesque manteau de cheminée qui occupait presque tout un pan de mur, au-dessus d'un âtre aussi large qu'une grotte. Il y avait aussi des lumignons chauffe-plats sur la table, et une bougie calée dans le col d'une bouteille. Cela me rappela notre premier dîner ensemble, en Sicile. Je contemplai le père et le fils, j'écoutai leur conversation, et au bout d'un moment j'eus presque oublié l'écureuil. Et

Geneviève aussi. Presque. Cependant, elle était présente dans les ombres vacillantes, dans les motifs des rideaux et du tapis, recroquevillée derrière la pile de livres. Je sentis un courant d'air sur mon visage et, l'espace d'un instant, fus persuadée que c'était elle qui était revenue. Mais je me trompais, bien sûr. C'était juste la porte qui s'était refermée doucement.

Les bougies se consumaient, dehors la nuit s'épaississait. Alexander tira les tentures. Des ombres se projetèrent sur les murs, conférant à la pièce un aspect douillet. Le bavardage de Jamie ralentit. Alexander essuya son assiette avec un morceau de pain avant de l'avaler, puis prit une gorgée de bière. J'essayai de me relaxer, mais mon malaise persista. Je croyais voir des yeux dans les murs, j'entendais des chuchotements. Ils me soufflaient que ma place n'était pas à Avalon, qu'Alexander avait raison, je n'étais pas une fille de la campagne. Il valait mieux que je m'en aille, que je retourne d'où je venais.

J'empilai les assiettes et les rapportai dans la cuisine. Le cheesecake à la cerise que j'avais préparé était dans le réfrigérateur, tout brillant de gelée et de fruits confits. Je fis un effort pour ne pas regarder la garniture rouge, qui dans la lumière blanchâtre de la cuisine me faisait penser à du sang coagulé.

Je le posais sur la table pour le démouler, quand par la fenêtre je vis des phares balayer l'allée. Les rayons blancs transpercèrent l'obscurité, illuminant des ronces et des orties sur les côtés. Les pneus firent crisser le gravier. Tout d'abord, je crus que c'était Claudia. Elle avait sans doute oublié quelque chose. Mais quand la portière s'ouvrit côté passager, je perçus nettement la voix impersonnelle qui parlait dans la radio et je reconnus aussitôt ce son très particulier.

C'était la police.

17

Il y avait deux officiers de police, un homme et une femme. Ils étaient vifs et plutôt sympathiques. Ils entrèrent avec un air d'excuse, enveloppés d'un nuage d'air glacé et humide. Je frissonnai. L'homme était en civil, la femme tenait à la main son couvre-chef noir de policier. Elle avait des cheveux sombres et brillants et un joli visage rond. Elle dut voir l'anxiété se peindre sur mes traits, car elle m'assura avec gentillesse qu'il n'y avait rien de grave, ils n'étaient pas porteurs de mauvaises nouvelles. Il fallait simplement qu'ils échangent quelques mots avec Alexander.

Jamie était fasciné. Debout devant les policiers, il les dévisageait avec admiration.

— Vous avez une arme ? demanda-t-il à la jeune femme.

Celle-ci se mit à rire.

— Non ! Mais j'ai des menottes.

— Des menottes ! répéta-t-il dans un chuchotement. Je peux les toucher ?

— Je vais te dire mieux que cela. Si tu es bien sage et que tu nous laisses discuter tranquillement avec ton papa, je te laisserai allumer le gyrophare.

— Les lumières de police ?

— Oui.

Jamie n'en demandait pas plus. Il resta dans la cuisine avec moi, doux comme un agneau, pendant qu'Alexander, d'une pâleur mortelle et une canette de bière à la main, allait s'enfermer dans le salon avec les policiers. Je débarrassai la table, chargeai le lave-vaisselle et essuyai le plan de travail en prêtant une oreille distraite à Jamie qui me racontait tout ce qu'il avait appris sur la police à la télévision. J'aurais dû me réjouir qu'il me parle enfin, mais j'avais envie qu'il se taise, afin de pouvoir entendre ce qui se disait derrière la porte close du salon. La visite des policiers avait forcément quelque chose à voir avec Geneviève. Forcément.

Quand j'eus fini le rangement, je me servis un verre de vin et passai dans le jardin avec Jamie, pour observer les étoiles.

Il faisait nuit dans la campagne, mais je connaissais déjà bien le jardin. Je savais où chaque arbre se trouvait, où était situé le mur, à quel endroit précis la sauge, la menthe, et le romarin que personne ne taillait avaient franchi les limites du potager. La pelouse n'avait plus été tondue depuis des mois, et elle était jonchée de pommes que j'avais prévu de ramasser. Tout en sirotant mon vin, je montrai à Jamie les quelques constellations que je connaissais. Sa mère lui avait dit que chaque étoile représentait un vœu. Je devinai à sa voix qu'il ne le croyait pas tout à fait, mais nous ne nous connaissions pas encore assez bien pour approfondir ce genre de sujet.

Les policiers restèrent près d'une heure avec Alexander. Quand la porte du salon se rouvrit et que nous entendîmes leurs voix, Jamie retourna dans la cuisine. Il se pelotonna à côté de la cuisinière et je mis la bouilloire sur le feu, mais personne ne voulait de thé ou de café. Le policier serra la main d'Alexander et le remercia pour sa coopération, en l'appelant « monsieur Westwood ». Alexander était blême, il avait une mine épouvantable. La jeune femme tint parole et emmena Jamie à la voiture pour lui faire actionner le gyrophare. Je leur emboîtai le pas, mais Alexander ne sortit même pas dans le jardin pour regarder son fils.

Quand les policiers furent repartis, Jamie se renferma, réfugié dans sa bouderie habituelle. Il se blottit contre son père en suçant son pouce. Le visage d'Alexander semblait sculpté dans le marbre. C'est à peine s'il parut remarquer son fils.

— Ils sont venus te parler de maman ? demanda Jamie, sans lâcher son pouce.

— Oui.

— Elle a des problèmes ?

— Non, Jamie. Personne n'a de problème. Pas encore.

Une fois Jamie au lit, Alexander revint dans le salon pieds nus, les pans de sa chemise retombant sur son pantalon. Une tache de sang maculait le tissu à la hauteur des reins, comme s'il avait encore gratté sa cicatrice. Sa courte barbe noire zébrait ses joues, comme des coups de crayon.

— Jamie n'arrivait pas à s'endormir, dit-il. Il est très énervé. J'ai dû lui lire *Gruffalo* quatre fois.

— C'est un record ?

— Oh, non. Il nous est arrivé de dépasser les dix fois, après...

— Après le départ de Geneviève ?

— Oui.

Je quittai le canapé pour le suivre dans la cuisine.

Il prit une bouteille de vodka dans un placard et emplit deux petits verres. Puis il revint s'asseoir à la table de la salle à manger, et je repris place dans le canapé en faisant rouler mes épaules pour me détendre.

— Que voulaient-ils ?

Par la porte ouverte, je pouvais voir la photo de Geneviève sur l'étagère. Ses yeux étaient rivés sur moi, elle me souriait. Je frissonnai en ramenant une jambe sous moi.

Alexander fit tourner les glaçons dans son verre.

— Ils sont venus parce que Virginia a déclaré la disparition de Geneviève.

— Pourquoi ?

— Cela faisait un moment qu'elle menaçait de le faire.

— Mais pourquoi maintenant ?

Il leva son verre en me regardant.

— Parce que je suis là ?

— Elle te soupçonne d'être ma maîtresse ! s'exclama-t-il avec un rire bref. Ma maîtresse ! C'est le mot que les policiers ont prononcé. Je parie que ce n'est pas celui qu'elle a employé.

— Oh.

Alexander reposa son verre sur la table et pencha la tête.

— Virginia s'est mis dans la tête que je voulais me débarrasser de Geneviève pour pouvoir vivre avec toi. Elle sait que je n'ai pas les moyens de rémunérer une gouvernante qualifiée, et elle ne peut pas croire que tu aies accepté de venir, s'il n'y avait rien entre nous.

— Que disent les policiers ? demandai-je sans lever les yeux de mon verre.

— Ils ont surtout posé des questions. Je leur ai dit la vérité. Tu voulais t'éloigner de Manchester, et j'avais besoin de quelqu'un ici pour veiller sur Jamie. Je t'offre le gîte, le couvert, et une modeste somme en échange de tes services. Ils m'ont demandé si nous avions des chambres séparées.

Je frissonnai.

— Est-ce qu'ils vont m'interroger ?

— Pas pour le moment.

— Tu leur as montré la lettre de Geneviève, dans laquelle elle te dit qu'elle veut partir ?

— Non.

J'attendis qu'il m'explique pourquoi il n'avait pas produit ce document prouvant que Geneviève était partie de son propre gré, mais il n'ajouta rien. Du coin de l'œil, je vis quelque chose bouger. Le chat qui revenait, sans doute, ou bien un rideau soulevé par un courant d'air. Je croisai les bras.

— Pourquoi ne leur as-tu pas montré la lettre ?

— Parce que je ne l'ai plus.

Un mouvement capta une fois de plus mon attention, m'empêchant de me concentrer.

— Où est-elle ?

— Je l'ai brûlée.

— Brûlée ?

Je mis un moment à admettre qu'Alexander s'était débarrassé de la seule preuve susceptible d'étayer son histoire. Puis je me reprochai cette pensée idiote. Pourquoi aurait-il eu besoin d'une preuve ? Il n'avait rien fait de mal.

— J'avais bu, dit-il. C'était quelques jours après... je n'arrivais pas à joindre Genny. Je n'arrêtais pas de l'appeler, en la suppliant de me dire si elle allait bien, mais son téléphone était sur messagerie, et...

Il s'interrompit, fouillant dans sa mémoire.

— Chaque fois que j'entendais sa voix dans la boîte vocale... ça me rendait fou. J'ai perdu la tête, pendant quelque temps.

Je me levai pour aller vérifier que la porte était bien fermée. Le courant d'air provenait peut-être de la chatière.

— Je suppose que ça n'a pas grande importance, dis-je doucement, en luttant pour ne pas perdre le fil de mes réflexions. Elle a aussi écrit à ses parents, n'est-ce pas ?

— Oui. Apparemment, pour leur raconter qu'elle était terriblement malheureuse avec moi, et que je n'étais qu'une brute sans cœur.

Nous gardâmes le silence une minute ou deux, puis je lui demandai :

— Est-ce que la police va faire des recherches ?

— Je suppose que oui.

Quelque chose dans le ton de sa voix me perturba. Je repris une gorgée de vodka.

— Tu es inquiet pour elle, Alexander ?

— Non, dit-il d'un ton froid et uni.

Le même ton que j'avais utilisé la dernière fois que j'avais parlé à Laurie.

— Non, je me moque de savoir ce qu'elle est devenue, à présent. J'aimerais autant qu'elle soit morte. Elle peut bien aller au diable, ça ne me fait ni chaud ni froid.

Je levai les yeux vers lui, et lui trouvai l'air si désemparé que je fus obligée de détourner le regard.

— Qu'elle aille se faire foutre, ajouta-t-il.

Il s'essuya le nez d'un revers de poignet et sortit pour se rendre dans le jardin.

Je l'attendis un moment, mais il ne rentra pas. Aussi, je finis mon verre et montai sans bruit me coucher.

18

J'aurais dû partir. J'aurais dû retourner à Manchester, mais je n'en fis rien. Pourtant, il était évident que cette histoire avec Alexander me conduisait au désastre. Rien ne se passait comme je l'avais imaginé. J'avais fait un rêve romantique, qu'avec le recul je trouvais d'une ridicule naïveté. J'avais cru m'installer à la campagne avec un homme beau et blessé par la vie, et m'occuper de son fils à la fois attendrissant et tragique. En fait, j'étais à des années-lumière de la réalité.

Pendant plusieurs jours après la visite de la police, Alexander se replia sur lui-même. Il me faisait de la peine, et mon instinct me poussait à aller vers lui pour essayer de le faire sortir des sombres profondeurs de la mélancolie. Mais en vérité, je le connaissais à peine. Je craignais d'empirer la situation, d'ajouter à sa détresse, ou encore de le mettre en colère. Je ne trouvais pas les mots pour le rassurer ou le réconforter. Quel que soit l'angle sous lequel j'analysais la situation, j'en revenais au même. Geneviève était partie et personne ne savait où elle était. Tant que sa famille n'aurait pas l'assurance qu'elle allait bien, nous continuerions de vivre sous le nuage noir et menaçant que son absence faisait peser sur nous.

Parfois, j'avais envie qu'elle revienne.

Parfois, j'espérais qu'elle ne réapparaîtrait jamais.

Si de telles pensées tournoyaient dans ma tête, elles devaient hanter également Alexander.

Je l'observais, cherchant à deviner son état d'esprit à travers le langage de son corps. Il se déplaçait toujours comme un homme chargé d'un fardeau. Quand il était seul, ses doigts se portaient invariablement à sa cicatrice, qu'il frottait avec acharnement, tel un chien léchant ses plaies. Quelquefois, il demeurait longuement immobile, les yeux fixés sur les champs environnants. Peut-être contemplait-il le ciel et les oiseaux. Mais j'étais persuadée qu'il pensait à Geneviève, et élaborait d'interminables scénarios. J'avais l'impression que ses pressentiments étaient plus sombres que les miens.

Au dîner, je regardais son visage pendant qu'il mangeait ou qu'il écoutait le bavardage de Jamie. Je ne trouvai jamais de trace de dissimulation dans son expression. Alexander était souvent évasif, refusait de répondre aux questions. Même à celles de Jamie. Mais il ne mentait pas. Il préférait se taire plutôt que de mentir. J'en étais sûre, à cent pour cent.

Un jour, je lui demandai pourquoi il ne quittait pas Burrington Stoke, puisqu'il était sûr que Geneviève ne reviendrait pas. Pourquoi ne pas laisser tout en plan et recommencer à zéro, quelque part où personne ne le connaîtrait et ne saurait ce qui lui était arrivé ? Il me répondit qu'il avait une dette envers le père de Geneviève et qu'il ne pouvait pas s'en aller avant de l'avoir réglée.

« Quel genre de dette ?

— Une dette d'argent », avait-il répondu.

C'est tout ce que j'obtins. Je savais que si j'insistais, il s'éclipserait. Aussi, je gardai le silence et attendis.

Un jour, alors que j'attendais Jamie à la sortie de l'école, je parlai à May de la dette d'Alexander au cours de l'une de nos conversations téléphoniques. C'était l'un des rares endroits où je captais le réseau. J'attendais qu'elle me rassure, ce ne fut pas le cas.

May me raconta plusieurs histoires horribles sur des gens endettés dont elle avait entendu parler, puis elle finit par assener :

— Le fait de devoir de l'argent est mauvais signe.

Elle prononça ces mots comme s'ils étaient paroles d'Evangile.

— Alexander travaille comme un forcené pour rembourser.

— Mais cela fait un détail de plus, n'est-ce pas ? Encore une chose qui cloche. Une chose de plus à ajouter à la liste des raisons pour lesquelles tu ne devrais pas t'attarder dans le Somerset.

— Je me plais ici, répliquai-je d'un ton enjoué, me cachant derrière un de mes arguments préférés. Cela me fait du bien, d'être loin de Manchester.

— Mais tu n'es pas obligée de rester là. Tu pourrais aller n'importe où. Tu t'es tout simplement entichée de cet homme. Il a un ascendant sur toi. Que faut-il te dire pour te convaincre de revenir à la maison ?

Après cet incident, je fis le serment de ne plus jamais dire quoi que ce soit à May qui puisse l'amener à penser qu'Alexander n'était pas quelqu'un de bien.

Ce soir-là, je demandai à Alexander s'il avait envisagé que Geneviève n'avait peut-être pas ignoré ses appels, mais qu'elle se trouvait simplement dans un lieu où il n'y avait pas de réseau téléphonique.

— Elle n'utilise plus son téléphone. Les factures continuent d'arriver, mais il n'y a plus de communications. Cela fait des semaines qu'elle n'a plus appelé personne.

— Oh. Alexander, s'il y avait un relevé des appels de Geneviève sur la facture...

— J'y ai déjà pensé. J'ai appelé tous les numéros qui y figuraient et que je ne connaissais pas. Questionner le vétérinaire ou son coiffeur ne m'a mené nulle part. Cela n'a servi qu'à convaincre ces gens, qui avaient déjà des soupçons à mon sujet, que j'étais paranoïaque.

Il se massa le crâne des deux mains, furieux.

— Je suis désolée.

— Ecoute...

Il me prit les mains et les tint serrées entre les siennes.

— Je sais que tu veux m'aider, Sarah, mais ce n'est pas à toi de retrouver Geneviève. Cette histoire n'a rien à voir avec toi. Laisse tomber.

19

Les jours se suivaient et se ressemblaient.

Environ trois semaines après mon arrivée à Avalon, je déjeunais dans le jardin lorsque j'entendis un bruit de sabots dans l'allée. La tête d'un cheval apparut derrière le muret, et sa cavalière en sweat-shirt me fit signe. J'allai à la grille d'entrée. La jeune femme mit pied à terre et s'avança en tenant sa monture par la bride. Nous nous dévisageâmes, de part et d'autre du portail.

— Bonjour. Genny est là ?

— Non. Non, elle n'est pas là.

La fille se rembrunit.

— Oh. Pourtant, elle savait que je venais aujourd'hui. C'était prévu depuis une éternité. Où est-elle ?

— Désolée, mais je l'ignore.

— Qui êtes-vous, au juste ?

— La gouvernante.

— Genny ne m'a jamais parlé de vous.

— Vous devriez aller voir Virginia Churchill.

L'inconnue agrippa la selle d'une main, glissa son pied gauche dans l'étrier et remonta sur le dos du cheval.

— Et c'est bien ce que je vais faire.

Sa monture repartit au trot le long de l'allée, en projetant des graviers sous ses sabots.

Ce ne fut pas notre seule visite. Le maréchal-ferrant passa quelques jours plus tard, étonné que Geneviève ne lui ait pas amené les chevaux comme convenu. Je dus affronter toute une série de questions affolées de la part de divers organisateurs de concours et de démonstrations équestres, et j'eus même droit à un coup de téléphone du directeur d'un asile de chevaux de Taunton qui voulait savoir si Geneviève serait disponible pour Noël.

Je ne rapportai rien de tout cela à Alexander. Je savais qu'il prétendrait que ça ne voulait rien dire, mais cela le ferait inévitablement penser à Geneviève. Or, je ne voulais pas qu'il souffre encore davantage.

La fin du mois de septembre approchait. Un samedi, Alexander m'emmena à Castle Cary pour me montrer où il travaillait. Je choisis des vêtements pratiques et confortables, et il m'acheta une veste imperméable et une bonne paire de bottes.

Je décelai quelque chose de nouveau dans son regard, ce jour-là. Il ne s'était rien passé, mais quelque chose avait changé entre nous. Le lien s'était renforcé. J'en étais certaine.

Pendant que Jamie était à l'école, j'en profitais pour nettoyer la maison à fond, une pièce après l'autre. Je trouvai une photo sous le plateau à couverts en plastique, dans le tiroir de la cuisine. Elle représentait Geneviève près de la statue, à l'entrée d'Elenora House. Elle avait adopté la même pose que le personnage de pierre, une main sur le cœur, l'autre tendue vers le portail. La ressemblance entre les deux femmes était frappante. C'était une vieille photo, marquée de taches d'humidité. Elle me donna la chair de poule mais je ne pus me résoudre à la jeter et la remis où je l'avais trouvée, sous le plateau.

Je ne retournai plus jamais dans la chambre de Geneviève et d'Alexander. Lorsque je passais devant, si la porte était ouverte, je la fermais. Cet espace vide me terrifiait. Je savais que tout ce que j'avais vu ce jour-là, c'était mon propre reflet dans le miroir. Il ne pouvait s'agir d'autre chose. Mais dans mon souvenir ce n'était pas moi, mais quelqu'un d'autre. Plus j'y pensais, et plus la peur que j'avais surprise dans les yeux de l'autre femme me hantait.

Je ne racontais rien de tout cela à May quand nous nous téléphonions. La dernière chose que je désirais, c'était que May dise au reste de la famille que je n'arrivais pas à m'adapter et que ma santé mentale se détériorait.

Non, je ne voulais surtout pas qu'ils se mettent ce genre de choses en tête. J'avais déjà eu assez de mal à les persuader que je n'avais pas besoin d'« être aidée », après la naissance du bébé. Aussi ne pipai-je pas un mot sur l'image dans le miroir.

20

L'automne s'installait. Le matin, l'air était froid, et une brume épaisse enveloppait la vallée. Je faisais encore des cauchemars dans lesquels je revivais la perte de mon bébé, mais ils étaient plus rares qu'autrefois. Mon travail auprès de Jamie et d'Alexander me prenait tant de temps et d'énergie que j'avais moins d'occasions pour ressasser le passé. Je faisais tout pour éloigner les pensées négatives et les souvenirs, et en m'occupant le plus possible, j'y parvenais.

A présent, les habitants de Burrington Stoke savaient que j'étais la nounou de Jamie et que je vivais à Avalon. Ils continuaient à me demander si nous avions des nouvelles de Geneviève, et ils me racontaient des anecdotes à son sujet.

Midge Taylor, qui travaillait chez Spar, m'avait confié que sa sœur était inscrite dans la même branche du poney club que Geneviève, et que celle-ci avait rendu ses parents fous pendant son adolescence.

— Ma sœur disait que c'était la faute de Mme Churchill. Elle était si sévère que dès qu'elle avait le dos tourné, Gen faisait des sottises ! Elle s'échappait par la fenêtre de sa chambre, et allait au village à cheval pour participer aux fêtes des Young Farmers. Elle attachait le cheval devant la porte, et repartait avec lui une fois la fête finie ! Tous les garçons étaient amoureux d'elle, et toutes les filles voulaient lui ressembler. On s'amusait tellement, avec elle !

— Pourquoi n'avait-elle pas le droit de se rendre à ces fêtes ?

Midge secoua la tête.

— A cause des garçons, murmura-t-elle d'une voix à peine audible.

Joyce Hope, l'assistante pédagogique de l'école, me raconta que Geneviève avait réussi l'exploit de se faire renvoyer de deux des pensionnats les plus chers d'Angleterre, car elle ne supportait pas la discipline.

— Dieu seul sait comment elle a réussi à se faire admettre à l'université. Les Churchill ont dû faire intervenir leurs relations. Cette fille était beaucoup plus heureuse dehors avec ses chevaux qu'enfermée dans une salle d'études.

Ces histoires sur l'audace et le courage de Geneviève me faisaient sourire, et me rendaient curieuse. Alexander ne me disait pas grand-chose, aussi avais-je rassemblé et mis bout à bout tous les renseignements glanés çà et là. Quand j'étais seule à Avalon, j'essayais d'imaginer ce qu'elle avait ressenti, dans l'espoir de comprendre pourquoi elle en était arrivée à détester son existence au point de vouloir tout abandonner. Elle habitait une maison qui convenait à son style de vie. Elle avait un fils beau et en bonne santé et était mariée à Alexander. Même si leur couple n'était pas parfait, la situation n'était pas catastrophique. Elle était championne d'équitation, disposait des meilleurs chevaux d'Angleterre, et pouvait les monter dans l'une des plus belles régions du pays. Pourquoi une personne saine d'esprit renoncerait-elle à tout cela ?

Seules deux personnes avaient les réponses à ces questions. Geneviève n'était pas là. Et Alexander, bien qu'il eût parfois, par inadvertance, lâché quelques détails sur sa vie avec Geneviève, refusait de me parler de son mariage.

Il me montra un matin comment reconnaître les prunelles, et me dit :

— Gen adorait les ramasser !

— Pourquoi ?

— Pour le gin. Elle en faisait chaque automne, et il était prêt pour Noël.

A la première occasion, lorsque je me retrouvai seule à Avalon, je descendis les cahiers de recettes de leur étagère, près de la cuisinière. Ils contenaient toutes sortes de recettes écrites à la main. Les soupes, les tartes, les gâteaux, et naturellement le gin à la prunelle. J'allai avec Jamie ramasser un sac de ces petits fruits noirs et durs, à la collerette argentée. Il les lava avec grand soin et les versa dans des bouteilles de sirop vides nettoyées, pendant que je mesurais les doses de sucre et de gin. J'éprouvai une grande satisfaction à accomplir une chose que Geneviève avait coutume de faire tous les ans, à perpétuer la tradition familiale.

Un autre jour, alors que je regardais Jamie ramasser des marrons, je m'attristai à l'idée que Geneviève ne soit pas là pour voir son fils.

Un peu plus tard, Alexander s'assit devant la table de la cuisine et perça des trous dans les marrons pour les enfiler sur une ficelle. Assis en face de lui, la tête dans les mains, Jamie l'observait. Quand un marron était solidement attaché à son fil, Jamie en choisissait un autre et le faisait rouler sur la table. Ils ne prononçaient pas un mot, tous deux concentrés sur leur tâche. Jamie n'aurait pas pu avoir un père plus attentif qu'Alexander.

Un jour, alors que je venais d'accompagner Jamie à l'école et que je rentrais à pied à Avalon, je croisai un homme de haute stature, qui ressemblait à un bohémien. Il avait des yeux enfoncés dans les orbites et des dreadlocks couleur paille. Malgré la douceur de l'air, il portait un long manteau et de vieilles bottes usées. Adossé au mur de clôture de l'une des maisons du village, il fumait une cigarette qu'il venait de rouler. Dans le jardin derrière lui, des poulets décharnés grattaient le sol, et du linge suspendu à une corde claquait au vent. Il me fit un signe de la main en me voyant.

— Salut, dis-je, un peu hésitante.

Je me fis la réflexion qu'il devait traverser le village. Beaucoup de personnes dans son genre passaient par là pour se rendre à Glastonbury.

— Bonjour. Je suis Damian, l'oncle de Jamie.

Je reconnus tout de suite le frère de Claudia. Il y avait certains points de ressemblance entre eux, bien qu'à l'inverse de Claudia il fût très mince. Ils avaient les mêmes paupières un peu lourdes et la mâchoire carrée.

— Bonjour.

— Et vous, vous êtes l'infâme nounou.

Sa voix trahissait ses origines. Il s'efforçait de dissimuler son accent distingué sous un grasseyement traînant, mais sans succès. Il avait prononcé le mot « nounou » avec un léger ricanement, comme si le fait d'être employée de maison était quelque chose de honteux. En dépit de son allure de hippy, au fond de lui il demeurait toujours un snob.

Je lui adressai un sourire impersonnel.

— Oui, c'est bien moi.

— Je vous ai épiée.

Je ne voulais pas qu'il croie avoir réussi à me faire peur.

— Je vous croyais moins conventionnel, Damian. Tout le monde m'épie, dis-je d'un ton dégagé.

Ma remarque le fit rire.

— D'accord. Et bravo à vous de tenir tête à Virginia.

— Ce n'est pas exactement le cas, rectifiai-je. Je me contente de me tenir à l'écart.

Il rit de nouveau, d'un rire nerveux, un peu aigu.

— Vous voulez bien que je fasse un bout de chemin avec vous ?

Le trottoir n'était pas assez large pour marcher de front, et la chaussée était encombrée par les bus scolaires, aussi ouvris-je la voie, Damian sur mes talons. Je trouvais sa présence perturbante. J'espérais qu'il n'essayait pas de me jauger.

— Vous séjournez à Burrington Stoke ? demandai-je en arrivant au croisement de la nouvelle carrière, lorsqu'il put revenir à ma hauteur.

Il fit non de la tête.

— Je préférerais me couper la main droite ! Je suis juste venu voir si Geneviève avait vraiment disparu.

— Je crains que ce ne soit exact.

— C'est parfaitement karmique.

— Que voulez-vous dire ?

— Une vie pour une autre. Celle de ma mère contre celle de Geneviève.

Je me dis que Damian devait être vraiment dérangé.

— Personne ne prétend que Geneviève est morte, protestai-je.

— Moi je pense qu'elle l'est. Pas vous ?

Il me mettait vraiment mal à l'aise.

— Comment avez-vous appris qu'elle était partie ?

— C'est la police qui m'a retrouvé. Les poulets ont suivi ma piste.

Tout en parlant, il contemplait la pelouse parfaitement tondue, à côté de l'entrée de la carrière. Les retombées de poussière donnaient à l'herbe un aspect pâle et décoloré.

— Nous pourrions nous asseoir ici quelques minutes, suggéra-t-il. Fumer une clope en papotant.

— Il faut que je rentre à Avalon. J'attends une livraison, prétextai-je.

— D'accord.

Il jeta un coup d'œil au portail. Le vigile l'avait repéré, et parlait dans son téléphone cellulaire.

— Je ne suis pas très populaire par ici, remarqua-t-il avec un sourire narquois. A dire vrai, ils ne m'aiment pas du tout.

Du coin de l'œil, je vis une camionnette blanche descendre l'allée de la carrière. Le vigile avait rangé son téléphone et remis sa casquette.

La dernière chose dont j'avais besoin, c'était d'être prise dans une bagarre entre Damian et les hommes de la carrière. J'imaginais sans peine ce que dirait Virginia.

— Vous ne voulez pas venir prendre le café à Avalon ?

— Je ne sais pas...

— Nous nous mettrons dans le jardin.

La longue barrière rouge et blanc à l'entrée de la carrière se souleva lentement. D'une minute à l'autre, la camionnette allait franchir les grilles.

— Eh bien, allons-y, déclara Damian. Puisque vous insistez.

Il avait quelques années de plus que moi, mais j'avais l'impression que de nous deux, c'était moi l'adulte. Son mal-être était perceptible. Sa vie avait été fichue en l'air par le divorce de ses parents quand il était très jeune, et j'avais de la peine pour lui. Mais en même temps, il me donnait la chair de poule.

Il me suivit tout le long du chemin jusqu'à Avalon, mais demeura en arrière quand nous atteignîmes le portail du jardin. Je lui demandai s'il connaissait la maison.

— Je ne suis jamais venu, répondit-il.

— Pourquoi ?

— Quand j'étais gosse, cette maison était occupée par des locataires. Nous n'étions pas encouragés à fréquenter les métayers.

— Oh. Mais quand votre sœur est venue vivre ici...

— Ma demi-sœur.

— Vous n'êtes jamais venu quand Geneviève était là ?

— Personne ne vous a dit que j'étais persona non grata, par ici ?

— J'avais cru comprendre que votre exil était librement consenti.

— Même si c'était vrai, je n'aurais jamais mis les pieds dans une maison occupée par cette chère Geneviève.

Ces mots furent prononcés avec tant d'amertume que je me gardai de poser d'autres questions.

Damian me demanda du thé décaféiné. Je n'en avais pas, et il opta pour un simple verre d'eau tandis que je buvais un café instantané. Nous nous installâmes dans le jardin. Le son lugubre des sirènes de la carrière nous parvint à travers les champs. J'entendais ce bruit au moins trois fois par semaine. C'était un avertissement, signalant qu'il allait y avoir des explosions dans la paroi rocheuse, et je n'y étais pas encore habituée. Cela durait plusieurs minutes. Je savais bien qu'elles étaient destinées à s'assurer qu'aucun être vivant ne demeure à proximité du rocher sur le point d'être dynamité, néanmoins ce bruit me paraissait extrêmement sinistre.

Damian remarqua ma réaction.

— Vous savez quoi ? Ce bruit m'était devenu tellement familier qu'il me manque, à présent. Quand j'étais gamin je descendais la colline en courant quand j'entendais les sirènes. Il y a un endroit, à la lisière du bois, d'où l'on peut voir l'explosion. Quelques secondes plus tard, il y a ce bruit assourdissant, comme un avion qui s'écrase, et l'on reçoit un puissant souffle d'air dans le visage. Je trouvais cela très excitant.

Il se mit à rire, mais une note de cynisme était perceptible dans sa voix.

— Pourquoi n'aiment-ils pas vous voir à la carrière ?

Il haussa les épaules et s'éclaircit la gorge. Je devinai qu'il allait me raconter quelque chose sur lui, dont il était fier.

— Mon ambition dans la vie, c'est de la faire fermer, déclara-t-il en faisant tourner son verre entre ses doigts sales.

— Pourquoi ?

— Parce que c'est nul. Complètement nul. Les Churchill pillent l'environnement afin d'en extraire des éléments qu'ils vendent pour détruire une autre partie du pays.

— Je ne vous suis pas très bien.

— Ils prennent les pierres ici. Celles-ci sont utilisées pour construire des routes, des bâtiments administratifs, des centres commerciaux et je ne sais quoi encore. Ils font fortune en saccageant l'environnement partout et empochent des profits colossaux.

— Oh.

La voix de Damian avait gagné en assurance. Au fur et à mesure qu'il se passionnait pour sa théorie, son accent de classe supérieure ressortait, en dépit de ses efforts pour l'étouffer.

— Toute cette affaire empeste. De quel droit les Churchill font-ils exploser cette colline ? Ce sont des vandales. Ils n'ont pas plus de droit sur cette terre que n'importe qui d'autre.

J'arrachai un brin d'herbe monté en graines.

— Il me semble pourtant que ces terres leur appartiennent, dis-je en détachant les graines.

— Comment pourraient-ils posséder quelque chose qui a mis des millions d'années à se former ? Ces roches n'appartiennent à personne. Elles sont à tout le monde. Il y a quelques dizaines d'années, il y avait une colline ici. Elle était couverte de bois très anciens, qui abritaient des fleurs, des plantes, des papillons, des animaux. Et maintenant tout cela a été ravagé, pour le seul bénéfice de ma famille. Quand ils en auront fini, ils seront sans doute plus riches, mais plus rien ne pourra pousser ici. Ce ne sera plus qu'une autre carrière abandonnée. Une horreur supplémentaire. Un lieu de désolation, une terre morte. Vous trouvez cela normal ?

Je ne sus que répondre. Me rallier à son point de vue aurait été déloyal envers les beaux-parents d'Alexander, les grands-parents de Jamie. Cependant, je ne pouvais contredire Damian car il avait raison, ce qu'il disait était vrai. J'avais eu tort de l'inviter à Avalon. Nous avions probablement beaucoup de choses à nous dire, mais nous ne pouvions pas aborder ces sujets. Je fis semblant de m'inquiéter pour la prétendue livraison qui n'arrivait pas, et je fus soulagée quand Damian annonça qu'il avait un rendez-vous.

Je lui demandai s'il était possible de le joindre, au cas où nous aurions des nouvelles de Geneviève. Il me répondit que non.

— Si le cadavre de Geneviève reparaît à la surface, je l'apprendrai par les journaux.

— Il n'y aura pas de cadavre, Damian. Geneviève n'est pas morte, elle est partie de son plein gré.

Damian haussa les sourcils.

— Vous le croyez vraiment ?

Je me demandai s'il faisait exprès de prendre cet air bizarre et mélodramatique. Puis je me dis que ce devait être une manifestation des troubles mentaux auxquels Claudia avait fait allusion, et dont Alexander s'était moqué.

— Elle a laissé des lettres, pour expliquer qu'elle ne donnerait pas de nouvelles pendant quelque temps.

— Si elle était vivante, elle aurait pris contact avec Claudia, depuis le temps. Elles ont toujours été très proches. Claudia n'a jamais pu considérer Geneviève avec objectivité, malgré ce qui est arrivé à notre mère.

J'eus l'impression de voir les souvenirs affluer à sa mémoire. Il s'humecta les lèvres nerveusement, comme un chien inquiet. Ses mains tremblaient.

— Vous faites allusion au divorce ? demandai-je. Cela a dû être terrible pour vous, mais...

— Non, pas le divorce !

Son teint était blême et un voile de sueur apparut sur son front. Il l'essuya du revers de la main.

— Vous n'êtes pas au courant, n'est-ce pas ?

Je haussai les épaules, déroutée.

— Eh bien, je vais tout vous dire. Ma mère s'est pendue le jour où Geneviève est venue au monde.

Je plaquai les mains sur ma bouche.

— Damian, je suis désolée. J'ignorais... je...

— Quand père a épousé Vir-gi-nia la mal-nommée, poursuivit-il en détachant les syllabes avec une rancœur non dissimulée, mère, Claudia et moi fûmes relégués dans un cottage situé à la lisière du domaine. Mère n'a pas supporté cette situation. Les gens parlaient, ses amis avaient pitié d'elle, elle ne mangeait plus, ne dormait plus. La naissance de Geneviève fut la goutte d'eau qui fit déborder le vase.

— C'est terrible.

— C'est moi qui l'ai trouvée, dit-il en soutenant mon regard. J'avais six ans.

— Oh, Damian !

Je me penchai pour lui prendre la main, avec l'intention de le réconforter, mais il s'écarta.

— Cela m'a démoli.

— C'est compréhensible.

— Je n'ai plus parlé pendant deux ans. Je ne pouvais pas. Père m'a envoyé consulter plusieurs psychiatres, mais rien ne marchait. Et pendant tout ce temps, Virginia faisait de l'esbroufe dans Elenora House, avec son adorable héritière Churchill dans les bras, traitant Geneviève comme une princesse et Claudia comme de la merde. Elle agissait comme si rien ne s'était passé. C'est pour cela que je suis parti, et aussi que je ferai tout mon possible pour fermer la carrière. C'est aussi pour cette raison que je n'ai jamais voulu avoir quoi que ce soit à faire avec ma demi-sœur.

Je relâchai lentement mon souffle, et attendis la suite. Mais Damian ne dit plus rien. Au bout d'un moment il se renversa en arrière, en appui sur les mains.

— Allez-vous rendre visite à Claudia, puisque vous êtes là ? m'enquis-je avec autant de douceur que possible.

Il secoua négativement la tête.

— Elle ne sera pas contrariée, si elle apprend que vous êtes passé au village, mais que vous n'êtes même pas passé lui dire bonjour ?

— Claudia sait comment je suis.

— Je peux lui dire que nous avons fait connaissance ?

— Dites-lui ce que vous voulez. Ça m'est complètement égal.

— Damian, elle vous aime bien, vous savez.

— Je sais.

Il déplia ses longues jambes, s'étira, et se leva.

— Eh bien, je vous souhaite bonne chance, nounou. Vous allez en avoir besoin.

Sur ces mots, il partit, en agitant la main sans se retourner. Il poussa le portail avec une telle force que les battants se rabattirent brusquement en grinçant.

Je le suivis des yeux jusqu'à ce qu'il disparaisse sous les arbres, au bout du chemin, les pans de son long manteau claquant contre ses bottes usées. Je rentrai dans la maison et fermai la porte à clé. Puis j'ôtai mes chaussures, allai dans le salon et me recroquevillai dans le canapé. C'est là que je passai le reste de la matinée, à imaginer Damian au même âge que Jamie, quand il avait découvert sa pauvre mère, morte.

C'était la pire chose qui pouvait arriver à un enfant, et cela le poursuivrait toute sa vie.

21

Quand je rapportai à Alexander ma conversation avec Damian, il me conseilla de tenir ce dernier à distance, si jamais je le rencontrais de nouveau.

Par deux fois encore, je fus presque certaine d'avoir aperçu le frère de Claudia. Un matin, je crus le voir adossé à un arbre tout au bout du verger, emmitouflé dans son manteau, le menton enfoncé dans le col. Avait-il dormi là pour surveiller la maison ? En y regardant mieux, je me rendis compte que ce que j'avais vu n'était sans doute qu'une branche délogée par le jardinier qui avait taillé la haie la veille. Une autre fois, je vis par la vitre de la voiture un homme aux longs cheveux blonds emmêlés avancer dans la rue principale, les mains fourrées dans les poches d'un long manteau. Je ne le vis que de dos et je n'aurais pas pu jurer qu'il s'agissait de Damian. Je fis quelques cauchemars, puis je finis par ne plus penser à lui. Mais je n'oubliai jamais ce qu'il m'avait dit.

Certaines choses s'arrangeaient. Je m'étais liée avec Betsy, une jeune femme du village qui était un peu tenue à l'écart, comme moi. Dans son cas, c'était parce qu'elle avait trois enfants de pères différents. Elle habitait l'une des maisonnettes à loyer modéré qui s'alignaient tout au bout de la grand-rue, et peignait de petites plaques en céramique qu'elle vendait aux boutiques touristiques de Wells et de Bath. J'étais contente de m'être fait une amie de mon âge sans aucun lien avec la famille Churchill.

Un autre point positif, c'était que Jamie et Alexander semblaient plus heureux maintenant que la maison était propre et bien tenue. Depuis que les clés, les chaussures, et les livres de classe s'égaraient moins, nous étions tous moins stressés.

Néanmoins, les questions continuaient de planer. Plus j'essayais de ne pas penser à Geneviève, plus elle m'obsédait. Je me lançais parfois dans des conversations imaginaires avec elle. J'essayais de calculer à quel âge elle s'était rendu compte que sa venue au monde avait conduit la mère de Claudia et de Damian à la mort. J'imaginais à quoi devait ressembler Elenora House le jour de son anniversaire, quand elle était encore enfant. Elle avait beau être jolie, brillante, talentueuse, rebelle, adorée et choyée, chaque anniversaire devait être une épreuve pour cette famille disloquée. L'argent ne pouvait rien arranger. Geneviève ne donnait sûrement pas de fête ce jour-là... pas le jour de l'anniversaire de la mort de la mère de ses demi-frère et demi-sœur. Il y aurait eu autant de bougies sur son gâteau que d'années écoulées depuis le suicide. Les Churchill avaient-ils réussi à établir une sorte de compromis ? Le matin, une visite au cimetière afin de déposer des fleurs sur la tombe, et l'après-midi la distribution des cadeaux, peut-être ? Rien d'étonnant à ce que Damian fût si amer. Ce devait être affreux pour les enfants.

Je ne pouvais questionner Claudia sur sa famille, car je craignais de réveiller de mauvais souvenirs. Geneviève lui manquait terriblement et elle donnait l'impression d'être très seule. Certains jours, elle emmenait les jumelles à la maison après l'école. Pendant que les enfants jouaient, elle m'apprenait des recettes pour utiliser au mieux les produits du verger et du potager. Nous étions bien ensemble. Malgré l'étrangeté de la situation et notre statut social différent, nous devînmes amies. Je pense que Claudia aimait venir à Avalon, pour faire ce qu'elle faisait autrefois avec Geneviève. Peut-être qu'en étant là avec moi elle se sentait plus proche de sa demi-sœur. Elle avait beaucoup de relations mais pas de véritable amie, aussi se confiait-elle à moi. Je parlais très peu, me bornant à écouter ce qu'elle avait à raconter. Claudia portait sa solitude comme un fardeau. Le départ de Geneviève avait laissé un grand vide dans sa vie. Par un curieux hasard du destin, cette disparition nous avait rapprochées, et j'étais toujours heureuse quand j'entendais les chiens aboyer dans l'allée, annonciateurs de sa visite.

Claudia m'enseigna des choses que j'ignorais. Elle m'expliqua que, dans le coin, les gens étaient stoïques. Ils observaient une certaine retenue dans leur comportement et leurs sentiments et conservaient une attitude de parfaite dignité en toutes circonstances. Même lorsque le monde s'écroulait autour d'eux. Les personnes qui ne savaient pas faire preuve de sang-froid étaient considérées avec méfiance. Cela expliquait pourquoi son frère n'avait jamais été accepté.

— Damian fait partie de ces gens qui laissent voir tout ce qu'ils pensent. Il ne s'est jamais entendu avec Genny. Il était horriblement jaloux et ne faisait aucun effort avec elle. Cela n'aurait pas eu tellement d'importance s'il avait appris à cacher ses sentiments, mais ce n'était pas le cas. Il la détestait et en même temps il ne pensait qu'à elle. Il faisait des choses terribles.

— Quel genre de choses ?

— Des choses affreuses...

Claudia regarda par la fenêtre en se mordillant les lèvres.

— Un jour, il a empoisonné son poney avec des baies d'if. Je ne crois pas qu'il voulait le tuer. Juste le rendre malade. Genny devait se rendre à Londres avec le poney club le lendemain... Elle se préparait pour une finale quelconque à Wembley. Elle était si contente, et surexcitée ! Damian voulait à tout prix l'empêcher d'y aller.

Claudia soupira lourdement.

— Le poney s'appelait Cracker. Pauvre petit, il a fallu le faire piquer.

— Oh, Claudia, c'est affreux !

— Les gens prenaient Damian en pitié, ils lui trouvaient toujours des excuses, et je crois qu'il se sentait humilié. Il préférait qu'on ne l'aime pas, et c'est pour cette raison qu'il s'est mis à arborer cette allure étrange. C'est dommage. Il aurait pu faire ce qu'il voulait. Au lieu de devenir un héros, il a préféré devenir un marginal, un inadapté. Il n'a de place nulle part.

— Tu n'es pas inquiète ?

Claudia sourit en secouant la tête.

— De temps en temps, je lis un article sur lui dans les journaux, ou je le vois à la télévision. Il a toujours quelque chose à dire, des gens à provoquer, à contrarier. Je crois que c'est sa façon à lui de me donner de ses nouvelles. Ou alors, il cherche simplement à agacer Virginia. Dans les deux cas, c'est réussi.

Je ne lui dis pas que Damian était passé au village, et qu'il était venu à Avalon. Il me semblait qu'elle serait blessée de le savoir. Je croyais faire pour le mieux.

En écoutant Claudia, j'apprenais.

Quand j'allais au village, je me montrais discrète. Je souriais aux gens et j'étais polie, mais je ne parlais jamais de ce qui se passait à Avalon.

Il y avait cependant quelques exceptions. Je racontais tout à Betsy, et j'étais aimable avec le facteur qui continuait d'apporter du courrier pour Geneviève. Des relevés bancaires et des invitations à des événements équestres, ou à des défilés de maisons de couture. J'empilais les lettres sur la console de l'entrée, et à son retour, Alexander les jetait directement dans le conteneur vert de recyclage du papier.

— Tu ne crois pas que tu devrais les garder ? lui demandai-je un jour.

— Pour quoi faire ? me répondit-il en haussant les épaules avec désinvolture.

22

Un vendredi de la toute fin du mois de septembre, Virginia invita Jamie à dormir à Elenora House. Elle avait une surprise pour lui.

Alexander alla voir Virginia et Philip pour en discuter. Il me sembla qu'il prenait la question un peu trop au sérieux. En dépit de tous les problèmes familiaux, Virginia et Philip étaient les grands-parents de Jamie. De toute évidence, ils agissaient pour son bien et il ne semblait pas extravagant qu'ils veuillent passer du temps avec l'enfant. Dans un sens, cela me plaisait aussi, car Jamie rassurerait Virginia et lui expliquerait que la maison était désormais propre et calme. Il allait être interrogé, c'était certain, mais depuis l'histoire de l'écureuil je n'étais plus entrée dans la chambre d'Alexander. Jamie le savait. Et comme son père et moi n'avions pas échangé le moindre mot suspect depuis mon arrivée, nul ne pouvait nous soupçonner de nourrir une passion coupable.

J'essayai d'exposer à Alexander les points positifs de cette visite à Elenora House, mais sa réaction me surprit.

— Je veux être sûr qu'ils le laisseront revenir avec moi.

— Mais naturellement ! Pourquoi le retiendraient-ils ?

— Tu ne comprends pas.

— Alors, explique-moi ce qui te tracasse.

Il refusa de répondre.

J'attendis le vendredi soir avec un mélange d'impatience et d'appréhension. Pour une fois, Alexander et moi allions avoir la maison pour nous seuls. S'il se comportait avec autant de circonspection qu'à son habitude, je saurais que ce qui s'était passé à Taormina l'été précédent n'était qu'un épisode unique destiné à nous rapprocher, dans un but purement pratique. Parfois, je me demandais si ce merveilleux moment d'exaltation, à l'ombre des pins, n'avait pas été quelque chose d'entièrement différent de l'événement romantique que j'imaginais.

Puis je songeai à la façon dont Alexander m'avait exposé la situation à mon arrivée à Avalon. Il m'avait dit qu'il valait mieux que les gens me « prennent pour la nounou ». « Pour le moment », avait-il rajouté. Il avait raison. Notre conduite se devait d'être irréprochable, ne serait-ce que par respect pour Jamie. Mais Alexander m'avait laissé entendre qu'un jour nous n'aurions plus besoin de nous cacher. C'était ce qu'il avait voulu me faire comprendre, j'en étais sûre.

La plupart du temps, j'aurais juré qu'il y avait un lien secret entre Alexander et moi.

Je le sentais. C'était un élan profond, aussi puissant que la marée.

Mais à d'autres moments, j'en doutais.

Ce qui était certain, c'était que s'il ne se passait rien alors que Jamie était chez ses grands-parents, plus jamais quoi que ce soit n'adviendrait entre nous.

Dans l'après-midi je préparai un tajine et ouvris une bouteille de vin rouge que je laissai s'aérer dans le cellier.

Lorsque Alexander ramena Jamie de l'école, je le fis goûter et l'aidai à préparer son sac à dos. Le garçonnet appréhendait de passer la nuit loin de son père et s'inquiétait pour des détails matériels. Où allait-il se brosser les dents, et qu'allait-on lui donner pour le petit déjeuner ?

Il aurait été facile de renforcer son sentiment d'anxiété et de le persuader de ne pas partir, mais je m'efforçai au contraire de le rassurer. Ses grands-parents devaient se sentir nerveux également. Il était préférable pour tout le monde que cette visite se déroule bien.

Quand Jamie fut prêt, Alexander le conduisit à Elenora House. Après avoir apporté quelques touches finales à la préparation du dîner, je montai me maquiller. Je mis du parfum sur mes poignets et au creux de mon cou, et accrochai des créoles en argent à mes oreilles. Je renonçai à porter une robe sexy, ce qui aurait été une allusion trop évidente, mais j'enfilai mon jean préféré et changeai de tee-shirt.

A son retour, Alexander me trouva confortablement pelotonnée dans le canapé, un verre de vin dans une main, un livre de poche dans l'autre.

— Coucou ! fis-je avec un sourire, en balançant gracieusement mon pied aux ongles vernis.

— J'ignore ce que tu as préparé, répondit Alexander en passant rapidement devant moi pour aller ouvrir le four, mais ça sent rudement bon.

— Un tajine.

— Mon plat préféré. Comment as-tu deviné ?

— Tu me l'avais dit.

— Oh, oui c'est vrai.

Il referma la porte du four et ouvrit le réfrigérateur. Il n'avait pas encore posé une seule fois les yeux sur moi.

— Y a-t-il de la bière ?

— Non, mais j'ai ouvert une bouteille de vin.

— J'ai envie de bière. Je vais monter prendre un bain.

J'allai chercher une canette dans le cellier, la lui tendis d'un air renfrogné et partis bouder dans le salon, où j'allumai la télévision. J'entendis la baignoire se remplir et Alexander se brosser les ongles dans le lavabo.

— Sarah !

— Quoi ?

— Tu peux m'apporter un verre ?

— Ta dernière domestique est morte de quoi ? marmonnai-je, fâchée.

Je décidai de ne pas bouger.

— Sarah ?

— D'accord, j'arrive.

Je quittai le canapé, allai prendre un verre dans la cuisine et montai. La porte de la salle de bains était grande ouverte, l'eau coulait dans la baignoire, mais Alexander était invisible.

— Où es-tu ? appelai-je en faisant tourner le verre entre mes doigts.

— Pose-le sur le bord de la fenêtre.

Je fis un pas, pour faire comme il me l'avait demandé. La nuit tombait, il faisait sombre à l'extérieur. Je dessinai un petit cercle du bout du doigt sur la vitre glacée couverte de buée. Je sentis un mouvement derrière moi.

Je n'eus pas le temps de comprendre ce qui m'arrivait.

Alexander me souleva par-derrière et me déposa dans la baignoire. L'eau et la mousse débordèrent, je poussai un cri aigu qui se termina dans un rire. Alexander se jeta sur moi, complètement nu.

J'étais soulagée. Le sentiment me submergea, et éclipsa tout le reste.

Alexander me voulait, il me désirait. Je ne m'étais pas trompée, notre relation n'était pas uniquement professionnelle. Une joie profonde m'envahit : je n'aurais pas dû douter de lui, j'aurais dû me fier à mon instinct depuis le début.

C'était la première fois que nous nous retrouvions seuls, que nous avions une occasion de sortir de notre réserve coutumière. Nous nous en donnâmes à cœur joie. La correction avec laquelle nous nous étions comportés jusque-là disparut en un clin d'œil tandis que nous nous embrassions dans la baignoire en éclaboussant tout alentour, dans notre hâte à découvrir nos corps. Alexander m'ôta mes vêtements mouillés et laissa ses mains glisser partout. Comme il était nu, j'avais tout loisir de poser les doigts, les lèvres, la langue, sur toutes les parties de son corps. Il prit mon visage à deux mains et m'embrassa longuement. Les yeux fermés, baignant dans une merveilleuse chaleur, je n'aurais su dire ce qui était lui, ce qui était moi. Nous riions, nous enivrant l'un de l'autre. Je n'avais jamais été aussi heureuse, cela dépassait de loin tout ce que j'avais connu avec Laurie. S'il y avait une seule ombre au tableau ce soir-là, c'était ma conviction que jamais plus je ne me sentirais aussi bien.

— Je ne t'avais jamais vu sans tes vêtements, chuchotai-je lorsque nous nous allongeâmes côte à côte dans la baignoire presque vide.

Frissonnante, je fis courir mes doigts sur le torse d'Alexander, passant dans la toison brune et descendant sur sa cicatrice, juste sous les côtes.

— Comment t'es-tu fait cela ? demandai-je en traçant les contours de la chair boursouflée. C'était un accident ?

Il ramena gauchement son bras devant lui et prit ma main, la porta à ses lèvres pour en embrasser doucement les doigts, l'un après l'autre.

— Ne perdons pas notre temps avec cette cicatrice.

Je n'insistai pas.

Cette nuit-là, je découvris un Alexander inconnu. Détendu, drôle, charmant, il ne cessa de rire et de plaisanter, ne prenant pas la peine de se rhabiller pour aller chercher une nouvelle bouteille de vin pendant que j'allumais un feu dans la cheminée du salon. Je l'observais en douce, admirant ses muscles, la forme de ses cuisses, ses fesses bien dessinées, son dos.

Nous finîmes par nous endormir sur le canapé, en regardant les flammes. Nos corps étaient plaqués l'un contre l'autre, sa poitrine collée à mon dos. Nous étions comme les deux moitiés indissociables d'un objet. Une chose plus belle intacte que lorsque les deux parties étaient séparées.

May se trompait, Virginia se trompait, tous ceux qui doutaient de l'intégrité d'Alexander étaient dans l'erreur. Comment aurais-je pu me méfier d'un homme qui me tenait aussi tendrement dans ses bras, qui riait autant, qui m'embrassait avec tant de douceur ? Comment aurait-il pu faire le moindre mal à qui que ce soit ?

23

Alexander alla chercher Jamie le lendemain, après le déjeuner. Je profitai de son absence pour découper des restes d'agneau rôti. Le téléphone m'interrompit dans ma tâche.

— Bonjour ! dit une voix de femme. C'est la nounou ?

— Oui.

— Je suis Phoebe, l'amie de Gen. Pourrais-je parler à Alexander ?

— Désolée, il n'est pas là. Vous voulez que je lui transmette un message ?

— Oui. Dites-lui de me rappeler, s'il vous plaît. Notre nouvelle *au pair* nous a laissés tomber...

— Oh, flûte, je suis désolée.

— C'était une idiote. Une Ukrainienne. Nous aurions mieux fait d'insister pour avoir une autre Allemande. En attendant, je voulais demander à Alexander s'il était possible de s'arranger pour vous partager avec lui, quelques heures par semaine ?

J'ouvris la bouche pour répondre, puis me ravisai.

— C'est tellement difficile de trouver quelqu'un de bien, poursuivit Phoebe.

— D'accord, dis-je doucement. Je lui en parlerai.

Je raccrochai et pris une longue inspiration.

Peu après, Jamie entra en trombe. Il avait les joues rouges, les yeux brillants, l'air éclatant de santé. Je ne l'avais jamais vu aussi heureux.

— Bonjour, toi !

Je ne lui tendis pas les bras. Il m'avait fait clairement comprendre, dès le départ, que ce genre de familiarité était exclu, sauf s'il décidait lui-même qu'il avait besoin de réconfort. Je respectais les limites qu'il nous imposait.

Mais cette fois, il se précipita vers moi avec un tel élan que je fus obligée de le soulever. Les bras noués autour de mon cou, les jambes autour de ma taille, il s'écria :

— Sarah, devine ! Devine !

— Hmm... tu as saigné du nez ?

— Non !

— Tu as eu la permission de te coucher tard pour regarder un film à la télé ?

— Non !

— Je donne ma langue au chat.

— J'ai eu un poney !

Je reculai la tête pour le regarder. De près, ses yeux étaient d'un bleu étonnant. Je me sentis désarmée, comme on l'est parfois par un coucher de soleil ou le chant d'un oiseau, quelque chose qui tout en appartenant à notre quotidien est d'une beauté extraordinaire. Ses cils très clairs, presque blancs, étaient déroutants. Si différents des cils noirs de son père.

— Tu as eu un poney ? répétai-je, hébétée, incapable de détacher les yeux de son visage.

— Oui. Exactement le même que maman quand elle était petite. Grand-maman dit que je peux aller le voir vendredi pour apprendre à monter !

Alexander entra dans la cuisine avec le sac à dos de Jamie et me lança un regard coquin.

— Un poney, Jamie ! m'exclamai-je. Tu en as de la chance !

— Il s'appelle Luc, précisa l'enfant en se dégageant. C'est le diminutif de Lucozade. Grand-maman m'a dit que c'était une boisson énergisante de la même couleur que lui. Je sais déjà le faire marcher au pas et il s'arrête quand je lui dis, parce qu'il sait que je suis son maître.

— Oui, bien sûr.

— Grand-maman dit que si je travaille beaucoup, je deviendrai aussi bon cavalier que maman, et que quand elle reviendra, je pourrai aller me promener avec elle.

Je suis sûre qu'Alexander se posait autant de questions que moi. Pourquoi Virginia avait-elle offert ce poney à Jamie ? Néanmoins, comme tous les sujets qui nous mettaient mal à l'aise, nous évitâmes de l'aborder. Peut-être étions-nous devenus trop cyniques. La paranoïa d'Alexander devait déteindre sur moi. Après tout, Virginia cherchait sans doute simplement à encourager son petit-fils à développer les mêmes goûts que sa mère. Je ne pouvais m'empêcher de penser que c'était aussi une façon subtile de faire comprendre à Jamie qu'il était autant chez lui à Elenora House qu'à Avalon. De sorte que si, pour une raison quelconque, il devait aller vivre là-bas, le bouleversement ne serait pas trop important. Je craignais surtout qu'elle n'envisage une action légale, afin de retirer la garde de l'enfant à son père. Cette éventualité m'inquiétait tellement que je finis par appeler Neil pour lui demander conseil. Il me répondit qu'il ne voyait pas pourquoi on enlèverait un enfant à son père, sous prétexte que la grand-mère soupçonnait ce dernier de coucher avec la nounou.

— Y a-t-il un fond de vérité dans cette rumeur ? me demanda-t-il gentiment.

— Cela ne te regarde absolument pas, Neil.

— Ecoute, Sarah, tu peux faire ce que tu veux, tout ce que nous voulons, c'est savoir que tu vas bien. May s'inquiète toujours pour toi.

— Elle fait une montagne de tout, comme toujours.

— Elle aimerait que tu reviennes. Et elle n'est pas la seule.

Je m'efforçai de ne pas m'inquiéter, de ne pas développer de théorie du complot. Au cours des quelques précieuses nuits dont nous disposâmes à l'automne, lorsque Jamie allait chez ses grands-parents, Alexander et moi tombâmes amoureux. Chaque vendredi, notre relation semblait s'intensifier un peu plus. Je préparais toujours un repas spécial auquel nous ne touchions pas, trop impatients de profiter de ces heures d'intimité. Le vendredi matin, je changeais les draps et le soir Alexander venait dans mon lit, où nous nous lancions dans une frénétique recherche hédoniste. Je voulais à tout prix lui plaire, me donner à lui sans réserve. J'adorais son corps tout en muscles, recouvert d'une toison brune, j'aimais jusqu'à sa cicatrice qui ne voulait pas guérir. Il s'offrait à moi, s'abandonnait, et je me consacrais à son plaisir, faisant rejaillir plusieurs fois la jouissance, jusqu'à ce que nous retombions épuisés, serrés l'un contre l'autre comme des enfants. Nous n'allions jamais dans le lit qu'Alexander avait partagé avec Geneviève.

J'aimais ces nuits, mais en même temps j'avais peur. Je ne savais pas encore quand ni comment, mais j'étais sûre que notre histoire allait se terminer. A cause de cela, je ne pouvais pas me donner avec le même abandon qu'Alexander. Je gardais une certaine retenue, en me disant que quand ce serait fini, je n'aurais au moins pas tout perdu.

24

Tout allait plus ou moins bien. Puis Claudia et Bill nous invitèrent à dîner à la Grange, Alexander et moi.

— Pourquoi nous invitent-ils ensemble ? m'étonnai-je. Tu penses que c'est Virginia qui le leur a demandé, pour nous faire passer une sorte de test ?

— Tu es encore plus parano que moi. Non, ce n'est rien de la sorte. Claudia t'aime bien, tu le sais. Elle veut simplement te remercier de tout ce que tu fais pour la famille.

— Alex...

— Nous ne pouvons pas ne pas y aller. Comment refuser une si gentille invitation ? Claudia serait terriblement vexée.

J'acquiesçai, malgré ma réticence. Quand j'étais seule avec Claudia, je pouvais être moi-même, car notre relation était sincère. Mais me retrouver entre elle et Alexander, obligée de dissimuler mes sentiments pour lui... ce serait trahir notre amitié. Claudia avait confiance en moi, et j'allais lui mentir alors qu'elle faisait preuve d'une extrême gentillesse.

— Bill te plaira, continua Alexander. Et ce sera réciproque. Il aime tout ce que Claudia aime.

— Elle ne me connaît pas très bien, en réalité.

Alexander me regarda en souriant.

— Claudia a un excellent jugement. Ne l'oublie pas.

Je lui rendis son sourire, sans conviction.

Le soir venu, nous gravîmes en voiture le chemin pentu et sinueux qui menait à la grange restaurée et nous arrêtâmes devant le portail en fer forgé, qui était fermé.

— Voilà qui est inhabituel, fit remarquer Alexander.

Il fit descendre sa vitre et enfonça le bouton de l'interphone, sur le côté de la route.

— C'est Alex, annonça-t-il.

Il y eut un grésillement, une voix d'homme se fit entendre, assourdie par les aboiements des chiens. Les lourdes grilles s'écartèrent lentement.

Alexander gara la Land Rover dans l'allée. Celle-ci était pavée de dalles roses et bordée de jardinières magnifiquement entretenues. Les grilles se refermèrent derrière nous. Trois autres voitures étaient déjà là : la Volvo de Claudia, un gros 4 × 4 flambant neuf, et une BMW rutilante.

— Plus moyen de s'échapper, à présent, me dit Alexander.

Il me prit la main, qu'il laissa retomber quand nous approchâmes du perron.

Petra ouvrit la porte et manqua être renversée par Blue, qui passa en trombe à côté d'elle et sauta sur moi pour me lécher le visage. Il m'aurait sans doute fait tomber si Alex ne m'avait pas retenue.

— Assis ! ordonna-t-il au chien d'un ton bref.

Blue obéit et le regarda d'un air d'adoration, en frappant le sol de sa queue.

— Désolée, s'excusa Petra. Blue ne contrôle pas ses émotions.

— Ce n'est pas grave, dit Alexander. Chez un chien, c'est un défaut pardonnable.

— Entrez, je vous en prie.

— J'aimerais bien que tes bonnes manières déteignent sur Jamie, fit observer Alexander.

Petra sourit et partit à la recherche de sa jumelle. J'entrai dans le sillage d'Alex.

La Grange était immense, avec une architecture intérieure résolument moderne et un mobilier superbe. C'était le contraire d'Avalon. Tout était neuf. D'immenses baies vitrées s'ouvraient sur les champs qui descendaient en pente douce le long de la colline. Des rangées d'arbres et de hautes haies cachaient la nouvelle carrière en contrebas. L'intérieur douillet et confortable me fit penser à un nid luxueux. Les murs étaient couverts de photos de famille, principalement des portraits des jumelles. Les clichés pris au hasard du quotidien alternaient avec des œuvres de photographes professionnels. Il y avait aussi des photos de Geneviève. Sur la plupart, elle était à cheval. Très athlétique et d'une élégance à couper le souffle, dans ses habits de cavalière. Dans les épreuves de sauts de haie, lorsqu'elle était penchée sur l'encolure du cheval, elle était particulièrement gracieuse.

Geneviève était en tout point parfaite. Il ne fallait pas s'étonner que tout le monde l'ait aimée et qu'elle ait laissé un tel vide dans la vie de ses proches. Les gens ne cessaient de parler d'elle, de s'interroger sur son départ, de se demander quand elle reviendrait. Elle leur manquait. Je n'étais pas du tout comme elle. J'étais le genre de personne que les autres avaient tendance à oublier.

— Est-ce que vous montez ?

Je me tournai et découvris derrière moi un homme souriant, une flûte de champagne dans chaque main.

— Je monte à bicyclette.

— Moi aussi. Je n'ai jamais été attiré par les chevaux. Ce sont des animaux imprévisibles, avec de gros sabots et pas de freins. Je suis Bill.

— Sarah.

— Enchanté de faire enfin votre connaissance.

Bill prit ma veste et me l'échangea contre un verre.

— Et voici notre grand ami Ted, ajouta-t-il en me présentant un homme corpulent et assez jeune.

Ted était affligé d'une vilaine dentition, et de larges traces de transpiration se détachaient sur sa chemise.

— Phoebe, sa ravissante épouse, est également là ce soir.

C'est seulement à cet instant que je me souvins du coup de téléphone, et du message que je n'avais pas transmis à Alexander. Ted me salua d'un signe de tête, mais ne me tendit pas la main.

— Claudia sera là dans une minute. Installez-vous.

Je m'assis au bord d'un gros fauteuil, le verre serré entre mes mains. La voix suave de Phoebe me parvint, noyée dans le brouhaha des conversations.

— Pourquoi le portail était-il fermé, Bill ? demanda Alexander.

Bill jeta un rapide coup d'œil à la ronde pour s'assurer que ses filles n'étaient pas dans les parages.

— On a vu quelqu'un rôder autour de la maison, répondit-il à voix basse.

— Tu sais de qui il s'agit ?

Bill secoua la tête.

— Certains objets ont disparu. Et les chiens n'arrêtent pas d'aboyer la nuit.

— Ce sont peut-être des renards qui les inquiètent ?

— Des gens du voyage, intervint Ted. Ce sont toujours les mêmes. Ou bien des jeunes de Wells.

— Ouais, c'est un drôle de sale coin, Wells, commenta Alexander en me faisant un clin d'œil.

— Ni l'un ni l'autre, répondit Bill. La personne qui rôde par ici semble tout faire pour nous alerter. La pauvre Claudia en est malade d'inquiétude. Nous envisageons de faire installer des caméras de surveillance.

— Merde, fit Alexander.

— Sarah, vous vous sentez bien ? s'enquit Bill.

J'avais chaud, mais pour une fois je pensais être devenue blême.

C'était Damian. Ce ne pouvait être que Damian, qui venait tourner autour de la maison. J'aurais dû avertir Claudia qu'il était passé au village. J'étais en train de me demander comment amener habilement cette idée sur le tapis, quand Allegra se matérialisa soudain à côté de moi et me tendit un bol de pistaches. Puis Phoebe, rouge à lèvres éclatant et toute en angles aigus, monopolisa la conversation. Je me promis de faire part de mes soupçons à Alexander dès que nous serions en tête à tête. Il pourrait peut-être en toucher un mot à Bill.

Bill n'était pas du tout tel que je l'avais imaginé. Je savais qu'il était universitaire, aussi m'étais-je forgé une image de professeur légèrement débraillé. Une barbe, des lunettes rafistolées avec du sparadrap, et une chemise mal boutonnée sur un ventre proéminent. En réalité, il était encore plus grand qu'Alexander et aussi élancé que ses filles. Son accent américain était agréable. Avec ses cheveux, coupés très court afin de dissimuler le fait qu'ils s'éclaircissaient, il dégageait un charme discret et subtil. Je crus tout d'abord qu'il était beaucoup plus jeune que Claudia, mais j'en vins vite à la conclusion qu'en réalité Claudia faisait plus vieux que son âge, alors que ce n'était pas du tout le cas de Bill.

Ce dernier était drôle mais savait se tenir en retrait. Il faisait partie de ces gens dont l'intelligence transparaît sans qu'ils aient besoin de se faire remarquer. Il mit tout en œuvre pour me mettre à l'aise, surtout quand il devint évident que Phoebe et Ted ne savaient pas comment s'adresser à moi. Bill était originaire de Boston et avait passé plusieurs années à Londres. D'après ses dires, la ville ne lui manquait pas. Il avait été professeur d'université, spécialisé dans la littérature médiévale française, mais à présent il se consacrait à l'écriture d'essais.

Je me sentais en sécurité, dans cette belle maison, avec ces gens charmants. Je n'aimais pas l'idée que Damian rôdait peut-être à l'extérieur, épiait par les fenêtres, perturbait les chiens, et dérobait des objets.

Ted se gratta la gorge.

— Y a-t-il eu... de ses nouvelles ? demanda-t-il à Alexander.

— Non.

— La police est venue voir Phoebe. Tu le savais ?

— Non, je l'ignorais.

— Ils m'ont posé des tas de questions, dit Phoebe en faisant la moue. C'était très troublant.

Je sentis Alexander se crisper de colère.

— Ils ne font que leur travail, allégua Bill.

— Ils n'ont toujours rien trouvé ?

Alexander fit un signe négatif de la tête. Ted soupira.

— Sale affaire, marmonna-t-il. Ils ont questionné Phoebe sur la vie... sociale de Gen. Tu n'as jamais pensé qu'elle avait peut-être...

— Ted ! protesta Phoebe. Pour l'amour du ciel, ce n'est pas le moment, ajouta-t-elle avec un regard appuyé dans ma direction.

Ted leva une main devant lui, d'un air d'excuse.

— Oh, ne vous gênez pas pour Sarah, déclara Alexander. Elle est très discrète.

Il effleura doucement le dos de ma main avec la sienne, dans l'espace entre nos deux chaises.

Claudia arriva sur ces entrefaites, et j'eus le cœur serré pour elle. Elle était si gentille. Nos regards se croisèrent et nous échangeâmes un sourire.

Au bout d'un moment, Bill emmena les filles se coucher, puis nous prîmes place autour d'une table superbe, dans la salle à manger. Les lueurs des bougies se reflétaient sur le bois lustré. Des couverts en argent entouraient les assiettes de porcelaine fine.

Claudia avait une allure très grande dame. Ses cheveux étaient relevés en chignon et de fines mèches grises encadraient son visage. Elle portait une robe longue à la coupe sobre inspirée de la Grèce antique. Des diamants brillaient à ses oreilles et autour de son cou. Je ne pensais jamais au fait que Claudia était riche. Pour moi, c'était juste une personne chic et affable, à la silhouette imposante. Mais ce soir, sa classe, son éducation et sa fortune étaient évidentes. Claudia était une hôtesse merveilleuse. Elle nous servit pour commencer une salade de champignons sauvages tièdes. Cette entrée fut suivie de filets de bar cuisinés dans une sauce au safran et accompagnés de pommes de terre, de pointes d'asperges et de dés de carottes. Le vin était fabuleux, et nous bûmes beaucoup. Du moins, je fus consciente moi, de boire un peu trop. Au fur et à mesure que la soirée avançait, ma timidité s'effaçait. Je pris part à la conversation, malgré la désapprobation évidente de Phoebe.

— Savez-vous cuisiner, Sarah ? me demanda-t-elle.

— Oui.

— Elle est très bonne cuisinière, dit Alexander.

— Où avez-vous appris ?

— Pardon ?

— Où avez-vous appris à cuisiner ? répéta-t-elle en se penchant vers moi d'un air encourageant, comme si elle s'adressait à quelqu'un qui maîtrisait mal sa langue.

— Sarah est naturellement douée, répondit Alexander.

— Mais vous avez dû aller à l'école, insista Phoebe. Ou peut-être même à l'université ! Il paraît que les gens obtiennent des diplômes pour n'importe quoi, de nos jours. Même pour s'occuper des enfants !

Elle fit le tour de la table du regard, mais sa remarque ne fit rire que Ted.

— Oui, je suis allée à l'école, dis-je d'une petite voix, ne sachant où poser les yeux.

— Vous comprenez, nous cherchons toujours une baby-sitter à temps partiel, poursuivit Phoebe. Nous avons engagé une fille du village, mais elle ne me plaît pas vraiment. Les chevaux m'accaparent tellement que...

Elle laissa sa phrase en suspens et se tourna vers Alexander. Celui-ci l'ignora.

— Viens-en au fait, Phoebe, lui conseilla Ted.

— Très bien. Alexander, nous nous demandions si tu accepterais de nous prêter Sarah, de temps à autre ?

Alexander secoua la tête.

— Désolé, Phoebe. Sarah n'est pas libre.

— Oh. Peut-être de façon ponctuelle, quand nous sommes dans une situation désespérée ?

— Non.

Il y eut un silence gêné. Je pris une minuscule bouchée de poisson et ma fourchette crissa contre la porcelaine.

— C'est délicieux ! dit Ted d'un ton enjoué, en levant son verre. Fi des femmes séduisantes, rien ne vaut une bonne cuisinière !

Claudia sourit, mais j'avais conscience que ce compliment maladroit l'avait blessée.

— C'est ce qu'on vous apprend dans les pensionnats de jeunes filles en Suisse, dit-elle.

— Tu es allée au pensionnat ? demandai-je.

— Quand ils ont compris que je n'étais pas une intellectuelle, père et Virginia m'ont expédiée dans cette institution de fin d'études.

— Vraiment ? J'ignorais que ce genre d'établissement existait. Comme j'ai l'impression de n'avoir jamais rien commencé, j'aurais du mal à finir !

Ma boutade tomba à plat. Alexander regarda fixement son assiette. Phoebe inspira longuement, Ted s'empourpra et plongea le nez dans son verre. Je me sentais vaguement hystérique. Je m'étais contenue trop longtemps.

J'avalai une nouvelle gorgée de vin.

— Je ne suis pas un très bon exemple de réussite, remarqua Claudia en souriant. Papa aurait dû demander à être remboursé !

Je gloussai, mais Bill se rembrunit et posa une main sur le poignet de sa femme.

— Elle se sous-estime sans arrêt, dit-il. C'est lassant.

Claudia retourna son bras pour prendre la main de Bill dans la sienne. Il la contempla avec une telle foi en elle que je me sentis troublée et baissai les yeux. Comme elle devait se sentir en sécurité ! Elle vivait dans un cocon tissé par ses enfants et son mari, protégé par leur maison. Est-ce que cela compensait sa terrible enfance, avec sa mère suicidaire et son frère dérangé ? Etait-ce suffisant ?

— Je n'arrive toujours pas à comprendre comment une femme aussi parfaite que Claudia a pu épouser un homme aussi plein de défauts que moi, déclara doucement Bill. C'est une chose qui ne cesse de me surprendre et de me ravir.

— Tais-toi, lui enjoignit Claudia.

Mais sa joie surpassait visiblement sa gêne.

— Bien dit, Bill ! s'exclama Ted. Bravo, Claudia.

Alexander garda les yeux rivés sur son assiette. Je le connaissais assez pour savoir qu'il n'appréciait pas ces démonstrations d'affection.

— Comment vous êtes-vous connus ? demandai-je pour orienter la conversation dans une autre direction, et permettre à Alexander de se détendre.

Ted et Phoebe échangèrent un coup d'œil.

— Oh, désolée. Je n'aurais pas dû poser la question ?

— Non, non, c'est bien, répondit Claudia. Nous nous sommes rencontrés à deux pas d'ici, à Elenora House. Lors d'un des bals organisés par Virginia après la chasse. C'est comme ça que tout le monde rencontre son conjoint, dans ce genre de patelins.

Je bus une autre gorgée de vin. Je croyais que mon verre était presque vide, mais il s'était rempli comme par miracle, sans que j'aie remarqué que quelqu'un m'avait servie.

— Les gens n'assistent à ce genre d'événements que pour boire et pour draguer, continua Claudia.

— Allons, Claudia, c'était plus romantique que ça ! protesta Bill. Il y avait le champagne, les étoiles, et nous avons dansé au clair de lune.

Claudia sourit à ce souvenir.

— Oui, tout le décor était là.

Il y eut une pause dans la conversation, comme si tout le monde visionnait intérieurement la scène.

— Les bals de Virginia sont légendaires, remarqua Ted d'un ton mélancolique.

Je ne pus réprimer un ricanement disgracieux.

— Désolée, bredouillai-je en prenant la serviette que me passait Alexander pour étouffer mon rire.

Toute la tension nerveuse que j'avais accumulée semblait vouloir jaillir d'un seul coup. Les autres s'efforcèrent de m'ignorer, mais j'avais l'impression d'être sur le point d'exploser.

Claudia retira sa main de celle de son mari et se leva pour ramasser les assiettes.

— Nous sommes une sorte de cliché, déclara Bill, dans une tentative héroïque pour détourner l'attention de ma personne. Tomber amoureux dans ce genre de bals, alors que nous n'aimons la chasse ni l'un ni l'autre !

— Si vous êtes un cliché, que devrions-nous dire ! m'exclamai-je. Nous sommes un amour de vacances !

Le silence se fit, tous les convives suspendirent leurs gestes. Claudia arrêta d'empiler la vaisselle, et Bill se figea, la bouteille de vin en équilibre au-dessus de son verre. Ted vira au cramoisi.

J'éclatai de rire.

— Je voulais dire que c'est ce que tout le monde croit ! Mais ce n'est pas vrai, bien sûr. Notre relation est strictement professionnelle, n'est-ce pas, Alex ? Mais comme nous nous sommes rencontrés pendant les vacances les gens s'imaginent que nous avons eu un coup de foudre. Pourtant nous avons simplement discuté, nous nous sommes bien entendus, et...

— Sarah, tais-toi, m'ordonna Alexander entre ses dents.

— Passe-moi ton assiette, Sarah, enchaîna Claudia.

Je lui obéis.

Il y eut un autre silence, qui s'éternisa.

Phoebe se tourna vers Ted en haussant un sourcil d'un air entendu. Je tirai sur ma jupe et contemplai le set de table devant moi.

— Laisse-moi t'aider, Claudia, dit Phoebe d'une voix sirupeuse.

— Moi aussi, ajouta Ted, qui ne pouvait visiblement pas supporter de rester assis en face de moi une minute de plus.

Je froissai nerveusement ma serviette, tandis qu'ils aidaient Claudia avec de grandes démonstrations de politesse.

— Le travail marche bien ? demanda Bill à Alexander.

— Oui, très bien, merci.

— Tu continues à faire autant d'heures ?

Alexander hocha la tête. Bill ôta ses lunettes et se massa les sourcils.

— Tu dois avoir gagné suffisamment pour rembourser le vieux, à présent, non ?

— Bill, s'il te plaît ! l'interrompit sèchement Claudia. Je déteste qu'on parle affaires à table.

— Désolé, ma chérie. Pardonne-moi.

— Est-ce que je peux faire quelque chose, Claudia ? demandai-je.

— Non, merci, répliqua-t-elle d'une voix froide et dure. Tu en as fait assez comme ça.

Je n'ouvris plus la bouche de la soirée.

25

Le lendemain, je m'éveillai avec la migraine et accablée de remords. Impossible de savoir quels dégâts ma remarque malheureuse avait provoqués. L'amitié de Claudia m'était précieuse. A partir de maintenant, sinon la vérité du moins de forts soupçons allaient planer entre nous. Je me disais que j'avais eu tort de ne pas tout lui raconter. Je demandai son avis à Alexander, mais il refusa d'aborder le sujet. Il se renferma sur lui-même. J'aurais préféré qu'il se mette à crier, qu'il exprime ses sentiments et sa colère, mais je n'eus pas le courage de prendre l'initiative d'une dispute.

Phoebe avait certainement promis à Claudia de ne pas souffler mot de l'incident, mais cela ne l'empêcherait pas d'en parler à ses connaissances. La nouvelle s'était sûrement répandue dans tout le village comme une traînée de poudre, principalement parmi la société des cavalières.

Poussée par un besoin désespéré de réconfort, j'allai rendre visite à Betsy. Elle connaissait déjà les grandes lignes de l'histoire, et comme pour tous les habitants du village, la politique familiale des Churchill n'était pas un secret pour elle.

Nous prîmes place dans sa petite cuisine mal chauffée et trempâmes des biscuits au gingembre dans nos mugs de café au lait. Je lui rapportai dans le détail ce qui s'était passé et elle leva les yeux au ciel.

— Honnêtement, c'est la faute d'Alexander ! Il n'aurait pas dû t'obliger à garder un secret pareil. A quoi s'attendait-il ? Si vous n'aviez pas fait de mystères dès le début, les gens se seraient habitués à la situation.

Je lui expliquai qu'Alexander savait depuis des mois que sa relation avec Geneviève était terminée, mais que les gens ne verraient pas les choses sous cet angle. Ils penseraient, comme Virginia, qu'il était obscène d'entamer une nouvelle relation si vite après le départ de Geneviève.

Betsy n'était pas de cet avis.

— Cela revient à mentir pour cacher un autre mensonge. A quoi bon ? La vérité finit toujours par sortir. Plus tu essayes de l'étouffer, plus fort elle te saute au visage.

Elle se pencha sur le bébé assis dans sa chaise haute, et lui essuya le nez avec le poignet de sa chemise.

— Tu crois que je devrais appeler Claudia pour m'excuser ?

— A ta place, j'attendrais que ce soit elle qui vienne vers moi.

— Et si elle ne le fait pas ?

— Alors, ne le prends pas sur un plan personnel, répondit-elle en haussant les épaules. Tu sais ce qu'on dit : les liens du sang priment sur tout le reste.

— Tu crois qu'elle va en parler à Virginia ?

— De toute façon, si Phoebe colporte la nouvelle, cela ne tardera pas à lui parvenir aux oreilles.

Je poussai un grognement de contrariété.

— Oh, mon Dieu. Ça ne pourrait pas être pire.

— Oh, si ! protesta joyeusement Betsy. Ça pourrait, et d'ailleurs ça ne va faire qu'empirer.

Il devint vite évident que Claudia ne voulait plus être mon amie. Elle annula par téléphone le rendez-vous dont nous étions convenues pour emmener les enfants au cinéma et ne rappela plus. J'essayai de la joindre plusieurs fois, mais je tombais toujours sur sa messagerie.

Je ne laissai pas de message. Comment aurais-je pu exprimer en quelques secondes tout ce que j'avais à dire ? L'idée d'avoir blessé Claudia m'était insupportable. Je voulais au moins lui expliquer la raison de mon mensonge. Et puis, elle me manquait.

Un matin, par une de ces splendides journées de mi-octobre, alors que l'automne s'avançait sur la pointe des pieds, donnant l'impression que tout était possible, je remplis deux paniers de pommes de l'immense vieux pommier du jardin, dont les branches étaient chargées de gui, et je gravis la colline pour me rendre chez Bill et Claudia. Quand j'atteignis enfin la Grange, j'avais les bras et les épaules endoloris. Les chiens m'entendirent bien avant que je sois arrivée à la grille et se précipitèrent pour m'accueillir en aboyant follement et en piétinant, le museau entre les barreaux de fer forgé. Claudia ne pouvait plus laisser croire qu'elle n'était pas chez elle. Elle actionna le portail avec la télécommande et vint m'ouvrir la porte d'entrée, en s'essuyant les mains à un torchon. Je lui montrai les paniers.

— Tu peux me renvoyer si tu veux, mais les pommes sont pour vous.

Elle tira sur le col de sa chemise. Blue continuait de bondir autour de moi en aboyant. Elle lui fit un signe de la main pour lui ordonner de s'asseoir, mais il l'ignora.

— Je voulais te dire que j'étais désolée, annonçai-je d'une voix forte pour dominer le vacarme.

Claudia ne répondit pas. Ses yeux étaient rouges et humides. Je la trouvai vieillie.

— Je m'en vais, dis-je. Garde les pommes. Tu m'as dit que tu en faisais des conserves, à cette époque de l'année.

— Cela nous prenait toute une journée, à Genny et moi. Entre.

Elle s'écarta et j'entrai, traversant le vestibule et le séjour, avant de passer dans la cuisine. Je déposai mes paniers sur le sol carrelé.

— Alex m'a demandé de garder le silence. Il pense que cela ne ferait qu'empirer les choses.

Claudia secoua la tête.

— Ma sœur a disparu. Quoi que vous fassiez, Alexander et toi, ça ne peut pas être pire. Ce que je n'ai pas supporté, c'est que tu m'aies menti.

— Je suis désolée.

— Je te considérais comme une alliée, Sarah. Je n'ai pas beaucoup de gens à qui parler par ici, mais je croyais pouvoir compter sur toi.

Des larmes me piquèrent les yeux. J'eus envie de m'abandonner au chagrin et de lui demander pardon, mais je savais que ce manque de dignité l'aurait choquée.

— Je ne cherchais qu'à te protéger, dis-je. Je suis prête à te révéler tout ce que tu voudrais savoir.

Je fus consciente que mes paroles sonnaient creux. Il était trop tard.

Claudia refusa mon offre d'un signe de tête.

— Je ne veux rien savoir.

— Alors que puis-je faire...

— Rien. Tu ne peux rien faire. On n'a qu'une seule chance en amitié, Sarah. Tu devrais le savoir. La confiance est une chose fragile, et quand elle est perdue, c'est pour toujours.

Claudia avait raison. Nous gardâmes le silence un moment. J'avais terriblement honte.

— Puisque tu es là et que tu as apporté toutes ces pommes, autant que tu me donnes un coup de main, rajouta-t-elle après coup.

Nous passâmes une agréable journée. Au fil des heures, nous finîmes par nous détendre. Je pelais les pommes et Claudia, debout devant la cuisinière, remuait les fruits dans la casserole.

— On est bien, tu ne trouves pas, Gen ? dit-elle d'un air absent. Juste toi et moi.

Sa voix était plus douce que d'ordinaire, pleine d'affection.

Je ne dis rien, de peur de lui gâcher cet instant.

26

Les rumeurs et les insinuations se répandirent dans Burrington Stoke comme par imprégnation. Phoebe avait mis tout son zèle à propager la nouvelle. Je constatai rapidement que les gens m'évitaient et que les commerçants affichaient une froideur que je n'avais encore jamais remarquée.

Lorsque j'apportai un sac de vieux livres et de DVD à la boutique de charité de la paroisse, la dame qui tenait le magasin me demanda :

— Ces affaires appartiennent à Geneviève ?

— Je ne sais pas, répondis-je avec sincérité.

J'avais trouvé toutes ces choses entassées sous des meubles ou pêle-mêle au fond des placards. De toute évidence, plus personne à Avalon n'en voulait.

— Pourquoi vous débarrassez-vous de ses affaires ? demanda la femme d'une voix dure. Vous croyez qu'elle ne reviendra pas ?

Je sentis mes joues s'enflammer.

— Nous avons juste fait un peu de ménage.

Elle repoussa le sac vers moi.

— Je ne veux rien prendre qui appartient à cette femme merveilleuse.

Ce ne fut pas tout. Plusieurs fois, le téléphone sonna et quand je décrochais il n'y avait personne au bout du fil. Trois jours d'affilée, je découvris une pie morte près de la haie, au fond du jardin. Alexander me dit que j'étais parano. Il ramassa les oiseaux et les jeta dans le verger, où ils durent faire le bonheur des renards. Je ne comprenais pas comment il pouvait rester aussi calme.

Je me serais sentie terriblement seule, si je n'avais pas eu Betsy et Claudia. Bien que mon amitié avec cette dernière ait souffert de l'incident, elle avait besoin de moi, et c'était réciproque. Il n'y avait personne, en dehors de Bill, avec qui elle pouvait parler aussi ouvertement et franchement qu'avec moi. Je commençais à comprendre ce qu'avait dû être sa vie dans ce petit village, sans sa mère, avec un frère perturbé, un père qui possédait tout le pays, une demi-sœur sexy et adulée, et une belle-mère qui était crainte autant que vénérée.

Ma deuxième rencontre avec Virginia Churchill eut lieu par hasard, au cours de la dernière semaine d'octobre. J'étais entrée dans le magasin Spar de Burrington Stoke, où se trouvait le bureau de poste. Je remplissais un panier métallique de provisions, quand j'entendis une femme prononcer le nom d'Alexander. Je reconnus aussitôt cette voix sèche.

Debout devant le comptoir de la poste, à l'autre bout de la boutique, Virginia me tournait le dos. Elle encaissait les chèques des locataires du domaine.

M. Taylor, le patron de la boutique, complétait les formulaires tandis que Virginia lui parlait. A son attitude, et à la façon dont il la regardait de temps à autre par-dessus ses lunettes, je devinai qu'il avait déjà entendu cette histoire un grand nombre de fois. Il hochait la tête d'un air approbateur, sans toutefois prononcer un mot. Il savait naturellement ce que Virginia ignorait, c'est-à-dire que j'étais dans le magasin.

— Personne n'a l'air de tenir compte de ce que j'ai dit à la police. Genny a toujours été très soucieuse des sentiments de son entourage. Elle ne serait jamais partie vivre quelque part sans en avoir averti sa famille. Jamais ! Cela fait déjà douze semaines qu'elle a disparu, et ils laissent traîner les choses.

— Il paraît que la police est surchargée...

Je ne voyais pas Mme Churchill, mais j'imaginai sans peine son expression outrée.

— C'est honteux ! s'exclama-t-elle. Ils sont d'une arrogance insupportable. Ian Twyford prétend qu'ils ne peuvent rien faire tant qu'ils n'ont pas de bonnes raisons de croire qu'il lui est arrivé quelque chose.

— Eh bien, si Ian dit qu'il n'y a pas à s'inquiéter, c'est que c'est vrai. Il a toujours veillé sur votre fille, n'est-ce pas ?

Virginia haussa les épaules.

— Justement, à présent nous avons des raisons d'envisager le pire ! Nous savons qu'il y a quelque chose entre Alexander et cette fille. Ce sont tous deux de fieffés menteurs.

M. Taylor déglutit et se frotta les lèvres, en s'efforçant de ne pas croiser mon regard.

— Il faut être juste, avança-t-il avec prudence. Alexander devait se sentir seul.

Virginia émit un ricanement bref. Elle se mit à fouiller dans son sac.

— Et peut-être aussi avait-il tout arrangé depuis longtemps. Nous savons tous de quoi ce type est capable.

Je ne pus laisser M. Taylor souffrir plus longtemps. Rassemblant tout mon courage, je m'avançai en toussotant pour signaler ma présence.

M. Taylor se gratta le coin des lèvres. Sa belle-fille, Midge, qui triait des cartes de vœux derrière lui, se figea, l'air paniquée. Je leur souris et m'arrêtai à quelques pas de Virginia.

— Bonjour.

— Bonjour, Sarah, répondit M. Taylor.

— Salut, lança Midge.

Virginia pivota sur ses talons. Je retins mon souffle.

Je fus désarçonnée en voyant son visage. Le maquillage accentuait sa ressemblance avec sa fille. Mais Virginia était une version déformée de la Geneviève que j'avais vue si souvent en photo. Elle était plus vieille, plus dure, avec un air plus fatigué. De fait, Virginia semblait épuisée. Ses cheveux gris argent étaient tirés en un chignon sévère et son cou maigre était sillonné de rides. Ses sourcils épilés ne formaient qu'une ligne infime. Sa beauté transparaissait encore, mais abîmée par le temps et par l'angoisse. Ma crainte fut soudain tempérée par la pitié. Perdre son enfant unique était une épouvantable épreuve.

Virginia me toisa.

— Sarah, finit-elle par laisser tomber.

— Bonjour, madame Churchill.

Je tendis la main. Elle ne fit pas mine de la prendre. Il me sembla que plusieurs minutes s'écoulaient. Je ne savais plus quoi faire. Impossible d'essayer de me justifier ici, avec les Taylor qui nous observaient. Une queue de curieux commençait à se former derrière moi.

— Il faut que nous parlions, annonça Virginia.

Elle lança un coup d'œil par-dessus mon épaule, et les autres clients baissèrent aussitôt le nez sur leur panier.

— En privé, précisa-t-elle.

Nous nous rendîmes à l'hôtel Swan, au bout de la grand-rue, où nous prîmes place dans de profonds fauteuils au cuir craquelé. Un serveur alla nous chercher du café. Le salon était sombre. Des flocons de poussière flottaient sur le sol, éclairés par de faibles rayons de lumière filtrant par la fenêtre à petits carreaux. La moquette était usée, de vieux trophées de chasse étaient accrochés au-dessus de l'immense cheminée de pierre. Les murmures d'un groupe de clients âgés formaient un bruit de fond, loin derrière nous.

On nous apporta le café et, après y avoir ajouté du sucre et de la crème, Virginia prit tout son temps pour le touiller.

— Je n'irai pas par quatre chemins, dit-elle enfin en me passant ma tasse. Il faut que je vous explique ma position.

— Non. C'est inutile. Je comprends très bien ce que vous devez penser, et je suis désolée si Alexander et moi vous avons blessée, ce n'était pas mon intention et...

Elle leva une main devant elle, m'enjoignant de me taire.

— Depuis combien de temps connaissez-vous Alexander ? J'exige la vérité, s'il vous plaît.

— Nous nous sommes rencontrés en Sicile.

— Alexander vous a-t-il dit qu'il était marié ?

Je fis un effort pour rassembler mes souvenirs.

— Oui.

Virginia fit la moue, et je me rendis compte que cet aveu ne me faisait pas honneur. Bien que sachant qu'Alexander n'était pas libre, j'avais eu une liaison avec lui.

— Que vous a-t-il dit au sujet de Geneviève ?

— Qu'elle l'avait quitté.

— Et vous l'avez cru ?

— Bien sûr.

Virginia me dévisagea sans ciller.

— Vous avez eu un flirt de vacances, après quoi il vous a ramenée directement chez lui. Vous ne trouvez pas cela bizarre, pour un homme qui venait d'être... « quitté par sa femme » ? demanda-t-elle, sarcastique, en esquissant des guillemets du bout des doigts.

— Alexander m'a dit que... quand Geneviève était partie, son mariage battait de l'aile depuis longtemps. Il avait besoin de quelqu'un pour l'aider à entretenir la maison et s'occuper de Jamie.

— Il aurait pu obtenir toute l'aide nécessaire ici.

— Peut-être voulait-il quelqu'un qui soit de son côté, répliquai-je calmement.

Virginia avala une gorgée de thé et posa sa tasse sur la petite table basse entre nos fauteuils, avant de se tapoter les lèvres avec une serviette en papier. Quand elle reprit la parole, sa voix était glaciale.

— Que ferez-vous quand Geneviève reviendra ?

— Si elle revient... Je ne sais pas.

Elle me dévisagea avec froideur.

— Vous vous croyez maligne, mais il y a beaucoup de choses que vous ignorez, Sarah, reprit-elle d'un ton bas et menaçant. Vous ne savez pas, je suppose, qu'Avalon appartient à ma fille et non à Alexander ? Son père lui en a fait cadeau.

En effet, je l'ignorais.

— C'est aussi grâce à l'argent de son père qu'Alexander a pu se lancer dans les affaires.

— Mais il rembourse ses dettes.

Virginia haussa les épaules, comme si ce détail était sans importance.

— Alexander n'avait pas un sou quand il a épousé Geneviève. Il n'avait pas de travail non plus. Il n'avait rien.

Tout ce qu'il possède à présent... le style de vie luxueux dont vous profitez, entre autres, c'est à ma fille qu'il le doit.

Je fixai la tasse et la soucoupe posées sur mes genoux. Les insinuations de Virginia étaient déplaisantes, et surtout je n'appréciais pas de découvrir que j'en savais si peu sur Alexander.

— Avez-vous confiance en lui ?

— Oui, bien sûr, répondis-je en levant les yeux.

— Bien que vous sachiez à présent qu'il n'a pas été totalement honnête envers vous ?

— Il m'a dit tout ce qu'il était nécessaire que je sache.

— Vous savez donc qu'il a fait de la prison ?

Sous l'effet du choc, tasse et soucoupe s'entrechoquèrent entre mes doigts tremblants. Une vague de chaleur me submergea et je craignis de m'évanouir. Je dus faire appel à toute ma volonté pour maintenir une apparence de calme et de sang-froid. Il ne fallait surtout pas montrer à Virginia à quel point cette révélation me bouleversait. Je soulevai ma tasse et avalai une gorgée de café tiède.

— Vous ne le saviez pas, évidemment.

Je reposai la tasse. Le café m'avait laissé un goût affreux dans la bouche.

Virginia se pencha pour me prendre la tasse des mains, avec une sorte de douceur inattendue.

— Sarah, vous croyez connaître Alexander, vous croyez peut-être qu'il vous aime, ou qu'il a besoin de vous, ou encore que vous pouvez l'aider, mais ce n'est qu'un rêve. Un rêve romantique. La vérité est toute différente. Vous ignorez quel homme il est en réalité. Vous n'en avez aucune idée. Je pense que votre fantasme vous empêche de voir la vérité.

Des larmes me piquèrent les yeux, je me sentis mal. J'avais chaud.

— Ce n'est pas la faute d'Alexander si Geneviève l'a quitté, dis-je. Elle est partie parce qu'elle le voulait, et pas parce qu'il avait fait quelque chose de mal. Peut-être voyait-elle quelqu'un en cachette.

Virginia se figea, choquée, mais elle ne semblait pas surprise. Je compris que j'avais involontairement touché un point sensible. Son air décontenancé me redonna de la force. Si la propre mère de Geneviève soupçonnait celle-ci d'avoir une relation adultère, il y avait de fortes chances que ce soit vrai. Cela expliquerait tout. Si Geneviève s'était enfuie avec son amant, il ne fallait pas s'étonner que son départ ait été aussi soudain et qu'elle ait laissé le moins de traces possible derrière elle. C'était évident. Toutes sortes de possibilités me traversèrent l'esprit, mais avant que j'aie pu mettre de l'ordre dans mes pensées, Virginia reprit la parole.

Elle approcha son visage du mien, si près que pour la deuxième fois je perçus son haleine aigre.

— Qui est cet homme, Sarah ? Vous connaissez son nom ? demanda-t-elle d'une voix sifflante.

Je secouai la tête, effrayée par l'intensité de son regard.

— Alexander vous a parlé de lui ?

— Il ne sait rien.

— Vous en êtes sûre ?

Je répondis d'un hochement de tête.

Virginia se renfonça dans son siège en pinçant les lèvres. Elle m'observa, tel un serpent guettant une souris. Puis elle reprit, d'une voix lente et mesurée :

— Il y a autre chose que vous ignorez, Sarah. Quand Geneviève a annoncé à Alexander qu'elle voulait le quitter, quelque temps avant sa disparition, il lui a dit qu'il ne la laisserait pas faire. Qu'il préférait la voir morte.

— Les gens disent des choses qu'ils ne pensent pas vraiment, quand ils sont bouleversés.

— Et parfois, ils les pensent.

— Oui, mais...

— D'après vous, quelle a été la réaction d'Alexander quand Geneviève lui a dit qu'elle le quittait pour un autre ? Pour quelqu'un qui l'aimait, et qui serait plus attentionné que lui ? Hmm ?

Je déglutis, incapable d'articuler un mot.

— Que pensez-vous qu'il ait fait, Sarah ?

— Je ne sais pas.

Virginia parut soudain vidée de ses forces. Elle se renversa contre le dossier de son fauteuil et contempla les poutres du plafond en soupirant.

— S'il est arrivé malheur à Geneviève, Alexander le paiera. Et vous aussi. Je ne crois pas que vous soyez mauvaise. Vous êtes juste naïve et facilement manipulable. Mais s'il est coupable et que vous le soutenez, vous êtes aussi fautive que lui.

Il y eut un moment de silence. Un vieil homme en fauteuil roulant se mit à ronfler, à l'autre bout de la salle. Derrière nous, une mouche se heurtait à la vitre avec obstination.

— J'ai confiance en Alexander, énonçai-je d'une voix que je m'efforçai de maîtriser.

— C'est que vous êtes encore plus stupide que vous n'en avez l'air.

La journée et la semaine étaient gâchées.

Après le départ de Virginia, je me rendis dans les toilettes pour me rincer le visage à l'eau fraîche. Je sentis les regards me suivre lorsque je sortis de l'hôtel. A peine avais-je atteint la porte que le personnel commençait déjà à murmurer et colporter des rumeurs dans mon dos. Je me réfugiai dans la minuscule bibliothèque municipale et passai un long moment à étudier des articles sur les concours agricoles, jusqu'à ce que je sois sûre que Virginia avait quitté le village. Je m'efforçais de ne pas penser à ce qu'elle m'avait dit, mais les mots résonnaient dans ma tête. J'avais beau faire comme si rien ne s'était passé, je ne pouvais les effacer.

Je repris le chemin d'Avalon. La poignée de mes sacs à provisions me sciait les doigts. Je ne remarquai la voiture qui s'arrêta à ma hauteur que lorsque la porte s'ouvrit du côté passager. C'était Bill.

— Un penny pour vos pensées, lança-t-il.

— Elles ne valent pas autant.

— Montez. Vous avez l'air exténuée.

Je grimpai sur le siège avant, posai mes paquets à mes pieds et frottai les paumes sur mes genoux pour rétablir la circulation sanguine.

— Il vous est arrivé quelque chose ? demanda Bill avec gentillesse tout en redémarrant.

Je fis un signe négatif de la tête, mais mes larmes me trahirent.

— Oh, mon Dieu !

Bill tourna dans un petit chemin de terre et s'arrêta sur le bas-côté, devant un portail. Il me passa un mouchoir et attendit en silence tandis que je pleurais. Je finis par me ressaisir et il me demanda :

— C'est Virginia qui vous a mise dans cet état ?

— Comment le savez-vous ?

— Parce que cette femme est une teigne de premier ordre.

Je reniflai.

— Et aussi parce que je viens de passer à la poste. Midge m'a dit que Virginia vous avait emmenée pour prendre un café et vous passer un savon.

Je souris faiblement.

De la buée envahissait le pare-brise. Nous contemplâmes le paysage vert et brunâtre. Les champs avaient été labourés et les longues rangées de terre sombre s'étendaient jusqu'à l'horizon.

— Ecoutez, Sarah, je n'aime pas Virginia. Je ne lui pardonnerai jamais ce qu'elle a fait à Claudia. Mais il me semble qu'en ce moment elle frise la dépression. Elle est sans nouvelles de Geneviève, elle ne parvient pas à surmonter son stress et elle a besoin de passer ses nerfs sur quelqu'un.

— Je sais.

— Bizarrement, il est plus facile pour elle de penser qu'Alexander a fait quelque chose d'épouvantable à Geneviève que d'admettre que sa fille chérie a pris la clé des champs sans même songer à avertir sa mère de ses intentions.

— Elle pense que Geneviève avait quelqu'un dans sa vie.

— Quoi ?

— Absolument. Elle pense qu'Alexander est devenu dingue quand elle lui a annoncé qu'elle le quittait pour un autre.

— C'est ridicule. Complètement idiot, ajouta Bill en secouant la tête.

Je lui souris avec reconnaissance.

— N'en parlez pas à Claudia, Bill.

— Bien sûr que non, dit-il en tapotant le volant du bout des doigts. Vous avez encore l'air terriblement angoissée, Sarah. Il y a autre chose ?

— Non.

— Vous en êtes sûre ?

— Oh, c'est juste que... Virginia m'a dit des choses sur Alexander. Des choses qu'il a dites, ou faites...

Bill soupira, les mains sur le volant.

— Ne vous inquiétez pas pour ça. Virginia a du mal à voir autre chose que Geneviève dans la vie.

Deux corbeaux se posèrent dans le champ face à nous. Nous gardâmes le silence un instant, puis une pensée me revint à l'esprit.

— Bill, votre rôdeur est toujours là ?

— Apparemment, il est parti. Une voiture de police passe régulièrement pour surveiller la maison, mais ils n'ont jamais rien vu. Et nous avons fait placer une nouvelle alarme.

— Je crois savoir qui c'était. Il s'agissait peut-être du frère de Claudia.

— Damian ?

— Il est venu au village il y a quelque temps. Je l'ai vu. Il semblait un peu...

— Damian est venu ? Ici, à Burrington Stoke ? Vous en êtes sûre ? s'exclama Bill, soudain tendu.

Je fis un signe affirmatif.

— Pourquoi ne l'avez-vous pas dit ? Oh, Sarah, au nom du ciel, pourquoi n'en avez-vous pas parlé ?

Je me tassai contre la portière, déconcertée par la violence de sa réaction.

— Je craignais que Claudia ne soit mortifiée en apprenant qu'il n'était pas passé la voir. Il n'est resté qu'un jour ou deux... du moins c'est ce qu'il m'a semblé. Il m'a paru inoffensif.

Le regard fixé droit devant lui, Bill soupira.

— Cet homme est nocif. Si vous le revoyez, prévenez-moi. N'en parlez pas à Claudia, mais appelez-moi sur-le-champ.

— D'accord. Je suis désolée, murmurai-je, de nouveau au bord des larmes. Je ne me doutais pas que c'était aussi important.

— Vous ne pouviez pas le savoir. Il est dangereux. Sa présence n'augure rien de bon, Sarah.

Bill me déposa au bout du chemin et je fis les trois cents mètres qui me séparaient d'Avalon à pied, sous les arbres, avec mes sacs remplis qui battaient contre mes mollets. Le vent jouait avec les branches et de temps à autre une feuille tombait devant moi en tourbillonnant.

Si Alexander voulait que je le soutienne, n'aurait-il pas dû me faire confiance et me révéler quels squelettes abritaient ses placards ? Bien sûr que si. A moins que lesdits secrets n'aient été si terribles qu'il ne pouvait les révéler à personne.

J'ouvris le portail d'un coup de pied et posai mes provisions sur le sol pour chercher la clé de la maison au fond de mon sac.

Alexander était un homme bon. Quelqu'un de bien. Il était mon amoureux, mon amant. Si nous ne pouvions pas avoir confiance, si nous devions nous méfier l'un de l'autre, alors nous n'avions plus rien.

J'ouvris la porte et ramassai le courrier. Il y avait une enveloppe brune émanant du fisc, deux catalogues des marchés équestres de la région et une carte postale adressée à Geneviève. Je posai le tout sur la console et transportai les courses dans la cuisine.

Après quoi je branchai la bouilloire et m'assis dans le canapé, la tête entre les mains.

Virginia m'avait offert une pomme empoisonnée, et j'avais mordu dedans. Je ne devais pas me laisser contaminer par ses insinuations.

C'était hors de question.

27

Je ne dis pas un mot à Alexander de ma rencontre avec Virginia. Je me promis de lui en parler un jour, mais seulement quand j'aurais décidé, dans ma tête, que j'étais prête à aborder le sujet. Inutile d'essayer d'avoir une conversation rationnelle et objective, alors que j'étais aussi bouleversée, déboussolée. Alexander voudrait savoir ce que Virginia avait dit, et je ne saurais pas lui mentir. Je mentais très mal. Or, il serait sûrement humilié que j'aie appris sur lui des choses qu'il préférait que j'ignore.

Je gardai donc le silence.

Il travaillait dur pour une commande importante, la restauration d'un bâtiment historique à Sherborne. Souvent, lorsqu'il rentrait, les cheveux couverts d'une poussière grise, Jamie était déjà au lit. Ses mains étaient calleuses, des muscles durs se dessinaient sur ses bras et son torse. Ce n'était pas un homme massif, mais des années de travail à soulever et sculpter la pierre avaient développé sa silhouette. J'étais consciente de sa force physique. Quand nous faisions l'amour, il me soulevait comme si je n'étais pas plus lourde qu'une poupée. Sa force faisait partie de sa séduction. J'aimais me sentir impuissante entre ses bras, sous sa complète domination. Cela me donnait l'impression d'être féminine et sexy. Le danger m'excitait. Laurie, avec son corps doux d'intellectuel, était un amant courtois, attentif, soucieux de mon confort et de mon plaisir. Il allumait des bougies, mettait de la musique, utilisait des huiles de massage. Il pensait même à se réchauffer les mains avant de me toucher. La brutalité d'Alexander me coupait le souffle. L'amour avec lui me faisait l'effet des montagnes russes, j'étais à la fois effrayée et enthousiaste.

Parfois, quand je regardais Alexander, je voyais un homme bon et doux, malmené par les circonstances de la vie. D'autres fois, son refus de parler de lui et son comportement taciturne me mettaient mal à l'aise. Je me mis à faire des cauchemars terrifiants, dont j'émergeais en sueur, la mâchoire crispée et douloureuse. Lorsque je m'éveillais seule dans ma chambre sous les toits, après l'un de ces rêves, j'avais peur. Je n'osais pas aller jusqu'aux toilettes, descendre me préparer du thé était hors de question. J'avais une petite provision de somnifères, avec ma réserve d'antidépresseurs. Quand je les prenais, j'avais la désagréable impression d'être assommée, et mes sentiments étaient comme étouffés. Mais je pris peu à peu l'habitude d'expérimenter ces drogues, absorbant le quart ou la moitié d'un comprimé chaque soir, jusqu'à trouver la quantité exacte qui me ferait dormir assez profondément pour ne pas être dérangée par les craquements et les soupirs de la vieille maison, mais pas suffisamment pour ne pas me réveiller en cas d'urgence.

J'aurais pu quitter Avalon. J'étais certaine que si je voulais partir, Alexander ne ferait rien pour m'en empêcher. Toutefois je n'avais pas envie de le quitter, et l'idée de ne plus voir Jamie m'était insupportable.

Chaque jour, je me sentais un peu plus proche du petit garçon. Cette relation, qui avait été difficile et embarrassante au début, était devenue profonde et sincère. Ce que je ressentais pour Jamie dépassait la simple affection. Je l'aimais.

Au cours de l'automne, nous prîmes l'habitude d'aller nous promener sous les arbres, Jamie et moi. Quand une rafale de vent soufflait, nous nous mettions à courir pour attraper les feuilles mortes, comme des porte-bonheur. Nous en faisions des bouquets que nous attachions avec des cordons de coton et que nous suspendions dans la maison. J'espérais qu'elles me protégeraient, qu'elles éloigneraient les cauchemars et les craintes qui me poursuivaient dans la journée.

D'un côté, j'aurais aimé que Geneviève réapparaisse, pour prouver au monde entier qu'Alexander ne lui avait fait aucun mal. D'un autre, je priais en secret pour qu'elle ne revienne pas reprendre son fils.

28

Jamie invita Christopher, son meilleur copain d'école, à passer la nuit à Avalon pour son anniversaire. Il était prévu d'allumer un feu de joie dans le jardin de derrière, et aussi de lancer un feu d'artifice. Nous étions en novembre et la Nuit de Guy Fawkes était passée depuis quelques jours, mais le garçonnet adorait ces divertissements. Christopher dormirait dans sa chambre, sur un lit de camp.

J'avais les nerfs à fleur de peau. Cette date n'était pas anodine. Si Geneviève voulait donner de ses nouvelles, ou revenir chez elle, elle le ferait vraisemblablement pour l'anniversaire de son fils. Aucune maman n'aurait voulu rater ce moment.

Tandis qu'Alexander faisait sa toilette à l'étage, j'arrangeai le col du polo de Jamie et l'aidai à enfiler son sweat-shirt. Je sentis sous mes doigts les muscles solides de son petit dos et sa colonne vertébrale. En poussant, ses cheveux avaient retrouvé leur vraie couleur, un brun pâle comme du miel, mais les pointes étaient encore décolorées par le soleil de Sicile. La structure de son visage était celle de sa mère ; ses yeux avaient la même forme que les siens bien que leur couleur soit différente. D'après ce que j'avais entendu dire de Geneviève, il avait hérité de sa vivacité et de son charme. Il n'y avait rien d'Alexander dans son visage. Néanmoins, il possédait certaines manières de son père, et quelques traits de son caractère. Notamment son entêtement, et cette façon irritante de se taire quand quelques mots auraient été utiles.

Je lui souris, lui tendis son cartable et son déjeuner, et lui souhaitai une bonne journée à l'école.

Il faisait une matinée superbe, l'air était vif et l'herbe recueillait l'humidité des gelées blanches qui fondaient au soleil. Les toiles d'araignée tendues entre les tiges étaient constellées de gouttes de rosée. Les hirondelles s'étaient enfuies depuis longtemps, les vaches avaient été menées vers d'autres pâturages, mais les corbeaux survolaient toujours les toits d'Avalon et les mésanges se chamaillaient autour des mangeoires.

En plein jour, la maison était plus accueillante, elle ne me donnait pas la chair de poule. Toutefois, je détestais m'y trouver seule. Quand c'était le cas, j'inventais généralement de bonnes raisons de ne pas me rendre à l'étage. Mais aujourd'hui j'avais un impératif. Il me fallait ranger la chambre de Jamie pour y accueillir Christopher. Ce qui ne m'empêcha pas d'échafauder toutes sortes de manœuvres de diversion destinées à retarder ce moment. J'étendis le linge, puis mis de l'ordre dans la petite pièce contenant les rosettes et les accessoires, à côté de la cuisine. Derrière le matériel d'équitation, je découvris un sac-poubelle en plastique noir, fermé par une ficelle. Je le déchirai pour l'ouvrir et plongeai les mains dans un amas de tissus.

J'en retirai un morceau de soie fluide, d'une incroyable douceur, qui s'échappa du sac tel un filet d'eau. Je le secouai et l'examinai à la lumière. C'était un fourreau tout simple, sans fioritures, mais très beau. Fascinée, je fis couler le tissu entre mes doigts. Je n'avais jamais possédé ce genre de vêtement, et ne pourrais sans doute jamais m'offrir une pièce d'une telle qualité. Sur une impulsion, je l'enfilai par-dessus mon pull et mon jean. Il était vert émeraude, avec un décolleté profond, et fermé dans le dos par de minuscules boutons recouverts de tissu. La soie était si fine que toute la robe aurait pu glisser à travers l'anneau que je portais au doigt. Je me tournai à droite et à gauche, observant mon reflet dans la vitre de la porte. C'était un fourreau magnifique, beaucoup trop beau pour rejoindre la corbeille de recyclage. Et il m'allait très bien.

Je gardai la robe et en fis une boule serrée que je gardai comme un secret honteux. Je remis le reste dans le sac que j'emportai au bout de l'allée, pour le déposer dans le conteneur de matériaux recyclables, à côté de la grille.

Après quoi, je m'attaquai à la chambre de Jamie. Il me fallut un moment pour trier les jouets et préparer un lit d'appoint pour Christopher. C'est seulement lorsque j'essuyai la poussière sur le petit bureau que je trouvai la lettre. Elle était encore dans son enveloppe, coincée entre les pages d'un atlas.

Le nom de Jamie y était tracé au feutre bleu. Elle était couverte d'autocollants représentant des araignées, des scarabées, et des coccinelles souriantes.

Je pris l'enveloppe et en tapotai mes lèvres un instant avant de me décider à l'ouvrir et à en sortir le message qu'elle contenait.

Il n'y avait que quelques mots, que Jamie pouvait comprendre. *Le nounours bleu est pour Jamie. Je t'aime, maman.*

Au-dessous, trois petits dessins. Un garçonnet avec les oreilles décollées : Jamie, l'air triste. Une autre image représentant le nounours bleu, l'air aussi malheureux que l'enfant. Et enfin, le garçon faisant un câlin à la peluche. Là, tous deux souriaient. Ce message suggérant à l'enfant de câliner son ours quand il était triste était si tendre que les larmes me montèrent aux yeux. C'était tout ce que Jamie pouvait comprendre sans l'aide des adultes, et c'était suffisant. Geneviève en était consciente quand elle avait laissé cette lettre.

Je m'allongeai sur le lit et fermai les yeux, submergée par la tristesse. Ce sentiment surgi de nulle part était si puissant qu'il me semblait le sentir déferler dans mes veines, comme une drogue. J'étais accablée. L'espace d'un instant, j'eus l'impression terrible que c'était la tristesse de Geneviève que je ressentais. Soit elle voulait me punir d'avoir pris sa place, soit elle voulait me montrer ce qu'elle vivait et à quel point Jamie lui manquait. C'est alors que j'entendis la Land Rover dans l'allée. Le sentiment se dissipa, mais je continuai de me sentir bizarre, un peu étourdie, comme si je n'étais pas tout à fait moi-même.

Je jetai un coup d'œil par la fenêtre. Alexander sortit de la voiture et se dirigea vers la maison. Je repliai soigneusement la lettre et la remis dans son enveloppe, que je replaçai entre les pages de l'atlas. Puis je descendis à la hâte pour retrouver Alexander dans la cuisine. Il me prit dans ses bras et m'embrassa sur la bouche. Il transportait sur lui l'odeur du grand air.

— La pompe du chantier est cassée. Je ne pouvais rien faire, aussi je suis rentré tôt. Nous sommes seuls ? chuchota-t-il, les lèvres dans mes cheveux.

J'acquiesçai d'un signe de tête.

— Dieu merci !

Sans ôter ses lèvres de mon cou, il fit glisser ses mains sur ma taille et ses doigts s'insinuèrent sous la ceinture de mon jean. Il me faisait tourner la tête et m'excitait terriblement. Mon corps lui appartenait. Cependant, mon esprit était entièrement occupé par Geneviève.

Sa lettre à Jamie l'avait rendue plus réelle. Il était trop facile de l'imaginer comme une mauvaise mère, une femme sans cœur qui avait quitté sa famille sans un regard en arrière. Maintenant que je savais à quel point elle aimait son fils, je me sentais coupable. Je n'aurais pas dû être là, prête à faire l'amour avec son mari, dans cette maison qui lui appartenait, le jour de l'anniversaire de son fils. Où qu'elle se trouve, j'étais convaincue qu'elle regrettait de ne pas être auprès de Jamie.

— Qu'y a-t-il ? demanda Alexander en me soulevant le menton. Que t'arrive-t-il, Sarah ?

— Rien. Tout va bien.

— Hé... tu es toujours avec moi ?

— Mais oui.

— Tu en es sûre ?

— Oui. Absolument sûre.

29

Nous fîmes l'amour. Pour la première fois, je m'abandonnai. J'avais le sentiment d'avoir déjà vu la fin de l'histoire, de n'avoir plus rien à perdre. Quoi qu'il arrive, quoi que fasse Geneviève, qu'elle revienne ou non, rien ne dépendait de moi. Et maintenant que tout le monde était au courant pour Alexander et moi, à quoi bon faire semblant ? J'étais démasquée et donc j'étais perdue. Je m'offris à lui sans réserve.

Après, nous nous rendîmes à pied au Quarrymen's Arms. C'était une idée d'Alexander. Le pub se trouvait à mi-chemin entre Avalon et l'école de Jamie. Alexander alla au comptoir, commander un demi et un grand verre de vin rouge. Je m'assis sur un banc, les mains sur les genoux, les cheveux emmêlés, l'air de rien, comme si je ne voulais pas qu'on devine que j'avais fait ce que je venais de faire. C'était pourtant évident.

Alexander rejoignit notre table avec les boissons. Les gens nous regardaient, car ils étaient tous au courant de notre relation. Les cancans répandus par Phoebe avaient été pris pour argent comptant, et largement exagérés au fur et à mesure qu'ils étaient colportés. Les habitués devaient penser que nous nous affichions délibérément ensemble. J'avais l'impression de sentir leurs pensées hostiles se répercuter contre les murs et heurter le plafond bas du pub.

Alexander s'assit à côté de moi, me prit la main et l'attira entre ses genoux. Les clients ne cachaient pas leur dégoût. C'étaient pour la plupart des hommes âgés, des locataires de Philip et Virginia, d'honnêtes campagnards, avec leurs chiens et leurs idées préconçues. Ils regardaient le mari de

Geneviève et sa gouvernante boire de l'alcool au beau milieu de l'après-midi, le visage encore enflammé par l'amour.

Un petit Jack Russell tout crasseux vint à nos pieds quémander des chips.

— Viens ici ! lança son maître. Ne t'approche pas de ces gens-là.

La remarque fut suivie par des murmures d'approbation.

— Nous n'aurions pas dû venir, dis-je doucement à Alexander. Partons.

— Nous avons parfaitement le droit d'être ici.

— Alex, je t'en prie...

Je fis mine de me lever, mais il m'obligea à me rasseoir, presque brutalement, et secoua la tête.

— Ils peuvent penser ce qu'ils veulent, dit-il, un peu trop fort. Ce sont eux qui ont l'esprit mal tourné.

Un homme à l'allure massive, accoudé au bar, ricana.

— Elle est où, alors ? Votre femme, elle est où ?

— Je ne sais pas, répliqua Alexander.

— C'est pratique, vous ne trouvez pas ? Pendant ce temps, vous pouvez vous amuser avec votre copine.

Alexander prit posément son verre et but une gorgée de bière.

Je n'avais pas touché au vin. Je n'en avais plus envie.

— Je t'en prie, Alexander...

— Nous n'avons pas à avoir honte, me dit-il à voix basse.

Quelque chose dans le ton de sa voix m'alerta. Un des hommes au comptoir marmonna quelque chose qui provoqua des rires entendus.

Alexander se leva et repoussa sa chaise. Je voulus le retenir, mais il se dégagea et se dirigea vers le bar. Il semblait à la fois détendu et déterminé. Les hommes se figèrent, sur la défensive, tenant leur verre à hauteur de poitrine. Les visages étaient crispés, mais ils reculèrent imperceptiblement.

— Si l'un de vous a quelque chose à dire, qu'il vienne me le dire en face, déclara Alexander avec une apparence d'amabilité.

— Moi je veux dire quelque chose, fit une vieille femme, toute petite, que je n'avais pas encore remarquée.

Elle était perchée sur un tabouret caché en partie par le dossier d'une lourde chaise de bois.

— Vous n'avez pas de cœur, Alexander Westwood ? Cela ne vous fait donc rien, que notre Geneviève ait disparu et que personne ne sache si elle est morte ou vivante ?

— Elle n'a pas disparu, madame Spencer. Elle est partie parce qu'elle en avait décidé ainsi.

— Et pourquoi ? Qu'est-ce que vous lui avez fait ?

Les hommes avancèrent de nouveau, dans un élan d'indignation. Le patron du pub intervint :

— Il vaut mieux rentrer chez vous, dit-il à Alexander. Je ne veux pas d'histoires.

— Ce n'est pas moi qui crée des problèmes. Et ce n'est certainement pas Sarah. Nous voulons juste boire un verre tranquillement.

— Salaud ! s'exclama un homme jeune, à la silhouette trapue. Espèce de salaud ! Nous savons tous comment tu traitais Geneviève ! Nous savons ce que tu lui as fait ! Nous ne voulons pas de toi ici, ni de ta sale petite traînée !

Alexander fit volte-face, rapide comme l'éclair. Il attrapa l'homme par le col de sa chemise et leva le poing.

— Alex ! criai-je.

Mon cri le déconcentra. Au moment où il se retourna vers moi l'autre le frappa. Alex trébucha, tomba en arrière. Sa tête alla donner contre le coin de la cheminée.

Je me levai en chancelant et me précipitai vers lui, devançant son adversaire. Le patron et deux autres clients retenaient ce dernier, qui se débattait tout en crachant des insultes. Il était pâle de colère, son agressivité était palpable, il semblait vouloir tuer Alexander. J'étais terrifiée.

J'aidai Alexander à se relever. L'arrière de sa tête était ensanglanté et le liquide chaud et visqueux poissa mes doigts. Il vacillait comme s'il avait été saoul.

— Sortez ! m'ordonna le patron à mi-voix. Partez et ne revenez pas.

Il n'y avait pas une ombre de compassion dans ses yeux.

La serveuse me passa nos manteaux et nous gagnâmes la porte en clopinant. Alexander s'appuyait lourdement sur moi et je murmurais comme un mantra : « Ne t'inquiète pas, tout ira bien. Ne t'inquiète pas... »

Tous les regards étaient braqués sur nous, c'était affreusement humiliant. J'avais honte, je me sentais sale et j'étais malade d'inquiétude pour Alexander.

Une fois à la maison, je nettoyai la plaie. Elle était enflée, le sang s'était figé et collait à ses cheveux. Je lui fis promettre de se reposer et filai à l'école chercher Jamie et Christopher. Je tremblais de nervosité, mais l'histoire de la bagarre ne s'était pas encore répandue. Dès que les garçons apparurent, je les fis monter dans la Land Rover et les emmenai à Avalon.

Alexander s'était douché. Il avait noué une serviette autour de sa tête. Malgré son teint blafard, il fit comme si de rien n'était et déploya beaucoup d'énergie pour que les enfants passent une bonne soirée. Il prépara le feu de joie dans le jardin, alluma les fusées et fabriqua même une figurine de Guy Fawkes. Les enfants étaient heureux, leurs cris et leurs rires se répercutaient dans les champs, et je pense que leur joie contribua à distraire Alexander. Tout en préparant le dîner, je les regardais par la fenêtre dans le jardin de derrière. Les enfants lançaient des bâtons dans le feu et dansaient autour des flammes avec leurs bottes en caoutchouc et leurs chapeaux. Emmitouflé dans son manteau, Alexander les surveillait. J'éprouvai une bouffée d'affection pour lui.

Il y avait des tas d'autres pubs dans le Somerset, nous n'étions pas obligés d'aller au Quarrymen's Arms. Je me dis que tout cela n'avait pas d'importance. Je ne laisserais jamais des gens qui ignoraient la vraie nature d'Alexander et sa relation avec Geneviève nous dicter notre façon de vivre.

Non, vraiment, je n'en avais cure. Cependant, un peu plus tard ce soir-là, longtemps après le feu d'artifice, alors que le feu de joie n'était plus qu'un tas de cendres et qu'Alexander fermait les portes de la maison pendant que je me brossais les dents dans la salle de bains, j'eus la nette sensation d'être observée. Il y avait un faux contact dans le système électrique, et l'ampoule clignotait sans interruption. Alexander disait que c'était à cause des écureuils qui grignotaient les fils, mais je trouvais cela effrayant. Je me rinçai la bouche dans le lavabo et sentis un courant d'air sur mes jambes nues.

J'arrêtai la brosse à dents électrique et la reposai sur son support. Puis je nettoyai le lavabo du bout des doigts et me retournai vivement. Dans la lumière clignotante, j'aperçus mon reflet dans le miroir accroché à la porte de la petite salle d'eau. Quelque chose m'intrigua, et je m'approchai de la glace en étrécissant les yeux.

Et tout à coup, je me rendis compte que ce n'était pas mon visage, mais celui de Geneviève. Il y avait de la panique dans son regard, une frayeur intense, et elle semblait me supplier de l'aider.

L'image me terrifia.

Une fois dans ma chambre, j'avalai le plus puissant cocktail possible de somnifère et d'antidépresseur. Malgré cela, ma nuit fut hantée par les pires cauchemars.

30

Le jour suivant, j'appelai Betsy.

— C'est moi, dis-je.

— Je m'en doutais, répondit-elle d'une voix lasse.

— Tu ne te sens pas bien ?

— La petite fait ses dents. Elle m'a empêchée de dormir toute la nuit.

— Ma pauvre chérie. J'irai la promener dans la journée, pour que tu puisses te reposer.

— Non, ce n'est pas la peine.

C'est là que je compris que quelque chose n'allait pas. Betsy n'était pas du genre à refuser ce genre de service.

— Tu as entendu dire quelque chose ?

— Alexander et toi vous êtes allés au pub, et Dale Vowles a donné à Alexander la correction qu'il méritait.

— Ce n'est pas ça du tout.

— Peut-être, mais je crois que M. Westwood et toi devriez être un peu plus discrets, répliqua-t-elle d'un ton plat.

— Nous voulions simplement prendre un verre.

— Mon chou, ce village est un vrai journal à scandale. Tu le sais. Une jeune femme disparue est forcément une victime, surtout si elle est jolie. Et un mari costaud et soupe au lait sera toujours considéré comme un méchant. D'autant plus qu'il ne manifeste aucun regret et s'affiche avec une bimbo. Je suis désolée, mais c'est comme ça qu'ils te voient.

J'appuyai ma tête contre le mur.

— Je peux venir te voir ?

— Pour l'instant, ça ne me paraît pas une bonne idée.

— Tu ne veux pas qu'on te voie prendre le café avec une bimbo ?

— Les cousins de Dale habitent en face de chez moi. Ils risquent de te chercher des crosses.

— Alors, nous pourrions nous retrouver dans le village ?

— A ta place, j'éviterais de m'y montrer pendant un jour ou deux.

— Betsy, qu'est-ce que je dois faire ?

— Oh, ne commence pas à pleurnicher. Je vais passer chez toi.

— Merci.

J'étais éperdue de reconnaissance. Je n'avais jamais eu autant besoin d'une amie.

31

Une crise passa, une autre arriva. C'étaient comme des vagues qui se succédaient, de plus en plus rapprochées. Ce fut Claudia qui vint me prévenir, le jour où les affiches apparurent sur les murs. Des dizaines de feuilles plastifiées en format A4 avaient été placardées à Burrington Stoke, avec le mot *DISPARUE* imprimé en lettres capitales au-dessus de la photo de Geneviève. On demandait des renseignements, et on promettait une récompense « substantielle » à toute personne capable de dire à la police où se trouvait Geneviève, ou bien de donner des informations sur ses allées et venues.

— Pourquoi la photo de maman est accrochée aux lampadaires ? demanda Jamie. C'est parce qu'elle est célèbre ?

— Oui, répondis-je, soulagée qu'il ait lui-même fourni une explication à sa question.

Jamie déchiffra les lettres imprimées au-dessus de la photo.

— Pourquoi ils disent qu'elle a disparu ?

— Parce que pour le moment nous ne savons pas où se trouve ta maman, dis-je en soupirant.

Jamie hocha la tête.

— J'aimerais bien qu'elle nous le dise.

— Moi aussi, Jamie, affirmai-je en lui pressant doucement l'épaule.

Geneviève faisait de plus en plus partie de ma vie. Elle était partout. Ce matin-là, après avoir déposé Jamie à l'école, je me rendis au village, la tête haute, comme quelqu'un qui n'a rien à cacher. Je croisai un couple de personnes âgées qui tenaient une maison d'hôtes dans leur cottage, derrière le magasin Spar. En temps normal, nous échangions quelques mots aimables ou des plaisanteries. Mais, cette fois, ils traversèrent la rue pour m'éviter.

Puis je rencontrai Roseanne, une jeune fille qui gardait les enfants d'une famille du village. Je bavardais souvent avec elle, devant la porte de l'école. Elle eut une moue compatissante à ma vue.

— J'ai l'impression que les choses vont s'envenimer, dit-elle. Ces photos ont été placardées partout, et Mme Churchill a promis une récompense ce matin, à la radio.

— Oh, non.

— Midge m'a rapporté qu'un journaliste était venu au magasin, pour poser des questions sur Geneviève.

Je scrutai la rue de droite à gauche, m'attendant à voir une horde de paparazzi se jeter sur moi. Mais il n'y avait qu'un vieux tracteur qui avançait en cahotant.

— Tu te sens bien ? demanda Roseanne.

Elle mâchait un chewing-gum et je perçus son haleine mentholée.

— Oui, très bien.

— Tu es sûre ?

— Je vais rentrer à Avalon.

Je la regardai, sur le point de lui demander de m'accompagner, mais je me ravisai. Ce ne serait pas juste de lui imposer cela.

— A plus tard, dis-je simplement.

32

L'automne se mourait, et avec lui disparaissaient les fabuleuses couleurs rouge et or de la végétation, les baies, l'humidité. Sur la lande, les fougères brunissaient et se racornissaient. Des aigrettes blanches flottaient partout, parachutes argentés qui s'agglutinaient tels des milliers de petites fées aux murs des propriétés et s'accrochaient à nos vêtements.

Il y avait des affiches devant la maison, dans le village, et même sur les réverbères devant les grilles de l'école. Impossible de ne pas les voir. Aussi, je restais le plus souvent à l'intérieur, pour ne pas avoir à affronter le visage souriant de Geneviève et les regards à la fois méfiants et effrayés des villageois.

Jamie en avait fait un jeu. Il comptait les photos de sa maman sur les murs, et il en était fier. Les autres enfants en parlèrent pendant quelques jours, mais bientôt les placards finirent par faire partie du paysage et perdirent de leur intérêt.

Ce devait être terrible pour Alexander, mais il refusait d'exprimer le moindre sentiment. Il partait travailler comme d'habitude et restait silencieux à son retour. Un jour, un photographe et un journaliste débarquèrent au chantier. Ils tentèrent d'obtenir sa version de l'histoire, afin de « remettre les pendules à l'heure », selon leurs termes. Il refusa, et ne m'en dit même pas un mot par la suite. Je l'appris le lendemain à l'école par Betsy, dont la sœur travaillait à Castle Cary.

Les faux appels téléphoniques se multiplièrent, avec une fréquence régulière. Il arrivait que le téléphone sonne trente fois de suite. Chaque fois que je répondais, il n'y avait personne au bout du fil. Parfois, après avoir soulevé le récepteur, je me contentais de le plaquer contre mon oreille en retenant mon souffle, dans l'espoir de percevoir la respiration de mon correspondant. Mais il n'y avait rien. Le numéro de l'appelant était toujours masqué.

Au début, je crus que ces appels anonymes faisaient partie d'une campagne initiée par les gens du village visant à montrer leur désapprobation. Puis un soir, alors que tous les rideaux étaient tirés, l'appareil sonna de nouveau.

Une fois de plus, je n'obtins pas de réponse. Cependant je perçus des chuchotements à travers le faible bourdonnement de la ligne. Un frisson me parcourut et je sentis des picotements dans mes doigts. Je laissai tomber le récepteur qui se balança au bout du fil, entre les pieds de la table. Terrifiée, j'appuyai sur l'appareil pour couper la communication, mais je n'y parvins pas. Le bourdonnement sourd résonnait toujours dans le lointain. J'agrippai le récepteur et le reposai avec violence sur son socle.

— Assez ! criai-je. Tu vas arrêter !

Quand le téléphone sonna de nouveau, je débranchai la prise.

Quelques jours plus tard, je me trouvais dans la cuisine à préparer le dîner. J'étais en train d'éplucher des carottes, les pommes de terre cuisaient dans une casserole, une fine buée recouvrait les murs de la pièce bien chauffée. Je versai les carottes dans la passoire et allai ouvrir la fenêtre afin de chasser la vapeur. Les vitres étaient embuées. Je levai le bras pour attraper la poignée et c'est alors que je vis très clairement trois mots écrits sur le carreau. Comme tracés à la hâte, d'une main tremblante. *À L'AIDE.*

La passoire m'échappa des mains, roula au sol dans un bruit de ferraille. Alerté, Alex arriva en courant.

— Tu te sens mal ?

— J'ai juste eu un vertige, expliquai-je.

Il mit la bouilloire sur le feu. Quand j'eus le courage de lever les yeux pour regarder de nouveau la fenêtre, la buée avait tout recouvert et les lettres avaient disparu. J'avais dû rêver.

Je finis par suggérer, comme si de rien n'était, que Geneviève était peut-être à l'origine de ces coups de fil mystérieux. Ceux-ci se répétaient si souvent, et généralement lorsque je me trouvais seule à la maison, que la situation m'était devenue insupportable. J'en étais au point où j'avais peur de décrocher le téléphone, même pour appeler May.

— Mais non, ce n'est pas Geneviève, protesta Alex. Ne sois pas ridicule.

— Comment peux-tu en être si sûr ?

— Parce que ce n'est pas possible !

Je le regardai d'un œil rond.

— Parce que, répéta-t-il, si Geneviève avait quelque chose à dire, elle le ferait de vive voix, au grand jour. Elle n'aurait jamais l'idée de faire entendre sa respiration au téléphone. Ce n'est pas son style.

— Il n'y avait pas de respiration, répondis-je d'une voix creuse.

Alexander me prit la main et la serra tendrement.

— Ecoute, si ces coups de fil t'angoissent à ce point, tu n'as qu'à débrancher le téléphone.

C'était une solution. Mais l'idée de ne pas avoir de ligne quand j'étais seule à Avalon me déplaisait. Le téléphone était mon seul contact avec le monde extérieur. Alexander me suggéra un compromis, et nous établîmes un code entre nous. Quand il appelait, il devait faire sonner deux fois, raccrocher et recommencer. Je demandai à Betsy et à May de faire de même, expliquant à May que nous étions harcelés par des représentants de commerce.

Neil me laissa un message sur mon téléphone mobile, pour savoir ce qui se passait. Il appelait du travail, probablement en cachette de May. Il disait avoir vu un article, assorti de photos sur l'enfance de Geneviève qu'une agence de presse faisait passer aux journaux « pour le jour où le drame éclaterait ». Le groupe de presse NWM rassemblait des renseignements sur les Churchill. Neil me demandait de le rappeler de toute urgence. Je n'en fis rien. Je me trouvais dans un tel état de paranoïa que je craignais qu'il ne me trahisse, ou qu'il ne me pousse à trahir Alexander malgré moi.

J'observais ce dernier. Son sourire et ses caresses me réchauffaient le cœur. Parfois, de plus en plus souvent, et même quand Jamie était à Avalon, il venait me rejoindre dans mon lit en cachette, telle une créature de la nuit, virile et musculeuse ; tel un loup. Il me possédait en silence et l'amour chassait toutes les autres pensées, et les angoisses. Je savais qu'il était persuadé, tout comme moi, que nous n'avions plus rien à perdre.

D'autres fois, il ne s'occupait pas de moi. C'était comme si je n'existais plus. Il était si absorbé dans ses pensées qu'il en oubliait Jamie. Dans ces moments-là, je m'occupais davantage de l'enfant, pour compenser. J'établis avec lui une relation indépendante de son père, dans laquelle nous nous réfugiions lorsque Alexander était dans une phase peu communicative. L'idée que Jamie puisse se trouver en butte à des insinuations cruelles dans la cour de récréation, et revenir un jour à la maison plein de rancœur et de méfiance à mon égard, me terrifiait. Jusqu'ici cela ne s'était pas produit. Ses camarades et lui étaient assez jeunes et innocents pour ignorer les ragots, les rumeurs et les soupçons.

Jamie était la seule personne avec laquelle je pouvais me détendre complètement. Il ne me jugeait pas, ne mettait pas en doute mes motivations, et m'acceptait telle que j'étais. J'adorais m'asseoir dans le canapé à côté de lui. Il se pelotonnait alors contre moi, plaçait ses petits pieds chauds sur mes genoux, et calait sa tête contre ma poitrine pour écouter les battements de mon cœur. Cela l'apaisait. Je le connaissais bien, désormais. Je connaissais par cœur son minuscule corps d'enfant, je m'inquiétais au moindre bleu, à la plus petite écorchure, j'admirais son squelette robuste, sa peau sans défauts, ses cils sombres. Un beau jour il rapporta un mot avertissant les parents qu'il y avait des poux à l'école. De fait, je découvris une de ces créatures prise dans les dents du peigne. Il demeura patiemment assis dans son bain tandis que je lui lavais la tête avec un shampooing adapté. Puis je lui passai un peigne à poux sur le crâne et enlevai les lentes avec un mouchoir en papier tout en lui racontant l'histoire d'une famille de dinosaures qui vivait dans la carrière.

— J'aime bien cette histoire, marmonna-t-il, somnolent, le pouce dans la bouche, pendant que je le rinçais à l'eau tiède. On pourra recommencer demain ?

Je m'efforçais de ne pas gâcher mes moments avec Jamie en pensant à Geneviève. Je ne la laissais pas s'immiscer entre nous. Ce n'était tout de même pas ma faute si je devenais si proche de son fils. C'était elle qui avait décidé de partir en le laissant derrière elle. C'était elle qui avait créé ce vide dans sa vie. Et donc, si quelqu'un devait le combler, pourquoi pas moi ?

Je me demandais si Geneviève soupçonnait ce qui se passait dans le village. Elle était sûrement en contact avec quelqu'un. Il devait bien y avoir un espion, quelque part, qui lui donnait des nouvelles rassurantes de Jamie. A moins qu'elle n'ait confiance en Alexander au point d'être sûre qu'il ne laisserait jamais son petit garçon souffrir ?

Lorsque le téléphone sonna de nouveau, j'attendis jusqu'à la troisième sonnerie avant de décrocher. Seul le bourdonnement de la tonalité se fit entendre.

— Geneviève...

Ma voix s'étrangla, et le nom me parut lointain, étrange.

— ... Geneviève, si c'est vous, je vous en prie, donnez de vos nouvelles à votre famille. Tout le monde est tellement inquiet, personne ne sait où vous êtes. Je vous en prie, Geneviève...

Quelque chose changea sur la ligne. Le bourdonnement se fit strident, si aigu que je me crispai, comme si j'avais entendu une craie crisser sur le tableau noir.

— Geneviève ? répétai-je.

Et soudain, le récepteur quitta ma main, mon poignet se tordit et l'appareil alla se fracasser contre le mur. Des morceaux de plastique volèrent un peu partout. Le choc fut si violent que je ne criai même pas. Je courus en chaussettes dans le jardin et me roulai en boule dans le foin de la remise jusqu'à ce que ce soit l'heure d'aller chercher Jamie à l'école.

Ce soir-là, j'achetai du poisson pané et des frites pour le dîner, car je n'avais rien préparé. Je les fis chauffer dans le four en attendant Alexander.

— Que s'est-il passé ? demanda-t-il en entrant, le téléphone brisé dans la main.

— Ce n'est pas moi, répondis-je sans quitter des yeux la casserole dans laquelle réchauffaient des petits pois. Il a dû y avoir une surtension de courant, ou quelque chose comme ça.

Alexander jeta le téléphone à la poubelle avec un soupir. Il trouvait mon comportement étrange. J'en étais consciente. Mais ce n'était pas ça, la cause de nos ennuis. Ce n'était pas moi qui créais des problèmes, c'était Geneviève. Ou, pour être exacte, la disparition de Geneviève.

Son absence était au centre de tous les événements.

33

A la mi-novembre, je commençai à me sentir prisonnière, à Avalon. La nuit tombait tôt, il faisait froid et humide. Je ne sortais de la maison que pour aller chercher Jamie à l'école. Je n'aimais plus aller au village. Lorsque j'étais obligée de m'y rendre pour une course urgente, je m'emmitouflais et rasais les murs, le menton rentré dans le col de mon manteau, en espérant que personne ne prêterait attention à moi.

Alexander acheta deux nouveaux combinés de téléphone, qui fonctionnaient à merveille. Je me persuadai que le vieux devait avoir un défaut. Cela aurait expliqué les appels fantômes et son étonnante autodestruction.

Un jour, je pris le bus pour Wells, où nul ne me connaissait, afin de faire des emplettes. C'était une jolie ville et je passai un long moment à déambuler dans la rue principale, à faire du lèche-vitrines et à acheter des bricoles.

Ce n'était que Wells, la plus petite ville d'Angleterre, si on faisait abstraction de la City à Londres. Mais il y avait de la circulation, des gens qui faisaient des achats et qui parlaient dans leur téléphone mobile. Il y avait un pub installé dans l'ancienne prison, les hospices, le palais épiscopal entouré de douves, et les jardins de la cathédrale. Là, pas de regards soupçonneux, ni de photos de Geneviève, ni de femmes me toisant de la tête aux pieds. Wells aurait pu se trouver à des millions de kilomètres de Burrington Stoke.

J'entrai dans un café pour manger un panini tout en feuilletant un magazine. Je m'installai près d'une fenêtre au soleil, et j'étais en train de déguster mon déjeuner quand j'entendis une voix près de moi.

— Bonjour, vous êtes bien Sarah ?

Je me tournai. Un homme me tendit la main en souriant.

— Désolée, je sais que nous nous sommes déjà rencontrés, mais...

— Inspecteur principal Twyford. Ma collègue et moi avons interrompu votre repas lorsque nous sommes venus parler à M. Westwood, il y a quelques semaines.

— Ah oui, bien sûr.

Je me levai pour lui serrer la main, et il retint la mienne un peu plus longtemps que nécessaire.

— Dois-je vous appeler inspecteur ?

— Pour mes amis, je suis Ian, tout simplement.

Il remarqua mon hésitation, et précisa :

— Pour mes amis et mes connaissances.

— D'accord. Bonjour, Ian.

Je lui rendis son sourire. Mon cœur battait à se rompre, comme si j'avais eu quelque chose à cacher.

— Voulez-vous vous joindre à moi ?

— Avec plaisir. Il n'y a pas beaucoup de place.

C'était faux. Plusieurs tables étaient libres, même si elles n'étaient pas au soleil, comme la mienne. M'avait-il aperçue par hasard, en passant devant le café ? Ou bien me suivait-il ?

L'inspecteur posa sa tasse de café à côté de la mienne. Il semblait détendu. Je fis un effort pour réprimer un accès de paranoïa. Wells était une si petite ville que deux personnes s'y rendant séparément avaient toutes les chances de se rencontrer.

— Qu'est-ce qui vous amène en ville ? Des courses ? demanda-t-il en versant une bonne dose de sucre dans son café-crème.

J'avais posé mon cabas contre la fenêtre.

— J'admire votre esprit de déduction.

Ma remarque le fit rire.

— Alors, vous vous plaisez à Burrington Stoke ? Vous êtes de Manchester, je crois ? La vie de village doit paraître bien provinciale à une fille des villes comme vous.

— Burrington Stoke est un endroit charmant. Tout le monde est gentil.

Il tapota sa tasse du bout de sa cuillère.

— Vous avez vu le film qui s'appelle *Le Loup-garou de Londres* ? Je pense à la scène dans laquelle les étrangers entrent dans un pub, et tous les habitués se taisent brusquement. Elle a été tournée au Quarrymen's Arms, parce qu'ils n'avaient pas besoin d'acteurs. Les clients étaient plus vrais que nature.

J'eus un sourire hésitant. L'inspecteur n'avait pas mentionné le pub par hasard. Il était au courant. Il savait probablement tout ce qu'il y avait à savoir.

— Burrington Stoke est un lieu préservé, avançai-je prudemment. Les gens n'aiment pas les nouvelles têtes.

— Nous ne sommes plus au Moyen Age, Sarah. Ce n'est pas réellement vous qui les inquiétez, c'est ce que vous représentez.

— Que voulez-vous dire ?

— Votre présence là, avec Alexander, leur fait penser que Geneviève ne reviendra jamais.

Geneviève réapparaissait dans le tableau.

— Je suis sûre qu'elle va très bien, affirmai-je. Où qu'elle soit, elle s'amuse certainement comme une petite folle.

Ian remua lentement son café, avant de laisser tomber d'un ton plat :

— Ah oui ?

Je lui parlai de la lettre à Jamie et du nounours bleu. Elle seule pouvait être à l'origine de tout cela, si elle envisageait de partir de son propre gré. Je lui proposai même de lui montrer la lettre et la peluche, au cas où mon histoire ne lui paraîtrait pas crédible.

— Cela tombe à pic, fit-il remarquer.

— Quoi donc ?

— Le fait que vous ayez trouvé cette lettre, confirmant l'histoire qu'on vous a servie sur le départ de Geneviève.

— Oui, admis-je. Cela tombe à pic. Mais c'est ainsi.

L'inspecteur ne dit rien et laissa son regard errer un moment à l'extérieur. Puis il voulut savoir si je m'entendais bien avec Jamie. Je répondis par l'affirmative.

— Vous ne le connaissez pas depuis longtemps, si ?

— Nous avons fait connaissance l'été dernier en Sicile, environ deux semaines après le départ de Geneviève. Alexander a dû vous le dire.

L'inspecteur acquiesça.

— Pourquoi me posez-vous toutes ces questions ?

— C'est juste une conversation, pas un interrogatoire.

— Pour moi, ça en a tout l'air, pourtant, rétorquai-je.

L'inspecteur leva la main en faisant la moue, comme s'il plaidait coupable.

— Déformation professionnelle, avoua-t-il. C'est plus fort que moi.

— Pourquoi tout le monde trouve-t-il le départ de Geneviève suspect ? Elle a laissé des lettres. Elle a préparé son fils à la situation. Vous ne croyez pas...

Je m'interrompis un instant, ne sachant si je devais aller au bout de ma pensée. Mais pourquoi pas, après tout ?

— ... vous ne croyez pas possible qu'elle ait eu une liaison, et qu'elle soit partie avec un homme ?

— C'est envisageable.

— Que croyez-vous qu'il lui est arrivé ?

— Je ne peux vous répondre, ce serait contraire à l'éthique de ma profession.

— Vous avez bien une théorie ?

Ian haussa les épaules et avala une gorgée de café.

— Il est fréquent que les gens partent de chez eux. Ils tournent le dos à leur ancienne vie et ne regardent plus jamais en arrière. Vous seriez étonnée de savoir combien de cas se présentent chaque année, et la plupart du temps ces disparitions n'ont rien d'inquiétant.

— Alors, où est le problème ?

— Les gens comme Geneviève ne disparaissent pas comme ça. A moins d'y être absolument obligés.

— Un amant ne serait pas une raison suffisante ?

— Et même si c'était le cas, comment expliquer ce silence ? Pourquoi n'a-t-elle pas donné de nouvelles ?

— Elle attend peut-être que le calme soit revenu.

Ian eut un geste de dénégation.

— Cela n'arrivera jamais. Et puis, Geneviève n'était peut-être pas une épouse modèle, mais elle aimait son gosse et sa famille. Mais évidemment vous ne les avez jamais vus ensemble.

Mon sang se glaça.

— Vous la connaissiez ? Pardon, je veux dire : vous la connaissez ?

— Oh, oui. Virginia enseignait le dressage à ma fille. Geneviève passait presque à chaque leçon. Elle restait avec moi derrière la clôture, ou bien elle montait aussi pour faire une petite démonstration. Elle était incroyable, elle faisait littéralement danser les chevaux ! Parfois, Jamie l'accompagnait. Elle riait et jouait avec lui, lui courait après, le chatouillait. Je sais qu'elle n'aurait jamais laissé quoi que ce soit s'interposer entre son fils et elle. Jamais.

La gorge sèche, je regardai la rue. Des gens allaient et venaient. Pour eux, c'était un jour ordinaire, leur seule préoccupation étant de décider ce qu'ils allaient manger au dîner. Et moi j'étais là, prise au piège dans un café, par un homme qui en savait cent fois plus que moi.

Un long silence s'établit. L'inspecteur prit une nouvelle gorgée de café.

— J'ai l'impression que vous êtes quelqu'un de bien, finit-il par dire. Je suppose que vous ne seriez plus là, si vous aviez des doutes sur Alexander.

Je battis des paupières, le regard toujours fixé sur la rue.

— S'il y avait des choses bizarres ou incohérentes, vous seriez la personne la mieux placée pour le constater.

La trousse à maquillage ne voulait rien dire. Il existait des milliers d'explications plausibles au fait que Geneviève avait laissé ses pilules à la maison. Peut-être n'était-ce qu'une plaquette de secours, elle en avait emporté une boîte neuve avec elle. Ou bien, elle espérait tomber enceinte.

— Je n'ai rien remarqué, dis-je.

Il m'observa attentivement.

— Vous en êtes sûre ?

— Oui.

L'inspecteur marqua une pause, puis reprit :

— Geneviève avait un ordinateur portable. Un MacBook blanc. M. Westwood dit qu'il ne l'a pas vu depuis qu'elle est partie. Il n'est pas dans la maison ?

— Non. J'ai fait le ménage dans toutes les pièces, mais je ne l'ai pas trouvé. C'est important ?

— Elle s'en servait tout le temps, l'emportait partout...

— Alors, elle a dû le prendre avec elle.

Il y eut une nouvelle pause.

L'inspecteur avala le reste de son café, posa quelques pièces de monnaie sur la table et se leva.

— Ecoutez, Sarah, si jamais vous avez envie de parler, ou si vous vous rappelez quelque chose, appelez-moi.

Il me donna sa carte.

— Merci, répondis-je. Je n'y manquerai pas.

34

Nous étions tous les trois dans le jardin, en train de ramasser les feuilles mortes. Le travail avançait bien, et Alexander était d'humeur joyeuse, je ne l'avais jamais vu aussi plein d'entrain. Les senteurs mêlées de la fumée, de l'humus et de l'automne étaient enivrantes. Je lui présentai un sac ouvert pour qu'il le remplisse, et il se pencha et m'embrassa.

Son geste était si doux et si spontané qu'il me fit fondre de tendresse. Je balayai le jardin du regard, mais il n'y avait pas de Geneviève qui nous guettait, pas d'ombres mystérieuses, absolument rien de sinistre. Je contemplai en souriant le visage d'Alexander, ses yeux, ses lèvres, et pour la millième fois au moins, sa beauté me coupa le souffle. Je dus détourner les yeux. Je n'arrivais pas à croire que j'étais avec un homme comme lui.

Je transportai le sac jusqu'au feu que nous avions allumé dans un coin du jardin, et le retournai pour le vider en le secouant. Un objet, coincé dans les branches nues d'un vieil églantier, accrocha mon regard. Je me penchai pour le ramasser. C'était un jouet de chien, une balle en plastique reliée à une corde. Je fis sauter la balle au creux de ma main en retournant vers Alexander.

— Regarde ce que j'ai trouvé.

Jamie me rejoignit en courant.

— C'est à Pete ! cria-t-il en sautillant sur place pour attraper la balle.

Je la lui lançai et demandai :

— Qui est Pete ?

— Notre chien.

Je me rappelai le panier que j'avais vu dans la pièce où était rangé le matériel d'équitation. Je lançai un coup d'œil à Alexander. Celui-ci s'était retourné et ratissait vigoureusement. Malgré le froid, le col et le dos de sa chemise étaient trempés de sueur. Je devinai au rythme précipité de ses mouvements et à la tension dans ses épaules qu'il était de nouveau en colère.

J'allai vers le feu et en nettoyai le pourtour, jetant des branches et des débris sur l'amas de feuilles. Jamie m'accompagna.

— Qu'est-il arrivé à Pete ? demandai-je doucement.

— Il a fallu qu'il aille vivre ailleurs.

— Pourquoi ?

— Je ne sais pas !

Jamie fit tournoyer la balle au bout de sa ficelle et la lâcha, la projetant au centre d'un massif de daphnés. Nous la regardâmes disparaître au milieu des feuilles. Jamie s'essuya le nez d'un revers de main.

— Désolée, Jamie, je ne voulais pas te faire de la peine.

— Où est ma maman ? Pourquoi c'est toi qui es là, et pas elle ? Tu es une salope !

Il courut vers la balançoire, s'assit sur le siège et se poussa d'avant en arrière, en prenant appui sur le bout de ses Wellington en plastique bleu.

35

Un nuage de mauvaise humeur et d'introspection s'abattit sur Avalon pour le reste de la journée. J'essayai d'arracher Alexander et Jamie à leur bouderie en les cajolant, de les apaiser à force de gentillesse, d'humour et de bons petits plats, mais ils furent intraitables. Le père et le fils étaient si entêtés que c'en était exaspérant.

J'étais en train d'éplucher des légumes dans la cuisine quand Claudia téléphona. Un des membres de leur équipe de jeux de société était tombé malade, et elle voulait savoir si j'accepterais de le remplacer.

— La partie se joue dans un pub de Sherborne, expliqua-t-elle. Ne t'inquiète pas, le Quarrymen's Arms n'envoie pas d'équipe.

— D'accord. Attends un instant.

Je sortis dans le jardin demander à Alexander s'il ne voyait pas d'inconvénient à ce que j'accompagne Claudia. Il me dit de faire ce que je voulais.

— Oui, j'aimerais bien venir, Claudia, annonçai-je dans le récepteur.

— Super ! Je passe te prendre à dix-neuf heures trente.

Le dîner fut morose. Une fois le repas terminé, Alexander rejoignit son bureau tandis que Jamie s'affalait dans le canapé pour regarder la télévision. Quant à moi, je remis rapidement la cuisine en ordre et chargeai la machine à laver en entrechoquant bruyamment les assiettes, afin de leur faire comprendre que leur comportement m'agaçait, mais ni l'un ni l'autre ne sembla y prendre garde. Dépitée, j'ouvris une bouteille de vin et l'emportai dans ma chambre avec un verre.

Dans mon ancienne vie, à Manchester, avant de tomber enceinte, je sortais régulièrement avec un groupe de filles parmi lesquelles se trouvait Rosita. Nous nous mettions sur notre trente et un pour aller en boîte. Nous passions la soirée à danser, à bavarder, à boire et à rire, je me sentais resplendissante, pleine de vie, comme si rien ne pouvait m'atteindre.

Allongée sur le lit, je regardais par la fenêtre. La lune projetait une lueur bleutée sur les arbres du verger, dont les ombres s'allongeaient. Ce qui n'avait été qu'un léger pincement au cœur enfla peu à peu. Soudain, Manchester me manqua terriblement. Si j'avais eu la possibilité de retourner chez moi, le soir même, je l'aurais fait. J'aurais retrouvé des copines, descendu des verres de vodka et dansé comme une folle.

Le paysage que je voyais par la fenêtre n'avait pas dû changer depuis que la maison avait été construite, quatre cents ans auparavant, exception faite bien entendu de la vache qu'on apercevait au loin. Il était donc possible de souffrir d'un environnement trop serein, songeai-je. Je finis mon verre et m'en resservis un autre. A présent il y avait plus de vin dans le verre que dans la bouteille. Il fallait espérer que Claudia ne comptait pas trop sur moi pour le quiz. Je me changeai, me remaquillai et descendis d'un pas alerte. La pendule sur la cheminée du salon indiquait sept heures et quart. J'entrai dans le bureau et demeurai derrière Alexander, une main légère posée sur son épaule. Son attention était entièrement absorbée par l'écran de son ordinateur portable. Sur la page s'étalaient des colonnes de chiffres auxquels je ne comprenais rien. Pour moi, c'était du chinois. J'espérais un peu qu'il allait se retourner pour me regarder d'un air admiratif, comme l'aurait fait Laurie. Laurie était très attentionné, c'était un de ses bons côtés.

J'effleurai les cheveux d'Alexander du bout des doigts, mais il ne parut pas remarquer ma présence. Je me penchai, pour qu'il sente mon parfum et la chaleur de ma peau. S'il tournait simplement la tête, il verrait mon décolleté et la dentelle de mon soutien-gorge. Je savais que j'étais séduisante et j'avais envie qu'il le remarque.

— Que fais-tu ? demandai-je d'une voix rauque.

Etourdie par l'alcool, je vacillais un peu sur les talons de mes bottes.

— Les comptes. J'essaye d'équilibrer mon budget.

— Il y a un problème ?

Il hocha la tête.

— J'ai toujours été nul avec les chiffres. Je suis dyslexique, et c'est encore pire en mathématiques. J'ai l'impression que les chiffres dansent sur la page. Avant le départ de Geneviève, c'était elle qui...

— Oh, encore elle.

Je retirai la main de son épaule et lui tournai le dos. L'espace d'un instant il demeura immobile, puis il me regarda en soupirant.

— Quoi ? Qu'y a-t-il ?

— Rien.

— Allons, Sarah, dis-moi.

Je fixai son beau visage. Il était déjà de mauvaise humeur, je ne voulais en rajouter en le critiquant ou le blessant. Mais il fallait pourtant que je dise quelque chose.

— C'est juste que tout... tout ce que nous disons, tout ce que nous faisons, tourne toujours autour de Geneviève.

— Oui, admit-il avec un signe de tête.

J'étais si frustrée que j'eus envie de taper du pied.

— Mais elle n'est pas là, Alexander !

— Je sais.

— Alors, pourquoi est-elle tout de même le centre du monde ?

— Tu connaissais la situation avant de venir. Je t'avais avertie que ça ne serait pas facile.

— Je sais, mais elle est comme... comme un trou noir dans l'univers. On ne peut pas la voir, mais elle a une influence sur tout !

— Oui, c'est vrai.

— Je ne peux pas supporter ça ! Ce n'est pas juste ! Elle n'est pas là !

Alexander repoussa sa chaise et se leva. Il était d'une beauté renversante. J'aimais la grâce de ses mouvements et sa virilité. Sa silhouette, son allure un peu négligée, ses vêtements amples, sa chemise qui flottait sur son pantalon, ses yeux superbes, sa bouche, son menton. Néanmoins, je m'écartai un peu. J'avais beau être attirée vers lui, je ne pouvais ignorer l'obstacle qui se dressait entre nous. La disparition de Geneviève.

— Hé, dit-il en me tendant les mains d'un geste conciliant. Viens, Sarah. Je suis désolé, mais Geneviève...

J'étais sur le point de céder. S'il n'avait pas prononcé son nom, j'aurais tout oublié. Mais il avait dit « Geneviève ». J'étais lasse d'entendre ce joli nom français, lasse de protéger Alexander en lui cachant ce que je savais sur elle, sur lui, sur eux. J'en avais par-dessus la tête, de Geneviève !

— A plus tard, dis-je.

Je pris ma veste et sortis.

J'attendis Claudia au bout de l'allée, et quand la voiture apparut, je frissonnais. Je me glissai sur le siège passager et pris son sac à main.

— Je peux avoir une cigarette ?

— Sers-toi.

Il y avait un paquet de Silk Cut dans le sac. J'en pris une, l'allumai, et inhalai en baissant la vitre.

— Des problèmes au Paradis ? me demanda-t-elle.

Je répondis par un ricanement.

Elle enfonça l'accélérateur. Il faisait noir comme dans un four, entre les hautes haies qui bordaient la route de campagne. Si quelqu'un arrivait en face à la même vitesse que nous, nous étions perdues.

— Que se passe-t-il ? s'enquit Claudia.

— C'est Geneviève.

Claudia tendit la main pour que je lui passe la cigarette et aspira une bouffée.

— Ce n'est pas sa faute. Tu ne peux rien lui reprocher, dans cette histoire.

Je contemplai son profil. Son visage était éclairé par les phares des voitures que nous croisions, et je vis que ses yeux étaient brouillés de larmes. J'eus honte de moi.

— Non, bien sûr. Je suis désolée.

L'équipe du quiz était constituée de quatre personnes : moi, Claudia, et deux de ses amies, Bess et Libby. Les filles de celles-ci fréquentaient la même école que les jumelles. Par chance, aucune des deux n'habitait Burrington Stoke. Les autres joueurs étaient presque tous des hommes, dans l'ensemble plus âgés que nous. Ils posèrent leur pinte de bière devant eux, sur les tables poisseuses, et nous alignâmes devant nous nos petites bouteilles de merlot et de chardonnay. Le patron du pub distribua les feuilles de papier puis lut les questions au micro.

Je me rendis compte très vite que je n'étais là ce soir que pour occuper une chaise. Pendant que les autres répondaient aux questions, je bus verre sur verre. Lorsque le quiz fut terminé et les questionnaires ramassés, je passai dans la petite arrière-salle avec Libby. Nous nous installâmes à la seule table qui était encore libre. Un homme, au bar, me salua de la main. C'était Tom, le compagnon de Betsy. Je lui fis signe de nous rejoindre.

Nous parlâmes des enfants, puis de choses et d'autres. Mais, inévitablement, la conversation finit par aboutir sur la bagarre qui avait eu lieu au pub. Je tentai d'expliquer à Tom à quel point la situation était humiliante pour moi. Tout le monde au village me montrait du doigt.

— Ce n'est pas vraiment à toi qu'ils s'intéressent, m'expliqua-t-il. C'est à Geneviève. Les gens ne se lassent jamais de parler d'elle.

J'avalai une gorgée de vin.

— Son existence a toujours été entourée d'un parfum de tragédie, poursuivit Tom. Ma mère me parle encore du scandale qu'a provoqué Philip en abandonnant sa première femme pour Virginia. Geneviève est née six mois après le mariage, si tu vois ce que je veux dire. Le jour même où... enfin, tu sais. Les gens disaient qu'elle n'aurait jamais de chance, avec un tel départ dans la vie. Mais elle a réussi à les détromper. Elle était si bonne cavalière qu'elle a commencé à récolter des trophées alors qu'elle savait à peine marcher. Ensuite...

— Oui ?

— Elle s'est amourachée d'un gars du village, Robbie Innes. Ils montaient à cheval ensemble. Il était le seul à être aussi fort qu'elle. Tu sais ce qui lui est arrivé ?

Je fis un signe négatif.

— Il s'est noyé dans la vieille carrière.

— Oh ! Le garçon qui est mort, c'était le petit copain de Geneviève ?

Tom acquiesça d'un hochement de tête.

— Mon Dieu, la pauvre.

— Les gamins sautaient dans l'eau du haut de la falaise, sans regarder ce qui se trouvait au-dessous. Il devait y avoir un accident un jour, c'était fatal. Les Churchill faisaient ce qu'ils pouvaient pour empêcher les gosses d'approcher de la carrière, mais à cet âge les garçons n'écoutent rien.

— C'est terrible. Quelle triste histoire.

— Geneviève était là, avec son frère, quand c'est arrivé. Les gens disent que c'est cela qui a fait sombrer Damian dans la folie. Elle ne s'en est jamais remise non plus.

— Elle a tout de même épousé Alexander.

— Oui, mais...

Tom haussa les épaules, et continua :

— Après la mort de Robbie, tout le monde a cru qu'elle se mettrait avec Luke.

— Luke ? Qui est-ce ?

— Le frère de Robbie.

— Et où est-il, maintenant ?

— Du diable si quelqu'un le sait !

— C'est peut-être lui.

— Quoi, lui ?

— Peut-être est-il revenu à Burrington Stoke pour revoir Geneviève. Elle s'est rendu compte qu'elle l'aimait toujours, qu'elle aurait dû rester avec lui, et c'est à cause de cela qu'elle a décidé de partir.

Tom soupira et vida son verre d'un trait.

— Ou peut-être que non, dit-il.

A un moment, dans la soirée, Libby changea de place avec Tom, et je posai la tête sur l'épaule de ce dernier. Cela ne voulait rien dire, j'avais sommeil et j'avais bu.

— Tu ne devrais pas faire cela, dit Tom en s'écartant.

— Pourquoi ?

— Tu es liée à Alexander Westwood et à la famille Churchill. Tu dois faire attention.

— Pourquoi ?

Il se pencha en avant, m'obligeant à me redresser.

— Tu verras.

Je ne me rappelle pas exactement ce qu'il advint ensuite. Mais quand Alexander entra dans le pub, je dormais, recroquevillée sur le banc.

Claudia m'aida à me lever, je trébuchai et m'écroulai dans les bras d'Alexander. Celui-ci s'excusa pour moi et m'entraîna dehors, à l'air frais. Puis il me fit monter dans la Land Rover sans m'adresser une seule fois la parole.

Nous fîmes le trajet jusqu'à la maison sans un mot. Je me cantonnai dans un silence renfrogné, fermement décidée à ne pas présenter d'excuses. J'en voulais à Alexander. Tout le monde était content de parler avec moi, les gens avaient l'air de m'aimer. Alors, pourquoi n'arrivait-il pas à se confier à moi ? Etait-il encore trop amoureux de Geneviève ?

A Avalon, il me soutint pour gravir l'escalier et me fit allonger sur mon lit. Je lui répétai plusieurs fois de suite que je me sentais parfaitement bien, mais ce n'était pas vrai.

— Je vais te préparer une infusion de menthe, dit-il en m'ôtant mes bottes.

— Oui, cela arrangera tout, marmonnai-je.

— Sarah...

— Quoi ?

Je roulai sur le côté, le regard tourné vers la fenêtre. Je vis mon visage reflété dans la vitre. Le mascara avait coulé, mon teint était pâle. J'avais l'air d'un zombie.

Le matelas plia sous son poids quand il s'assit à côté de moi. Sa silhouette se dessina sur la vitre sombre. Il se tenait la tête entre les mains.

— Que se passe-t-il, Sarah ? Pourquoi as-tu fait cela ?

Des larmes perlèrent à mes paupières. Un goût salé envahit ma bouche.

— C'est ta faute, dis-je.

— Qu'est-ce que j'ai fait ?

— C'est plutôt ce que tu n'as pas fait. Tu ne me laisses pas entrer dans ta vie.

Le reflet dans la vitre secoua la tête, et se frotta férocement les yeux.

— Sarah, tu vis sous mon toit, tu t'occupes de mon fils, nous mangeons et nous dormons ensemble, nous passons tout notre temps libre ensemble. Je fais avec toi des choses que je n'avais encore jamais faites avec quelqu'un d'autre. Tu es ma vie.

Je secouai la tête.

— Il y a trop de secrets entre nous. Tu ne me fais pas confiance.

— Je ne t'aurais pas amenée ici, si c'était vrai.

— Alors, pourquoi ne me dis-tu rien ?

— Je te dis tout.

— Non.

Je lui fis face. Il avait les yeux rouges, ses cheveux étaient hérissés. Il était aussi débraillé qu'un clochard, et cela lui donnait l'air vulnérable.

— Tu ne me dis pas les choses importantes. Tu ne me parles pas de la vraie raison du départ de Geneviève, ni de Pete, ni...

Je pris une longue inspiration, avant de lâcher :

— Ni de la raison pour laquelle tu as fait de la prison.

— Oh.

Je vis les plus infimes muscles de son visage se crisper. J'eus conscience qu'il se renfermait sur lui-même.

— C'était ce qui était convenu dès le départ, n'est-ce pas, Sarah ? Nous devions nous faire mutuellement confiance.

— Mais c'est à sens unique ! Si tu me posais une question, n'importe laquelle, je te répondrais franchement.

— Je ne veux pas savoir. Ta vie avant notre rencontre ne m'intéresse pas.

Je songeai à mon bébé, enveloppé dans la couverture de l'hôpital. Elle était bleue, parce que c'était un garçon. Je me rappelai ses doigts minuscules, son petit corps tiède, doux et solide entre mes bras. L'expression paisible de son visage. J'avais glissé le bout de mon petit doigt entre ses lèvres, et j'avais senti la chaleur qui subsistait encore dans sa bouche. Mon corps était endolori, j'étais épuisée par l'accouchement et je débordais de tendresse pour mon fils. Il était ce qui m'était arrivé de mieux dans la vie. Est-ce que cet événement n'avait plus d'importance maintenant, parce qu'il appartenait au passé ? Est-ce que mon bébé ne comptait plus ?

— Il y a des choses que j'aimerais te dire, que tu devrais savoir. Si tu m'aimais...

— Je n'ai pas dit que je ne t'aimais pas. Mais ce qui t'est arrivé avant que je te connaisse n'a aucun rapport avec nous.

C'était faux ! Si j'étais partie en Sicile, c'était bien à cause de tout ce qui m'était arrivé dans mon ancienne vie.

— Je ne t'ai jamais menti, affirma-t-il.

La question n'était pas là. Je ne l'avais pas accusé d'avoir menti, seulement de demeurer évasif. Je m'efforçai d'exprimer une réponse cohérente.

— Alors pourquoi tu ne m'as pas dit que tu étais allé en prison ? Qu'avais-tu fait ?

Ses traits étaient creusés de fatigue, son visage se ferma.

— Cela n'a pas d'importance. Ce n'était rien.

— Pour la plupart des gens, faire un séjour en prison, ce n'est pas rien.

— Je pensais que tu étais différente de la plupart des gens.

Il semblait si malheureux, si déçu, que j'eus honte de moi.

J'eus envie de nouer les bras autour de son cou et de lui dire que oui, j'étais différente. Je voulais lui demander pardon, afin que cette journée sinistre ne se termine pas trop mal. Il y aurait des baisers, des larmes, des excuses, et puis nous ferions l'amour et nous serions réconciliés. Mais j'étais en colère, blessée, jalouse. Je me recroquevillai un peu plus dans ma coquille, en frissonnant.

J'eus l'impression qu'il attendait que je dise quelque chose, mais je gardai le silence.

— C'est fini, déclara-t-il au bout d'un moment.

Il se leva et sortit, en refermant la porte derrière lui.

Je ne voyais pas ce qu'il voulait dire. Faisait-il allusion au passé, à la soirée, ou encore à notre relation ?

En temps normal j'aurais cherché en avoir le cœur net, sur-le-champ. Mais ce soir-là je n'étais pas en état de faire quoi que ce soit.

Les tempes douloureuses, je l'entendis s'agiter en bas, dans la cuisine.

Je remontai la couette sur ma tête, mais je ne me sentais pas vraiment à l'aise. J'étais tout habillée et j'avais encore mes barrettes. Je décidai d'attendre qu'Alexander soit couché avant de me rendre dans la salle de bains.

Je dus m'endormir presque instantanément. Quand j'ouvris les yeux de nouveau il faisait grand jour. J'avais la gorge sèche, la tête lourde. Alexander se tenait sur le seuil de la chambre.

— Je t'ai apporté du thé, dit-il en désignant la commode.

— Merci.

Je m'obligeai à sourire mais cela ne dura pas, car il ajouta :

— C'était une erreur. Nous deux, je veux dire. Je crois qu'il vaudrait mieux que tu t'en ailles.

36

Je restai dans ma chambre jusqu'à ce que Jamie et Alexander soient partis pour l'école. Puis je gagnai la salle de bains et m'assis sur le siège des toilettes. Le front contre la céramique froide et humide de la baignoire, je me demandai ce que j'allais faire.

Je pouvais boucler mes valises et rentrer chez moi, me replonger sans faire de vagues dans mon ancien univers.

Mais je n'avais pas envie de partir. Je ne quitterais pas les deux personnes qui comptaient à présent pour moi plus que tout au monde... A moins qu'Alexander ne veuille absolument me voir sortir de sa vie, ce dont je doutais fort. J'étais quasiment sûre qu'il m'avait demandé de partir parce qu'il ne voulait pas que j'apprenne la vérité sur son passé, et non parce qu'il souhaitait se débarrasser de moi. Il avait fini par s'attacher à moi, à sa façon. Il avait besoin de sentir que j'étais de son côté. Lui, il avait cru en moi. Je n'avais pas eu autant d'égards à son endroit.

J'étais à la croisée des chemins. Le moment était venu soit de faire entièrement confiance à Alexander, soit d'abandonner la partie et de rentrer à la maison.

37

Je pris une douche chaude et m'habillai. Ensuite, je préparai un plat de pâtes que Jamie adorait, le saupoudrai de fromage râpé, le recouvris d'une feuille de papier d'aluminium et le mis au réfrigérateur.

Le temps avait tourné, il faisait beaucoup plus froid que la veille. Mon regard se porta sur le jardin de derrière, séparé du verger par une clôture de fils barbelés. Il était petit, caché derrière la maison. Alex s'en servait pour entreposer les objets encombrants et allumer des feux. Nous passions beaucoup de temps et dépensions toute notre énergie à arranger le jardin de devant avec sa pelouse, ses massifs fleuris, ses arbustes et son carré de potager.

Ce matin-là, je décidai de nettoyer l'arrière de la maison. Ensuite, je ferais mes bagages, et si Alex n'avait pas changé d'avis à la fin de la journée, je repartirais chez moi.

Je m'habillai chaudement et sortis. Le jardin était envahi de ronces et d'orties à moitié fanées. Il faisait si froid que mon souffle se transformait en un nuage de buée blanche. Néanmoins, j'utilisai si bien mon gros sécateur que très vite une pile de petit bois s'entassa dans un coin du jardin, toute prête à passer dans le feu. Je tirai de mes mains gantées sur un amas de branches mortes, découvrant tout à coup un objet dissimulé sous le buisson.

Ma curiosité en éveil, j'arrachai les branchages jusqu'à le dégager. C'était l'ébauche d'une statue de pierre représentant une femme.

Les intempéries n'avaient pas eu le temps de l'abîmer, elle était encore d'un beau blanc pur. La tête de la femme était tournée vers le verger. J'ôtai un gant et caressai la pierre lisse et glacée. Le visage était celui de Geneviève.

Je devinai dans l'instant que c'était Alexander qui avait sculpté cette statue.

Un flot de tristesse me submergea de nouveau, des larmes me montèrent aux yeux et roulèrent sur mes joues. Quoi que je fasse, je ne serais jamais aussi belle que Geneviève, et Alexander ne m'aimerait jamais au point de graver mes traits dans la pierre.

Je ne sais pas combien de temps je restai assise à côté de cette statue. Finalement, mes larmes se tarirent et je sentis le froid mordant. Si je restais assise ainsi assez longtemps, peut-être me changerais-je en pierre moi aussi. J'étais presque noyée sous une vague d'apitoiement sur moi-même quand j'entendis un crissement de pneus sur le gravier de l'allée. Je me levai, secouai la terre de mon jean et me dirigeai vers le portail.

C'était l'inspecteur Twyford.

J'envisageai un bref instant de me cacher. J'aurais pu m'accroupir derrière la pile de bois mort. Ou bien enjamber la clôture et me faufiler dans le verger. Il attendrait un moment, puis finirait par se décourager et partir.

Oui, mais... comme la porte d'entrée était restée ouverte, Twyford trouverait étrange qu'il n'y ait personne à la maison. Guère désireuse d'éveiller ses soupçons, ou d'attirer son attention sur moi ou Alexander, je me décidai à me montrer.

Il ouvrit sa portière et descendit de voiture. Son sourire se mua aussitôt en une moue inquiète.

— Vous ne vous sentez pas bien ?

— Si, si, je vais bien. J'ai juste un peu trop bu hier soir.

— Oh, je vois.

Maintenant, me dis-je, il me prend pour une alcoolique. Ou alors il pense que je buvais pour oublier un sentiment de culpabilité.

Il ôta ses lunettes de soleil et plissa les yeux.

— Alexander n'est pas là ?

La question était absurde. Nous étions un jour de semaine, il était onze heures du matin, et la Land Rover ne se trouvait pas dans l'allée. De toute évidence, Alexander ne pouvait pas être à la maison.

— Il est au travail.

— Bien sûr. J'espérais pouvoir lui dire un mot. Mais puisqu'il n'est pas là, et que je suis libre, vous ne voudriez pas déjeuner avec moi ?

Les rouages de mon esprit embrumé par l'alcool de la veille tournaient au ralenti. L'inspecteur se situait-il sur le plan professionnel, ou bien était-il en train de flirter ? Si je déclinais, qu'en déduirait-il ? Probablement que je rechignais à l'aider dans son enquête, ou que j'avais peur, car j'avais quelque chose à cacher. Et même s'il n'était que désireux de passer du temps avec moi, un refus ne le mettrait-il pas dans de mauvaises dispositions ?

— D'accord, dis-je. Je veux bien, il faut juste que...

— Que vous enfiliez des vêtements plus confortables ?

Mon Dieu... il flirtait, c'était évident.

— Que je me lave les mains, rectifiai-je.

— Oh, bon...

Pour un homme d'âge mûr, aux tempes dégarnies et en léger surpoids, il était remarquablement sûr de lui.

— Vous êtes marié ?

— En instance de divorce. Je suis donc ouvert à toutes propositions.

Quand je réapparus, vêtue de propre, l'inspecteur Ian Twyford m'attendait, avec ses lunettes de soleil et son pardessus noir un peu trop étroit pour son tour de taille. Il sourit à ma vue et m'ouvrit la portière côté passager. Je le remerciai, grimpai dans la voiture avec une allure compassée. Ma tempe droite était encore un peu douloureuse, et je chaussai mes lunettes pour protéger mes yeux de la luminosité.

— Où allons-nous ?

— Dans un pub que j'aime bien, à Wells. La bière est bonne, la nourriture aussi, et il y a une jolie vue.

La ville était animée en cette période précédant les fêtes, mais le pub était confortable et un feu accueillant brûlait dans la cheminée. Je me pelotonnai dans un fauteuil. Twyford fit tinter des pièces de monnaie dans sa poche.

— Vous voulez un petit verre ?

Je refusai d'un signe de tête.

— Vous avez pourtant l'air d'en avoir besoin. Ça vous dit de grignoter quelque chose ?

— Oui, d'accord.

Il alla au bar, puis revint s'asseoir face à moi sur un tabouret et me tendit un verre qui semblait contenir du jus de tomate.

— Buvez, ça vous fera du bien.

— Pourquoi vouliez-vous voir Alexander ?

— Je ne peux pas vous le dire. De toute façon je ne suis pas en service en ce moment, et je n'ai pas envie de parler boulot.

Je le dévisageai d'un air suspicieux. Soit il pensait vraiment avoir ses chances avec moi, soit il mentait. A moins que ce ne soit les deux.

Une adolescente en tablier blanc, l'air exténuée, vint déposer une assiette de sandwichs au fromage et un bol de chips sur la table. La vue de la collation réveilla mon appétit. Le jus de tomate contenait sans doute une double dose de vodka, car il m'avait requinquée.

— C'est comme ça que les gens deviennent alcooliques, dis-je. Quand on leur donne des boissons qui ont un goût de vitamine C pour les remettre en forme.

— Avez-vous trouvé de nouvelles lettres à Avalon ? demanda-t-il de but en blanc. Ou bien l'ordinateur portable de Geneviève ?

— Non, rien du tout.

— Pas de mails non plus ? Vous avez jeté un coup d'œil à l'ordinateur d'Alexander ?

— Non.

— Et son téléphone mobile ? Avez-vous vérifié si le numéro de Geneviève figurait toujours dans ses contacts ?

Je l'avais fait, et le numéro était dans son répertoire. Mais tous les appels avaient été effacés.

— Non.

L'inspecteur sourit.

— Je ne vous crois pas. Tout le monde espionne les contacts de son partenaire.

— Je ne suis pas sa compagne, juste sa gouvernante.

— Ce n'est pas ce qu'on m'a dit, ma jolie.

Twyford s'essuya les lèvres avec une serviette en papier et but à son verre. Je n'arrivais pas à démêler s'il était mon ami ou non.

Je décidai de lui offrir quelque chose pour me gagner sa sympathie. Des renseignements.

— J'ai fait une découverte hier soir, dis-je. Je crois savoir qui Geneviève voyait en secret, la personne avec laquelle elle est sans doute partie.

L'inspecteur arqua un sourcil.

— Continuez.

— On m'a dit qu'elle était amoureuse du garçon qui s'est tué dans la carrière. Et qu'après l'accident tout le monde pensait qu'elle allait épouser son frère.

— Luke Innes ?

— Vous le connaissez ?

— Oui.

— Vous ne devriez pas le rechercher ?

— Nous ignorons où il se trouve.

— S'il a disparu également, ils sont peut-être ensemble...

— Je ne dis pas qu'il a disparu. Nous essayons de retrouver sa trace, mais il s'est évaporé dans la nature après l'université. Il a fait ses études en même temps que Geneviève, dans le même établissement. Vous saviez cela ?

— Non.

— C'était un garçon brillant, il lui était très attaché, mais il s'est passé quelque chose. Il a abandonné la fac en deuxième année, et est entré dans un groupe de militants écologistes qui a tenté de saboter l'affaire des Churchill. Il les tenait sans doute pour responsables de la mort de son frère.

— Damian et lui étaient sur la même longueur d'onde, dis-je doucement.

— Ils ne militaient pas ensemble.

— Et après cela ?

— Personne ne sait, ou bien personne ne veut parler. D'après Damian, Luke est parti en voyage. Il s'est probablement installé quelque part à l'étranger. Apparemment, il n'est jamais revenu dans le Somerset.

— Mais il a pu rester en contact avec Geneviève.

— C'est possible.

— Vous ne semblez pas accorder beaucoup de crédit à cette idée.

L'inspecteur souffla en gonflant les joues.

— Il me paraît hautement improbable que Luke Innes et Geneviève Churchill aient continué de se voir après qu'il a quitté l'université. Je ne sais pas ce qui s'est passé, mais un obstacle a surgi entre eux. Leur famille, vraisemblablement. Geneviève a dû considérer comme une trahison le fait que Luke soit du côté de Damian, vous ne croyez pas ?

— Peut-être. Mais s'ils s'aimaient...

Twyford haussa les épaules.

— Vous ne croyez pas que Geneviève avait un amant ?

— Je ne suis fermé à aucune hypothèse. Le problème, Sarah, c'est qu'aucun homme, marié ou non, n'a disparu de la circulation en même temps qu'elle. Avec toute la publicité qui a entourée cette affaire, quelqu'un serait forcément venu nous donner un nom, si tel avait été le cas. Nous avons discuté avec un grand nombre de gens, et pas un seul n'a évoqué le fait que Geneviève avait une liaison. Elle n'a pas non plus fait allusion à un amant dans la lettre qu'elle a adressée à ses parents.

— Elle devait craindre qu'ils ne la désapprouvent.

— Peut-être.

— Avez-vous découvert autre chose, sur Geneviève ?

L'inspecteur fit un signe négatif.

— Nous avons fait tout ce qui était en notre pouvoir pour retrouver sa trace, utilisé tous les moyens à notre disposition. Des douzaines de personnes ont été interrogées, nous avons contacté nos collègues sur le territoire et à l'étranger, les ordinateurs ont fonctionné au maximum, sans résultat. Rien. *Nada*, *nix*, *zilch*.

— Oh.

Il fit tourner son verre entre ses doigts.

— Notre inquiétude augmente.

— C'est-à-dire ? demandai-je d'une voix faible.

L'inspecteur s'agita sur sa chaise et tira sur sa cravate.

— Dans la lettre adressée à ses parents, elle disait qu'elle allait partir à l'étranger, mais nous n'avons aucune preuve qu'elle ait franchi la frontière. Si elle a quitté le Royaume-Uni, ce n'est pas par avion. Et sa présence n'a été signalée dans aucun port. Elle n'a pas utilisé son passeport.

— N'y a-t-il pas d'autres possibilités ?

— Certes, mais pourquoi se compliquer autant la vie ?

Le barman s'approcha pour rajouter une bûche dans le feu. Il attisa les braises, et un souffle d'air chaud m'effleura les chevilles. Le sang me battait de nouveau aux tempes.

— En outre, poursuivit le policier, ses cartes de crédit et son téléphone mobile n'ont pas servi depuis le jour de son départ.

— Elle a pu acheter un nouvel appareil. Et son amant, s'il existe, paie peut-être pour elle. Si cet homme a de l'argent, il est possible qu'ils voyagent sous son nom à lui. Cela expliquerait qu'on ne retrouve pas la trace de Geneviève.

Twyford fit tourner lentement sa pinte de bière, sans dire un mot. Son silence était éloquent.

Je compris que, selon lui, Geneviève était morte. Son arrivée inattendue à Avalon, cette invitation à déjeuner, tout cela avait été calculé. Il devait savoir qu'Alexander ne serait pas à la maison, et qu'il me trouverait seule. Il voulait certainement me parler pour une raison précise.

38

L'inspecteur Twyford me ramena à Burrington Stoke. Je lui demandai de me déposer au carrefour et parcourus le reste du chemin à pied. J'avais besoin de marcher pour m'éclaircir les idées. La bruine s'était rajoutée au vent froid, et le temps gris s'accordait à mon humeur. Le tourbillon de la ville, le déjeuner et l'alcool m'avaient temporairement requinquée, mais mon anxiété refaisait maintenant surface, bien plus intense qu'auparavant. Geneviève était une personne disparue. La police croyait certainement qu'un crime avait été commis. Bien que rien n'ait été prouvé jusque-là, ce genre de crime était toujours atroce, n'est-ce pas ?

Alexander était-il suspect ? L'étais-je également ?

Je donnais des coups de pied dans les feuilles mortes et faisais tourner mon sac tout en ruminant ces idées noires. Une voiture s'arrêta à ma hauteur. Je jetai un coup d'œil de côté et reconnus la Land Rover. Alexander se pencha pour m'ouvrir la portière. Il ne dit rien, et je grimpai à l'intérieur.

Il passa devant Avalon et poursuivit sur d'étroites routes de campagne. Nous aboutîmes à un chemin qui s'enfonçait entre de hautes falaises. Des moutons blancs se tenaient en équilibre précaire sur les rochers.

— Où allons-nous ? demandai-je.

— Nous promener.

— Et Jamie ?

— Claudia le ramasse à la sortie de l'école et le prend chez elle pour le thé.

Alexander se gara en haut d'une colline, et j'enfilai des chaussures de marche que je laissais dans la voiture. Il me passa une de ses vieilles vestes en toile enduite.

Je le suivis le long d'un chemin caillouteux qui menait à une immense colline, couverte de fougères brunes. Le sol était spongieux. Nous parcourûmes plusieurs kilomètres sans prononcer un mot. Je gardais les yeux fixés sur son dos, et de temps à autre nous faisions une halte pour contempler le paysage. Il marqua une pause pour m'aider à franchir un ruisseau, soutint mon regard une seconde, puis reprit sa route.

La pente était raide, le chemin glissant et semé d'embûches, entre des haies de bruyère et d'arbrisseaux maigrelets balayées par le vent. Je dus m'arrêter plusieurs fois pour reprendre ma respiration, mais Alexander ne faiblissait pas. J'aperçus un cerf bondissant entre les massifs de fougères, et nous fîmes envoler un groupe de poules faisanes. J'avais envie de lui demander de ralentir, mais je me tus et m'efforçai de marcher à son rythme.

Une fois au sommet de la colline il me fit signe de me retourner.

— Regarde.

J'obéis.

Par-delà les sommets noirs de la forêt se trouvait l'estuaire de la Severn. Un soleil d'argent se reflétait sur la vaste étendue. Au loin on apercevait les collines du nord du Devon et du pays de Galles, sous un ciel d'un blanc lumineux.

— Que c'est beau !

Alexander me prit la main et m'entraîna un peu plus loin, vers un grand monument. Nous nous assîmes côte à côte, en nous adossant à la pierre.

— Je suis rentré à Avalon, et je ne t'ai pas trouvée. J'ai cru que tu t'étais enfuie, me dit-il.

Il prit ma main et la retourna, la faisant reposer au creux de sa paume.

— Ne pars pas.

Je lui lançai un coup d'œil. Il replia doucement chacun de mes doigts, et examina mes ongles comme s'ils étaient des objets précieux.

— Je veux dire... je ne peux pas vivre sans toi.

J'appuyai la tête contre le monument et regardai devant moi. Le paysage s'étendait à des kilomètres à la ronde. Le soleil sombra sous les nuages et disparut derrière les collines galloises. Aussitôt, la température chuta. La lumière glissa sur les pentes verdoyantes et s'évanouit, comme du sable dans un sablier.

— J'ai trouvé une statue de Geneviève dans le jardin.

— Je sais.

— Tu aurais dû être sculpteur.

— Jamais de la vie, dit-il en secouant la tête.

— Qu'est-il arrivé à Pete ?

Il fit comme s'il ne m'avait pas entendue. Je retirai ma main.

— Il faut que tu me le dises, Alexander. Tu ne peux pas continuer à te taire. Ce sont tes secrets qui nous séparent. Ils empoisonnent tout.

— Il vaut mieux que tu ne saches pas.

— Si tu avais confiance en moi, tu me le dirais.

— Mais ça ne va pas te plaire.

Le soleil avait complètement sombré à présent, mais ses couleurs somptueuses se reflétaient sous les nuages teintés de pourpre. Alexander soupira.

— Je me suis battu avec Geneviève.

— Parce qu'elle voulait partir ?

— Non, non. Je savais qu'elle avait pris cette décision, je m'étais résigné. Mais elle voulait emmener Jamie avec elle.

— Oh.

— Je lui ai dit... qu'elle pouvait faire ce qu'elle voulait de sa vie. Mais que si elle essayait de m'enlever mon fils, je... Mon Dieu, Sarah, je lui ai dit que je la tuerais.

Je ne fus pas aussi choquée qu'il s'y attendait. Virginia m'avait déjà parlé de cette dispute.

Alex passa la main sous sa chemise, frottant l'endroit où se trouvait sa cicatrice. La colère et la souffrance se mêlaient sur son visage.

— Tu ne le pensais pas vraiment.

— Sur le moment, si. Je lui ai dit que j'allais la tuer. Je me suis mis à crier... nous étions dans la cuisine, et il y avait un couteau sur le plan de travail.

— Elle t'a poignardé ?

— Elle n'avait pas l'intention de le faire. Elle a eu peur, elle a cru que j'allais lui faire du mal, elle l'a agrippé, et ça s'est passé comme ça. J'ai saigné, je me suis penché en avant, elle s'est mise à crier, et...

Je voulais qu'il s'arrête. J'avais envie de me boucher les oreilles. Il avait raison, il valait mieux que je ne sache pas. Maintenant qu'il me disait la vérité, celle-ci faisait partie de moi, elle resterait gravée pour toujours dans ma mémoire.

Alexander secoua la tête et sa voix changea.

— Pete était un chien adorable. Il chassait les rats et les lapins, mais il n'avait jamais fait de mal à un humain. Mais c'était mon chien, et il me protégeait, par instinct. Il a sauté sur Geneviève.

Je retins mon souffle. Il parlait plus lentement à présent, la colère avait cédé la place à la tristesse et à la résignation.

— J'ai été obligé de lui faire lâcher prise. Après cela, Pete n'a plus été le même. Je ne pouvais plus lui faire confiance, quand il y avait des gens.

— Tu veux dire, Geneviève ?

— Et Jamie aussi.

Je renversai à nouveau la tête, le crâne contre la pierre.

— Pete n'a pas pu rester avec vous ?

— Non.

— Ne m'en dis pas plus.

Je l'embrassai, longuement, en insistant, jusqu'à ce qu'il me rende mon baiser. Ensuite, je m'écartai un peu et m'humectai les lèvres. Ce baiser était une promesse, un gage.

— Tu ne retourneras pas à Manchester.

Ce n'était pas vraiment une question.

— Non, affirmai-je. Je n'irai nulle part.

— Ça va devenir difficile, dit-il. A cause de Geneviève.

— Je sais, répondis-je, le cœur léger.

Bien sûr, à cet instant je ne savais pas encore à quel point cela allait être dur.

39

Pendant quelque temps par la suite, Alexander fut avec moi d'une exquise tendresse. Il était doux, attentif dans ses paroles et dans ses actes. Dans cette atmosphère de calme et de confiance, nous nous communiquions nos sentiments à travers l'affection que nous portions à Jamie. Chacun de ses petits progrès nous rendait fiers, nous prenions plaisir à écouter son bavardage, à constater son énergie et son humour. Il n'y avait plus ni colère ni grossièreté chez lui. Lorsqu'il faisait des sottises, c'était par espièglerie, et nous en étions charmés car nous interprétions cela comme une guérison. Nous parlions toujours de Jamie. L'enfant était la lumière de notre vie. L'activité de la police et les pressions de la famille étaient de plus en plus fortes, la disparition de Geneviève devenait un fardeau de plus en plus lourd à porter. Dans tout cela, Jamie était un noyau de pureté, d'innocence, intact.

Les recherches concernant Geneviève avaient augmenté d'un cran, et l'atmosphère du village devenait de plus en plus intolérable pour moi. Devant les grilles de l'école, je me tenais isolée, à l'écart des autres femmes. Seule Betsy m'adressait toujours la parole. Mais sa loyauté envers moi lui compliquait encore plus la vie. Aussi, si elle était avec un groupe quand j'arrivais, je ne faisais rien pour attirer son attention.

A Avalon, je passais des heures à jouer au Lego ou à dessiner avec Jamie, en attendant qu'Alexander rentre du travail. Une fois qu'il était là, nous tirions les rideaux, nous fermions les portes à clé, et nous restions tranquillement entre nous. Nous nous retirions tous les trois, Alexander,

Jamie et moi, dans une bulle où le monde extérieur ne pouvait nous atteindre.

Mais ce statu quo ne pouvait pas durer. Nous recevions presque quotidiennement des appels de gens qui voulaient savoir ce qui était arrivé à Geneviève, et les rumeurs allaient bon train. Dans les rares occasions où je descendais au village, je ne manquais jamais de voir une voiture de police garée devant une maison ou bien sortant du chemin qui traversait la carrière et aboutissait à Elenora House. Les journalistes de la région traînaient dans les rues, en posant des questions et en prenant des photos. Pour eux, la disparition de Geneviève était un événement excitant. Ils n'avaient cure de ce que devait ressentir Jamie quand des « amis qui préféraient garder l'anonymat » étaient cités dans leurs pages, évoquant des disputes entre Geneviève et son mari, ou bien racontant qu'elle arrivait à la sortie de l'école le visage encore gonflé de larmes, en se plaignant des sautes d'humeur de son époux. J'ignorais dans quelle mesure ce qu'ils rapportaient dans leurs articles était vrai. Je ne pouvais pas dire si les amis anonymes exagéraient ou affabulaient pour attirer l'attention, ou bien si les choses s'étaient vraiment passées comme ils le soutenaient.

Parfois, je souhaitais que Geneviève revienne. Je l'imaginais traversant le village, comme dans la scène finale d'un film. Dans l'idéal, Luke marchait à côté d'elle, sa main dans la sienne. Alexander et moi serions lavés de tout soupçon. Les villageois regretteraient leurs spéculations injustes et leurs remarques sarcastiques.

D'autres fois, alors que je regardais Jamie pelotonné à côté de moi dans le canapé, en train de sucer son pouce, je souhaitais que Geneviève ne revienne jamais nous enlever son fils, à Alexander et à moi.

Je ne pouvais pas discuter de mes angoisses avec Alexander, mais du moins je comprenais sa répugnance à évoquer le passé. Je n'avais pas envie d'en parler non plus.

40

Un des résultats de l'intérêt des médias pour Geneviève, ce fut que les villageois voulurent s'impliquer dans l'affaire. Tout le monde voulait parler aux journalistes, chacun avait une opinion, une théorie sur la disparition. Au fur et à mesure que les esprits s'échauffaient, la suspicion s'accentuait. Je m'étais habituée à ce que les conversations cessent brusquement à mon approche, mais c'était de pire en pire.

Il me fallut quelque temps pour comprendre que certaines femmes, dans le village, étaient jalouses de ma relation avec Alexander. J'étais une étrangère. S'il devait avoir une liaison avec quelqu'un, il fallait que ce soit avec l'une d'elles.

Un groupe réduit d'habitants, mais qui faisait de plus en plus entendre ses récriminations, se plaignait des bouleversements causés par l'intrusion des médias dans la vie du village. Ils prétendaient que cela montrait Burrington Stoke sous un jour négatif et craignaient que son nom ne soit irrémédiablement associé à la tragédie ou au scandale. Néanmoins, ils ne blâmaient ni la police ni Virginia, bien entendu. Ils faisaient retomber la faute sur Alexander et moi.

La mère de Christopher, Karen, qui était maîtresse d'école, soutenait résolument notre petite famille. C'était une chance pour nous, et je lui en étais reconnaissante. Je savais qu'elle protégeait Jamie des commérages et veillait à ce qu'il ne soit pas ennuyé dans la cour de récréation. Un jour, elle m'appela à la maison pour me prévenir qu'un groupe de journalistes attendait devant les portes de l'école. Elle pensait que la police avait dû laisser entendre qu'il y avait du nouveau dans la disparition de Geneviève, et elle me proposa de garder Jamie chez elle pour la nuit. Je lui dis que je devais demander son avis à Alexander, mais celui-ci avait éteint son téléphone. L'idée d'affronter les journalistes me paraissait insupportable, aussi rappelai-je l'école pour remercier Karen et lui dire que j'acceptais sa proposition. Puis j'allumai la télévision pour regarder les informations. J'appris qu'un homme âgé d'une trentaine d'années avait été interrogé par la police au sujet de certains événements concernant la disparition de Geneviève Churchill-Westwood. Il n'avait pas été arrêté et s'était rendu au commissariat de son plein gré. Selon certaines sources, non confirmées, il s'agissait d'Alexander Westwood, le mari de Mme Churchill-Westwood. On montra une belle photo de Geneviève dans son costume de compétition. Elle était très séduisante et riait avec insouciance. Suivit un cliché d'Alexander pris alors qu'il entrait dans le poste de police, l'air renfrogné. Il n'était pas rasé, sa tenue était négligée, ses épaules voûtées. Blême, l'allure sombre et tourmentée, il avait les mains fourrées dans ses poches.

J'éteignis le poste.

Le téléphone se mit à sonner. La sonnerie retentit plusieurs fois, puis s'interrompit un instant avant de reprendre. C'était forcément des journalistes. Et si c'était la police ? Alexander ? Ou bien un autre appel anonyme ? Ou encore Karen qui voulait m'avertir que Jamie était malade ? Je décrochai le récepteur et le plaquai contre mon oreille.

— Bonjour ! dit une voix de femme surexcitée. Vous êtes bien Sarah ?

Je compris aussitôt qu'il s'agissait d'une journaliste. Neil disait qu'ils essayaient toujours d'avoir l'air ouvert et sympathique, alors qu'ils espéraient tout bonnement obtenir des déclarations intéressantes. Je raccrochai, et l'appareil se remit immédiatement à sonner. Je ne savais pas quoi faire. Si je le débranchais, Alexander n'aurait plus la possibilité de me contacter. Un mouvement à l'extérieur détourna mon attention. Je vis quelqu'un par la fenêtre. Les photographes et les journalistes n'avaient pas le droit de pénétrer dans une propriété privée, ils n'avaient donc rien à faire dans le jardin. Neil, toujours lui, affirmait que ce genre de considérations ne les arrêtait pas. Qu'ils feraient n'importe quoi pour un scoop. Paniquée, le souffle court, je fis le tour de la maison pour fermer tous les rideaux. Le téléphone n'arrêtait pas, cette sonnerie me rendait folle. Je le suppliai de se taire, je me bouchai les oreilles, mais il continua de sonner, encore et encore. A la fin, n'y tenant plus, je le débranchai. Le silence qui suivit me parut encore plus angoissant. J'allumai la télévision et montai le son au maximum. J'essayai de me concentrer, en vain. Les paroles n'avaient pas de sens pour moi, et elles ne pouvaient faire taire le bruit qui résonnait dans ma tête.

Une crampe se propagea dans mon pied droit, étirant douloureusement mon gros orteil. Je repliai mes doigts de pied vers la cheville, comme me l'avait appris Laurie, mais sans succès. A bout de nerfs, je me dirigeai vers la cuisine en clopinant, mis des glaçons dans un verre et me servis une double dose de Southern Comfort. J'en avalai une grande gorgée, et éprouvai aussitôt l'effet anesthésiant de l'alcool. Puis j'ouvris la porte du four pour contrôler la cuisson du poulet en train de rôtir. Je ne sentis aucune chaleur s'en dégager, aucun air chaud m'effleurer les chevilles. Le poulet était à peine tiède, cru, la peau très légèrement jaunie par son séjour sous la feuille de papier en aluminium.

— Merde, marmonnai-je.

La Rayburn elle-même était contre moi !

Je soulevai le couvercle sous lequel étaient dissimulées les mèches de la gazinière : celles-ci étaient éteintes aussi, malgré une forte odeur de pétrole. C'était insensé. Comment la flamme avait-elle pu s'éteindre alors que la porte était fermée ? Mal à l'aise, j'allai à la porte de la remise et vérifiai que le battant était bien poussé. Je fis tourner la clé dans la serrure, en me reprochant de ne pas y avoir pensé avant. Quelqu'un aurait pu entrer sans que je m'en aperçoive, quand j'avais allumé le téléviseur. Et si cette personne se cachait à présent dans la maison ?

J'avais besoin des longues allumettes à barbecue pour le four, mais je ne savais pas où Alexander les rangeait.

Je fouillai dans le placard sous l'évier, puis vidai les tiroirs de la cuisine, mais elles n'étaient nulle part. Puis je songeai au petit radiateur à pétrole dans le bureau d'Alex. Il devait se servir d'allumettes pour le mettre en marche. Je n'entrais presque jamais dans cette pièce. D'une part parce que je craignais de déranger les documents empilés sur la table de travail et sur le sol, avec une logique comprise par lui seul. Mais surtout parce qu'il m'avait priée de ne pas m'y rendre en son absence. Jamie n'avait pas davantage le droit d'y entrer, car c'est là qu'Alexander rangeait tout ce qui était dangereux. Entre autres son fusil, dans un placard métallique fermé à clé. La porte du bureau, qui se trouvait tout au bout d'un couloir, à l'arrière de la maison, était elle aussi verrouillée, mais je savais qu'Alex gardait la clé sur le bord du chambranle. Je me haussai sur la pointe des pieds et fis courir mes doigts sur le rebord poussiéreux. La clé était à sa place. J'ouvris la porte et poussai doucement le battant. Puis j'allai fermer les rideaux avant d'allumer le plafonnier.

Un froid glacial régnait dans la pièce, et une odeur d'humidité s'échappait des vieux murs. C'était un vrai capharnaüm. Des classeurs s'entassaient les uns sur les autres, des papiers s'échappaient d'enveloppes et de sacs en plastique, et l'imprimante était en équilibre instable sur deux piles de CD. Le placard métallique se trouvait à l'autre bout de la pièce, derrière la table de travail. Je vis la boîte d'allumettes posée dessus.

J'enjambai prudemment les documents au sol, mais ne pus éviter de renverser un tas de papiers sur le bureau. Après m'être mise à quatre pattes pour les ramasser, je vis qu'il s'agissait de photos imprimées. Je m'assis sur mes talons et retournai une des feuilles.

C'était un portrait de Geneviève. On ne voyait que sa tête, ses épaules, et sa main qui repoussait ses cheveux en arrière. Je retournai une autre feuille. La même image, mais tellement grossie que le visage occupait toute la place. Ses yeux immenses étaient presque déformés, avec leurs pupilles sombres.

Je regardai une autre photo. Puis une autre. Et encore une autre. Je les étalai autour de moi jusqu'à ce que le sol en soit entièrement tapissé. Poussée par une force inconnue, je contemplai le visage de Geneviève, en examinai chaque détail. Elle était si jolie. Elle avait le genre de visage qui captait l'attention. Mais cette accumulation de photos était profondément troublante. Alexander devait avoir passé des heures à contempler ses traits sur l'écran, à agrandir ses yeux, à imprimer de nouvelles photos, des dizaines de portraits.

Je pensais savoir pourquoi il avait fait cela. Il voulait voir de nouveau son visage, tel qu'il l'avait connu. Elle n'était plus là, mais il avait besoin de la voir en détail, comme lorsqu'elle était allongée dans le lit près de lui, comme elle était le matin, le soir, à Avalon. A l'époque où elle était à lui, où elle était sa femme. Oui, je comprenais ce qui avait poussé Alexander à agir ainsi. Cependant, ces portraits n'en étaient pas moins sinistres. Ils me mettaient en colère et ils m'effrayaient.

J'étais jalouse. Alexander ne ressentait jamais le besoin de me regarder en gros plan. Il n'avait jamais pris une photo de moi, même pas avec son téléphone. Si je sortais de sa vie, il n'y aurait rien pour prouver que j'en avais fait partie un jour.

Irritée, je remis les photos en place, à l'envers, et je laissai les allumettes où elles étaient pour qu'Alexander ne sache pas que j'étais venue dans son antre. Je sortis de la pièce et refermai la porte à clé.

Quand Alexander rentra à la maison, je m'étais brûlé le bout des doigts à essayer de rallumer la cuisinière avec des petites allumettes de bar. Celles-ci, à demi consumées, gisaient sur le linoléum, tels les cils recourbés d'une créature mythique. Le poulet était immangeable, les pommes de terre, les carottes et les navets, toujours crus, nageaient dans une flaque de beurre fondu.

J'étais au bord des larmes, mais quand il apparut dans la cuisine, je parvins à me ressaisir. Il avait une mine épouvantable. Ses traits étaient creusés, ses vêtements sales et froissés. Son jean était couvert de boue et trempé.

— Tu te sens bien ? Que s'est-il passé ? Que t'a-t-on dit au poste de police ?

— Toujours pareil. Où est Jamie ?

— Chez Christopher. J'ai pensé qu'il serait plus en sécurité là-bas. Il y a des photographes, dehors ?

Alexander hocha la tête.

— J'ai laissé la Land Rover en bas de l'allée, et j'ai traversé le verger à pied.

Il alla prendre une bière dans le réfrigérateur.

— Je monte me doucher.

— Tu veux un sandwich, ou quelque chose ?

— Pas maintenant.

Il gravit l'escalier. J'entendis ses pas sur le palier, et le craquement du parquet dans la salle de bains. Je me frottai pensivement les coudes et attendis.

Au bout d'un moment, il m'appela, comme il le faisait habituellement.

Il était dans ma chambre. Ses vêtements formaient un tas près de la porte, et je sentis l'odeur de sa peau et de sa transpiration.

La chambre était éclairée par des bougies. Loin de donner une ambiance romantique, cela faisait au contraire surgir des ombres inquiétantes. Je jetai un coup d'œil à Alexander. Il était nu et de toute évidence il voulait faire l'amour. Mais je n'aurais su dire si c'était moi qu'il voulait, ou juste le contact et le réconfort d'un corps féminin.

Malgré les photos que j'avais trouvées dans son bureau, malgré tout le reste, j'étais irrésistiblement attirée vers lui, comme la marée l'est par le rivage. Je fis un pas en avant et le touchai. La flamme surgit de nouveau, sur-le-champ. L'attirance semblait gagner en intensité. Cela m'obsédait et me faisait peur à la fois, mais je ne pouvais ignorer cette impulsion qui me poussait vers lui.

Après l'amour, nous demeurâmes allongés dans les draps froissés. La température de la chambre était fraîche, et l'odeur de cire s'attardait dans l'atmosphère. Alexander me tenait serrée contre lui. J'étais épuisée. Je m'étais comportée comme une dévergondée, comme une putain, sans aucune vergogne, mais cela m'était égal. J'étais prête à tout pour lui faire plaisir, pour lui faire oublier, pour qu'il se sente bien.

Il me caressa les cheveux, en murmurant :

— Oh, Sarah...

Il ne dit rien de plus.

41

Après le passage d'Alexander au commissariat, l'activité des médias augmenta de façon sensible à Burrington Stoke. Betsy m'expliqua que le village était en proie à une sorte d'esprit de guerre. Tout le monde était sur les dents, y compris ceux qui détestaient les journalistes, et les gens se sentaient unis par le drame qui se jouait et le désir de retrouver Geneviève et de « la ramener chez elle ». C'était ce qu'ils disaient tous. Leur but ultime. Je crois qu'à ce moment-là la plupart des gens savaient, au fond de leur cœur, que les chances de la retrouver vivante diminuaient de jour en jour. Mais les mots étaient suffisamment vagues et ambigus pour couvrir toute éventualité, et leur insuffler de l'énergie. Des rumeurs prétendaient que la police allait entreprendre des recherches dans la campagne environnante.

Les journaux s'en donnaient à cœur joie. Le *Daily Mail* offrit à Dale Vowles une somme à cinq chiffres en échange d'un entretien exclusif sur la mort tragique de Robbie Innes. En plus de l'histoire, Dale leur fournit une photo prise lors d'une soirée pour une collecte de fonds, organisée à l'automne précédant la mort de Robbie. J'observai le visage de ce dernier dans le journal. Robbie était un beau jeune homme blond, au visage un peu rougeaud. Il y avait également une photo de Geneviève, à l'âge de dix-sept ans. Assise sur une clôture, elle se tenait à la barre des deux mains. Ses cheveux étaient longs, elle portait un jean et des Wellington, elle riait. Je n'avais jamais vu de photo d'elle sur laquelle elle ne riait pas.

Quelqu'un avait aperçu une femme ressemblant beaucoup à Geneviève Churchill-Westwood, dans une agence de voyages d'Axbridge, deux semaines avant sa disparition. D'autres témoignages provenant de Tenby, une station balnéaire du sud du pays de Galles, confirmèrent que Geneviève avait fait l'acquisition d'un « nid d'amour », ou d'un « refuge », les termes employés variaient selon les journaux. Elle avait effectué cet achat sous le nom de Juliet Bravo, en réalité celui de son cheval préféré. Les mots « disparue », « beauté », « héritière » figuraient la plupart du temps dans les titres des magazines. Des articles poignants laissaient entendre que les explications de la disparition de la jeune femme étaient d'ordre financier. Une équipe de la télévision nationale vint tourner un reportage devant l'entrée d'Elenora House. Alexander me révéla qu'au commissariat la police lui avait posé des questions au sujet de l'assurance-vie de Geneviève. Il ne me dit pas ce qu'il leur avait répondu.

Je téléphonai à ma famille pour les rassurer, mais ils avaient vu le journal télévisé et lu les journaux. Ma mère me dit en pleurant que mon père avait le cœur brisé par ma faute. Mon père, de son côté, me confia que ma mère était folle d'inquiétude.

May me supplia de quitter Avalon tant que c'était encore possible. Jamie me donnait la main et sautillait à côté de moi, au retour de l'école. Il chantonnait à mi-voix, tout en faisant rouler des cailloux sous ses pieds. Le visage de Geneviève, délavé par la pluie et le soleil, regardait le sol. Le papier desséché des affiches rebiquait aux coins.

— On a besoin de moi ici, expliquai-je à May.

Ma sœur abandonna les cajoleries, et la frustration se fit clairement entendre dans sa voix.

— Sarah, cet homme n'a besoin de personne. Il se débrouillerait tout aussi bien tout seul. Il t'utilise, et il se moque de ce qui est bon ou mauvais pour toi. S'il se souciait de toi le moins du monde, il te demanderait de partir.

La sirène de la carrière résonna au loin. Jamie me regarda en écarquillant les yeux, l'air faussement horrifié. Nous avions inventé un jeu bien à nous. Lorsque nous entendions les sirènes, cela voulait dire que les dinosaures qui vivaient dans la carrière étaient libérés, et que nous devions rejoindre le plus vite possible la maison. Le garçonnet me tira vivement par la main.

— May, il faut que je te laisse. Je dois faire goûter Jamie.

— Réfléchis bien à ce que je t'ai dit. Tu devrais rentrer à la maison.

— Ma maison est ici à présent, répliquai-je.

42

Le village était en ébullition, et la police effectuait des fouilles dans les alentours de Tenby, l'expertise médico-légale ayant mis en évidence un lien entre Geneviève et le fameux refuge/nid d'amour. C'est dans ce contexte que nous reçûmes par la poste une enveloppe adressée à Alexander et à moi. Nous étions conviés à Elenora House, afin de célébrer le quatre-vingtième anniversaire de Philip.

Je m'attendais à cette invitation, Claudia m'en ayant parlé. Celle-ci était venue plusieurs fois se réfugier à Avalon ces derniers temps, car la situation au village était aussi pénible pour elle que pour moi. Bill et elle n'avaient pas été harcelés par les journalistes, mais ceux-ci s'agglutinaient devant les grilles d'entrée d'Elenora House, ce qui avait mis Philip dans tous ses états lorsque Virginia l'avait conduit à l'hôpital pour sa jambe. Contrairement à Virginia, Claudia avait compris la cause de son agitation : la dernière fois que des journalistes avaient demandé à lui parler, c'était juste après le suicide de sa première femme. Claudia s'efforçait de rassurer son père, en lui répétant qu'il n'avait rien à se reprocher, qu'il n'était pas responsable des événements. Tout cela était extrêmement difficile pour elle. Chaque fois qu'elle sortait, elle était victime comme moi des regards des villageois, qui chuchotaient sur son passage. Quand elle venait me voir, elle déballait tout ce qu'elle avait sur le cœur, sans même reprendre son souffle.

« J'aimerais que tout ça soit fini, disait-elle parfois. Que ça s'arrête. Si seulement je pouvais partir ! »

Puis elle s'excusait de parler autant. Elle ne pouvait pas se confier ainsi dans son cercle social. Avec ses amis, elle se devait de maintenir les apparences, de se montrer courageuse. Il ne fallait pas leur laisser voir à quel point elle se sentait accablée.

L'anniversaire de Philip approchait, et toute la famille s'accordait à dire qu'il fallait maintenir les célébrations qui avaient été prévues bien avant le départ de Geneviève. Ce n'était pas seulement parce que celle-ci aurait voulu que la réception ait lieu, mais aussi parce que annuler l'événement aurait envoyé un message négatif. Cela aurait sous-entendu que la famille s'attendait au pire. Le traiteur avait été réservé en avril, les musiciens en mai, et Geneviève avait elle-même commandé les décorations en juin. En outre, cette soirée aurait le mérite de changer les idées à Philip et de lui procurer quelques heures de bonheur.

Je ne fus pas choquée lorsque Claudia m'annonça qu'Alexander était invité, avec la personne de son choix. Elle m'avait dit à plusieurs reprises que Philip avait de l'affection pour lui, et le considérait davantage comme un fils que comme un gendre. Il soutenait toujours Alexander, en dépit des critiques et des reproches de Virginia, et trouvait que son beau-fils avait eu une bonne influence sur Geneviève. C'était l'anniversaire de Philip, il était donc logique qu'il souhaite la présence d'Alexander, et Virginia aurait fait n'importe quoi pour rendre son mari heureux. Elle savait aussi qu'il n'irait pas sans moi, c'est pourquoi elle m'avait invitée également, bien à contrecœur.

Ce qui était assez humiliant pour moi.

— Philip a l'esprit confus, m'expliqua Claudia. Il confond le passé et le présent, et est facilement perturbé. Il dit que nous devrions tous remercier Alexander, et quand je lui demande pourquoi, il ne sait pas. Ou bien il ne veut pas le dire. La plupart du temps, je ne comprends rien à ses divagations. Le pauvre.

Un peu plus tard, quand je me retrouvai dans le canapé avec Alexander, devant la télévision, je posai les pieds sur ses genoux. Pendant qu'il me massait doucement, je fis tourner le carton d'invitation entre mes doigts. C'était un bristol de très belle qualité, imprimé en lettres d'or.

— Cela ne me paraît pas normal, dis-je. Nous ne devrions pas y aller.

Alexander haussa les épaules.

— Je dois bien cela à Philip, après tout ce qu'il a fait pour moi.

— D'après Claudia, il ne cesse de répéter qu'il t'est reconnaissant.

Alexander continua de me masser la plante du pied, sans broncher.

— Que veut-il dire ? Qu'as-tu fait pour lui ?

— Rien.

— Pourquoi t'a-t-il prêté de l'argent pour monter ta société ?

Alexander repoussa mes pieds et se leva.

— J'étais marié avec sa fille. Tu as oublié ? lança-t-il en sortant de la pièce.

Claudia m'appela pour me proposer de m'emmener au marché de Noël de Wells. Quand j'arrivai en bas de l'allée, alors que je m'attendais à trouver des journalistes déchaînés cherchant à prendre des photos par la vitre de la voiture, je ne vis personne.

— Où sont-ils tous passés ? demandai-je à Claudia.

— Tu ne regardes pas les informations ? Le député local s'est fait surprendre en compagnie de son beau-frère. Ton fan-club est parti camper sous ses fenêtres.

— Rendons grâce à Dieu pour ce nouveau scandale, fis-je avec un soupir.

A Wells, où personne ne nous connaissait, nous eûmes une enivrante impression de liberté. Nous nous promenâmes entre les stands, remplissant nos paniers de bougies, de mandarines, et de décorations de Noël. Ensuite, nous déposâmes nos achats dans le coffre de la Volvo et allâmes déjeuner dans un petit café bondé. Je pris une tourte au fromage et des frites, tandis que Claudia se contentait d'une salade verte accompagnée d'un misérable morceau de poulet froid. Elle voulait perdre du poids avant la réception, car Virginia, malgré son inquiétude pour Geneviève et

Philip, ne manquait pas une occasion de faire des remarques désobligeantes sur la silhouette de sa belle-fille.

— Je devrais en profiter pour acheter un cadeau d'anniversaire à ton beau-père, dis-je. Tu as une idée ?

— Oh, je ne sais pas, répondit Claudia en haussant les épaules. N'importe quoi. Un polar de Dick Francis ou une bouteille de porto...

Sa voix s'étrangla.

— Claudia ? fis-je en lui prenant la main.

Celle-ci était chaude et moite. Elle secoua la tête, les yeux brillants de larmes.

— Pauvre Philip, murmura-t-elle. C'est un vieil homme. Il devrait profiter de ses dernières années, mais cette affaire est en train de le tuer. Seigneur, j'aimerais tellement que Geneviève revienne !

J'ignorais totalement ce que quelqu'un comme moi était censé porter pour un dîner habillé dans un lieu tel qu'Elenora House. Et même si je l'avais su, je n'avais strictement rien qui aurait fait l'affaire. Je demandai conseil à Betsy, qui me dit de choisir quelque chose de simple et de chic à la fois.

Je demandai à Alexander de me prêter son ordinateur portable. Quand il fut sorti, je montai m'enfermer avec dans la chambre de Jamie. C'était la seule pièce de la maison où, par un phénomène d'architecture inexplicable, la connexion Internet était possible. Et comme la fenêtre donnait directement sur l'allée du jardin, je pouvais voir arriver d'éventuels visiteurs.

Je m'assis le dos à la porte, le clavier sur les genoux. L'appareil était terriblement lent, mais je finis par trouver les sites que Betsy m'avait recommandés, et je commandai une robe noire à la coupe sobre.

Le soleil se déplaça dans la chambre. Le hamster de Jamie s'agita dans sa cage. J'allai à la fenêtre et m'accroupis pour l'observer. L'adorable petit animal aux yeux noirs et ronds attrapa une graine de tournesol avec ses pattes et la grignota. L'odeur de la cage remplie de sciure fit remonter à la surface des souvenirs de mon enfance.

Je passai le doigt entre les barreaux pour caresser le dos du hamster, mais cela ne lui plut pas. Il se sauva et alla se cacher dans son abri.

Je retournai à l'ordinateur. Le cœur battant, la gorge sèche, je tapai le nom de Geneviève Churchill-Westwood sur Google. Des pages et des pages de titres de journaux apparurent. Un grand nombre d'entre eux rapportaient des articles consacrés aux jeunes cavaliers prometteurs, ou bien des listes de gagnants de concours et de compétitions. Mais le nom de Geneviève et sa disparition étaient aussi devenus des sujets récurrents dans les forums. Le plus populaire de ceux-ci était administré par quelqu'un qui se faisait appeler Slumdog. Non seulement il fournissait une brève biographie de Geneviève et des membres de sa famille, mais aussi des photos de Burrington Stoke, dont une vue aérienne du village sur laquelle apparaissaient Elenora House, Avalon, et le Quarrymen's Arms, cerclés de rouge. Les biographies étaient acerbes et injurieuses, sans jamais toutefois franchir la ligne de la diffamation. J'étudiai la photo vue du ciel. D'en haut, on voyait nettement les deux carrières creusées dans la colline. Des pans considérables de forêt avaient disparu, remplacés par la roche à nu. La nouvelle carrière était beaucoup plus vaste que la première, désormais désaffectée. Le soleil se reflétait dans l'eau qui comblait l'ancienne fosse. Des arbres et des buissons avaient repoussé sur son pourtour, comme si la nature voulait à tout prix réparer le mal causé par les engins et les explosifs. La nouvelle carrière offrait un spectacle lunaire et désolé. C'était un acte de vandalisme à grande échelle. Slumdog était du même avis que moi. Il disait que cette carrière était un parfait exemple de l'exploitation de la nature par l'homme, dans le seul but d'obtenir des bénéfices commerciaux colossaux.

L'idée me traversa que l'homme qui se cachait sous l'identité de Slumdog était peut-être Damian. Je fis une recherche sur Google et constatai que Damian Churchill avait un site Internet. Celui-ci était impressionnant. Régulièrement mis à jour, avec une superbe présentation, et des textes très bien écrits. Le prochain « événement » public prévu était une manifestation contre un projet de centre commercial dans les Midlands. Damian avait des amis haut placés. Certains se rendaient en Amérique pour faire du lobbying dans les conférences ayant trait à des constructions de grande envergure. Je me demandai où ils trouvaient l'argent. Ils devaient avoir de riches sponsors.

Je n'en lus pas davantage, et fis une recherche sur Alexander Westwood. Son nom était associé à la disparition de Geneviève. Je découvris aussi qu'il avait remporté plusieurs récompenses de l'industrie pour sa participation à de prestigieux projets de restauration. Mais je ne trouvai aucun résultat antérieur aux quatre années qui venaient de s'écouler. S'il y avait eu des articles de journaux sur sa condamnation, ils n'étaient plus en ligne. Avec un soupir, j'observai le pêle-mêle de photos au-dessus du lit de Jamie. Geneviève avait dû le fabriquer pour son fils. Je l'avais vu souvent, sans jamais vraiment y prêter attention. Il y avait des photos de Jamie bébé, puis petit garçon, dans son uniforme d'écolier. Il apparaissait aussi dans un costume de berger pour un spectacle de Noël, et marchant sur une plage. D'autres clichés montraient Jamie et Geneviève joue contre joue, les bras de l'enfant noués autour du cou de sa mère, ou bien tous les deux en train de partager une glace. Je cherchai le visage d'Alexander. Où était-il ? Je finis par le découvrir sur l'une d'elles. Jamie et ses cousines étaient sur un manège, dans un parc. Ce devait être Geneviève qui tenait l'appareil. Derrière les enfants, on voyait Alexander, Bill, et Claudia. Un des labradors tournait autour d'eux, seules étaient visibles ses pattes arrière et sa queue.

Je souris et tendis la main pour toucher le visage d'Alexander. Il souriait à l'objectif, à Geneviève, l'air parfaitement heureux et détendu. Je ne l'avais jamais vu sous ce jour. Il paraissait aussi beaucoup plus jeune.

J'entendis un craquement derrière moi, sur le palier. Je me retournai, mais ce n'était rien, et je me morigénai intérieurement d'avoir eu ce mouvement de peur. En même temps, je ne pus m'empêcher de murmurer :

— Geneviève ?

Tout à coup, je poussai un cri en entendant les deux nouveaux téléphones se mettre à sonner, sur le palier et dans la salle à manger. Ce n'était pas la sonnerie normale, mais une sorte de crissement, comme un râle d'agonie. C'était un son abominable.

Les mains sur les oreilles, je trébuchai en arrière et heurtai la porte. Le loquet se rabattit, mais le bruit sembla s'amplifier. Je fus submergée par quelque chose de puissant, de plus fort que tout ce que j'avais connu auparavant, une épouvantable sensation de nausée s'empara de moi. J'eus la nette impression que j'allais m'écrouler. La terreur m'étourdit, la tête me tournait. Je n'arrivais plus à respirer, je n'avais rien pour me rattraper et reprendre mon équilibre.

Je m'affalai contre la porte, saisis la poignée et voulus l'activer mais je n'avais plus de force. Il n'y avait plus de connexion entre mes doigts et mon cerveau. La porte était fermée, et derrière le battant j'entendais le hurlement des téléphones. Je crus que j'allais mourir. Ce que j'endurais était forcément un traumatisme majeur, une crise cardiaque, une rupture d'anévrisme, un cataclysme pour l'organisme.

Je me laissai glisser contre la porte et me recroquevillai dans une position fœtale, secouée de sanglots nerveux. Je me vis de loin, telle l'aventurière décrite par Virginia. La sonnerie des téléphones emplissait totalement mon esprit. C'est Geneviève ! songeai-je, égarée. Elle est là !

Un laps de temps s'écoula, je n'aurais su dire combien exactement, mais ma terreur finit par se dissiper. J'ouvris les yeux. Le soleil inondait la chambre. C'était une chambre d'enfant, colorée, en désordre, douillette. La roue du hamster tournait avec un petit cliquetis. Le voyant vert de l'ordinateur posé sur le sol semblait me faire un clin d'œil. Je m'en emparai, le serrai contre moi, franchis le seuil et dévalai l'escalier pour sortir au grand air.

Je descendis l'allée, jusqu'au point où je savais pouvoir obtenir le réseau pour mon téléphone mobile. Sans cesser de marcher, j'appelai May, mettant autant de distance que possible entre la maison et moi.

— Que se passe-t-il ? s'exclama ma sœur. Tu as une drôle de voix.

— May, si je te dis quelque chose, tu me promets de ne pas t'inquiéter et de ne pas en faire tout un plat ?

— C'est promis.

— C'est juste que... je ne sais pas comment dire ça. Tu vas penser que j'ai perdu la tête, mais je crois...

— Quoi ?

— Je crois que je suis poursuivie par le fantôme de Geneviève.

May se mit à rire. Je gardai le silence, et peu à peu son rire s'éteignit.

— N'en parle pas à Neil, la suppliai-je.

Je commençais déjà à avoir un peu honte.

— Que s'est-il passé, au juste ? me demanda-t-elle avec douceur.

— Je ne sais pas. Une ou deux fois, je... j'ai eu l'impression que Geneviève était entrée dans mon corps. Ça n'a duré que quelques secondes. Mais je ressentais ce qu'elle devait ressentir. Comme si elle essayait de me faire comprendre quelque chose... Comme si j'étais elle.

— Comme si tu étais Geneviève ?

— Oui ! Non ! Non, je ne crois que je suis elle, pas du tout. J'ai juste... je ne sais pas. Et puis, il y a des mots. Une ou deux fois, j'ai entendu des choses dans ma tête, je ne sais pas d'où ça venait. Les mots sont en moi, mais ils ne viennent pas de moi, tu comprends ?

— Pas vraiment, ma chérie.

— Tu crois que je suis folle, n'est-ce pas ? Tout cela a l'air idiot, non ? Ça n'a pas de sens. Oh, May, je ne sais pas quoi faire ! J'ai si peur ! Je suis lasse de toute cette histoire !

— Chut, chut, me dit May, rassurante.

J'aurais voulu être avec elle, poser la tête sur son épaule, sentir sa main me caresser le dos.

— Ecoute, Sarah. Tu veux bien m'écouter ? Trouve un endroit où t'asseoir, respire à fond, et écoute.

Je regardai autour de moi, repérai l'abribus, et allai prendre place sur le banc.

— Maintenant, écoute-moi, reprit May. Tu n'as pas perdu la boule, tu n'es pas folle, et tu n'es pas harcelée par un fantôme. D'accord ?

— Oui.

Je hochai la tête en pressant le téléphone contre mon oreille. Une voiture qui venait du village passa à côté de moi, et la femme côté passager me dévisagea avec insistance.

— Tu es stressée et fatiguée, Sarah. Je crois que Geneviève finit par t'obséder.

— Oui.

— Neil et moi avons remarqué que tu parles tout le temps d'elle. Visiblement, tu penses beaucoup à elle. Ce qui se passe à présent, c'est que le poids de cette affaire devient trop lourd pour toi, il faut trouver un moyen de libérer toute cette tension. De décompresser.

— Tu as raison, admis-je, la gorge nouée.

J'entendis ma sœur soupirer longuement, à l'autre bout de la ligne.

— Tu vas me demander de rentrer à la maison, n'est-ce pas ?

— Il faut que tu quittes cet endroit. Tu as besoin de faire un break. Et avant tout, il te faut du repos.

— Oui.

— A quelle heure dois-tu aller chercher Jamie ?

— Trois heures et quart.

— Tu as le temps de te reposer une heure ou deux. Retourne à Avalon, fais-toi un verre de lait chaud, prépare-toi une bouillotte, et va dormir. Tu me promets de le faire, Sarah ?

Je dis que j'allais essayer.

43

Le médecin du village vint me rendre visite à Avalon, un matin. Il m'expliqua qu'il passait par là et qu'il souhaitait se présenter.

Je fis du café et parvins, au prix d'un effort intense, à paraître normale, agréable, et à ne pas lui laisser voir l'épuisement qui était le mien.

— Ma sœur vous a appelé, n'est-ce pas ? demandai-je lorsque nous nous assîmes dans le salon.

J'affichais un large sourire tout ce qu'il y a de plus artificiel. Il acquiesça d'un signe de tête tout en grignotant un biscuit au gingembre.

— Elle m'a demandé de venir vous voir, en effet.

— Elle s'inquiète toujours. Je suis en parfaite santé. Je ne me suis même jamais sentie aussi bien.

— Je suis étonné que vous ne vous soyez pas fait enregistrer au cabinet de consultation, à votre arrivée.

— Je n'en ai pas eu l'occasion, je n'ai pas été malade.

— Hmm...

Il avala sa dernière bouchée de biscuit et s'essuya les lèvres avec une serviette en papier.

— D'après votre sœur, vous avez eu une ou deux crises bizarres, récemment.

— C'était dû à un excès de fatigue.

— Bien.

Il sortit un carnet de sa sacoche et le feuilleta pour trouver la page qui l'intéressait.

— Elle m'a dit que vous vous preniez pour Geneviève, remarqua-t-il en lisant ses notes.

Son regard revint se poser sur moi, je me sentis rougir.

— Elle aura mal compris.

— C'est-à-dire ?

— Je ne sais pas. Je ne me rappelle pas exactement mes propos. J'étais tellement fatiguée que ça m'a mise dans un drôle d'état. C'est tout.

Le médecin hocha la tête sans répondre.

— Toutes ces spéculations et cette anxiété au sujet de Geneviève m'ont bouleversée. Je suis désolée. Je n'aurais pas dû en parler à May.

Il y eut un autre silence. Cette fois, j'étais bien décidée à ne pas le briser. Il se prolongea de manière inconfortable. Mon soulagement fut grand lorsque la sonnette de la porte d'entrée retentit, me fournissant une excuse pour quitter la pièce.

C'était un livreur.

— J'ai un colis pour Mme Churchill-Westwood, annonça-t-il en me tendant un paquet. C'est vous ?

— Oui, répondis-je en souriant. Merci.

44

La robe que j'avais commandée ne m'allait pas du tout. J'étais mal fagotée, elle me grossissait et me vieillissait. Mais je n'avais plus le temps d'acheter autre chose. J'étais en train de m'interroger sur ce qu'il convenait de faire, quand je reçus un appel de l'école me demandant de venir chercher Jamie. Pâle et fiévreux, l'enfant m'attendait assis sur une chaise, devant la porte de la secrétaire.

— Oh, Jamie, que t'arrive-t-il ?

Je me penchai pour l'embrasser. Son front était brûlant.

— Je me sens mal, Sarah, chuchota-t-il en se serrant contre moi.

Une odeur de fièvre et d'acétone se dégageait de lui. Je le pris dans mes bras pour le ramener à la maison, en lui racontant tout le long du chemin des histoires sur les dinosaures qui vivaient dans la carrière. Il s'endormit sur le canapé, et je montai dans ma chambre pour passer ma robe une seconde fois. Je la trouvai aussi affreuse que lors du premier essayage.

Je pris un bain, me lavai les cheveux et me fis une tresse. Après avoir enfilé mes plus jolis sous-vêtements, je me maquillai avec un peu plus de soin que d'habitude. Puis j'allai chercher la robe émeraude de Geneviève, que j'avais cachée dans mon sac, et je la fis glisser par-dessus ma tête.

J'avais oublié à quel point elle était belle. Le tissu, superbe et chatoyant, changeait de couleur selon la lumière, variant du turquoise au bleu nuit. Léger, facile à porter, il bougeait avec mon corps. C'était la perfection. Je me haussai sur la pointe des pieds pour me grandir, et l'effet fut encore plus saisissant.

Mon cœur battait la chamade. Je n'avais jamais eu de robe comme celle-ci, je n'avais pas les moyens de m'acheter un vêtement aussi beau, et elle m'allait merveilleusement, bien que Geneviève ait été plus petite que moi. La robe devait lui arriver à mi-mollets, alors qu'elle m'effleurait à peine les genoux. J'allai prendre mes chaussures sous le lit, les mis et me redressai pour me regarder dans le miroir. C'était impeccable.

J'étais si absorbée par la contemplation de mon reflet que je n'entendis pas la Land Rover dans l'allée, pas plus que je n'entendis les pas d'Alexander dans l'escalier.

La porte de ma chambre était ouverte, mais je ne le vis pas entrer. Il surgit derrière moi, posa une main sur mon épaule. Je suppose qu'il dut dire « Sarah », mais il me sembla entendre « Genny... ».

Je me retournai. L'espace d'une seconde, je vis de la tristesse dans ses yeux, et soudain celle-ci céda la place à une expression horrifiée. Je tendis les bras vers lui, mais il me repoussa avec tant de force que je trébuchai et dus me rattraper à la commode pour ne pas tomber.

— Mais qu'est-ce que tu fabriques ?

— J'essayais une robe...

— Geneviève m'avait dit l'avoir jetée...

— Elle était au fond d'un sac-poubelle. Je suppose qu'elle ne représentait rien pour elle. Et elle n'a presque jamais été portée.

— Elle ne l'a mise qu'une seule fois.

Je me sentis blessée, humiliée, trahie.

Alexander m'avait répété à plusieurs reprises qu'il n'avait pas été longtemps amoureux de Geneviève. Pourtant, une fois de plus, il était furieux que j'aie empiété sur le territoire de sa femme.

— Je ne veux pas te contrarier, Alex, mais si elle ne l'a portée qu'une fois, pourquoi n'aurais-je pas le droit de l'essayer ?

— Pour l'amour du ciel, Sarah !

Il laissa échapper un long soupir. Ses poings étaient serrés, il tremblait. Je ne pus m'empêcher d'esquisser un pas en arrière.

— C'est la robe qu'elle portait le jour de notre mariage.

— Mais ce n'est pas une robe de mariée.

— Non. C'est une robe de grossesse.

— Oh.

Alexander se détourna. Il desserra les poings, balaya d'un geste furieux le maquillage, les épingles à cheveux et les menus objets éparpillés sur la commode, posa les deux mains à plat sur le plateau de marbre et baissa la tête.

— Je... je ne savais pas, balbutiai-je. Je croyais...

— Tu es obsédée par Geneviève. Tu ne peux pas la laisser où elle est ? Ne plus y penser ?

— Ce n'est pas moi ! protestai-je. C'est toi. Tu n'arrêtes pas de parler d'elle... tout le temps. Geneviève par-ci, Geneviève par-là, et...

— Non. J'essaye de vivre normalement. Le nom de Gen ressort de temps en temps dans la conversation, bien entendu. Pour moi, ce n'est rien, c'est toi qui y accordes trop d'importance.

— Alors, pourquoi as-tu imprimé un million de photos d'elle ?

Il me regarda avec incompréhension.

— J'ai vu les photos, dans ton bureau. Il y en a des centaines. Comme si tu ne pouvais pas t'empêcher de la regarder, que tu...

— Ce n'est pas moi qui les ai imprimées.

— Personne n'entre dans ton bureau.

Alexander fit un geste de dénégation.

— C'est Gen... Pour ses sponsors... elle avait besoin de portraits en gros plan.

— Oh...

Je laissai retomber mes mains.

— Je n'ai pas voulu les jeter.

— Non.

Le tissu de la robe, que j'avais trouvé si fluide et si beau, me serrait à présent à m'étouffer. Déconcertée, je me regardai et même la couleur me sembla changée. Elle n'était plus chatoyante, mais d'un vert terne et boueux, comme de l'eau stagnante. C'était affreux.

— Alexander, je suis désolée. Tellement désolée. Je n'aurais pas dû toucher à cette robe, je...

— Enlève-là ! m'ordonna-t-il brusquement en tournant les talons. Et débarrasse-toi d'elle.

Il dévala l'escalier, et j'entendis la porte d'entrée s'ouvrir et se refermer. Le moteur de la Land Rover se mit à ronfler. Je plaquai une main sur mes lèvres, contenant à grand-peine un sanglot.

— Sarah ?

Jamie se tenait pieds nus sur le seuil. Il était pâle, les traits tirés, anxieux.

— Qu'est-ce qui ne va pas ? Pourquoi papa est ressorti ?

— Tout va bien, mon chéri, répondis-je calmement.

Je me penchai et lui caressai la joue. Il était brûlant, et deux ronds rouges se dessinaient sur ses pommettes. Je lui soufflai sur le front.

— Papa était fâché.

— Oui, mais c'était ma faute, pas la tienne.

Jamie s'essuya le nez d'un revers de main, laissant une trace brillante tout le long de sa joue, jusqu'à son oreille.

— Tu vas partir ? demanda-t-il. C'est pour ça que papa criait ?

— Non, Jamie, je ne partirai pas.

Je pris le petit garçon dans mes bras. Il noua les jambes autour de ma taille et blottit sa tête au creux de mon épaule.

— Tu es un adorable petit bonhomme. Je ne te quitterai jamais, jamais, quoi qu'il arrive.

Je lui caressai le dos en le serrant contre moi. Il était secoué de gros sanglots. Je savais qu'il pleurait parce que sa mère lui manquait. Je n'étais pas Geneviève, je ne le serais jamais, mais je lui promis que je serais toujours là pour lui. Toujours.

45

Le lendemain, jour de la réception, Virginia vint à Avalon. Je n'entendis ni sa voiture dans l'allée, ni le bruit du portail, ni même ses pas dans le jardin, car je venais juste de sortir de la douche et je m'apprêtais à me sécher les cheveux. Quand la porte d'entrée s'ouvrit avec un grincement, je me précipitai pour voir qui était là. Virginia était dans le cellier, sur le seuil de la cuisine. Elle me dévisagea. Je tenais le sèche-cheveux à la main et j'avais une serviette enturbannée autour de la tête.

Tout en lui disant bonjour je tendis la main, mais pour la seconde fois elle ignora mon geste. Elle entra dans la cuisine. Elle portait un vieux pantalon large, un polo et une veste matelassée. Ses cheveux étaient tirés en arrière.

— Je suis venue directement de l'écurie, dit-elle en se dirigeant vers l'évier pour se laver les mains. Je n'avais pas le temps de me changer, et je n'ai pas pu vous appeler pour vous prévenir de ma visite.

— Cela n'a pas d'importance.

Elle chercha des yeux quelque chose pour se sécher les mains. Je lui passai le rouleau d'essuie-tout dont elle détacha plusieurs feuilles.

— La police est passée à Elenora House hier, commença-t-elle en se frottant les mains. Vous êtes au courant ?

— Non.

— Claudia était avec moi, nous étions en train de décorer le vestibule. Ils sont entrés et nous ont fait asseoir dans le salon.

— Oh, non !

Je pris appui contre une chaise. La serviette se dénoua, retombant sur mon visage. Je la repoussai et l'arrangeai sur mes épaules.

— Que s'est-il passé ?

— Vous ne savez pas ?

Je secouai la tête.

— On a retrouvé un corps.

Elle s'exprimait d'une voix calme et sèche, mais je perçus la peur sous-jacente. Ces termes sinistres et froids s'appliquaient à quelque chose qui avait été autrefois une personne, l'enfant de quelqu'un, peut-être aussi un parent.

— Oui. Les policiers qui sont venus nous prévenir ont été très professionnels. Il y avait un ami de la famille, l'inspecteur Twyford, et un officier. Je...

Je la regardais en silence tandis qu'elle cherchait ses mots. Son stoïcisme était remarquable.

— ... j'avais l'impression d'être une actrice qui ne connaissait pas son rôle, ajouta-t-elle. Je ne sais pas ce qu'on est censé dire dans de telles circonstances. Rien ne peut vous préparer à cela.

— Je suis désolée.

Je ne trouvai rien d'autre à dire, et me sentis stupide. Etait-elle venue m'annoncer que Geneviève était morte ?

— Les restes du corps ont été découverts dans une tombe peu profonde, dans les dunes de sable de Tenby. Cachés. Enfouis. C'est certainement ce mot qu'ils utiliseront à la télévision...

Sa voix s'étrangla.

— Je suis vraiment désolée, répétai-je.

— Mon mari se reposait quand la police est arrivée. Je ne lui ai rien dit.

— Non.

— Vous voyez, poursuivit-elle en tirant une chaise pour s'asseoir, les policiers ne sont eux-mêmes sûrs de rien. Tout ce qu'ils ont, ce sont des ossements, et... et des cheveux. Ce pourrait être n'importe qui. Pourquoi le perturber, s'il s'agit en définitive de quelqu'un d'autre ?

Je devinai qu'elle avait la gorge sèche, et j'allai remplir un verre d'eau au robinet. Une goutte roula sur son menton. Elle me parut tout à coup terriblement vulnérable.

— Dieu me pardonne, mais je prie pour que ce soit quelqu'un d'autre. N'importe qui. Je m'en moque, du moment que ce n'est pas Geneviève.

J'inclinai la tête pour manifester mon assentiment. J'aurais voulu faire un geste, mais je ne savais comme m'y prendre.

— Et le pire, Sarah, le pire de tout, c'est que c'est moi qui les ai poussés à entreprendre des recherches dans cette région quand nous avons su qu'elle avait des contacts là-bas. Je croyais vouloir connaître la vérité, mais en fait je ne veux pas. Si c'est le corps de Geneviève, je préfère ne pas le savoir. Je voudrais revenir en arrière, au moment où je ne savais rien du tout.

— Je crois que j'aurais la même réaction que vous.

— Mais Alexander a dû vous raconter tout cela ? Ils lui ont parlé aussi, hier.

J'ouvris la bouche pour protester, lui dire qu'elle devait se tromper. Puis je me rappelai qu'Alexander était monté directement la veille, sans prendre le temps d'enlever ses bottes. Il m'avait trouvée en train d'essayer la robe de Geneviève, ce qui lui avait causé un choc. Il était ressorti aussitôt. J'étais déjà couchée à son retour. Depuis, nous n'avions pas échangé un mot. Je sentis mon cœur sombrer. La police venait de lui annoncer qu'ils avaient découvert des ossements, qu'il s'agissait vraisemblablement du corps de Geneviève. Et là-dessus, il était rentré et m'avait trouvée maquillée, pomponnée, vêtue de la robe de mariée de sa femme. Quelle gaffe monumentale avais-je encore commise ?

Virginia ne faisait pas attention à moi. Elle regardait par la fenêtre, les yeux dans le vague.

— C'est l'anniversaire de Philip, aujourd'hui. Il espère que Geneviève lui fera la surprise d'apparaître à la réception. C'est ce qu'il croit. Comment puis-je lui annoncer qu'ils ont trouvé un corps ? Comment puis-je lui faire cela le jour de son anniversaire ?

— Ce n'est pas Geneviève.

A peine les mots eurent-ils franchi mes lèvres que je plaquai une main sur ma bouche, comme pour m'empêcher de parler davantage. Virginia reporta les yeux sur moi.

— Comment le savez-vous ?

Je secouai la tête, désemparée. Ces mots m'avaient échappé, mais j'étais persuadée que c'était la vérité.

— Savez-vous où est ma fille ? fit-elle en me fixant.

Je laissai retomber ma main.

— Non, mais je suis sûre qu'elle n'est pas dans le sud du pays de Galles.

Un long silence suivit ces paroles.

— C'est bizarre, que vous disiez cela.

Je me rendis compte qu'elle devait me trouver stupide, insensible. Je me tus.

— Vous n'avez pas d'enfants, n'est-ce pas ? finit-elle par me demander.

Je pensai à mon bébé. Je me rappelai son petit pied qui se pressait contre mon ventre, la semaine précédant sa naissance. Les coups de coude, les hoquets, la forme arrondie de son dos. Je sentais même les arêtes de sa colonne vertébrale sous ma peau. Je posais ma tasse de thé sur mon ventre, et elle dansait sous ses talonnades. Laurie et moi en étions tout attendris.

Je me rappelais aussi son immobilité totale, définitive, après sa venue au monde.

— Non, dis-je en levant les yeux vers Virginia. Non, je n'ai pas d'enfants.

— Alors, vous ne pouvez pas savoir ce que c'est de perdre le sien.

— Pour l'instant, Geneviève a simplement disparu, rectifiai-je doucement. Vous ne l'avez pas encore perdue.

46

Alexander rentra à la maison quelques heures plus tard. Je l'embrassai avec douceur.

— Virginia est venue. Elle m'a dit qu'ils avaient découvert...

— Ce n'est pas Geneviève, répondit-il, reprenant exactement les paroles que j'avais prononcées un peu plus tôt.

Il alla à l'évier et ouvrit les robinets.

— Tu en es sûr ?

— Regarde les informations.

J'allumai le téléviseur pour zapper d'une chaîne à l'autre. Le squelette était celui d'une jeune fille de Swansea, portée disparue depuis plusieurs années. Elle avait eu un problème de drogue, qu'elle avait entretenu en se prostituant. Son petit ami l'avait mise sur le trottoir. Sur une photo, on la voyait blonde, les joues rebondies, faisant une grimace à l'objectif. Elle avait l'air très jeune, douce et naïve.

Je chassai ma tristesse et me rendis compte que j'avais faim. Encore obsédée par le sourire de la jeune fille, je sortis dans le jardin. Tout au bout de l'allée, sur la route, je vis passer les équipes de télévision. J'entendis les craquements et grésillements de leurs radios et de leurs téléphones. Ils riaient. Je devinais aisément pourquoi.

Ils avaient appris, pour le squelette. Ils s'étaient préparés à aller frapper aux portes à Burrington Stoke, à demander à de pauvres gens accablés de chagrin quel était leur sentiment à l'idée que le corps de Geneviève venait d'être retrouvé.

Cette tâche déplaisante incombait désormais à l'équipe de Swansea. Les journalistes et les photographes étaient soulagés que le corps de Tenby ne soit pas celui de Geneviève. Ils étaient épargnés, du moins temporairement. D'où leur gaieté. Ils pouvaient rentrer tranquillement chez eux et profiter du week-end.

47

Finalement, je dus me résoudre à mettre la robe noire qui m'allait si mal, pour la fête d'anniversaire de Philip. J'eus beau me coiffer et me maquiller, j'avais la sensation d'être laide. Comme d'habitude, Alexander ne remarqua rien, ou bien il prit le parti de ne rien dire. Je tournais autour de lui sur la pointe des pieds, silencieuse et discrète. Jamie n'était pas guéri. J'étais inquiète à l'idée de le laisser, mais Alexander déclara qu'il serait très bien chez Bill et Claudia, avec la baby-sitter.

Je le gardai sur mes genoux pendant le trajet jusqu'à la Grange. Une fois arrivés, nous l'embrassâmes, avant de le laisser aux soins de ses cousines qui l'accueillirent avec des exclamations de joie et un air d'adoration. La baby-sitter était une femme d'une quarantaine d'années qui semblait avoir la tête sur les épaules et ne pas s'en laisser conter. Je m'emmitouflai dans mon manteau quand nous remontâmes en voiture pour effectuer la courte distance qui nous séparait d'Elenora House.

Le froid était glacial, et le clair de lune si intense que les arbres aux branches dénudées projetaient des ombres pointues sur les prés. Alexander me sourit lorsque nous franchîmes les lourdes grilles de la propriété, comme s'il cherchait à se rassurer lui-même. Je vis les lumières de la maison au loin, les hautes fenêtres illuminées dont la clarté se répandait sur les terrasses et les jardins. Des guirlandes de Noël avaient été accrochées tout le long de l'allée. L'effet était censé être festif et accueillant, mais je me sentis intimidée. Trop d'éclat, trop de bruit, trop de faste.

Je me souvins que Geneviève s'était chargée elle-même des décorations. Tout cela était le résultat de son travail.

Nous pénétrâmes dans le hall de réception. Les carrelages et les lambris étaient resplendissants. Une domestique prit nos manteaux et nous indiqua où déposer les cartes et les présents. Une autre nous offrit un cocktail au champagne. Nous en prîmes un chacun, et nous nous laissâmes guider par le bruit de la fête.

La salle était immense. Je fus éblouie par une vision de lambris cirés et de murs blancs. Le parquet souple semblait avoir été conçu pour la danse, il y avait des tapis, de vieux fauteuils dépareillés mais élégants, de lourdes tentures de brocart, des tableaux anciens dans d'imposants cadres dorés à l'or fin. Les couleurs étaient un splendide mélange de vert, de rouge et d'or. Un feu ronflait dans la cheminée de marbre, tandis que de jeunes serveuses en jupe noire et tablier blanc se promenaient entre les groupes avec des plateaux chargés d'amuse-gueule. Dans un coin se dressait le sapin de Noël le plus richement décoré que j'aie jamais vu.

Il y avait une centaine d'invités et la salle résonnait de rires et de musique. Les convives flirtaient, échangeaient des flatteries, se faisaient remarquer. L'ambiance était plus détendue et plus gaie que je ne m'y attendais. Le soulagement était palpable. Tout le monde avait entendu parler du corps découvert à Tenby, et les gens s'attendaient un peu à ce que la fête se transforme en veillée mortuaire.

Je repérai Claudia, très belle dans une robe rose et ivoire à la coupe classique. Elle souriait et hochait la tête en bavardant avec deux dames âgées. Bill se tenait à côté d'elle. Les deux femmes s'adressaient aussi à lui, mais ses yeux aux paupières mi-closes étaient fixés sur Claudia. Cette dernière croisa mon regard et me fit un signe. Je lui souris, mais Alexander me prit le bras.

— Allons dire bonjour à Philip.

Nous traversâmes la foule. Le vieil homme se tenait le dos à la cheminée, appuyé sur une canne d'ébène à la poignée d'argent. Ses cheveux gris épars laissaient voir son crâne marqué par des taches de vieillesse. Il était grand et avait dû être imposant, avant que l'angoisse et la maladie ne finissent par avoir raison de sa superbe. Il feignait de s'intéresser à la conversation de ses hôtes et tenait un verre à la main avec une sorte de désinvolture, mais son regard était empreint de tristesse.

Son expression changea quand il vit Alexander.

— Content de te voir, mon garçon !

Les deux hommes échangèrent une poignée de main, et Philip attira Alexander contre lui pour lui donner l'accolade. Je demeurai en arrière.

— Madame est ta gouvernante. J'ai oublié son nom.

— Sarah, dit Alexander.

Je m'avançai, la main tendue.

— Bonsoir, Sarah.

— Bon anniversaire, monsieur Churchill.

Ils se mirent à parler en se penchant l'un vers l'autre, m'excluant de la discussion. Je feignis une profonde fascination pour un tableau accroché près de la cheminée. C'était le portrait d'un jeune homme aux yeux sombres et à l'air triste. Il arborait une grande moustache, portait un uniforme militaire et, détail incongru, tenait un petit chien dans ses bras. Je m'interrogeai sur son histoire. Etait-il le père de Philip ? M'abstenant de finir sur-le-champ mon verre, je mangeai quelques canapés et passai au tableau suivant. J'aurais aimé avoir assez d'assurance pour parler à quelqu'un et me présenter, mais je restai le dos tourné aux invités.

Tout à coup, une voix familière et amicale s'éleva derrière mon épaule :

— Bonsoir, bonsoir !

Je me tournai en souriant.

— Inspecteur Twyford.

— Qu'est-ce qu'une jeune femme aussi charmante que vous fait en pareil endroit ? Et comment diable êtes-vous fagotée ? Cette robe vous fait paraître le double de votre âge.

— La flatterie ne vous mènera nulle part.

Avec un petit rire amusé, il prit mon verre maintenant vide et m'en glissa un plein entre les doigts. Au même moment, je sentis la main d'Alexander se poser sur ma taille.

— Je vais dans le bureau avec Philip, nous avons une petite affaire à régler.

— Pendant la soirée ?

— Cela ne prendra pas longtemps. Tout va bien ?

— Très bien.

— Je veillerai sur elle, affirma l'inspecteur.

— Tant que vous vous contentez de ça, répliqua Alexander.

Twyford leva les mains, d'un air d'excuse.

— Je ne voulais pas vous offenser, dit-il calmement.

— Je n'en doute pas.

— Alexander... balbutiai-je.

Alex secoua la tête.

— Cet homme n'est pas ton ami, dit-il, assez fort pour être entendu de Twyford.

Sur ces mots, il tourna les talons et prit le bras de Philip pour l'aider à quitter le salon.

Quand ils eurent franchi le seuil et qu'ils eurent totalement disparu dans le couloir, je reportai les yeux sur l'inspecteur.

— Désolée.

Twyford haussa les épaules.

— Il fallait s'y attendre. Vous êtes une femme ravissante, il est possessif. Rien de plus normal.

— D'habitude il n'est pas aussi ombrageux. Avez-vous retrouvé Luke Innes ?

— Nous faisons tout pour ça. Luke n'est pas une piste facile. Il a changé de nom au moins deux fois et il a un penchant pour les voyages à l'étranger. Mais assez parlé de lui. Quoi de neuf, dans votre vie ? De nouveaux événements ?

— Non, rien de spécial.

— Absolument rien ?

— Hum...

Je contemplai le plafond. Les lumières des lustres se reflétaient sur les moulures. Je réfléchis un instant et finis par décider qu'il n'y avait aucune raison de garder pour moi ce que j'avais appris. Je ne faisais aucun mal en divulguant cette information.

— Eh bien, il y a une chose. J'ai découvert que Geneviève était enceinte quand elle a épousé Alexander.

L'inspecteur secoua négativement la tête.

— Non, ce n'est pas possible.

Je crus que l'un de nous avait mal entendu. Une serveuse s'avança avec un plat contenant des billes de mozzarella au basilic. J'en pris une, souris à la jeune femme, et savourai le goût âcre et laiteux du fromage.

— J'en suis certaine, repris-je. J'ai trouvé sa tenue de mariage, c'était une robe de grossesse. Elle devait être enceinte de quelques mois, car tous ses autres vêtements sont trop petits pour moi, et...

L'inspecteur me dévisagea avec une expression bizarre.

— Qu'y a-t-il ? demandai-je.

— Vous savez qu'Alexander a fait un séjour en prison, bien sûr ?

J'acquiesçai d'un hochement de tête.

— Que savez-vous exactement, Sarah ?

— Juste qu'il a passé quelque temps derrière les barreaux. Je ne sais pas pour quelle raison, j'ignore tous les détails.

— Dans ce cas, vous ne pouviez pas deviner. Alexander a épousé Geneviève dès sa sortie de prison.

— Et alors ?

L'inspecteur se pencha et me chuchota, d'une voix parfaitement distincte :

— Si Geneviève avait été enceinte d'Alexander quand ils se sont mariés, sa grossesse ne pouvait dater que d'une quinzaine de jours. Elle n'aurait pas eu besoin d'une robe de maternité. Il a passé presque une année en prison.

La lumière se fit enfin dans mon esprit. L'inspecteur me saisit le bras et me fit pivoter sur moi-même, afin que les invités ne puissent voir le choc se répercuter sur mon visage. Je chancelais, les genoux tremblants.

— Alors, Jamie n'est pas le fils d'Alexander ? demandai-je dans un souffle.

— Si ce que vous me dites est vrai, il ne peut pas être son fils. Alexander doit forcément le savoir.

Je me rappelai la scène qu'Alex m'avait décrite, la bagarre au cours de laquelle Geneviève avait voulu le poignarder.

Alexander craignait que les Churchill ne lui reprennent Jamie. Je songeai à la façon dont il regardait l'enfant, à la douceur dans ses yeux. Toutes les implications de cette révélation déferlèrent d'un seul coup.

— Oh, mon Dieu, soupirai-je. Oh, non.

48

Je perçus un mouvement près de moi, puis un parfum Chanel auquel se mêlaient des effluves de laque. Virginia s'avança en ondoyant, perchée sur ses talons aiguilles.

— Bonjour, Sarah, comment allez-vous ? s'enquit-elle, d'un ton qui trahissait une totale indifférence quant à la réponse. Je crains de devoir vous empêcher de monopoliser plus longtemps un des rares célibataires présents ce soir, ajouta-t-elle en entraînant Twyford.

L'inspecteur me lança un coup d'œil par-dessus son épaule et fit une mimique comique, en feignant de s'étrangler avec une main. Je souris et pris une gorgée de vin. J'avais le cœur lourd. J'aurais aimé être auprès de Jamie, m'asseoir avec lui et lui tenir la main pour m'assurer que tout allait bien.

Je n'avais pas pu sauver mon propre fils, mais je pouvais essayer de protéger Jamie.

Je décidai de quitter la réception, d'aller chercher Jamie chez Claudia, et de le ramener à Avalon. Je le ferais dormir dans mon lit, en le gardant toute la nuit dans mes bras pour que personne ne puisse le prendre. Le lendemain, je discuterais avec Alexander et nous trouverions une solution pour que Jamie reste toujours avec nous. Je pourrais demander conseil à Neil. Oui, c'était ce qu'il fallait faire. Je l'appellerais demain à la première heure. J'étais au milieu de la salle, me dirigeant d'un pas résolu vers la porte, lorsque je vis Alexander revenir. Je devinai à sa démarche et à son attitude qu'il s'était passé quelque chose. Il vint droit vers moi, me prit la main, et se pencha pour m'embrasser doucement sur la joue.

— Viens, dit-il. Allons prendre un autre verre.

— Alexander, je crois que nous devrions aller chercher Jamie et rentrer à Avalon.

— Pourquoi ?

— Quelque chose ne va pas.

— Tout se passe bien. J'ai mon téléphone sur moi, et la baby-sitter de Claudia n'a pas cherché à me joindre.

— Elle ne le connaît pas très bien. Si la fièvre remontait, elle ne s'en apercevrait pas.

— Sarah, Jamie est en forme.

— Et si cette fête n'était qu'un prétexte ? Si les Churchill avaient tout manigancé pour nous enlever Jamie ?

Alexander fit un pas en arrière et fronça les sourcils.

— Qu'est-ce qui t'a mis une idée pareille en tête ?

Je levai les yeux vers lui. Il ressemblait à une star de cinéma. Grand, plein d'assurance, la tête haute, les épaules rejetées en arrière. Pour la première fois depuis que je le connaissais je lui trouvai l'air fier. Il n'était pas arrogant, mais il y avait quelque chose d'héroïque dans son allure.

— Sarah ? Que se passe-t-il ? Ce salaud de Twyford t'a-t-il dit quelque chose ?

— Non, non. Je suis inquiète, c'est tout. J'ai un mauvais pressentiment. J'ai peur qu'il n'arrive quelque chose de terrible. Alexander, je t'en prie...

— D'accord. Nous allons appeler la baby-sitter et parler à Jamie. Ça te va comme ça ?

Je hochai la tête, penaude.

Alexander m'emmena dans le hall, me fit traverser un salon étroit superbement décoré et encombré de fauteuils, puis entrer dans une sorte d'antichambre. Des carafes de vin rouge et des bouteilles de sancerre dans des seaux à glace étaient alignées sur des tables couvertes de nappes blanches, à côté de verres en cristal étincelants. C'était là que le personnel venait recharger les plateaux. Mais à présent la pièce était vide, car ils étaient en train de préparer la salle à manger pour le dîner.

Alexander sortit son mobile de sa poche et appela le numéro de Claudia. Il mit le haut-parleur pour que je puisse écouter la conversation.

La baby-sitter répondit.

— Bonsoir, monsieur Westwood.

— Bonsoir, Sue. Désolé de vous déranger, nous voulions juste savoir si Jamie allait bien.

— Très bien. Il est sage comme une image, et sa température a bien baissé.

Alexander me regarda en haussant les sourcils. Je secouai la tête, en me rongeant nerveusement les ongles. Ce n'était encore pas suffisant pour me rassurer.

— Cela ne vous ennuierait pas de lui passer le téléphone ? Nous voudrions lui dire un mot.

— Vous voulez que je le réveille ?!

Alexander fit la moue et me décocha un regard exaspéré. Je lui pris le téléphone des mains.

— Je suis désolée, je sais que je vous ennuie, mais j'ai besoin de l'entendre, dis-je. Sinon, nous allons rentrer tout de suite le chercher.

La femme soupira. Nous l'entendîmes traverser le vestibule et monter l'escalier. La porte de la chambre s'ouvrit en grinçant.

— Petra et Allegra Lefarge, pourquoi n'êtes-vous pas encore couchées, vilaines filles ?

Les jumelles gloussèrent.

— On s'occupe de Jamie ! dit l'une d'elles.

— Il ne dort pas encore ? Tu es réveillé, mon lapin ?

Jamie soupira. C'était bien lui. Je reconnus sa petite voix ensommeillée, et mon cœur se gonfla de tendresse.

— Ton papa veut te dire un mot.

— Papa ?

— Je voulais juste te souhaiter une bonne nuit, répondit Alexander.

— Bonne nuit, papa.

— Dors bien, mon cœur, ajouta la baby-sitter.

Les enfants s'agitèrent encore un peu pendant qu'elle les bordait, puis ses pas résonnèrent dans l'escalier.

— Vous êtes rassurés ?

— C'est très bien, je vous remercie, répondis-je.

— Je vous en prie.

Le ton était glacial.

— Tu te sens mieux ? me dit Alexander en rempochant son téléphone.

Je fis un signe affirmatif. Il prit une carafe de vin rouge, remplit deux verres et m'en tendit un.

— Que fêtons-nous ? demandai-je, d'une voix hésitante.

— J'ai remboursé jusqu'au dernier penny l'argent que je devais à Philip Churchill.

Il m'embrassa sur la bouche, avec fougue. C'était le genre de baiser qui me faisait vibrer au plus profond de moi, car il n'était que pour moi, il n'avait rien à voir avec Geneviève.

— Cela veut dire que nous sommes libres, murmura-t-il en passant une main dans mes cheveux.

— Libres comment ? dis-je, prenant conscience que je faisais partie de son futur.

— Nous ne devons plus rien à personne. Avalon, Philip, Geneviève, cette famille. Ils n'ont plus de prise sur nous. J'ai réglé ma dette.

— Tu veux dire que nous pouvons partir ? Prendre Jamie et quitter cet endroit ? Aller ailleurs ? Loin d'ici ?

— Nous pouvons faire ce que nous voulons.

— Partons tout de suite. Dès ce soir.

Nous ne mîmes pas ce projet à exécution. La soirée s'écoula lentement. Le dîner fut épuisant, je m'efforçai de faire la conversation aux deux vieux gentlemen entre lesquels j'étais assise. On nous servit un potage au curry, une tourte de gibier garnie de pommes de terre rôties, et du pudding à la prune en dessert. Tout de suite après, un quatuor fit son entrée. Ils jouèrent des airs anciens que je ne connaissais pas très bien.

La musique ne m'intéressait pas beaucoup. Tout ce que je voulais, c'était partir quelque part avec Jamie et Alexander. N'importe où, pourvu que nous quittions Burrington Stoke.

Philip et Virginia furent les premiers sur la piste, les lumières étaient braquées sur eux, c'était touchant. Quand ils étaient réunis, la différence d'âge sautait aux yeux. Virginia avait l'air d'une enfant, dans les bras de son mari. Il chancelait, ne tenant en équilibre que grâce à sa canne et au soutien de sa femme. Ils se dévisageaient avec une adoration sans bornes, comme les jeunes gens qu'ils avaient été autrefois. J'étais désolée pour eux. Virginia et Philip dansaient les yeux dans les yeux, mais je pense qu'ils ne se voyaient pas. En réalité, tous deux cherchaient désespérément Geneviève.

49

Le lendemain, nous ne pûmes aborder le sujet de notre départ, car Claudia, Bill et les jumelles venaient déjeuner. Je me levai tôt pour allumer le four de la Rayburn et dresser le couvert dans la salle à manger. Je me morigénai tout en travaillant. Il était impératif que j'agisse normalement, pas comme une personne qui a le projet de s'enfuir. Il fallait que je me montre charmante, gaie, une hôtesse parfaite.

C'était la première fois, et la dernière, je le savais maintenant, que nous invitions quelqu'un à Avalon. Je voulais que cette journée soit spéciale, car je tenais à remercier Claudia pour son amitié et sa loyauté au cours des mois écoulés. Elle ne devait pas le savoir, mais ce serait mon cadeau d'adieu. Un moment agréable, pour qu'elle se souvienne de moi avec plaisir une fois que nous serions partis.

Je dépliai une nappe propre et disposai les sets de table que j'avais trouvés dans le vieux buffet. Je choisis les plus beaux couverts, et les verres de cristal, puis je mis le raifort que j'avais préparé moi-même dans un petit pot en argent déniché au fond d'un placard. Ensuite, je posai un vase contenant un bouquet de gui au centre de la table. Jamie toussait encore, mais il allait bien mieux. Il tournait autour de moi pour m'aider. Alexander, qui avait un peu trop bu, resta au lit.

La famille Lefarge arriva très ponctuellement à midi. Je compris qu'ils étaient venus directement en sortant de l'église, ne s'arrêtant chez eux au passage que pour prendre les chiens et leurs bottes.

Tout en œuvrant dans la cuisine, j'écoutais d'une oreille distraite les adultes qui bavardaient, dans le salon. La conversation s'orienta assez vite sur le fait qu'Alexander avait réglé sa dette à Philip. Les voix baissèrent soudain d'un ton, comme si c'était un sujet qu'il ne convenait pas d'aborder en ma présence.

Non, c'était encore une de mes crises de paranoïa. Ceux qui ne devaient pas entendre, c'étaient les enfants. Jamie et ses cousines gambadaient au premier étage, plongés dans un jeu d'aventure. J'entendis leurs cris stridents et leurs fous rires pendant que je préparais la sauce aux poireaux.

Nous prîmes place autour de la table. J'étais très fière de ma décoration, néanmoins je dus enlever le vase, car Claudia me dit que le gui portait malheur. La dernière chose dont nous avions besoin, Alexander et moi, c'était de ce genre de mauvais présage ! Mais ce n'était qu'un détail. Le repas était délicieux. Mais ce dont j'étais fière par-dessus tout, c'était Alexander et Jamie. Je songeais à l'état dans lequel ils étaient, à mon arrivée à Avalon. En dépit de tout ce qui était advenu, les choses allaient beaucoup mieux à présent, et ce n'était pas un effet de mon imagination. Leur blessure était en voie de guérison, ils étaient plus ouverts.

Tout le repas se passa sans que le nom de Geneviève soit prononcé une seule fois.

Nous nous reposions sur le fait que, jusqu'à présent, il n'existait aucune preuve pouvant faire croire qu'il lui était arrivé malheur. Pour l'instant, tout allait bien. Nous n'avions pas de raison de ne pas être de bonne humeur. Noël approchait, et il ne se passait jamais rien de terrible en cette période de fête.

Lorsque nous eûmes fini la tarte au citron meringuée, Alexander leva son verre en me regardant.

— Merci pour tout, Sarah.

Tout le monde l'imita et je baissai les yeux, confuse.

— Je suis sincère, poursuivit Alexander. Merci de nous avoir supportés.

— Oyez, oyez ! ajouta Bill en m'adressant un clin d'œil.

C'est alors que je fus prise d'un étourdissement, comme le jour où je me trouvais dans la chambre de Jamie. Cette fois, la nausée fut si brutale que je dus plaquer une main sur ma bouche. Je quittai la pièce en trébuchant et courus dans la salle de bains, où je fus en proie à de violents vomissements. Quand je parvins enfin à me relever pour me laver le visage, mes yeux étaient rouges et gonflés. J'étais d'une pâleur mortelle. Quelqu'un se tenait derrière moi. Je vis un mouvement dans le miroir, je sentis un souffle dans mon cou, mais quand je me retournai, il n'y avait plus personne.

— S'il vous plaît, Geneviève, chuchotai-je. Je vous en prie, laissez-moi tranquille. Je ne vous ai fait aucun mal, j'essaye seulement de tout arranger.

Je n'entendis rien, mais des mots me vinrent à l'esprit, comme si quelqu'un me les avait soufflés. « Tu seras la prochaine. »

— Tu te sens mieux ? s'enquit Alexander quand je redescendis.

— Oui, bien mieux.

Il me dévisagea, l'air intrigué.

— Tu en es sûre ?

— Ce n'était rien.

Je le vis échanger un coup d'œil avec Claudia.

— Rien du tout, affirmai-je d'un ton grincheux.

Lorsque le lave-vaisselle fut rempli et qu'il se mit à tourner avec sa loyauté coutumière, nous enfilâmes nos bottes et nos manteaux, et appelâmes les chiens pour les mettre en laisse et partir en promenade.

— Où allons-nous ? claironna Allegra.

— Pourquoi pas à l'ancienne carrière ? Cela fait des années qu'on n'y est plus allés.

— Il vaut mieux ne pas emmener les chiens là-bas, remarqua Alexander. Ils risquent de tomber dans le puits en pourchassant un lapin.

— Les collines de Mendip, alors ?

— D'accord.

C'était décidé. Alexander, Claudia, et les jumelles montèrent dans la Land Rover, et je m'installai dans la Volvo avec Bill, Jamie, et les chiens.

La balade fut agréable, Jamie était très en verve. Il adorait les chiens et ne cessait de leur parler. Pour ma part, je gardai le silence. Les mots que j'avais entendus tournaient et retournaient dans ma tête. Pourquoi devais-je être la prochaine ? Qu'est-ce que cela signifiait ? La prochaine à disparaître ? A mourir ? Terrifiée, je me tassai sur mon siège, en faisant semblant d'écouter la musique d'opéra qui s'échappait du lecteur de CD. La voiture s'engagea sur la route de l'aéroport et obliqua vers l'ouest en direction de Crook Peak. Je tentais de comprendre ce que voulait dire cet avertissement. Car c'en était un, j'en avais la certitude.

Je regardai par la fenêtre. Les arbres étaient noirs et dénudés. Leurs branches s'étendaient tels les membres d'un squelette, contre le pâle ciel hivernal. L'herbe était d'un vert sombre, des haies noires délimitaient les champs, de la fumée s'échappait des fermes grises et carrées. La musique était parfaitement adaptée à ce sinistre paysage campagnard.

Tu seras la prochaine.

A moins que je ne m'échappe de Burrington Stoke. Il fallait que je parte avec Alexander, et le plus tôt serait le mieux. C'était la seule chose à faire.

Je me perdis dans ma rêverie, imaginant que nous quittions Burrington Stoke pour toujours, en voiture. Est-ce que nous prendrions cette route-ci ? Est-ce qu'il ne serait pas déjà trop tard, demain ? Quand mon tour devait-il venir ? Combien de temps avais-je devant moi ?

Bill se mit à parler, et il me fallut un moment pour reprendre pied dans la réalité.

— Je sais que vous en avez vu de dures, mais si ça peut vous consoler, je trouve que vous avez été formidable, dit-il en souriant. Alexander n'est plus le même homme.

— Oh, merci.

Je regardai derrière moi. Jamie était absorbé par son jeu avec les chiens.

— Il commence à surmonter la disparition de Geneviève, dis-je doucement. Enfin.

— Espérons-le. Il était dans un état épouvantable, quand elle est partie.

Nous roulâmes encore un moment, avant d'être arrêtés par un feu de circulation.

Bill secoua la tête.

— Pauvre vieux, elle lui a fait vivre un enfer.

— On est arrivés ? demanda Jamie en se penchant vers nous.

— Presque, répondit Bill.

Il regardait droit devant lui, à présent. Le feu passa au vert et il redémarra.

— Il ne faut pas en vouloir à Alexander.

— Que voulez-vous dire ? Lui en vouloir pour quoi ?

Bill me lança un regard bizarre.

— D'être l'homme qu'il est.

Jamie avait posé le front contre l'appuie-tête, je sentis son souffle chaud sur mon oreille. Je n'avais pas la possibilité d'approfondir la question pour le moment.

50

Nous fîmes une belle promenade, malgré la conduite dissipée de Blue qu'il fallut remettre en laisse, après qu'il eut sauté sur un enfant qui jouait au football. Le garçonnet tomba à la renverse et lâcha son ballon, dans lequel Blue planta aussitôt les crocs. Bill s'excusa longuement et dédommagea les parents d'un billet de dix livres. Ensuite, tout le monde revint à Avalon pour prendre le thé et manger du gâteau, en se moquant gentiment de Blue, qui ne manifestait aucun remords.

— Vous savez, la seule personne à laquelle il obéissait, c'était Geneviève, déclara Claudia.

Je me crispai un peu.

— C'est vrai, n'est-ce pas, Bill ? Gen n'avait même pas besoin d'élever la voix. Il lui suffisait d'un regard pour le faire obéir. Elle avait un don, avec les animaux !

Bill eut un sourire indulgent, mais je crus comprendre qu'il trouvait que Claudia embellissait les souvenirs. J'étais désolée pour eux. J'éprouvai un pincement à l'idée que même Claudia parlait désormais de Geneviève au passé.

Je n'eus pas l'occasion de voir Alexander seule à seul, avant le soir. Dès que les Lefarge furent repartis, je lui dis que je voulais quitter Burrington Stoke immédiatement. Sur-le-champ.

— Hé, fit-il en me caressant le dos. Ne te mets pas dans tous tes états pour ça.

— Il faut partir. C'est très important. Tu ne comprends pas.

— Je ne comprends pas quoi ?

— Si nous ne partons pas tout de suite, il va se passer quelque chose d'épouvantable.

Alex se mit à rire. Puis son rire mourut sur ses lèvres et il me prit les mains.

— Qu'est-ce que tu veux dire ? Quelqu'un t'a menacée ?

— Non, non, pas exactement. Je ne sais pas, c'est juste un pressentiment.

— Oh, Sarah. La semaine a été dure, voilà tout.

Je fis un signe de dénégation.

— Non, je sais ce que je dis, Alexander. Il faut partir.

Alex dut me prendre au sérieux, car il monta faire des recherches sur Internet et redescendit au bout d'un moment, son ordinateur portable sous le bras.

Il souriait, l'air content de lui.

— J'ai trouvé un chantier à louer à Fowey. Il était exploité par un maçon qui vient de prendre sa retraite. L'espace et l'équipement me conviennent. Je pourrais transférer ma société là-bas. Qu'en penses-tu ?

— En Cornouailles ?

— Tu ne m'as pas dit que tu aimais la Cornouailles ?

C'était exact, et Fowey était un lieu particulièrement beau. Laurie m'y avait emmenée passer un long week-end. Je gardais le souvenir d'une église nichée dans un vallon au pied de la colline. Nous avions mangé des langoustines et des frites dans un restaurant, puis fait une promenade en bateau le long de l'estuaire jusqu'à la maison de Daphné du Maurier. Nous avions vu les jardins en pente qui descendaient vers la mer. C'était un des plus jolis endroits que je connaisse.

— Cela me semble parfait.

— Alors, nous allons le faire. Nous partons.

— Et ton travail ici ?

Alex haussa les épaules.

— Il faudra que je donne un mois de préavis pour le chantier. Le reste, je l'emporterai.

— Quand pourrons-nous partir ?

— Dès que nous le voudrons.

Il posa une main sur mon épaule et m'embrassa sur la tempe.

— Et cette maison ?

— Nous enverrons une lettre à Philip. Maintenant que Geneviève n'est plus là, la maison lui appartient.

— Les Churchill ne voudront pas que Jamie quitte Burrington Stoke. Tu ne crois pas qu'ils vont essayer de nous retenir ?

— Probablement. Il vaudrait mieux que tu n'en parles à personne, pas même à Jamie. Nous partirons sans rien dire, et au bout de deux semaines nous leur ferons savoir où nous sommes.

Je fus parcourue d'un frisson. C'était presque mot pour mot ce que Geneviève disait dans la lettre adressée à ses parents. Avait-elle eu la même conversation, avec quelqu'un d'autre ?

— Cela paraît un peu cruel pour Philip et Virginia, fis-je remarquer. D'abord Geneviève, et ensuite Jamie.

— Si tu veux partir rapidement, sans histoire, c'est comme cela qu'il faut s'y prendre.

51

Alexander téléphona le lendemain à l'agent immobilier et lui donna rendez-vous à Fowey. Il prévoyait de passer la nuit là-bas et de rentrer le jour suivant. Lorsque Jamie fut endormi, nous nous assîmes devant la porte de sa chambre et cherchâmes des propriétés à louer sur Internet. Nous trouvâmes un ou deux cottages à deux pas de la mer. En plein cœur de l'hiver, j'avais plaisir à imaginer la venue de l'été. Je me voyais jambes nues dans un minuscule jardin, en train de dessiner, entourée de pots de lavande. Je pensais à Jamie, bronzé et éclatant de santé, les cheveux longs, en train de surfer. Nous irions tous les trois sur la plage, pieds nus, et nous ferions cuire du poisson sur un feu de camp en regardant le soleil sombrer dans les vagues vertes et l'écume blanche. Le tableau était si séduisant que j'aurais voulu partir immédiatement. Je ne pouvais pas supporter de rester à Avalon un jour de plus. Je voulais sentir le sable sous mes pieds.

Je préparai un petit déjeuner anglais complet avant le départ d'Alexander. Nous avions expliqué à Jamie que son papa devait aller très loin pour son travail. Mais l'enfant était inquiet et ronchon. Aucune des techniques que j'utilisais d'ordinaire pour le distraire ne marcha, et pour le dérider enfin Alex dut lui promettre de l'emmener choisir un sapin de Noël à son retour.

Un peu plus tard, je pris l'autobus jusqu'à Castle Cary, puis le train pour Bristol. J'avais prévu de faire le plus de courses de Noël possible. Nous allions être si occupés à nettoyer la maison et à boucler nos bagages que je n'aurais plus le temps de m'en occuper par la suite.

Je ne fus pas déçue. Bristol était un enchantement. Je ne savais plus où regarder, ni dans quelle boutique entrer. Après la routine de Burrington Stoke, et l'hostilité de ses habitants, j'étais enfin à l'aise parmi ces milliers de citadins anonymes. J'étais une fille des villes, je me sentais chez moi dans ces rues animées.

J'étais en train de faire la queue devant un salon d'essayage quand mon téléphone émit un bip. Je venais de recevoir un message. Je pris l'appareil dans ma poche et consultai ma liste d'appels. Le dernier texto provenait de Twyford.

Mon doigt hésita sur la touche. Je pouvais remettre l'appareil dans ma poche, lire le message plus tard. Ou l'effacer sans le lire et prétendre que je n'avais rien reçu.

Mais au fond de moi, je ne pourrais ignorer l'existence de ce SMS. Le fait de ne pas savoir ce qu'il contenait me rongerait. Ma journée serait gâchée de toute façon.

Elle l'était déjà un peu.

La femme qui était devant moi avança. Je lus le texto.

`Il faut que je vous parle le plus vite possible.`

— Combien d'articles ? me demanda la jeune fille qui contrôlait les salons d'essayage.

— Désolée, je dois m'en aller, répondis-je en abandonnant la pile de vêtements que je portais sur le bras.

Je sortis du magasin et appelai l'inspecteur. Son mobile était sur messagerie. Je fouillai dans mon sac, trouvai sa carte et le rappelai sur sa ligne fixe, mais la personne qui me répondit m'informa que l'inspecteur était en réunion. Elle me demanda si je voulais laisser un message. Je répondis par la négative, éteignis mon portable et le rangeai dans mon sac.

J'avais amplement le temps de poursuivre mon shopping. Mais la foule et l'animation des rues ne présentaient plus d'attrait pour moi. L'ambiance me parut oppressante. J'éprouvais le besoin de partir, d'échapper à tous ces gens.

Je passai devant la devanture d'un marchand de journaux. Un gros titre annonçait : *DERNIÈRES NOUVELLES SUR LA DISPARITION DE L'HÉRITIÈRE CHURCHILL.* J'entrai dans le magasin et lus la première page du *Bristol Evening Post.*

Il y avait une photo de Damian, encadré par des policiers. Une des manches de son manteau pendait, vide, sur le côté. Le titre de l'article annonçait : *La vie secrète du demi-frère de Gen.*

Damian avait été arrêté pour avoir fait de l'acrobatie sur une grue. On avait découvert à cette occasion que ses empreintes correspondaient à celles relevées dans l'appartement de Tenby. Que voulaient-ils insinuer ? Que Geneviève et Damian avaient une relation ? Ou bien qu'il la harcelait ? Je reposai le journal et vis que la fille du comptoir me tenait à l'œil. J'achetai un paquet de bonbons à la menthe.

Je me mis à marcher, sans savoir où mes pas me menaient. Je quittai le centre-ville et le quartier commerçant, traversai une rue encombrée et me retrouvai près de la cathédrale. L'atmosphère était beaucoup plus calme, et la proximité du vieux bâtiment de pierres m'apaisa. Je le longeai et échouai devant la porte de la bibliothèque municipale.

Je ne l'avais pas fait exprès, je ne savais pas où se trouvait le bâtiment, j'étais arrivée devant par hasard, et je regardai à travers la porte vitrée.

J'étais à la croisée des chemins. Si j'entrais, si je cherchais les articles sur la condamnation d'Alexander, si je les lisais, je ne pourrais plus faire marche arrière. Cela ferait partie de moi, et resterait gravé dans ma mémoire pour toujours.

Si je faisais demi-tour, je ne saurais sans doute jamais ce qu'avait fait Alexander. Je le suivrais, là où nous déciderions d'aller. Je ne l'aurais pas trahi, mais mes soupçons demeureraient toujours entre nous, comme un mur. Je n'avais pas vraiment le choix. Je poussai donc la porte et entrai.

Je demandai au bureau de réception à consulter les exemplaires du *Western Daily Press*. J'ignorais où le procès avait eu lieu, mais je supposais que même si c'était à Londres, le journal avait dû couvrir cette histoire qui concernait un enfant du pays.

La bibliothécaire se montra très serviable. Elle voulait savoir quand Alexander avait été condamné. Je calculai une période approximative, en me basant sur la date de naissance de Jamie. Munie de ces renseignements, elle disparut cinq minutes et revint avec une pile de boîtes contenant des bobines de microfiches.

— Ce sont des copies des journaux qui couvrent cette période. Nous n'avons pas encore eu le temps de les mettre en ligne, dit-elle d'un ton d'excuse. Suivez-moi, je vais vous montrer où sont les machines.

Il me fallut un temps fou pour étudier les documents. Les films devaient être glissés dans des rouleaux sur le côté du projecteur, et je devais sans cesse ajuster l'optique car le texte était flou. Au bout d'un moment, je compris dans quelle partie du journal se trouvaient les reportages juridiques. Je ne savais plus si j'espérais distinguer enfin le nom d'Alexander, ou non.

Cela me prit à peu près deux heures, mais je finis par le trouver. Pas dans les articles consacrés aux procès, mais en première page.

Le titre proclamait : *COUPABLE !* Au-dessous, le journaliste avait ajouté en sous-titre : *L'homme qui a volé son ami.*

Il y avait une photo d'Alexander... jeune, d'une beauté poignante. Vêtu d'un costume sombre, il entrait dans le tribunal en se protégeant le visage avec un journal. A quelques pas derrière lui se trouvait un personnage plus âgé portant une robe noire. Son avocat ? Il y avait aussi une fille, aussi petite qu'un lutin, vêtue d'une robe sombre et très chic, rehaussée d'une large ceinture blanche. Geneviève. En médaillon, la photo d'un autre jeune homme, aux traits durs et à l'expression hagarde. Je supposai qu'il s'agissait de l'ami en question.

Le titre et les photos m'avaient troublée, et j'avais fixé l'écran si longtemps que les yeux me brûlaient. J'éteignis l'appareil et me massai les tempes du bout des doigts. Je ferais peut-être mieux d'en rester là, songeai-je. J'en savais suffisamment. Alexander était donc un voleur. Il n'avait tué personne.

Je fouillai dans mon sac et trouvai le rouleau de bonbons à la menthe. J'en fis sortir un du paquet du bout de mon pouce et le mis dans ma bouche. La sensation de nausée s'apaisa un peu.

L'homme qui avait volé son ami. Impossible de se méprendre sur le sens de cette phrase.

Je me sentis terriblement fatiguée.

Mais puisque j'étais arrivée jusqu'ici, autant connaître toute la vérité.

J'appuyai sur l'interrupteur pour rallumer le projecteur. L'écran apparut sous mes yeux. Je pris une longue inspiration et me mis à lire :

Un homme coupable d'avoir dérobé cent mille livres à son associé et meilleur ami vient d'être condamné à dix-huit mois de prison.

Alexander Westwood, 29 ans, originaire de Wells, dans le Somerset, a radicalement changé sa tactique de défense après la première journée de son procès. Il a admis avoir pris de l'argent à la société de maçonnerie et de recyclage appartenant à Matt Bryant. Westwood est également accusé d'avoir falsifié les comptes afin de dissimuler son forfait.

Le juge Hilary Enright a qualifié ces actes de « méprisables ». « Ce que vous avez fait à M. Bryant et à sa famille dépasse le simple vol. Vous avez sacrifié une amitié de plusieurs années pour satisfaire votre cupidité. Vous avez menti à un honnête homme, un homme qui a travaillé dur pour monter son affaire et qui la croyait en de bonnes mains, un homme qui vous faisait confiance. A cause de vous, la société de M. Bryant est au bord du dépôt de bilan. Sa santé et sa position dans la société ont été altérées. Il doit faire face à un commandement de saisie de son domicile. Par conséquent, en raison des circonstances, je n'ai aucun remords à prononcer à votre encontre la peine maximale. »

Westwood, vêtu d'un costume sombre, d'une chemise blanche et d'une cravate noire, est demeuré sans expression tout au long de cette diatribe.

La cour avait appris précédemment que Westwood et Bryant étaient des amis d'enfance.

Westwood avait effectué un apprentissage de maçonnerie, et saisi l'opportunité de travailler dans la société de recyclage de Bryant, que ce dernier avait pu établir grâce à un prêt de son père.

L'affaire, située dans le Worcester, avait récemment obtenu un prix de Développement durable, et avait ainsi signé de nombreux contrats.

Jusqu'à présent, Westwood avait nié toute implication dans ces vols, en dépit de rapports prouvant que l'argent avait circulé sur de nombreux comptes privés auxquels lui seul avait accès. Il a toujours refusé d'expliquer ce qu'il avait fait de cet argent.

Suivaient deux autres paragraphes. Je cessai ma lecture.

Celle-ci était concluante. Je ne voyais aucune excuse, aucune justification possible à ce qu'avait fait Alexander.

C'était un voleur, un tricheur, qui avait trompé son meilleur ami. Moralement, ses actes étaient inqualifiables. S'il était capable d'une telle déloyauté envers son ami d'enfance, quelqu'un qui d'après cet article lui avait mis le pied à l'étrier, alors comment pouvait-on lui faire de nouveau confiance ?

Et pourtant... j'avais du mal à croire ce que je venais de lire.

Je ne connaissais Alexander que depuis quelques mois, mais il était la personne la moins matérialiste que j'avais rencontrée dans ma vie. Il ne s'intéressait ni aux voitures, ni aux vacances de luxe, ni aux stylistes célèbres, ni aux investissements boursiers. Il travaillait dur parce qu'il aimait son travail, et non parce qu'il voulait devenir riche. Du moins, ce n'était pas une ambition dont il m'avait fait part. Il n'était pas joueur, ne se droguait pas, et buvait très modérément. Je l'avais toujours cru. Il m'avait dit quelques vérités peu agréables à entendre, mais j'avais toujours eu la conviction qu'il n'était pas un menteur.

Pourtant, il était capable de mensonge. Je l'avais entendu mentir à Virginia au sujet de notre relation. Il avait d'abord nié, puis avait admis avoir volé de l'argent à Matt Bryant. Il avait plaidé coupable. Il avait accepté l'humiliation de la prison, sans protester. Il n'avait pas tenté de prouver son innocence, comme le font généralement les gens qui n'ont rien à se reprocher.

En admettant qu'il soit coupable, il demeurait plus de questions en suspens que de réponses. Qu'était devenu l'argent ? Alexander était sans le sou à sa sortie et avait épousé Geneviève. Il avait emprunté de l'argent à Philip pour s'établir à son compte. Alors, qu'avait-il fait de celui qu'il avait dérobé ?

Si un instant plus tôt j'étais fatiguée, je me sentais à présent totalement épuisée, et terriblement seule. Je n'avais pas une personne avec qui parler de cette affaire. Pas une seule. Mes amis et ma famille seraient outrés, horrifiés, de découvrir ce nouvel épisode de l'histoire d'Alexander. Et étant donné l'ambiance actuelle dans Burrington Stoke, il serait stupide, voire même dangereux, de soulever ce sujet.

Restait la question de Jamie. Alexander avait un casier judiciaire. Les gens qui avaient fait de la prison n'étaient pas autorisés à avoir la garde de jeunes enfants, c'était une certitude. Si Alex avait été le père biologique de Jamie, il n'y aurait pas eu à s'inquiéter. Mais ce n'était pas le cas. Et cela rendait notre situation encore plus fragile.

Il fallait absolument que nous partions.

J'éteignis le projecteur et replaçai la microfiche dans la bobine. Je remis le tout dans la boîte, que je rapportai au bureau de réception. Je remerciai la bibliothécaire pour son aide.

— Vous vous sentez bien, ma petite ?

— Je suis un peu fatiguée.

— Avez-vous trouvé ce que vous cherchiez ?

— Oui, répondis-je, bien que ce soit loin d'être la vérité.

J'eus un choc en me retrouvant dehors, dans l'air glacé. Le court après-midi d'hiver était déjà entamé. Je parcourus les rues pavées jusqu'au front de mer et m'assis à une table où je commandai un café. Le soleil était déjà bas dans le ciel, l'air était sec et âpre. Les bateaux et les péniches amarrés dans le port étaient garnis de guirlandes électriques qui se reflétaient dans les eaux sombres. La vue était superbe, mais je n'étais pas d'humeur à l'apprécier.

La confiance. Avec Alexander, tout revenait toujours à une question de confiance.

J'avais trahi cette confiance en allant exhumer un épisode du passé qu'il ne voulait pas me dévoiler. Mais ma trahison était dérisoire, en regard de ce qu'il avait fait à Matt Bryant.

52

Quand Alexander m'appela ce soir-là, j'eus du mal à lui parler. J'encourageai Jamie à passer le plus de temps possible au téléphone avec son père. Mon tour arriva de prendre l'appareil, et je dus faire un effort pour contrôler mes émotions. J'écoutai les réponses à mes questions sans vraiment les entendre. Alexander me décrivit sa journée. Il était emballé par l'atelier de maçon qu'il avait visité en Cornouailles.

— Tout va bien, Sarah ? Tu n'es pas bien bavarde.

Il était dans un pub, j'entendais des gens rire autour de lui. Je me sentis soudain très seule dans cette grande maison, au milieu de nulle part, avec cet enfant que j'aimais et qui n'était pas le fils d'Alexander. Quelques flocons de neige s'étaient accumulés sur le bord de la fenêtre, et la vieille chaudière ronflait, peinant à alimenter les radiateurs.

— Je vais bien, répondis-je.

Mais ce n'était pas vrai. Mon univers était de plus en plus branlant. Tout était précaire. J'avais l'impression d'être sur le point de perdre l'homme et l'enfant que j'aimais le plus au monde. Mon esprit était hanté par une nuée de pensées que j'aurais préféré ignorer. Comme je ne pouvais pas expliquer tout cela à Alexander, je me contentai de lui dire que j'étais fatiguée.

— Trop de shopping ?

Le ton taquin, sous-entendant que je n'avais pas fait grand-chose, sinon dépenser en frivolités l'argent que j'avais honnêtement gagné, me mit en colère.

— Je dois te laisser, répliquai-je sèchement. J'ai quelque chose qui brûle dans le four.

Un peu plus tard, je m'installai dans le canapé avec Jamie et lui passai un bras sur les épaules. Je le serrais contre moi, souriant de son bavardage incessant. J'avais promis à Jamie que je ne l'abandonnerais jamais, et je m'étais juré intérieurement de le protéger quoi qu'il arrive. Je ne laisserais personne lui faire du mal. De fait, je n'avais pas de décision à prendre : où que soit Jamie, j'y serais aussi. Toujours. Je n'approuvais pas ce qu'Alexander avait fait à Matt Bryant. Qu'il soit allé en prison, qu'il soutienne que ce n'était pas important, ne me plaisait pas. Mais comme il le disait lui-même, le passé était le passé. Cela n'avait plus rien à voir avec nous, aujourd'hui. Avec le temps, je parviendrais peut-être à m'en convaincre.

Jamie s'endormit à côté de moi, sur le canapé. Les aiguilles de la pendule tournaient, mais je restai assise, ne trouvant pas le courage de me lever et de le porter dans sa chambre. J'avais peur de ce qui pouvait arriver là-haut, sous le toit de cette grande maison sombre. J'avais la sensation qu'une créature rôdait, en nous attendant. Je regardai la télévision, sans parvenir à me concentrer. Quatre mots tournaient dans ma tête et me terrifiaient : « Tu seras la prochaine. » Ils tourbillonnaient, encore et encore. Si je ne savais pas ce qui était arrivé à Geneviève, comment pourrais-je empêcher qu'il m'arrive la même chose ?

J'allai chercher un jeté en chenille, et le gros pardessus d'Alexander dans la cuisine, et j'arrangeai un lit de fortune sur le canapé. Je laissai les lumières allumées, débranchai le téléphone. Puis j'essayai d'orienter mes pensées vers des choses agréables. Mais chaque fois que j'étais sur le point de m'endormir, les mots me revenaient à l'esprit. J'avais l'impression que quelqu'un me tapait sur l'épaule et me chuchotait à l'oreille : « Tu seras la prochaine. »

Il fallait que je m'en aille.

Mais je ne pouvais pas quitter Jamie.

— Geneviève, aidez-moi, murmurai-je. Que va-t-il se passer ? Dites-le-moi.

Je finis par m'endormir et je rêvai qu'elle rentrait à la maison.

Au début, ce n'était pas un cauchemar. Non, cela commença comme un rêve très calme, surréaliste. Comme si je regardais une séquence d'un film qui me plaisait, mais qui ne provoquait en moi aucune émotion.

Je me réveillais dans mon lit, me levais et franchissais la porte pour gagner le couloir. Je tirais les rideaux. Tout était recouvert de neige. Le jardin, les champs, les murs, les arbres étaient blancs. Je me penchais vers la fenêtre, et la vitre se couvrait de buée sous mon souffle. J'étais très fatiguée. J'avais du mal à tenir les yeux ouverts, mais la scène était si belle que je voulais regarder. Une jeune femme remontait l'allée. Je sus tout de suite que c'était Geneviève. Elle était pieds nus dans la neige, et portait une robe fluide comme de l'eau. Le vêtement flottait autour d'elle, ses cheveux mouillés étaient plaqués sur son crâne et ses joues. Elle s'arrêta pour caresser les chevaux dans l'écurie. Puis elle leva les yeux et me vit derrière la fenêtre. Elle me fit un geste de la main et, dominant mon intense fatigue, je parvins à lui répondre.

Je voulais retourner dans mon lit. Mais je savais que si je détachais les yeux de Geneviève elle disparaîtrait, et que je la perdrais pour toujours. Elle devait avoir froid aux pieds. Ses jambes s'enfonçaient dans la neige haute. Pourtant, elle souriait. Elle me fit signe de la rejoindre, mais quand j'arrivai dans le jardin, elle n'était plus là. Ses empreintes s'arrêtaient au milieu de l'allée. Je ne vis qu'un morceau de glace ovale, comme un miroir, allongé dans la neige, et je me penchai au-dessus pour regarder. Ce ne fut pas mon visage qui se refléta dans la glace, mais celui de Geneviève. Elle tendit les mains et m'agrippa les épaules pour m'attirer à elle. Je tombai en poussant un cri et me débattis. Une fois de plus, j'eus la sensation de sombrer dans un précipice. Je me réveillai.

Ensuite, il me fut impossible de me rendormir.

Le lendemain, une fois Jamie déposé à l'école, je tentai d'oublier mes soucis en nettoyant la maison et en préparant des paquets. Alexander m'avait demandé de me débarrasser de tout ce qui était inutile, mais discrètement afin de ne pas éveiller les soupçons et dévoiler notre projet. Si j'empaquetais tout ce qui pouvait être donné, il porterait les cartons dans des boutiques de charité où personne ne nous connaissait. Ce qui n'était pas recyclable pourrait être brûlé dans le jardin. Je trouvai cette activité étonnamment dynamisante. L'histoire de Geneviève et d'Alexander était rattachée aux objets de la maison. Nous nous sentirions mieux lorsqu'ils auraient disparu.

Je commençai par le dressing de Geneviève, en me disant que Jamie ne remarquerait pas qu'il y manquait des affaires. Je pliai soigneusement les vêtements et les entassai dans des cartons. Le vent balayait les avant-toits d'Avalon. Des courants d'air glacé s'insinuaient sous les fenêtres et secouaient les vitres, comme si quelque chose cherchait à entrer dans la maison. Je m'efforçai de garder mon calme et de travailler aussi vite que possible, en chantonnant pour m'encourager. Je me disais qu'il aurait mieux valu laisser les vêtements de Geneviève à leur place, pour que Claudia et Virginia les retrouvent. Si Geneviève revenait un jour, elle aurait de jolis vêtements à se mettre. Dans le cas contraire, Petra et Allegra s'en serviraient peut-être.

Ensuite, je descendis dans la cuisine pour vider les placards. Je commençai par le tiroir des couverts. Celui-ci avait besoin d'un bon nettoyage. Il y avait des miettes dans les compartiments en plastique, et fourchettes, cuillères et couteaux étaient entassés pêle-mêle. Sous le plateau, je trouvai une photo retournée. Je décollai le papier glacé collé au fond du tiroir. C'était un vieux cliché de la statue qui se trouvait à l'entrée d'Elenora House. La pauvre jeune fille morte, une main sur la poitrine, l'autre tendue vers l'entrée de la propriété. Tout d'abord, je ne parvins pas à discerner ce qui n'allait pas dans cette image.

Puis je me souvins.

La dernière fois que j'avais vu cette photo, Geneviève posait près de la statue, imitant son attitude.

Non, ce n'était pas possible.

Mais pourtant, si. Je me rappelais même que, sur le moment, la photo m'avait mise mal à l'aise.

Je la froissai et la jetai dans la poubelle.

Le cliché avait dû prendre l'humidité dans le tiroir. Et cette humidité avait effacé la silhouette de Geneviève. Voilà tout.

J'empilai vaisselle et ustensiles de cuisine sur le sol, les lavai et les triai. Je rangeai dans des cartons tout ce qui ne me semblait pas pouvoir servir dans notre cottage de Cornouailles.

Je travaillais depuis des heures quand j'entendis le crissement de pneus dans l'allée. A travers les branches nues du vieux pommier, j'aperçus une voiture de police. Alors seulement, je me souvins que je n'avais toujours pas parlé à Twyford depuis son message, la veille. Découragée, je jetai un coup d'œil autour de moi et poussai deux cartons sous la table. Je n'avais pas le temps de tout remettre en ordre. Il allait falloir improviser.

J'inspirai lentement pour me calmer, franchis la porte de la cuisine et allai ouvrir celle du cellier. Une rafale de vent rabattit aussitôt le battant contre le mur, et une des vitres se fendit.

— Sept ans de malheur, annonça l'inspecteur.

— On dit ça pour les miroirs.

Il me bouscula presque pour entrer dans la cuisine. Un autre officier, d'âge mûr et en civil, le suivait. Twyford balaya du regard la pièce en désordre et haussa les sourcils.

— Je fais un grand nettoyage avant Noël, dis-je vivement, en m'essuyant les mains sur mon jean.

— Il me semble plutôt que vous préparez votre départ, répliqua-t-il d'un ton plat.

Je sentis mes joues et mon cou s'enflammer.

— Vous n'aviez tout de même pas l'intention de partir avant de m'avoir parlé ?

— Je suis juste en train de trier de la vieille vaisselle.

— Pourquoi ne m'avez-vous pas rappelé, hier ?

— Je l'ai fait. Vous étiez occupé. Je me suis dit que si c'était aussi urgent, vous trouveriez bien le moyen de me joindre.

— Nous sommes passés deux fois, dans la journée. Vous n'étiez pas là.

— Je suis allée faire mes courses de Noël à Bristol.

— Oh, d'accord.

Il laissa son regard errer sur les cartons et les sacs, sur les vieilles assiettes emballées dans des journaux.

— Que voulez-vous ? demandai-je avec brusquerie.

— Où est M. Westwood ? Nous l'avons appelé à son atelier, et on nous a dit qu'il avait pris deux jours de congé pour s'occuper de vous. Apparemment, vous craigniez d'avoir une crise d'appendicite. Je suis ravi de constater que vous vous êtes remise aussi rapidement. Maintenant, je sais que vous faisiez des courses. Mais Alexander, où est-il passé ? Et pourquoi a-t-il menti à ses collègues ?

— Je ne sais pas très bien.

Twyford prit un pot à eau en céramique bleue décoré de pâquerettes et l'examina. Le bord en était ébréché.

— Où est-il, Sarah ? Que fait-il ?

Je tirai sur les manches de mon pull, recouvrant mes mains, et m'adossai à la gazinière.

— Je ne sais pas.

— Vous ne savez pas grand-chose.

— Il doit rentrer ce soir. Avez-vous un message pour lui ? Dois-je lui dire de vous rappeler ?

— Non, non. Nous le trouverons.

— Il s'est passé quelque chose ?

— Nous allons commencer des fouilles à Burrington Stoke dès demain. Cette maison et le terrain qui l'entoure sont compris dans la zone de recherches. Cela prendra plusieurs jours, mais nous comptons être aussi minutieux que possible.

— Pourquoi ? chuchotai-je.

Mon estomac se contracta et j'eus un éblouissement.

— Allons, Sarah, vous vous posez vraiment la question ?

Le ton de sa voix n'avait plus rien d'amical. Il ne flirtait plus.

— C'est bientôt Noël, remarquai-je à mi-voix.

L'inspecteur me décocha un regard froid.

— Nous ferons vite. En attendant, je vous demande instamment de ne rien jeter.

Je me mordillai un ongle.

— Pendant que je suis là, poursuivit Twyford, j'aimerais avoir la fameuse lettre que Geneviève a laissée pour Jamie.

— Il ne vous faut pas un mandat de perquisition, ou quelque chose comme ça ?

L'inspecteur haussa les épaules. Avec ce visage dur, c'était un homme différent, qui ne me plaisait pas et auquel j'avais du mal à faire confiance.

— Ils sont en train de préparer des dizaines de mandats, au commissariat. Nous pouvons revenir dans une heure et commencer la perquisition. Ou bien vous pouvez aller chercher cette lettre. Je vous donnerai un reçu en échange.

J'eus une brève hésitation. Prendre cette lettre si précieuse pour Jamie et la donner à un policier me semblait une terrible trahison.

— Je ne crois pas que...

— Cette lettre est importante. Si elle est authentique, et que nous découvrons qu'il est arrivé malheur à Geneviève, elle servira peut-être à disculper Alexander. Sinon, nous saurons que quelqu'un a menti.

— Mais...

— Nous vous avons eus à l'œil, M. Westwood et vous, ces dernières semaines, reprit Twyford. Alexander, probablement avec votre aide, s'est débarrassé de certains objets personnels de sa femme. Ceux-ci pourraient être considérés comme des preuves.

Avaient-ils fouillé dans nos poubelles ?

Je songeai à la robe verte. A la trousse de maquillage contenant les pilules contraceptives, que j'avais fourrée dans un sac à ordures. Aux centaines de photos imprimées de Geneviève qui étaient parties dans le conteneur de recyclage du papier. Etourdie, j'agrippai le bord de la table de crainte de perdre l'équilibre. L'inspecteur principal

Twyford ne me lâchait pas des yeux. Il savait que je comprenais ce qu'il voulait dire.

— Allons chercher cette lettre.

Nous montâmes tous les trois dans la chambre de Jamie. La pièce était en désordre, comme d'habitude. Le hamster faisait du raffut dans sa cage. J'allai ouvrir les rideaux, et une lumière d'un blanc laiteux se répandit sur le sol. La cime des arbres se balançait sous un vent violent et des escouades de corbeaux traversaient le ciel en criaillant.

— Où est-elle ?

— Là. Sur le bureau.

La table de travail de Jamie était jonchée de jouets, de vêtements et de livres. L'inspecteur les écarta délicatement, avec une sorte de respect.

— Etait-elle rangée dans un endroit précis ?

— Entre les pages de l'atlas.

Twyford avait enfilé des gants. Il feuilleta le gros album, puis le souleva par la tranche pour le secouer. Rien ne tomba.

Je tirai la couette sur le lit, et allai l'aider à chercher. La lettre n'était ni dans l'atlas ni sur le bureau.

— Pourtant, elle était là la dernière fois que j'ai fait le ménage, dis-je, perplexe.

— Il a pu la déplacer.

— Sous le lit, peut-être ?

Je m'agenouillai, mais la lettre ne se trouvait pas non plus dans l'amas de jouets poussiéreux.

Nous fouillâmes la chambre de fond en comble. Ma nervosité croissait de minute en minute. Où Jamie avait-il caché cette lettre ? Il ne la sortait jamais de l'atlas. Il ne l'aurait sûrement pas emportée à l'extérieur.

— Il l'a peut-être emmenée à l'école ?

— Non, il n'aurait pas fait une chose pareille. Je vérifie toujours son cartable pour être sûre qu'il n'a rien oublié. Elle n'était pas à l'intérieur.

— Pourrait-elle être ailleurs dans la maison ?

— C'est possible, admis-je.

Mais j'étais sûre que ce n'était pas le cas.

— Très bien. Elle a donc disparu.

L'inspecteur fourra les mains dans ses poches en faisant tinter la petite monnaie qui s'y trouvait.

— Ce n'est pas une coïncidence. Quelqu'un a pris cette lettre pour nous empêcher de l'examiner de trop près.

Je me mis à rire. Un rire nerveux, qui sonnait faux.

— Pourquoi quelqu'un aurait fait cela ?

— Parce que ce n'est pas Geneviève qui a écrit la lettre.

— Et pourquoi aurait-on laissé une fausse lettre pour Jamie ?

— Pour rassurer le gamin. Ainsi, il pouvait répéter à tout le monde que maman lui avait laissé un mot. Chacun sait que Geneviève ne serait pas partie sans rien lui dire.

Twyford marqua une pause, avant de me demander :

— Quand l'avez-vous vue pour la dernière fois ?

La lettre était dans l'atlas, sur le bureau, quelques jours auparavant, avec l'ours en peluche bleu. Je jetai un coup d'œil circulaire dans la chambre. Où était passé l'ours ?

— Sarah ?

Je soulevai la couette, mais le doudou ne se trouvait pas dans le lit. Jamie l'avait-il descendu dans le salon, le soir précédent ? Je battis le rappel de mes souvenirs.

— Il y a deux jours, je crois.

Twyford se passa les mains sur les joues.

— Il y a quelque chose qui cloche. Cette affaire ne me dit rien qui vaille.

— Ce n'est qu'une lettre, fis-je observer. Aucun objet de valeur n'a disparu.

— Non, seulement Geneviève, répondit-il avec un rire sarcastique.

53

J'attendais devant la grille quand Jamie sortit de l'école. Le récent scandale politique avait créé une effervescence dans la presse, et il n'y avait plus de journalistes en vue à Burrington Stoke. Jamie apparut à trois heures et quart, au milieu d'un groupe d'enfants qui émergèrent des bâtiments en criant. Débraillés, leurs écharpes volant au vent, ils s'amusaient à glisser dans l'allée verglacée. Quand il me vit, à l'écart des autres parents, Jamie se précipita vers moi, me lança son sac à dos, et retourna avec ses copains. J'attendis une accalmie dans le jeu, pour lui faire signe.

— Viens. Je voulais passer au magasin t'acheter un gâteau bien chaud et un soda.

Rayonnant, Jamie s'accrocha à mon bras et me suivit en sautillant. Le vent s'était levé et les branches noires des arbres pliaient sous les rafales.

— Papa va rentrer ce soir ?

— Oui.

— Il va me ramener un cadeau ?

— Je ne sais pas.

Dans la boutique, Jamie choisit un chausson aux pommes chaud et une bouteille de limonade ; je pris un café pour moi, et nous allâmes dans le square du village, un petit triangle de verdure où se dressait le monument aux morts. Des guirlandes de coquelicots artificiels placées là pour les cérémonies de novembre entouraient encore le socle de pierre.

Le froid était pénétrant. Je me réchauffai les doigts autour de mon gobelet de café. Sur le banc à côté de moi, Jamie balançait ses jambes. Il tenait son gâteau brûlant à deux mains, en prenait de grandes bouchées, et laissait la vapeur s'échapper entre ses lèvres.

Je chassai une miette sur sa joue.

— Jamie, quand ta maman est partie, elle t'a laissé une lettre, n'est-ce pas ?

Je dus parler à voix haute, pour dominer le bruit du vent. Jamie acquiesça en haussant les épaules, et mordit de nouveau dans son chausson.

— Mais quand j'ai rangé ta chambre, l'autre jour, j'ai remarqué qu'elle n'était plus sur ton bureau.

— Sarah, tu préfères Arsenal ou Man U ?

— Je suis une fille de Manchester, Jamie. Mais écoute-moi, c'est important. Quand as-tu regardé la lettre de ta maman pour la dernière fois ?

— Papa a dit qu'il m'emmènerait voir un match de football, un jour.

— Jamie, écoute-moi.

Je lui pris gentiment son chausson aux pommes, et lui posai les doigts sur le menton pour lui faire tourner la tête vers moi.

— Il faut que je sache où est cette lettre.

— Elle n'est plus là. Je l'ai jetée dans le feu.

— Tu as mis la lettre de ta maman dans le feu ?

— Hmm.

Il me considéra avec son air méfiant d'autrefois. Je n'aurais su dire s'il mentait ou non.

— Et ton nounours ? Où est passé ton nounours bleu ?

— Dans le feu aussi.

— Jamie, tu sais qu'il ne faut pas dire de mensonges. C'est vilain. Tu ne mettrais pas ton nounours dans le feu, tu l'aimes trop pour ça.

— Il est dans le feu, il est dans le feu ! chantonna Jamie. Il a brûlé, il est mort, il est parti pour toujours !

54

De retour à Avalon, j'appelai l'inspecteur pour lui rapporter ce qu'avait dit Jamie. Twyford avait l'air préoccupé, agité. Il me remercia de mon appel, mais ne chercha pas à prolonger la conversation.

Je raccrochai et me mis à tourner sans but dans la maison. Il existait peut-être une explication toute simple. Détruire la lettre et le nounours pouvait être pour Jamie une façon d'accepter une fois pour toutes le départ de sa mère. Dans son esprit d'enfant, il avait mis un point final à cette histoire. Mais les enfants ne jetaient pas leur peluche dans le feu, si ? Non, un enfant normal ne faisait pas ce genre de choses.

Je pris un chou-fleur dans le cellier pour le dîner, mais à peine eus-je commencé à le nettoyer que je m'entaillai le doigt avec le couteau. J'enroulai prestement un mouchoir autour de la coupure pour contenir le sang, avec le sentiment que cet incident était encore un mauvais présage. L'orage grondait, Jamie avait un comportement inhabituel, il se montrait capricieux et grossier. Excédée, je l'envoyai se changer au premier. Pendant que le plat cuisait, je réparai le panneau vitré de la porte extérieure avec du scotch. Je venais juste de finir et je priais pour que rien d'autre ne se mette à aller de travers lorsque le courant sauta. La maison se retrouva plongée dans l'obscurité, traversée par de bruyantes rafales de vent. Tout d'abord, je crus que la coupure d'électricité était générale. Mais quand je tirai les rideaux, je vis des lumières le long de la route, au bas de la colline. La panne venait donc de chez nous. Ce genre de problème survenait de temps en temps, lorsqu'un écureuil rongeait un câble dans le grenier. Brusquement, les larmes me montèrent aux yeux. Non seulement nous étions dans le noir, mais il devait y avoir un pauvre écureuil mort sous les toits.

La boîte à fusibles était à la cave, où je n'étais jamais descendue. En temps normal, c'était Alexander qui se chargeait de cette corvée.

— Sarah ! Il fait tout noir ! Où es-tu ? cria Jamie, au premier.

— Ce n'est rien, mon chéri. L'électricité a encore sauté. Reste où tu es, je vais réparer ça.

Je me dirigeai à tâtons vers la porte de la cave et pris la clé suspendue à un crochet.

Le vent hurlait avec un bruit terrible, faisant trembler les fenêtres. Je trouvai la poignée de la porte et l'agrippai tout en introduisant la clé dans la serrure.

— Sarah ! appela Jamie.

— Ne t'inquiète pas, Jamie. Je descends à la cave pour remplacer les fusibles. Reste où tu es !

J'ouvris la porte pour me retrouver devant une volée de marches, une paroi à ma gauche. Je savais que le plafond était très bas et que se tenir debout était chose impossible. Une lampe torche était posée sur une saillie dans le mur, à ma droite. Je tendis délicatement la main dans l'obscurité totale et mes doigts finirent par rencontrer le manche en plastique de la lampe. Je la soulevai précautionneusement, en la tenant devant ma poitrine, et j'actionnai l'interrupteur. La lumière jaillit, éclairant les murs de la cave. Le soulagement me submergea.

Je dirigeai la lampe vers les marches.

Je me sentais mal dans les espaces clos. C'était une de mes phobies, comme ma peur des hauteurs.

Mon cœur battait à se rompre, mes genoux flageolaient.

Je m'assurai que la porte ne pouvait se rabattre derrière moi. Le battant était grand ouvert, plaqué contre le mur. Pour plus de sécurité, je plaçai une main sur la poignée. Pas de danger, la porte ne bougerait pas.

Lentement, je posai le pied sur la première marche.

J'étais en chaussettes. L'escalier de ciment était glacé, mais d'une solidité à toute épreuve. A la lueur de la torche, je découvris des cartons, un vieux sac à dos, une chaise cassée, deux ou trois valises. Tout ce que contenait une cave ordinaire. Je descendis une marche, puis une autre.

Le plafond était encore plus bas que je ne m'y attendais. Il ne devait pas y avoir plus d'un mètre vingt de hauteur et l'atmosphère était étouffante. L'air sentait le moisi. Je m'accroupis et balayai la salle de ma lampe. La pièce était assez étendue, avec des tuyaux et des gaines fixés à la verticale sur les cloisons. Je me mordillais les lèvres, m'efforçant de conserver mon calme. Il fallait que je me concentre. Je finis par repérer la boîte à fusibles et m'avançai.

En atteignant le mur, je balançai ma torche, dont le faisceau lumineux se posa sur le tas de bois. Je distinguai un espace vide derrière les bûches. Etait-ce un passage ? Une alcôve ? Pourquoi Alexander avait-il décidé d'empiler le bois de chauffage à cet endroit précis ? Que cachaient les bûches ?

Je fis quelques pas pliée en deux et éclairai l'arrière de la pile. Je découvris une ouverture d'une surface d'environ un mètre cinquante. A sa base se trouvait une trappe de la taille d'une plaque d'égout, avec une poignée en corde passée dans un anneau métallique.

Je déplaçai quelques bûches avec précaution. Il fallait que je sache de quoi il s'agissait, et pourquoi Alexander voulait dissimuler cette trappe.

Quand l'espace fut un peu dégagé, je tirai sur la corde. Le panneau de bois était trop lourd pour le faire bouger d'une seule main. Je posai la torche à mes pieds et me servis de mes deux mains. Cette fois, la plaque bougea, et je pus jeter un coup d'œil dans le trou qu'elle recouvrait. Je dirigeai la lumière de la torche à l'intérieur, et je vis qu'il s'agissait d'un puits. Celui-ci avait dû être foré des siècles auparavant. S'il était caché sous les bûches, c'était certainement pour éviter que Jamie le trouve, ou ne tombe dedans.

J'esquissai un petit sourire. Que j'étais bête ! Je ne savais pas trop ce que je m'étais attendue à découvrir, mais je respirais plus librement. Je me penchai, dirigeant le faisceau lumineux à la verticale. Environ deux mètres me séparaient de la surface de l'eau. Le diamètre du puits était tout juste suffisant pour laisser passer un large seau de bois, comme on les faisait autrefois.

Mais il y avait quelque chose dans le puits. Un objet moderne et brillant. Il me fallut une ou deux secondes pour comprendre ce que c'était. L'objet était collé contre le mur d'une façon bizarre, comme s'il avait été jeté. Il n'aurait pas dû se trouver là.

Je distinguais nettement le logo sur la surface blanche : une pomme, avec un morceau manquant sur le côté. C'était un MacBook d'Apple.

Certainement celui de Geneviève.

— Oh, mon Dieu ! Oh, mon Dieu, non ! murmurai-je.

Je reculai, déposai ma torche sur le sol, et remis en place les bûches que j'avais écartées. J'eus un peu de mal à les replacer les unes sur les autres, et je ravalai des sanglots de peur et de frustration. Une fois le tout plus ou moins rangé, un objet sur une étagère à côté du tas de bois attira mon attention. C'était un petit pot en céramique rempli de clous, de vis et de boulons. Dessous, on avait glissé un bloc de papier à lettres bleu pâle.

Les mains tremblantes, je soulevai le pot pour prendre le papier. C'était le même que celui dont Geneviève s'était servie pour sa lettre à Jamie, avec une frise de marguerites tout autour de la feuille. Sur la première page, on avait griffonné quelques traits. Des esquisses pour le dessin représentant Jamie tenant le nounours dans ses bras.

Je m'humectai les lèvres. Mes jambes me portaient avec peine. Je feuilletai le bloc de papier. On avait écrit sur la deuxième page. Cela commençait par une écriture ronde et féminine. Je reconnus immédiatement celle de Geneviève. Suivaient des gribouillages qui ne pouvaient avoir été tracés que par Alexander. Celui-ci était dyslexique et avait du mal à écrire. Il avait recopié les mêmes lignes une douzaine de fois, pour s'entraîner. Aucun doute ne pouvait subsister : c'était Alexander qui avait écrit la lettre d'au revoir à Jamie.

J'entendis les cris terrifiés de ce dernier, loin dans la maison. J'avais l'impression d'avoir passé des heures dans la cave, alors qu'en réalité je n'avais pas dû y rester plus de quelques minutes. C'était cependant trop long pour un petit garçon de sept ans terrorisé. Je remis le bloc de papier à sa place, mais dans ma hâte je renversai le pot. Ce dernier se brisa, et boulons et écrous s'éparpillèrent sur le sol.

— Merde, merde...

Je les cherchai à tâtons, mais les petits morceaux de métal avaient roulé dans l'obscurité. En proie à une panique folle, je ramassai ce que je pus. Les débris de céramique craquaient sous mes pieds.

— Sarah ! cria Jamie.

Il semblait plus proche cette fois. Il avait dû descendre l'escalier dans le noir. Il ne fallait pas qu'il entre dans la cave.

Je pris une longue inspiration pour me calmer.

Avant tout, rétablir la lumière. Ensuite, j'irais retrouver Jamie. J'aurais le temps de tout nettoyer plus tard.

J'ouvris la boîte à fusibles, la torche serrée entre mes doigts. Mais je ne savais pas quoi faire. Les fusibles se ressemblaient tous, ils n'étaient pas numérotés, j'ignorais lequel avait sauté. Je les effleurai du bout des doigts.

— Mon Dieu, aidez-moi, je vous en prie.

C'est alors que la porte de la cave se referma avec fracas. Il y eut un courant d'air si puissant que je fus déséquilibrée et laissai tomber ma torche. J'entendis le manche en plastique éclater sur le sol, et les piles rouler sur le ciment. L'obscurité était totale. Je cherchai l'escalier, mais j'étais désorientée, je ne savais plus dans quelle direction me tourner. Une sueur froide se répandit dans mon dos et le souffle me manqua. La panique me submergea, comme une vague puissante. Je voulus crier, aucun son ne franchit mes lèvres. Je vivais un cauchemar éveillé. C'était terrifiant, j'eus l'impression que j'allais mourir, que j'étais enterrée vivante. La dernière chose dont j'eus conscience, ce fut une intense douleur sur le crâne.

55

Je flottai quelque temps entre deux eaux, refaisant surface de loin en loin.

Quand je repris complètement mes esprits, j'étais assise dans le canapé du salon. Un feu crépitait dans la cheminée et l'électricité était rétablie. Adossée à une pile de coussins, j'étais enveloppée dans la couette de mon lit. J'étais bien au chaud, j'avais sommeil, l'atmosphère était délicieusement douillette. Mais quand je voulus bouger, le mouvement déclencha une forte douleur dans ma tête et je me rappelai ce qui s'était passé. Je portai une main à mon visage. Mon nez et mes lèvres étaient endoloris.

— Jamie ? criai-je. Jamie ?

— Hé, toi !

Alexander apparut à côté de moi. Le feu de cheminée projetait des ombres derrière lui, dessinant des silhouettes diaboliques et effrayantes sur les murs. Les flammes se reflétaient sur son visage. Je me recroquevillai sous ma couette.

Alex sourit et se pencha pour me caresser le front.

— Tu te sens mieux ?

— Oui.

— Mal à la tête ?

— Hmm.

— Tu t'es assommée, idiote !

Je me pelotonnai sous le duvet, me repliant sur moi-même.

— Tu es tombée à la renverse et ta tête a heurté une solive. Au passage, tu t'es cogné le visage contre une étagère. Tu vas avoir un œil au beurre noir demain matin.

— Je voulais réparer les fusibles.

— Je sais.

— La porte s'est refermée.

— C'est sans doute à cause du courant d'air, quand j'ai ouvert la porte d'entrée. Désolé de t'avoir fait peur, mais c'est une chance que je sois arrivé à ce moment. Jamie était au bord de la crise de nerfs.

— Il va bien, à présent ?

— Oui. Il dort à poings fermés dans son lit.

Je tâtai délicatement mon crâne et découvris une énorme bosse.

— J'ai saigné ?

Alexander me fit non de la tête. Il avait un verre de bière à la main.

— Je crois que tu survivras. Tu veux quelque chose à boire ? Un verre d'eau ?

— Du thé, s'il te plaît.

J'avais besoin d'un peu de temps pour réfléchir et me rappeler ce qui s'était passé.

L'orage était de plus en plus violent. De temps en temps, la pluie qui s'abattait dans le conduit de cheminée étouffait presque les flammes. J'avais du mal à bouger. Ma tête et surtout mon cou me faisaient affreusement souffrir.

Je fis un effort pour rassembler mes souvenirs.

La porte s'était-elle refermée toute seule, ou quelqu'un l'avait-il rabattue ?

M'étais-je cogné la tête, ou bien m'avait-on assommée ?

En voyant la porte de la cave ouverte, Alexander était-il descendu et m'avait-il surprise en train de lire ses essais de lettre à la lueur de la torche ? M'avait-il frappée, dans un élan de colère ou de désespoir ?

Non, bien sûr que non. En entendant la porte claquer, j'avais paniqué et m'étais relevée brusquement... oubliant que le plafond était si bas. Rien de plus. Je m'étais assommée toute seule.

Alexander réapparut avec un verre d'eau et me tendit deux comprimés.

— Prends ça, pour soulager la douleur. J'ai mis la bouilloire sur le feu.

— Je devrais sans doute voir un médecin.

— Ce serait de la folie de sortir, avec cette tempête. Des arbres sont tombés et les routes sont inondées. Il y a presque un mètre d'eau vers Glastonbury. Je n'aurais pas pu rentrer si je n'avais pas eu la Land Rover.

— J'ai dû rester inconsciente un moment.

— Pas si longtemps que ça. A peine une minute ou deux. Tu es sortie de la cave toute seule, et tu m'as parlé. Tu ne t'en souviens pas ?

— Non. Et je t'ai dit quoi ?

— Pas grand-chose. Tes idées étaient un peu confuses.

Il me sourit tendrement, tel un parent contemplant un enfant malade.

— Je crois que tu as surtout besoin de te reposer.

— Mais ma tête...

— Tout ira bien. Je vais rester à côté de toi pour te surveiller.

Il se pencha et m'embrassa doucement sur le front.

— Aïe ! fis-je.

— Repose-toi. Il ne peut rien t'arriver de mal. Je veille sur toi.

56

Alexander avait raison, j'étais exténuée. Pourtant, j'eus du mal à dormir cette nuit-là. Je sombrais de temps en temps dans une vague somnolence et chaque fois que j'ouvrais les yeux, il était là, près de moi.

Je m'étais résignée à accepter la situation. Même si j'avais voulu quitter Avalon, je n'avais aucun moyen de le faire. Mais je ne le voulais pas, du moins je le crois. J'avais l'esprit tellement confus. Je ne savais plus ce qui était bien et ce qui ne l'était pas, je ne distinguais plus les mensonges de la vérité. Je voulais garder ma confiance à Alexander. Pendant des mois, j'avais attendu qu'il me dise qu'il veillerait sur moi et qu'il ne laisserait aucun obstacle se dresser entre nous. Maintenant qu'il avait enfin prononcé ces mots, je n'étais même pas heureuse.

J'étais allongée dans le lit, les yeux fermés, face à la fenêtre. La pluie crépitait contre les carreaux, comme des milliers de petits poings tapant sur la vitre. Puis le vent changea de direction et je n'entendis plus que son hurlement sous le toit. Je craignais qu'un des vieux arbres ne s'abatte sur la maison. J'imaginais les branches énormes éventrant les murs d'Avalon, entraînant les poutres dans leur chute, et nous écrasant tous les trois comme des insectes. De temps en temps, une tuile se détachait du toit et allait se briser par terre.

Est-ce que quelque chose avait changé depuis que j'avais trouvé l'ordinateur portable de Geneviève ? La réponse à cette question qui tournait inlassablement dans ma tête était non. C'était simplement un secret de plus.

Le seul fait nouveau dont je pouvais être certaine, c'était qu'Alexander avait écrit la lettre de Geneviève à Jamie.

Peut-être ne cherchait-il qu'à rassurer et consoler Jamie après le départ de sa mère. Mais si Geneviève était partie de son plein gré, pourquoi n'avait-elle pas écrit elle-même ? N'aurait-elle pas au moins parlé de son projet à son fils ? Tout le monde s'accordait à dire qu'elle adorait Jamie. Si c'était le cas, elle ne l'aurait pas abandonné sans un mot.

Je pris mentalement un peu de recul et m'efforçai de réfléchir avec logique. Je ne savais pas pourquoi Geneviève n'avait pas laissé de mot pour Jamie. Je savais en revanche qu'Alexander s'était arrangé pour que je trouve cette fausse lettre, afin de me convaincre qu'il disait la vérité. Son plan avait fonctionné. J'avais pris cela pour une preuve définitive que Geneviève était partie de chez elle parce qu'elle le voulait, et qu'elle avait l'intention de revenir un jour. A présent, je savais que c'était faux. Et la police se rapprochait, se préparait à fouiller Avalon. Maintenant qu'ils voulaient voir la lettre, celle-ci avait disparu.

Naturellement. Car si les policiers mettaient la main dessus, ils comprendraient qu'elle était l'œuvre d'Alexander, et s'interrogeraient sur d'éventuels mensonges de sa part.

A l'extérieur, la tempête faisait rage. Alexander dormait tranquillement à côté de moi, en me serrant dans ses bras. J'imaginais le puits se remplissant dans la cave, au fur et à mesure que l'eau de pluie pénétrait la roche, tout autour de la maison. Je me demandai si l'ordinateur allait remonter à la surface. L'eau avait dû détruire le disque dur. Les secrets qu'il contenait ne seraient jamais mis au jour. La personne qui l'avait jeté dans le puits en avait certainement conscience.

L'orage se calma peu à peu pendant la nuit, et au matin une belle journée de décembre ensoleillée s'annonça. Des nuages flottaient dans un ciel d'un bleu résolument optimiste. Les oiseaux voletaient d'arbre en arbre en s'appelant. Dominant le bruit du vent et le chant des oiseaux, la sirène de la carrière se fit entendre. Les dinosaures étaient lâchés, songeai-je, ils allaient se déchaîner dans la vallée. Il y eut un bruit derrière moi, et je me retournai. Alexander ouvrit la porte de la chambre avec son coude et déposa un plateau de café, de toasts et de jus d'orange sur la commode.

— Bonjour, lança-t-il en se penchant pour m'embrasser.

Ma nuque était raide, et mes tempes encore douloureuses, mais je tendis le visage vers lui.

— Tu es dans un drôle d'état. Tu m'as fait peur hier soir, Sarah. Tu n'étais pas toi-même.

— J'avais reçu un coup sur la tête.

— Il n'y a pas que ça. Il est arrivé quelque chose en mon absence ?

— Non, rien.

Alex s'assit à côté de moi et me passa mon café.

— Tu n'as pas envie de savoir comment ça s'est passé, à Fowey ?

— Fowey... répétai-je.

Le mot sonna étrangement à mes oreilles, il ne m'était pas familier. La dernière fois que nous avions parlé de Fowey, c'était dans une autre vie, à une autre époque.

— C'était comment ?

— Parfait. Le chantier est petit, et le loyer n'est pas très élevé. Je ne pense pas qu'il y ait beaucoup de travail sur place, mais c'est situé près de la route, et il y a un accès facile à l'autoroute.

— Oh, c'est bien.

— Il y a des tas de charmantes maisons à louer. Ça te plaira, Sarah. Tu pourrais te remettre à peindre. Nous vivrions tranquillement, en sécurité.

— C'est super.

— J'ai parlé avec quelques personnes, et j'ai jeté un coup d'œil à un appartement dans le centre-ville. C'est un meublé un peu miteux, mais la vue est très jolie, et nous pourrions nous en contenter quelque temps. Du moins jusqu'à ce que nous ayons trouvé mieux. Je me suis dit que nous pourrions partir tout de suite après Noël, ou même dès le lendemain. C'est dans quelques jours. Le propriétaire est impatient de louer. Sarah ?

— Hmm ?

Alexander repoussa mes cheveux en arrière et posa sa main calleuse sur la partie de mon visage qui n'était pas tuméfiée. Il porta sur moi un regard si sombre et intense que je ne pus détourner les yeux.

J'étais certaine qu'il lisait en moi et devinait mes doutes. Je battis des paupières.

— Tu me le dirais, si quelque chose n'allait pas ?

Je trouvai, je ne sais comment, la force de sourire.

— Bien sûr.

Il poussa un soupir et m'embrassa sur le front.

— Tu es adorable. Tu me fais tellement de bien.

Mais je n'étais pas Geneviève. Il me trouvait peut-être adorable, mais il ne m'avait jamais dit qu'il m'aimait. Il prétendait avoir confiance en moi, mais il ne me faisait pas partager ses secrets. J'étais tellement perdue que je ne savais plus de quel côté me tourner.

Etait-il possible que je me sois trompée sur lui depuis le début ? Peut-être n'étais-je pas dans mon état normal quand je l'avais rencontré, en Sicile. J'avais tellement envie d'un héros qui m'emmènerait loin de Laurie, de Manchester et de mes mauvais souvenirs que j'en avais inventé un. J'avais décidé que c'était Alexander.

Pourtant, tout m'avait semblé bien réel. Juste. Et j'avais cru Alex. Encore maintenant, je faisais de terribles efforts pour le croire.

Jamie fit irruption en pyjama et bondit sur le lit. Au moins, mes sentiments pour cet enfant n'avaient rien d'ambigu.

— Tu vas mieux, maintenant ? s'exclama-t-il en approchant son visage du mien.

Son regard était aussi intense que celui de son père, mais ses iris étaient d'un bleu pâle. Je le pris dans mes bras. Il se faufila sous la couverture.

— Je vais bien.

— Tes yeux sont pas beaux, et tu as du sang, là, précisa-t-il en désignant l'espace entre son nez et sa lèvre supérieure.

— Merci, Jamie.

— De rien. Papa m'a promis qu'on irait chercher le sapin de Noël, aujourd'hui. Pas vrai, papa ? Tu as dit que je pourrais le choisir et t'aider à le couper.

— Tout à fait.

Jamie se leva d'un bond et s'appuya sur mes jambes pour sauter au cou d'Alexander, qui le souleva brusquement, en faisant semblant de se battre avec lui. Je retombai contre les oreillers en observant le père et le fils.

Un peu plus tard, pendant que Jamie prenait son petit déjeuner, je remontai et ouvris la porte de la salle de bains. Alexander se rasait devant le lavabo, une serviette nouée autour des hanches.

— Coucou, fit-il en me regardant dans le miroir.

Je refermai le siège des toilettes pour m'y asseoir.

— La police est venue hier, m'avertir qu'ils allaient faire des recherches dans les alentours de Burrington Stoke.

Il y eut un silence. Nous savions tous deux ce que les policiers recherchaient.

— Cela devait arriver tôt ou tard, dit Alexander.

— Cela tombe très mal, avec Noël et les fêtes, mais...

— Mais quoi ?

Il fit délicatement glisser le rasoir sur son cou, en tirant sur la peau de sa main libre.

— Eh bien, ils vont aussi fouiller Avalon.

Alex éteignit le rasoir électrique.

— Je suppose que c'est inévitable.

— Ils nous surveillent. Ils ont regardé ce que nous avions jeté à la poubelle, et...

— Tu t'inquiètes trop.

J'acquiesçai d'un hochement de tête et glissai mes poignets entre mes genoux. Je me sentais désespérée. Si Alexander était perturbé par la nouvelle, il n'en montra rien. Il ouvrit le robinet d'eau chaude et se savonna longuement les mains, faisant apparaître une épaisse mousse blanche.

— Ils ont précisé à quel moment ils viendraient ? demanda-t-il d'un ton détaché.

— Bientôt. Mais sans doute pas aujourd'hui. Pas avant quelques jours.

— Tout se passera bien. Nous serons probablement partis avant.

— Tu ne crois pas qu'ils vont commencer les recherches ici ? C'est le dernier endroit où Geneviève... le dernier endroit où nous savons qu'elle a vécu.

— Il n'y a pas de raison de s'inquiéter à l'avance. Passe-moi une serviette, s'il te plaît. On ne sait jamais. Il se peut qu'il se passe quelque chose entre-temps et qu'ils changent d'idée.

Après le petit déjeuner, Alexander monta chercher les décorations de Noël au grenier. Il y avait des dizaines de guirlandes lumineuses et de boules, délicatement enveloppées de papier de soie. J'eus soudain un accès de nostalgie. Ceci aurait dû être le premier Noël de mon bébé. L'année précédente, à la même époque, j'étais enceinte. Excités par l'imminence de la naissance, Laurie et moi avions fait des courses de Noël spéciales. Laurie avait acheté une poussette haut de gamme, qui coûtait paraît-il aussi cher que du mobilier de salon. Ma mère avait secoué la tête, désapprouvant une telle extravagance, et surtout notre précipitation. Nous n'aurions rien dû acheter avant le septième mois, me dit-elle, cela portait malheur. Nous nous étions moqués de ses superstitions, et avions continué d'accumuler décorations et autres babioles, en nous disant que cela ferait partie de l'héritage du bébé. Laurie était-il en train de déballer tout cela, en ce moment ? Pensait-il à ce qu'aurait pu être notre vie ensemble ?

Je chassai ces idées noires, et aidai Jamie à pousser les meubles pour faire de la place au sapin, dans un coin du salon.

— Il faut toujours le mettre là, expliqua Jamie avec gravité. Maman dit que c'est le meilleur endroit.

Je lui pressai gentiment l'épaule, tandis qu'il contemplait l'espace vide et poussiéreux sur le tapis, en se suçant le pouce.

Alexander ouvrit la porte, laissant entrer un courant d'air glacial dans la maison. Il avait chaussé de grosses bottes, enfilé des gants, une parka, et il tenait une hache à la main. Jamie courut vers lui.

— J'emmène Jamie à la ferme pour choisir un sapin, annonça Alex. Tu viens avec nous ?

Je refusai d'un signe de tête. Il soupesa la hache au creux de sa main.

— Tu te sens bien ?

— Par pitié, ne me pose plus la question. Je t'ai dit que j'allais bien. J'ai juste un peu mal à la tête.

Alexander se rembrunit.

— Tu es distante. J'ai l'impression que tu préférerais être ailleurs.

— Je viens de recevoir un coup sur la tête !

— Non, il n'y a pas que ça.

— Et je suis inquiète, depuis que la police est passée. Je me demande ce qu'ils vont trouver. Ces deux jours ont été horribles. Maintenant, va chercher cet arbre avec Jamie. Dans quoi le mettez-vous, d'habitude ? Dans un seau ?

— Il y a un support, quelque part. Un truc assez haut en fer forgé, peint en rouge. Je ne l'ai pas revu depuis l'année dernière.

— Je chercherai.

Alexander fit sauter le fer de la hache dans sa main gantée, en esquissant une grimace théâtrale.

— Sois gentille, Sarah. Si tu tombes sur quelque chose de compromettant, mets-le dans une bonne cachette.

— Ah, ah, très drôle. Dans le puits, peut-être ?

Il y eut une pause, qui ne dura pas plus de deux ou trois secondes. Jamie apparut derrière son père, les yeux brillants.

— Que veux-tu dire ? reprit Alex. Quel puits ?

— J'ai jeté un coup d'œil dans le puits, hier soir à la cave.

— Ce n'est pas possible.

— Puisque je te le dis.

— Sarah, le couvercle est cadenassé. Il n'a pas été ouvert depuis des années.

Sa réaction m'irrita. Je savais bien ce que j'avais vu. Pourquoi mentait-il ? Cherchait-il à me faire croire que j'avais perdu la tête ?

— Allons, il fait sombre, là en bas, et c'est tellement sinistre qu'on a vite fait de voir des choses qui n'existent pas, reprit-il en venant m'embrasser sur la joue. Tu seras là à notre retour, n'est-ce pas ?

— Bien sûr. Où veux-tu que j'aille ?

Dès que la Land Rover eut franchi le portail, j'ouvris la porte de la cave et la calai avec un carton rempli de vieille vaisselle à recycler. J'allumai la lumière, pris la torche, au cas où, et descendis pour la seconde fois les marches cimentées.

En plein jour, l'atmosphère était moins oppressante. Une ampoule nue illuminait la longue pièce et de la lumière pénétrait par la porte.

Les bûches au sommet de la pile avaient dégringolé, laissant un creux dans le tas de bois. J'examinai le couvercle du puits. Des plaques de métal avaient été fixées de chaque côté dans le sol. Elles étaient attachées au centre de la trappe par un gros cadenas.

Alexander avait dû installer ces plaques et le cadenas dans la nuit, supposai-je. Mais comment avait-il pu s'y prendre sans que je m'en aperçoive ? J'étais pourtant sûre qu'il était resté tout le temps couché avec moi. J'avais eu un sommeil agité, et chaque fois que je m'étais réveillée, il était à côté de moi. Il était possible qu'il ait percé le bois et le sol sans que je l'entende, alors que l'orage tonnait, mais... comment avait-il fait ?

Mon cœur se mit à battre plus fort. Avais-je été victime d'une hallucination, la veille ?

Alexander disait que j'étais obsédée par Geneviève. Il avait peut-être raison. Mon subconscient m'avait-il servi ce que je voulais, en me montrant où pouvait être caché l'ordinateur que je cherchais depuis des semaines ?

Ou bien avais-je l'esprit dérangé ? Quelquefois, je ne voyais pas les choses telles qu'elles étaient en réalité, je le savais.

Après la naissance dramatique de mon bébé, mes souvenirs s'étaient embrouillés. J'avais tout mélangé, prenant pour des faits avérés des choses qui n'avaient fait que me traverser l'esprit, et imaginant des conversations qui n'avaient jamais eu lieu. Les médecins m'avaient rassurée, cela faisait partie des symptômes habituels quand on avait éprouvé un choc important. Il ne fallait pas croire que je perdais la tête, bien au contraire, cela prouvait que mon esprit luttait pour surmonter l'épreuve. J'étais si submergée par mon chagrin, dévorée par un tel sentiment de perte, que j'interprétais mal ce qui se passait autour de moi, dans la vie réelle. Etait-ce ce qui m'arrivait encore maintenant ?

Non, j'étais absolument certaine de ce que j'avais vu.

Je remontai l'escalier, reposai la torche à sa place et refermai la porte à clé derrière moi. Puis j'allai appeler May. J'avais désespérément besoin de lui parler, mais elle ne répondit ni sur sa ligne fixe ni sur son téléphone mobile. J'essayai le numéro de Neil, mais je fus immédiatement dirigée sur sa boîte vocale. Je leur laissai à tous deux un message leur demandant de me rappeler, puis je me préparai du café et m'assis à la table de la cuisine. Je trépignais, impatiente d'entendre leur voix.

Le téléphone demeura silencieux.

Ils étaient probablement sortis faire des courses. May attendait toujours la dernière semaine pour son shopping de Noël, car elle disait que cela la plongeait dans l'ambiance des fêtes. Ils m'appelleraient une fois rentrés.

Je songeai au support de l'arbre de Noël. J'avais promis de le chercher.

Il ne se trouvait ni dans la maison ni dans la cave. Après avoir jeté un rapide coup d'œil aux dépendances délabrées, j'enfilai mes bottes et sortis. Le ciel d'hiver se reflétait dans les flaques d'eau, des branches arrachées aux arbres pendant la nuit jonchaient le jardin. Les vieilles granges et les étables étaient ouvertes aux quatre vents. A l'exception d'une seule, la plus ancienne, en bas de l'allée. A la place de Geneviève, c'est là que j'aurais rangé le socle, pour qu'il soit à l'abri des intempéries.

Je m'arrêtai un instant devant la grande porte de bois. Je n'avais pas encore eu l'occasion d'entrer dans cette grange, et j'eus une hésitation. Puis, prenant une longue inspiration, je poussai le lourd verrou et le battant pivota de lui-même.

Il ne faisait pas complètement sombre à l'intérieur. Des trous dans le toit et dans les murs laissaient passer les oiseaux et les chauves-souris et permettaient aux rayons du soleil de s'infiltrer dans le bâtiment. Un vieux tracteur occupait presque toute la place, entouré d'un enchevêtrement d'outils. Des sacs de nourriture pour animaux béaient, répandant leur contenu sur le sol.

Il régnait une odeur d'humidité, de moisissure et de rongeurs. De vieilles toiles d'araignée noirâtres pendaient aux chevrons.

Je fis un pas à l'intérieur. A côté du tracteur se trouvait un vieux réfrigérateur. Derrière celui-ci, je découvris une armoire poussiéreuse, toujours munie de ses deux battants garnis de miroirs. Je distinguai également des piles de journaux, aux bords visiblement rongés par les souris. Et encore derrière, un amoncellement d'objets hétéroclites, d'apparence plus moderne. J'inspirai une longue bouffée d'air pur avant de m'aventurer entre le tracteur et les meubles décatis.

La grange était profonde. Au fond étaient entassées toutes sortes de vieilleries inutiles. Des morceaux de moquette, un rouleau de fil de fer, des pieux pour les clôtures, des seaux en plastique. Dans tout ce fouillis se détachait un fragment de métal rouge et brillant, légèrement tarabiscoté. Ce ne pouvait être que le support que je recherchais.

Soulagée, je tirai sur la barre métallique qui dépassait. Mais le socle était coincé sous une pile d'autres objets. Je m'adossai donc à la porte de l'armoire et m'arc-boutai contre le pneu géant du tracteur, pour tirer de toutes mes forces. Je dus m'y reprendre à plusieurs fois, mais je réussis à dégager le support. J'avais pris un tel élan que je retombai en arrière, et la porte de chêne plia sous mon poids. J'entendis la serrure craquer dans mon dos. Je soulevai le socle rouge pour le faire passer par-dessus le capot du tracteur et me faufilai vers l'entrée de la grange. L'armoire s'ouvrit silencieusement derrière moi.

Je me retournai pour repousser le battant d'une main, mais quelque chose à l'intérieur attira mon attention.

C'était un joli sac de voyage marron et bleu ciel, d'une marque de sport connue.

Je compris immédiatement... Ce bagage ne pouvait appartenir qu'à une seule personne.

Geneviève.

Je ne pris pas le temps de réfléchir.

Je le sortis de l'armoire, le fis glisser sur la carrosserie du tracteur et l'emportai à l'extérieur pour l'examiner à la lumière. Poussant le socle du sapin de Noël de côté, je m'agenouillai et tirai sur la fermeture à glissière.

Les vêtements qu'il contenait n'avaient pas été mis dedans à la va-vite, ils étaient soigneusement pliés. Dans l'une des poches latérales, je trouvai du dentifrice, du shampooing et diverses crèmes de beauté, le tout dans une trousse de toilette qui sentait encore la lessive. Il y avait aussi un étui contenant des bijoux.

Dans la poche de devant, on avait glissé un portefeuille avec des billets en euros, et une feuille de papier pliée en quatre. Je la dépliai et vis, tracés à la hâte, les horaires d'un vol à destination de la Sicile. L'avion était censé décoller de Heathrow à vingt et une heures, le 24 juillet. C'est-à-dire le jour de la disparition de Geneviève.

Il n'y avait qu'un seul autre objet, c'était un passeport.

Celui de Geneviève.

— Oh, mon Dieu ! chuchotai-je.

Il n'y avait donc plus aucun doute. Geneviève n'était pas partie. Elle n'avait jamais quitté Avalon. Elle devait se trouver encore quelque part, dans la propriété.

Une voiture passa sur la route en bas du jardin, et je sursautai. Alexander serait de retour d'une minute à l'autre. S'il remontait l'allée et me voyait là, avec le sac de Geneviève...

Je ramassai prestement le sac de voyage et son contenu, le jetai à l'intérieur de la grange et refermai la porte. Je ne parvins pas à remettre le loquet. J'essayai de soulever le battant, mais en vain, il était beaucoup trop lourd. Réprimant un sanglot, je cherchai du regard une pierre assez grosse pour le coincer. Je finis par en trouver une, la poussai avec mon pied pour qu'elle maintienne la porte, puis remontai en courant vers la maison. Je n'avais pas de plan pour la suite. Je voulais juste récupérer mon téléphone et quitter Avalon. Puis j'appellerais de l'aide. Je ne savais pas encore vers qui j'allais me tourner, mais...

Non, je ne pouvais pas faire ça. Pas question de partir sans Jamie.

De toute façon, j'avais besoin du téléphone. Je le cherchai, en proie à une panique grandissante, ouvrant les tiroirs, renversant des piles de papiers sur le sol, fouillant les poches des manteaux accrochés dans le vestibule. Il n'était nulle part. Je l'avais peut-être égaré dans la grange. Le souffle court, je rappelai May depuis la ligne fixe. Pas de réponse. Le seul autre numéro que je connaissais par cœur était celui de Claudia. Je le composai. Mon soulagement fut tel lorsque Petra répondit que j'eus du mal à parler.

— Petra, c'est moi... Sarah. Ecoute, il faut que je parle à ta maman tout de suite, c'est urgent. Je...

— Elle ne peut pas vous répondre.

Malgré mon affolement, je perçus l'anxiété dans la voix de la petite fille. Je fis un effort pour me ressaisir et demandai, avec autant de calme que possible :

— Que se passe-t-il, ma chérie ?

— Maman doit aller chez grand-maman et...

J'entendis la voix d'Allegra en arrière-plan. Petra dut mettre la main sur le récepteur, car tous les bruits furent étouffés un instant, puis une des filles poussa un gémissement.

— Allô ? Petra, ça va ? Petra ?

Elle laissa tomber le récepteur. Il y eut des bruits de voix affolées. J'étais sur le point de raccrocher pour composer le numéro des secours, lorsque Bill reprit la communication.

— Allô, Sarah ?

— Que se passe-t-il ? m'écriai-je. Que vous arrive-t-il ?

— Où êtes-vous, Sarah ?

— A Avalon.

— Où sont Alexander et Jamie ?

— Ils sont partis chercher un sapin de Noël.

Une autre conversation étouffée à l'autre bout de la ligne. Puis la voix de Claudia retentit, crispée et plus aiguë qu'en temps normal. Suivit une vive agitation, et le bruit de portes se refermant brusquement. Bill revint au téléphone.

— Sarah, je vais venir vous chercher. Attendez-moi dehors.

— Pourquoi ? Que s'est-il passé ? Il y a eu un accident ?

Bill soupira. Je l'imaginai ôtant ses lunettes et se massant l'arête du nez.

— Les policiers ont fouillé l'ancienne carrière ce matin, dit-il d'une voix accablée, comme s'il portait le poids du monde sur ses épaules.

— Et... ? chuchotai-je d'une voix faible.

— Ils ont découvert un corps.

57

Je n'avais pas le temps de remplir ma valise. Je pris mon manteau et me précipitai dehors. Le portail du jardin se rabattit derrière moi avec un bruit sourd, et je dévalai l'allée boueuse.

En arrivant devant la grange, je vis que la porte s'était rouverte. Les vêtements de Geneviève étaient tombés du sac et avaient glissé sur le capot du tracteur. La scène faisait penser à un accident de la route. L'épaule appuyée contre la porte dans une vaine tentative pour la refermer, j'entendis un bruit de pneus dans l'allée.

Je remerciai le ciel, soulagée. Mais quand la voiture apparut, ce n'était pas la Volvo de Bill, mais la Land Rover. De la boue maculait les vitres et la carrosserie, et un sapin émergeait du hayon.

Alexander donna un coup de klaxon et Jamie me fit de grands signes à travers la vitre. J'eus l'impression que le temps s'arrêtait, que plusieurs secondes s'écoulaient entre chacun de mes battements de cœur. Fermant les yeux, je luttai contre un étourdissement.

— Salut ! me dit Alexander en se penchant par la fenêtre baissée. Que fais-tu là ?

Il souriait, mais je décelai un soupçon d'inquiétude dans son regard. Je plaquai une main contre la porte de la grange pour la maintenir fermée.

— J'ai trouvé le socle pour l'arbre de Noël, dis-je d'une voix qui me parut étrange et déformée.

Je désignai l'objet en question du bout du pied.

— On a pris un grand sapin, Sarah ! cria Jamie. Il est géant !

— Que se passe-t-il ? s'enquit Alexander en arrêtant le moteur.

— Rien.

Alexander ouvrit la portière et descendit. Il était pâle.

— Tu ne te sens pas bien ? Que s'est-il passé ?

— Rien.

La porte de la grange pesait contre mon dos. Alex fit un pas vers moi. Je me plaquai contre le battant. La vieille peinture s'effrita et de la poussière glissa sous mes doigts.

— Viens, papa, il faut porter le sapin à la maison.

Jamie s'agitait, essayant de défaire sa ceinture de sécurité. Reste dans la voiture, Jamie, suppliai-je intérieurement. Je t'en prie, je t'en prie, reste dans la voiture.

— Sarah ?

Alexander se dressait devant moi.

— Tu ne veux pas aller mettre de l'eau à chauffer pour le thé ? demandai-je.

Je me sentis chanceler. Il ne fallait pas que je m'évanouisse. Non, pas maintenant.

— Laisse-moi passer, dit-il d'une voix posée.

— Non.

Il posa une main à plat sur le bois, au-dessus de ma tête.

J'agis sur une impulsion. Plongeant sous son bras, je me mis à courir et grimpai derrière le volant de la Land Rover. Alexander se retourna, éberlué, mais il n'eut pas le temps de réagir. Je mis le contact, m'avançai sur le siège pour atteindre les pédales et passai la marche arrière.

— Tu fais quoi, Sarah ? demanda Jamie.

Il avait toujours sa ceinture et ne semblait pas inquiet du tout. Juste un peu étonné. La boîte de vitesse craqua et la voiture tressauta.

— Nous allons...

— Où ça ?

— Je ne sais pas.

Je revins au point mort et fis une nouvelle tentative.

— Mais, Sarah, il faut s'occuper du sapin ! protesta Jamie en essayant d'ouvrir sa portière.

Je me penchai pour lui agripper la main.

— Non, Jamie, non !

— Qu'est-ce que tu fais ?

La porte de la grange s'était ouverte, mais Alexander n'avait même pas jeté un coup d'œil à l'intérieur. Il se dirigeait vers nous, et je me débattis avec les pédales, m'efforçant de coordonner mes mouvements pour passer la vitesse. Il leva les mains devant lui, paumes vers le ciel. En arrière-plan, j'aperçus le sac et les vêtements de Geneviève répandus sur le tracteur. Alex plaqua une main sur le capot de la Land Rover.

— Sarah… ?

Soudain, je parvins à passer la vitesse, et la voiture recula.

— Sarah !

Alex frappa la carrosserie du plat de la main. Son visage était crispé en une grimace douloureuse, mais j'évitai de le regarder, je ne voulais pas me laisser fléchir. Je me retournai pour guider la voiture dans le virage, et presque immédiatement je compris ce qui allait arriver. J'enfonçai la pédale de frein, mais pas assez vite pour éviter la collision. L'arrière de la Land Rover s'écrasa contre le pare-chocs de la voiture de police qui arrivait en sens inverse.

58

Si j'avais été seule, je serais retournée directement à Manchester. Mais je ne pouvais pas abandonner Jamie, et il ne m'était pas possible non plus de l'emmener avec moi. La famille de Geneviève s'y serait formellement opposée. L'agent de liaison avec les familles me dit qu'il valait mieux le laisser dans son environnement familier, avec les personnes qu'il connaissait, pendant ce qu'elle appelait « cette période difficile ». Comme nous ne pouvions rester à Avalon puisque la police avait fermé la maison, nous nous réfugiâmes chez Claudia, à la Grange. Je n'avais que mon manteau, mon sac, et mon téléphone que j'avais retrouvé sur le tableau de bord de la Land Rover. Jamie n'avait rien, en dehors des vêtements qu'il portait.

A la Grange, l'atmosphère était épouvantable. Les adultes s'efforçaient de réprimer leur chagrin et leur colère, pour ne pas inquiéter les enfants. Ces derniers savaient que quelqu'un était tombé dans la carrière mais ils ignoraient que cette personne était morte, et que c'était presque certainement Geneviève. Ils ignoraient aussi que tout le monde croyait qu'Alexander l'avait tuée. Ils n'avaient pas conscience de l'horreur de la situation.

Claudia avait du mal à poser les yeux sur moi. Cela n'avait rien à voir avec mon visage de plus en plus enflé et tuméfié. Je savais ce qu'elle pensait. Elle se disait que j'étais la femme qui couchait avec l'homme qui avait tué sa sœur. A son avis, je devais forcément savoir quelque chose. Des détails avaient dû éveiller mes soupçons, cependant je ne lui en avais jamais parlé. Elle avait raison. Il avait fallu que je prenne des décisions, et chaque fois j'avais choisi de me placer du côté d'Alex. S'il s'avérait que j'avais fait le mauvais choix, alors j'étais aussi coupable que lui.

En admettant que ce soit lui l'assassin.

Mon cœur, et une petite voix dans ma tête, me disait qu'Alexander n'aurait jamais fait le moindre mal à Geneviève. Mais sachant ce que j'éprouvais moi-même pour Jamie, je pouvais comprendre qu'il ait eu envie de tuer son épouse. Je ressentais même une certaine compassion pour lui. Alex savait que si Geneviève emmenait son fils, il ne le reverrait jamais. Dans ces circonstances, l'émotion avait pu prendre le pas sur la raison et lui faire perdre la tête.

Ce n'était pas tout. Il y avait encore autre chose, qui me rongeait.

Les policiers n'avaient pas perdu de temps une fois à Avalon. Ils avaient entouré Jamie, s'étaient montrés gentils, et l'enfant n'avait pas eu le temps de voir le visage de son père quand celui-ci avait appris la nouvelle. Mais moi, je l'avais vu.

Alexander avait jeté un coup d'œil dans ma direction, espérant un encouragement de ma part.

Je n'avais pas pu soutenir son regard, je m'étais détournée. Au moment où il avait eu le plus besoin de moi, je lui avais fait comprendre que je doutais de lui.

J'allai dans la grande cuisine préparer quelque chose pour Jamie. Penchée au-dessus de l'évier, Claudia faisait la vaisselle avec des gestes brusques, comme si ses tasses en porcelaine étaient responsables de son désespoir. Il y en avait beaucoup, car elle avait servi du café aux policiers.

— Claudia... dis-je d'une voix hésitante. Est-ce que je peux faire un sandwich pour Jamie ?

Elle se retourna, la mine sombre. Puis elle jeta son éponge dans l'eau, projetant des gouttelettes savonneuses autour d'elle, et ôta ses gants en caoutchouc.

— J'ai essayé de t'aider ! lança-t-elle d'une voix chargée de colère.

Ses yeux étaient rouges et gonflés. Ses cheveux aux racines grises retombaient sans grâce autour de son visage lourd.

— Je t'ai mise au courant de tout, je suis devenue ton amie, je t'ai même donné une deuxième chance, après avoir découvert que tu m'avais menti au sujet de... de cet homme !

Je voulus répondre, mais elle leva une main devant elle pour me faire taire.

— J'ai cru que nous étions amies.

— Oh, mais, Claudia, nous le sommes !

— Vraiment ? Donc, tu n'avais pas prévu de t'enfuir avec Alexander ? La police ne t'a pas trouvée en train de faire vos bagages ?

— Oui, mais...

— Tu savais qu'ils allaient commencer des recherches ! Tu savais qu'ils allaient découvrir le corps de ma sœur ! Tu t'es dit qu'il valait mieux filer avant qu'ils ne vous retiennent, n'est-ce pas ?

— Non, non, ce n'est pas ça... Claudia, je n'étais pas au courant pour Geneviève, je ne savais rien !

Les yeux étrécis, Claudia brandit un doigt menaçant sous mon nez.

— Tu ne m'as rien dit ! Moi, j'ai été franche avec toi, Sarah, et tu ne m'as pas dit que vous alliez partir !

Je voulus rassembler mes souvenirs, mais tout était brouillé dans ma tête. Je ne me trouvais aucune circonstance atténuante.

— Et le pire de tout, c'est que tu allais enlever Jamie à ses grands-parents, alors qu'il est tout ce qui leur reste ! Juste au moment de Noël ! Comment pouvais-tu leur faire ça ?

— Ils t'ont, Claudia. Ils ont aussi nos filles, dit tranquillement une voix, dans mon dos.

Bill venait d'entrer dans la cuisine. Il alla prendre Claudia dans ses bras. Elle s'abandonna en larmes contre son torse, tandis qu'il lui caressait les cheveux. Elle pleurait comme un enfant, les épaules secouées de sanglots. Bill remonta ses lunettes sur son front, tout en la berçant.

— Chut, chuchota-t-il d'une voix apaisante. Ça va aller.

Je tournai les talons et sortis dans le jardin. Je n'avais pas mon manteau, le froid était glacial. Blue, qui reniflait les buissons d'un air affairé tout au bout du terrain, bondit joyeusement vers moi lorsqu'il me vit. J'avais les bras croisés pour me protéger du froid, et je lui tournai le dos, mais il me sauta tout de même dessus, me faisant tomber. Il me lécha le visage avec mille démonstrations d'affection, avant que je ne parvienne à le repousser et à me relever. Je marchai jusqu'à la grille du jardin et contemplai le paysage hivernal. Tout était noir et blanc, avec quelques nuances de gris. C'est fini, me dis-je. Geneviève a été retrouvée, tout ce que je partageais avec Alexander est perdu. J'avais toujours su que lorsque Geneviève reviendrait, il n'y aurait plus de place pour moi. Cependant, je ne m'attendais pas à ce que les choses se terminent de cette façon.

Quand le froid se fit trop mordant, je retournai dans le salon et allumai le téléviseur, le son coupé. La maison d'Avalon apparut à l'écran, et voir cet endroit que je connaissais si bien me désarçonna. J'étais comme condamnée à regarder. Tout était à la fois pareil et différent de la réalité. La Land Rover était hissée sur un camion, pour être examinée par les experts. Le sapin de Noël était couché près du mur, toujours enveloppé de plastique. Alexander avait été arrêté, mais il n'était pas inculpé. Je l'imaginai assis, les épaules voûtées, humilié, dans une petite pièce carrelée. Les policiers méprisants le considéraient comme un assassin, lui posaient des questions. A cette pensée, mon estomac se contracta douloureusement.

J'avais tellement voulu avoir confiance en lui.

J'avais essayé.

— Eteignez ça ! lança Bill en entrant dans le salon. Pour l'amour du ciel, éteignez la télévision avant que les enfants ne voient ça.

La première équipe de télévision se présenta à l'entrée de la carrière avant la nuit. De la fenêtre de la salle de bains, je voyais les lumières des camions alignés sur la route. Les policiers avaient tendu des rubans jaunes devant le portail, et un officier à l'expression grave et respectueuse montait la garde.

Le corps de Geneviève n'était plus dans la carrière.

Ils l'avaient emporté dans un sac mortuaire noir, à l'arrière d'une voiture de police. Officiellement, bien sûr, le corps n'était pas celui de Geneviève. Il n'avait pas encore été identifié, mais nous savions tous que c'était elle. Les plongeurs l'avaient sortie de l'eau, et une tente était maintenant dressée à l'endroit où ils l'avaient allongée pour l'examiner.

Je ne pouvais pas supporter d'y penser, mais je ne pouvais non plus m'empêcher de me représenter la scène. Dans mon idée Geneviève devait ressembler à une sirène, son corps d'un vert très pâle, décoloré, blanc comme des arêtes de poisson, scintillant dans la lumière d'hiver.

Les enfants mangèrent de la pizza devant la télé, dans le bureau. Bill avait débranché l'antenne afin qu'ils ne puissent pas voir les programmes d'informations et leur avait donné une pile de DVD. Ensuite, il s'était rendu à Elenora House pour recevoir les journalistes et répondre aux appels téléphoniques des amis et des parents qui avaient vu les infos. Le visage charismatique de Geneviève occupait l'écran sur toutes les chaînes. Bill dit à Claudia d'un ton amer que les journalistes et les présentateurs adoraient l'histoire de Geneviève. Elle était parfaite pour leurs émissions : la belle héritière talentueuse, malheureuse en amour, la jeune mère que son mari avait menacé de tuer si elle le quittait. Elle s'apprêtait à fuir et maintenant elle était morte, on avait trouvé son corps rompu au fond de la carrière qui avait fait la fortune de ses parents. On ne pouvait concevoir une meilleure histoire pour plaire aux auditeurs.

Personne ne m'adressait la parole. J'étais leur bête noire, ils ne voulaient pas de moi chez eux. Je ne pouvais leur en vouloir. Ils avaient essayé de me persuader d'aller dormir chez Betsy, ou de prendre une chambre. Il y avait un hôtel sur la route de l'aéroport et Bill proposa même de m'y conduire, mais je refusai poliment. Ma place était auprès de Jamie. Bill leva les yeux au ciel, et je vis Claudia pincer les lèvres.

Ils ne voulaient pas de moi, je n'avais pas envie de rester, mais que pouvais-je faire d'autre ? Pas question de quitter Jamie. Je m'y refusais. Claudia et Bill durent comprendre qu'ils auraient plus de problèmes si je partais dès ce soir que si je restais. Ils auraient pu insister mais ils s'abstinrent, songeant probablement que Jamie serait bouleversé d'être séparé de moi et de son père. Ils n'avaient simplement plus la force de gérer une situation aussi douloureuse. Aussi, je demeurai à la Grange, rasant les murs comme une pestiférée. Je n'entrais que dans les pièces où nul ne se trouvait. Je me rendais aussi invisible que possible, avec mon visage déformé par les hématomes.

Jamie et moi devions dormir dans la chambre d'amis. Le lit était déjà prêt, car Claudia avait invité des cousins de sa mère pour les vacances, et ils auraient dû arriver le lendemain matin. La chambre était ravissante, il y avait d'épaisses serviettes en éponge posées sur le radiateur, et des fleurs rouges dans un vase sur le rebord de la fenêtre. Jamie était surexcité. A minuit, je le fis sortir du bureau et nous montâmes enfiler des vêtements de nuit prêtés par Claudia. Affublé d'une chemise de nuit, il fit pipi dans la salle de bains, pendant que je me brossais les dents, en pyjama d'homme trop grand pour moi.

Je lui décochai un coup d'œil, et il me fit un sourire édenté. Il n'y avait aucun lien de sang entre Alexander et l'enfant, pas d'héritage génétique, et cependant le fait qu'ils étaient père et fils semblait irréfutable.

— J'aime mieux cette maison que la nôtre, dit-il. Il fait plus chaud.

— Oui, c'est bien.

— Où est papa ?

— Il est occupé.

— Pourquoi ?

Je contemplai mon reflet dans le miroir, au-dessus du lavabo. Il y avait des traces blanches de dentifrice sur mon menton.

— Je ne sais pas trop. Il a des choses à faire.

— Quelles choses ?

— Jamie, repris-je d'une voix douce, pourquoi t'es-tu débarrassé du nounours bleu et de la lettre de ta maman ?

Il haussa les épaules, penaud.

— Je voudrais juste savoir, repris-je.

— Maman m'a dit de le faire.

Je me penchai pour me laver la bouche au robinet, puis rinçai le lavabo.

— Elle te l'a demandé, dans un rêve ?

— Je ne sais pas. Elle me l'a dit, c'est tout.

— C'est papa qui t'a dit de répondre ça ?

Jamie se renfrogna, comme toujours lorsqu'on l'accusait à tort.

— Non !

Je ressentis un intense soulagement. Et je sus aussitôt très clairement ce que je devais faire.

Il fallait que j'éloigne Jamie de Burrington Stoke, que je l'emmène dans un endroit sûr, où je pourrais m'occuper de lui et le protéger.

S'il restait ici, j'imaginais déjà comment les choses se dérouleraient.

Le lendemain matin, le corps de Geneviève serait formellement identifié par Claudia, ou par sa mère. Quelqu'un devrait dire à Jamie que sa maman était morte. L'homme qu'il avait toujours considéré comme son père n'était pas là pour le prendre sous son aile. Il saurait très vite que tout le monde prenait son père pour l'assassin de sa mère. Les médias allaient se déchaîner. Il deviendrait impossible de lui cacher quoi que ce soit. Son univers s'effondrerait et toute sa vie il devrait traîner ce terrible fardeau. Une mère morte alors qu'il était tout petit, un père qui au mieux n'avait pas su protéger sa famille, au pire l'avait détruite. Il deviendrait un enfant différent, un homme différent. Il aurait des difficultés dans ses relations avec autrui. Soit il s'accrocherait à ceux qu'il aimait de peur de les perdre, soit il rejetterait toute intimité, car il penserait que cela ne pouvait engendrer que de terribles chagrins.

Je lui rendis son sourire, comme si de rien n'était. Il me semblait injuste qu'il doive faire face à tant de tristesse et d'injustice. S'il restait dans cette maison, ce serait sa dernière nuit de petit garçon innocent. Tout son avenir serait décidé, programmé, par les autres.

Si je l'emmenais loin, cette épreuve pourrait lui être épargnée.

— Allez, dis-je. Au lit.

Une fois couchés, nous chantâmes *Le Petit Renne au nez rouge*, une bonne centaine de fois. Les pieds de Jamie étaient collés contre mes cuisses. J'essayais d'étoffer mon plan, mais je n'arrivais pas à réfléchir, surtout avec Jamie qui me harcelait pour que je continue de chanter. Je me disais que si nous pouvions arriver à Manchester avant le matin, tout irait bien. Je mettrais Jamie en sécurité. Je connaissais bien la ville, nous pourrions louer un appartement et personne ne nous poserait de questions. Je continuerais de m'occuper de Jamie comme je l'avais fait jusqu'à présent. Nous nous débrouillerions tous les deux, et il serait heureux. C'était le plus important.

— Sarah ! s'exclama-t-il, fâché.

— Quoi ?

— Tu ne te concentres pas.

— Désolée. Je suis vraiment désolée, mon petit lapin.

Il finit par s'endormir. La lampe projetait une jolie lumière dorée sur son visage. Je la laissai allumée, sortis du lit avec précaution, descendis au rez-de-chaussée. La pendule de la cheminée indiquait qu'il était deux heures dix. Il y avait de la lumière dans la cuisine. Je poussai la porte sans bruit. Bill était assis, à moitié effondré sur la table, une bouteille de whisky et un verre à côté de lui. Sa tête reposait sur ses bras croisés, sa bouche était entrouverte. A la façon dont il respirait, je compris qu'il dormait. Blue, couché dans son panier, leva la tête et battit le sol de sa queue. Je posai un doigt sur mes lèvres et tirai silencieusement la porte.

59

J'habillai Jamie endormi et le remis au chaud dans le lit. Puis j'enfilai mes vêtements, pris une couverture dans l'armoire, la jetai par la fenêtre avant de la refermer. Je soulevai l'enfant. Celui-ci remua un peu, noua les bras autour de mon cou, et les jambes autour de ma taille.

— Nous allons faire une petite promenade, murmurai-je en le serrant contre moi.

Je repris l'escalier. Je n'avais pas peur. Je savais que je n'avais pas le choix. Il fallait que je l'emmène, quels que soient les risques. C'était pour son bien. Blue passa son gros museau carré dans l'entrebâillement de la porte de la cuisine, pour nous regarder.

— Sois sage, Blue. Reste là.

L'animal pencha la tête de côté puis se coucha sagement, le museau sur ses pattes de devant.

— Reste là ! Bon chien.

Bill avait certainement fermé la porte d'entrée à clé, et branché l'alarme. Je rejoignis donc le salon et fis doucement coulisser une des baies vitrées.

La nuit était claire, mais j'eus un choc en sentant le froid glacial. Jamie était lourd. Je songeai à attacher la couverture en bandoulière pour l'y transporter, mais seule c'était difficile à réaliser. Je me contentai donc de la draper sur lui pour le tenir au chaud. Tout en lui parlant tout bas pour me rassurer moi-même, je me mis en route. J'avais oublié le système électrique qui commandait le portail d'entrée, mais par chance celui-ci était resté ouvert. Avec un soupir de soulagement, je m'engageai sur la route.

Tout le long du trajet, je racontai à Jamie l'histoire d'un dinosaure qui en avait assez de vivre dans la carrière, et qui décidait de s'enfuir pour commencer une nouvelle vie. Jamie dormait, mais j'espérais que les mots pénétraient son esprit d'une manière subliminale, et qu'ils l'aideraient à comprendre ce qui se passait, à son réveil.

Tant que nous restâmes dans la colline, tout se passa bien. Je marchais au milieu du chemin, en suivant le ruban d'herbe gelée qui poussait là où les roues de voiture ne passaient jamais. Mais quand nous atteignîmes l'entrée de la vieille carrière, je vis un véhicule de police garé devant les grilles. Il n'y avait pas d'autre passage. Serrant mon précieux fardeau contre ma poitrine, je me fis aussi discrète que possible, en espérant que la buée blanche qui s'échappait de mes lèvres ne nous trahirait pas.

Le reste de la route était désert. J'entendis des chouettes ululer dans les arbres, des petits animaux passaient furtivement entre les buissons, mais c'était tout. Il n'y avait rien de dangereux. La lune évoluait lentement dans le ciel, les étoiles scintillaient dans le noir, le paysage était superbe.

Nous parvînmes sans encombre en bas de la route. Mes épaules étaient déjà ankylosées, et je savais que je ne pourrais pas aller beaucoup plus loin. Je m'assis sur un banc à l'arrêt d'autobus du village. Dès que je cessai de marcher, Jamie s'agita. Je me relevai donc et me remis en chemin. A peine deux ou trois kilomètres nous séparaient de la grande route, où nous pourrions prendre un autocar pour Bristol ou pour Wells. Personne ne remarquerait notre absence avant le matin. J'avais éteint la lampe dans la chambre, et ramené la couette en boule sur le lit pour faire croire que nous étions pelotonnés dessous, au cas où Bill serait venu jeter un coup d'œil avant d'aller se coucher. Je me disais que si nous parvenions à prendre un train vers le nord avant que l'on s'aperçoive de notre absence, tout irait bien.

Une fois au croisement avec la grande route, je m'arrêtai. J'avais prévu de me rendre à Manchester, mais c'était le premier endroit où on nous chercherait. Si je me dirigeais vers le sud plutôt que vers le nord, cela me laisserait plus de temps. Personne ne songerait que nous étions partis à Fowey, par exemple. Alex et moi n'avions pas soufflé mot de ce projet. D'après ce qu'avait dit Alexander, il y avait de nombreuses locations en ville, et Jamie serait enchanté d'être au bord de la mer. C'était une bonne idée, un bien meilleur projet que Manchester. Voilà ce qu'il fallait faire.

Les lumières d'un véhicule apparurent. Je me renfonçai dans le bas-côté, mais la voiture tourna vers Burrington Stoke, et les phares me balayèrent au passage. Je tournai le dos, mais c'était trop tard. J'étais repérée. La voiture ralentit, s'arrêta, et la portière s'ouvrit côté conducteur. Un homme grand et mince sortit, et traversa posément la chaussée. Il portait un bonnet bleu foncé. Il se pencha et me regarda, dans l'éclairage du réverbère.

— Tout va bien ? demanda-t-il avec douceur.

Je fis un signe de tête affirmatif.

— Tu dois être frigorifiée.

— Non, ça va.

L'homme tendit les bras.

— Donne, je vais le porter. Assieds-toi dans la voiture et repose-toi.

— Je ne pouvais pas le laisser, dis-je. J'avais promis de m'occuper de lui. Je ne pouvais pas le laisser affronter cela tout seul.

— Bien sûr, dit Neil. Mais ne t'inquiète pas, nous sommes là maintenant. Nous sommes venus t'aider.

60

Dans la voiture, nous gardâmes le silence un moment. May frottait mes mains glacées entre les siennes, et la radio diffusait des musiques de Noël.

— Il faut que nous te ramenions là-bas, Sarah, sinon tu vas avoir toutes sortes de problèmes. Tu le sais, n'est-ce pas ?

— Oh, je t'en prie, non...

— Ma chérie, réfléchis, me dit May. Je sais que tu ne veux que le bien de Jamie, mais déclencher une chasse à l'homme dans tout le pays, le lendemain de l'arrestation d'Alexander, n'est pas la meilleure façon de faire le bonheur de cet enfant. Si tu veux rester auprès de lui, il faut que tu te montres responsable et que tu empruntes une voie raisonnable.

— Mais ils ne voudront jamais me le laisser ! La famille va le reprendre, ils lui diront des mensonges sur Alexander, et il ne saura jamais ce qui s'est réellement passé.

May soupira.

— Il le saura, au fond de lui, dans son cœur.

— Non, ils vont le changer. Il n'apprendra jamais la vérité.

Je serrais l'enfant endormi contre moi. Il était recroquevillé sous la couverture, mais j'apercevais ses cils blonds et ses paupières à l'arrondi parfait. Je posai les lèvres sur son front. Sa peau était tiède, je respirai son odeur douce et familière.

Les vitres étaient couvertes de buée. La lune avait disparu derrière la colline et le paysage était sombre.

— Qu'est-il arrivé à ton visage ? s'enquit May.

— Je suis tombée, hier soir.

Est-ce que cela s'était vraiment passé la veille ? Il me semblait que des millions d'années s'étaient écoulées.

May et Neil échangèrent un coup d'œil entendu.

— On dirait que tu t'es battue contre Mike Tyson, dit Neil d'un ton taquin.

— Non.

Une grande vague de lassitude s'abattit sur moi. Quoi que je dise, ils ne voudraient jamais croire que ce n'était pas la faute d'Alexander. S'il avait été capable de tuer Geneviève, il était forcément enclin à la violence, et battre une femme ne lui faisait pas peur !

— Bien, nous allons te ramener, dit May.

Je ne cherchai pas à protester. J'étais si exténuée que tout ce qui arrivait me paraissait inévitable. Ils me firent la leçon sur ce que je devrais dire en arrivant à la Grange. Mais de fait, je n'eus pas à expliquer quoi que ce soit, car personne n'avait remarqué notre départ, et la baie vitrée était restée entrouverte. J'entrai par là avec Jamie, tandis que May sonnait à la porte. Blue se mit à aboyer comme un fou dans la cuisine. Bill vint voir ce qui se passait, et May l'occupa un moment à l'entrée. Il était à moitié endormi, et si imbibé d'alcool qu'il ne se rendit compte de rien.

Je me remis au lit avec Jamie. Les secondes s'égrenèrent lentement, chacune un peu plus douloureuse que la précédente. Je songeais que lorsque j'atteindrais la dernière, celle où je devrais quitter Jamie, je mourrais sans doute de chagrin.

J'entendis Bill aller chercher des couvertures pour May et Neil, afin qu'ils puissent dormir une heure ou deux sur les canapés du salon. Puis ses pas résonnèrent dans l'escalier, il y eut un bruit de chasse d'eau quelque part dans la maison, et le silence retomba. Je n'arrivais pas à dormir. Je ne voulais pas m'abandonner au sommeil.

Le reste de la nuit s'écoula très vite.

Un moment après que les oiseaux se furent mis à chanter, la maison s'anima. Je demeurai immobile. Par bonheur, Jamie continua de dormir.

De la vaisselle cliqueta dans la cuisine, les voix de May et de Claudia en train de discuter me parvinrent. May, manifestement agitée, semblait vouloir s'excuser. Claudia était aussi guindée et distante que sa belle-mère. Les policiers arrivèrent, et se plaignirent du barrage que formaient les journalistes, massés dans l'allée. Les voix des officiers de police étaient graves, les questions directes. La femme qui était agent de liaison avec les familles demanda des nouvelles de Jamie. Une porte se ferma, les conversations se poursuivirent à voix basses, étouffées. Je devinai qu'ils parlaient de moi. Ils se demandaient comment me convaincre de partir en laissant Jamie.

Le garçonnet marmonna en s'étirant. Sa cage thoracique se gonfla sous mes doigts, ses petits pieds se collèrent contre mes jambes. La chemise de nuit s'était entortillée autour de lui. Il bâilla et se frotta les yeux.

— Bonjour, Sarah.

— Coucou, Jamie.

— On peut aller à la maison, préparer le sapin de Noël ?

— J'aimerais bien.

May entra avec du thé, du jus de fruits et des toasts. Elle dit à Jamie d'aller retrouver ses cousines. Quand il fut sorti, elle s'assit au bord du lit, et je compris qu'elle avait été désignée pour me faire part des mauvaises nouvelles.

— Sarah...

— Je sais, fis-je en secouant la tête. Je t'en prie, ne dis rien. Je sais.

— C'est pour son bien, ma chérie. Ce dont ce pauvre petit a besoin, c'est d'être entouré par sa famille.

— J'ai promis de m'occuper de lui.

— Et c'est ce que tu as fait. Tu as très bien veillé sur lui. Mais à présent, il faut le laisser.

Une foule de personnes se pressait au rez-de-chaussée, où une odeur de lotion après-rasage se mêlait à celle de l'air froid du dehors. Des officiers de police en civil prenaient le thé dans le salon avec Virginia, Claudia, et d'autres que je ne connaissais pas. Quelqu'un avait allumé les guirlandes de Noël. Les décorations scintillaient, conférant à la pièce un aspect douillet. Si un nouveau venu avait jeté un coup d'œil par la fenêtre, il n'aurait jamais pu deviner la vérité. Il aurait pensé qu'il s'agissait d'une réception. Je remarquai les empreintes de pas que j'avais laissées autour de la fenêtre. A peine quelques heures plus tôt, je m'étais enfuie dans la nuit, avec Jamie. J'avais essayé de faire ce qu'il y avait de mieux pour lui. J'avais essayé de le protéger, et j'avais lamentablement échoué, au premier obstacle. Dieu seul savait ce qui allait lui arriver, maintenant.

La veille, j'avais été comme engourdie. Ce matin, le choc m'atteignit de plein fouet. Je m'assis à l'écart, épaules courbées, pendant que des arrangements étaient conclus. Le cœur serré, je pensai à Alexander et à Jamie. Si Alex avait été là, il se serait occupé de nous. Il aurait su ce qu'il fallait faire.

May nota des adresses et des numéros de téléphone pour la police, et prit divers engagements en mon nom. Un policier m'expliqua que je serais interrogée officiellement plus tard et que je ne devais sous aucun prétexte entrer en contact avec Alexander. Ce dernier allait être inculpé ce matin, et j'étais un témoin clé. Je hochai la tête en signe de compréhension.

Les policiers voulurent photographier mon visage contusionné, mais je refusai.

— Viens, Sarah, dit Neil lorsque l'entretien avec l'officier fut terminé. Viens, ma chérie, c'est l'heure. Il faut nous mettre en route.

— Il faut que je dise au revoir à Jamie.

— Non, protesta sèchement Claudia. Ne t'approche pas de lui.

— Il le faut, Claudia, je dois lui expliquer.

Bill s'approcha et passa un bras autour des épaules de sa femme. Celle-ci lui prit la main.

— Les enfants sont résistants, dit-il. Jamie se remettra. A partir de maintenant, nous allons nous occuper de lui.

— Je vous en prie...

— Vous ne réussirez qu'à le perturber. C'est cela, que vous voulez ?

May, qui ne supportait pas que l'on me contrarie, s'interposa :

— Une minute. Sarah ne va pas perturber ce petit, elle l'adore.

— Elle ne le connaît pas depuis longtemps. Et elle ne sait pas ce que c'est, d'aimer un enfant !

Neil nous rejoignit.

— Partons, dit-il. Viens, Sarah. Tu pourras revoir Jamie une fois les choses arrangées.

Il me prit par la main, et je me sentis en sécurité. May et lui me guidèrent à l'extérieur. Nous marchions dans l'allée, tête baissée pour nous protéger des flashs des photographes, quand j'entendis Jamie hurler :

— Sarah !

Je me retournai. Jamie franchit le seuil en courant, les bras tendus vers moi.

Bill l'agrippa par les épaules et l'attira en arrière. Ses petites jambes maigres battirent l'air.

— Sarah ! Où tu vas ? cria-t-il.

Les flashs crépitèrent, aveuglants.

— Vous n'avez pas le droit de photographier l'enfant ! s'énerva May en me lâchant la main pour marcher sur les journalistes.

Ceux-ci pointèrent immédiatement leurs objectifs sur elle.

— Laissez-la tranquille ! cria Neil.

— Neil, laisse-moi aller le voir, suppliai-je à mi-voix. Je veux juste lui dire un mot.

Mais une voix résonna près de moi. C'était celle de Twyford.

— Montez dans la voiture, Sarah.

Jamie continuait de crier et de se débattre.

— Laissez-moi ! Laissez-moi ! Sarah !

— Oh... mon Dieu, bredouillai-je, en essayant d'échapper à Neil. Laisse-moi lui parler.

Pendant ce temps, May criait et insultait les journalistes.

— Salauds !

L'inspecteur principal Twyford me prit le bras avec autorité.

— Tournez-vous vers Jamie, ordonna-t-il. S'il vous voit paniquer, il aura encore plus peur. Souriez comme si tout allait bien, et faites-lui signe.

J'obéis. Je vis le petit garçon me tendre les bras en pleurant. Bill essaya de fermer la porte, mais Jamie avait replié les doigts sur le battant. Il allait se faire pincer. Je savais qu'il ne lâcherait pas prise.

— Pourquoi tu t'en vas ? Où est papa ? On rentre quand, à la maison ? Où est maman ? Ne pars pas !

J'ouvris la bouche, mais je ne pus prononcer un mot.

— Souriez, m'ordonna l'inspecteur. Rassurez-le. Je vais aller chercher votre sœur, avant qu'elle n'ait des ennuis avec les journalistes.

Je croisai le regard de Jamie. Sa détresse me serra le cœur.

— Je vais chercher papa. Je vais le ramener à la maison, dis-je.

Je n'étais pas sûre d'avoir prononcé les mots à voix haute. Peut-être les avais-je seulement pensés.

Jamie ne pouvait pas m'avoir entendue. Il continua de crier :

— Sarah ! Sarah ! Ne pars pas ! Tu m'avais promis de ne pas partir ! Tu avais promis !

— Monte dans la voiture, me lança May en repoussant Twyford. Monte ! Je ne peux pas supporter ça. C'est horrible.

Bill détacha un à un les doigts de Jamie, et referma la porte. Je montai dans la voiture de Neil, enfouis la tête entre mes mains et fondis en larmes.

61

J'allai me coucher dans la chambre d'amis de May, et je restai là quelque temps. Quelques jours, une semaine, ou plus. Les hématomes sur mon visage virèrent du noir au jaune. Les éraflures commencèrent à cicatriser. May m'emmena chez mon ancien généraliste, lequel me réprimanda gentiment car je n'étais pas allée m'inscrire chez un médecin, dans le Somerset.

— Dans un sens, cela nous évite d'avoir à refaire tout le dossier, n'est-ce pas ? dit le Dr Rooney.

Je fermai les yeux. Je n'avais pas envie d'être là. Je voulais retourner dans mon lit, bien au chaud sous la couette.

— Vous en aviez vu de dures, la dernière fois que nous nous sommes vus, dit le médecin. Et maintenant, vous avez traversé encore d'autres épreuves. Comment vous sentez-vous ?

— Je ne ressens rien, répondis-je.

C'était la vérité. Il me prescrivit des médicaments, et je retournai au lit.

Je ne lisais pas, je ne pensais pas, je ne dormais pas, je ne rêvais pas, je ne parlais pas, je ne mangeais pas, ne buvais pas, ne me rappelais pas, ne riais pas, ne pleurais pas. Rien. Je n'étais rien. Je ne me lavais plus les cheveux. De temps en temps, May me faisait couler un bain moussant et, pendant que je me prélassais, elle refaisait le lit, faisait le ménage de la chambre, remplaçait mes vêtements sales par du linge propre et repassé. Pauvre May. Ce devait être terrible pour elle, pourtant elle restait si douce et si patiente.

Betsy m'appela quelquefois. Je vis son numéro s'afficher sur mon téléphone, mais je ne répondis pas. J'étais trop fatiguée. May dut la rappeler, car je reçus un paquet de Burrington Stoke avec quelques-unes de mes affaires.

— Ils ont dû rouvrir la maison, dit May.

Elle approcha un de mes pulls de son nez, le renifla, et le flanqua dans la corbeille à linge.

— Cela veut dire que je peux y retourner ?

May secoua la tête.

— Je ne crois pas. Ce ne serait pas une bonne idée.

Le soir, Neil venait s'asseoir à côté de moi dans la chambre et me lisait des articles de ses magazines de cinéma. Ses visites étaient la seule chose que j'attendais avec impatience. Je l'écoutais et ce qu'il avait à dire m'intéressait.

Il n'essaya jamais de me persuader de sortir de la chambre, ou du lit, ou même de ma tête. Il ne faisait aucun commentaire sur la situation. C'était tout le contraire avec May, naturellement, c'était dans sa nature. L'acceptation totale de Neil était une bonne chose pour moi. Un soir, il entra dans ma chambre comme à son habitude, mais resta debout près de la porte.

— Sarah, ce n'est pas bien, tu sais. Tu n'aides pas Jamie, ni Alexander, de cette façon.

— Comment pourrais-je les aider ?

— Tu pourrais découvrir ce qui est arrivé à Geneviève.

— Comment ?

— L'ambiance est calme au travail, ces temps-ci. Comme toujours à cette période de l'année. J'ai eu le temps de lire des articles sur Alexander, sa femme, sa famille. Je crois que cette histoire est plus complexe qu'on ne le croit.

— Qu'as-tu découvert ?

Neil sourit.

— Sarah, on ne peut pas parler sérieusement si tu restes couchée. Lève-toi et habille-toi. Nous irons quelque part et je te raconterai.

Je me rendis dans la salle de bains et m'aspergeai le visage d'eau chaude. Je me brossai les dents avec la brosse électrique donnée par May, puis j'appliquai sa crème hydratante sur ma peau sèche. Elle sentait bon. Je retournai dans la chambre.

— Quel jour sommes-nous ?

— Le 29 décembre, répondit Neil.

May et Neil n'avaient pas fêté Noël, afin de me protéger de moi-même. Leur générosité me toucha, alors que je ne ressentais plus rien depuis des jours. J'éprouvai un mélange de chagrin et de gratitude.

— Les pubs sont ouverts ?

— Bien sûr.

— Allons boire un verre, suggérai-je.

Nous nous rendîmes au Lion, un vieux pub de Manchester.

Pendant que Neil allait commander les boissons, j'examinai un sous-verre en carton sur la table. La dernière fois que j'étais allée dans un pub, c'était avec l'inspecteur Twyford. Je songeai à sa gentillesse quand il m'avait poussée à l'intérieur de la voiture de mon beau-frère devant la Grange, et quand il m'avait demandé de rassurer Jamie. J'avais laissé tomber le petit garçon, et cette idée m'était insupportable. Quelque chose se referma lentement dans mon esprit, comme des volets qui se replient. Au moment où le loquet allait retomber, Neil rejoignit notre table avec une pinte de bière, un verre de merlot et un ticket rose.

— J'ai pris des frites avec de la sauce au curry, annonça-t-il.

Je souris.

Neil me posa des questions sur Alexander, remplissant les vides de mon récit haché avec ce qu'il savait de notre relation. Les frites arrivèrent et je me rendis compte que j'avais une faim de loup. Le vin m'aida à me détendre.

— Quand tu as fait la connaissance d'Alexander, est-ce que quelque chose chez lui t'a mise mal à l'aise ? T'es-tu sentie instinctivement sur tes gardes ? As-tu eu l'impression qu'il était capable de violence ?

Je rassemblai mes souvenirs de Sicile. C'était difficile, mais je me rappelais l'attirance qui avait surgi entre nous. Je n'aurais certainement pas été aussi sensible à son charme si ses sentiments pour moi n'avaient pas été aussi clairs.

— Non. Et pendant tout le temps où je suis restée avec lui, il s'est toujours montré doux, aussi bien avec Jamie qu'avec moi.

— Il a pourtant provoqué une bagarre dans un pub.

— Oh, ça ? Mon Dieu ! J'étais là. Ce n'était pas sa faute.

— Ce n'est pas l'avis des habitués.

— Ils se trompent. Ils exagèrent tout, pour rendre la situation plus dramatique.

Je mangeai une frite, et ajoutai :

— Comment es-tu au courant de cette histoire ?

— C'était dans tous les journaux, Sarah. Les journalistes ne s'intéressent pas trop à toi, mais ils font leurs choux gras de tout ce qui a trait à Alexander et Geneviève. A cette époque de l'année, il ne se passe pas grand-chose. Les quotidiens aiment remplir leur première page avec des articles à scandale. Surtout lorsque des membres de l'aristocratie sont concernés.

Neil marqua une pause et fit tourner la bière dans son verre.

— Ce qui me frappe, c'est que tout le monde, y compris la police, croit à la culpabilité d'Alexander. Il a un casier judiciaire et un mobile, il s'est arrangé pour cacher la vérité, et il a clairement menacé sa femme de la tuer. Il a reconnu qu'ils avaient de violentes disputes. Plaqué par sa bien-aimée, au lieu de s'effondrer, il a introduit une nouvelle petite amie chez lui, c'est-à-dire toi, à peine un mois après. Il a détruit des indices, et n'a rien fait pour aider à retrouver la trace de Geneviève. Et pour finir, il a décidé de mettre les voiles avec toi.

— Je sais.

— C'est presque trop... trop évident. La vie est plus compliquée que ça.

— En général, la réponse la plus évidente est la bonne, n'est-ce pas ?

— C'est ce qu'on dit en tout cas. Mais ce n'est pas parce que tout porte à croire qu'Alexander est coupable que cela en fait un assassin.

Troublée, je posai mon verre et attendis la suite.

— Et si ce n'était pas lui ? reprit Neil. Si Alex disait la vérité depuis le début ? S'il n'était pour rien dans la mort de Geneviève ?

J'ouvris la bouche pour parler, la refermai aussitôt. Tant de questions et d'idées se bousculaient dans mon esprit que je n'y voyais plus clair.

— Réfléchis, Sarah. Tout le monde est tellement occupé à établir sa culpabilité que la vérité n'a aucune chance de faire surface.

Les implications de ce raisonnement étaient si énormes que je ne parvenais pas à les concevoir. Après des jours de désespoir absolu, une lueur perçait l'obscurité, si vive qu'elle en était aveuglante. Enfin, quelque chose de positif se présentait.

Neil prit ma main dans la sienne et la serra doucement.

— Sarah, je ne veux pas te donner de faux espoirs. Les choses se présentent mal pour Alexander. Je ne sais pas s'il est coupable ou innocent, je ne sais rien. Je me disais juste que nous pourrions faire quelques recherches, toi et moi. Dénicher des informations qui l'aideraient

Je hochai la tête.

— Je ne peux rien te promettre.

— Je sais.

— Mais nous ferons de notre mieux, n'est-ce pas ?

— Oui.

Neil me confia ce qu'il avait appris sur Alexander. Celui-ci n'avait pas eu un très bon départ dans la vie. Sa mère était alcoolique, elle avait eu de graves problèmes mentaux, et il n'avait pas connu son père. Il avait fait de nombreux séjours en foyers d'accueil, et se mettait souvent dans de mauvais draps.

— Au fond, tout laissait penser qu'il tournerait mal.

Je songeai à Jamie, à Alexander qui faisait tant d'efforts pour être un bon père, et mes yeux s'embuèrent.

— Alex n'est pas quelqu'un de mauvais.

Neil secoua la tête.

— Sarah, si tu veux que nous allions au bout de cette enquête, il faut que tu raisonnes comme si tu n'étais pas impliquée. Tes sentiments ne doivent pas nous influencer. A partir de maintenant, ton opinion personnelle ne compte plus. Nous ne devons considérer que les faits. Efforce-toi d'être objective.

— D'accord. Désolée.

— Alexander a pu souffrir ou non de maltraitance quand il était enfant. Ce qui est certain, c'est qu'il a été négligé. Sa relation, ou plutôt son manque de relation avec sa mère, a pu l'empêcher de s'attacher à une femme.

Je me crispai.

Neil fit semblant de ne pas s'en apercevoir.

— Geneviève avait confié à sa mère qu'Alexander lui faisait peur, qu'il avait déjà manqué la tuer, et que la prochaine fois il irait sans doute jusqu'au bout...

— Non, c'est faux ! protestai-je. C'est elle qui l'avait blessé. Il n'a jamais porté la main sur elle.

— Geneviève disait que sa vie était en danger. Pour l'instant, c'est ça le plus important. C'est un fait. Dans la lettre qu'elle a laissée à ses parents, elle mentionne encore ses craintes, et des menaces qu'elle a reçues d'Alexander. C'est un deuxième fait établi. Dans ce message, elle énumérait les raisons pour lesquelles elle le quittait. Comme c'est le dernier document qu'elle a laissé, il constitue une preuve capitale.

— C'est aussi la preuve incontestable qu'elle avait l'intention de partir ce jour-là.

— Ouais, admit Neil. Sans cette lettre, ses parents auraient signalé sa disparition bien plus tôt. Elle les prévenait clairement qu'elle ne pourrait les joindre avant quelques semaines et qu'ils ne devaient pas s'inquiéter.

— Elle ne faisait pas allusion à quelqu'un d'autre ?

Neil fit un signe négatif de la tête.

— Pourtant...

Je marquai une pause avant d'ajouter :

— Sa mère m'a laissé entendre qu'elle avait un amant.

— Et c'est vrai.

Je fus parcouruc d'un frisson.

— Comment le sais-tu ?

— La NWM a mis quelqu'un sur l'affaire depuis des semaines. Geneviève se rendait tout le temps à des compétitions équestres, et d'après différentes sources, elle ne sortait jamais avec les autres concurrents le soir. Elle s'éclipsait. Quelqu'un du nom de Juliet Bravo réservait dans des hôtels. Nous avons la certitude que c'était elle. Elle choisissait de beaux établissements, discrets et luxueux, dans la campagne. Elle était toujours accompagnée. Chambre double, champagne, dîner servi dans la chambre. Le personnel ne croisait jamais l'amant.

— Nous ne connaissons pas son nom ?

— Roméo Delta.

Je souris. Quelle triste plaisanterie ! Je me sentis désolée pour Geneviève, et pour Alexander. Ce dernier avait dû soupçonner Geneviève de le tromper lorsqu'elle partait pour ses compétitions et qu'il restait seul à la maison pour s'occuper de Jamie. Il savait, et cependant il n'avait jamais rien dit. Etait-ce sa fierté, ou un sentiment de honte, qui le poussait à garder le silence ? Ou bien encore espérait-il que les amants finiraient par rompre, et que la cellule familiale formée par Geneviève, Alexander et Jamie en sortirait indemne ?

Je me demandai si Geneviève avait fait allusion à « Roméo » dans sa dernière lettre à Alexander. Etait-ce pour cette raison qu'il l'avait détruite ?

— Tu vois qui ça pourrait être ? demanda Neil.

— Geneviève était sortie avec un certain Luke Innes. La police l'a recherché, mais sans succès.

— Elle le connaissait avant Alexander ?

— Oui. Ils sortaient ensemble à Burrington Stoke avant qu'elle ne parte à l'université, et ça a continué quelque temps après.

Songeur, Neil grignota une frite.

— Quelqu'un, supposons que c'était Geneviève, a glissé la lettre d'adieu dans la boîte aux lettres de ses parents, le matin de son départ. Elle voulait être certaine qu'ils la trouveraient ce jour-là, raison pour laquelle elle n'a pas pris le risque de l'envoyer par la poste. Philip avait un rendez-vous à l'hôpital et Virginia l'avait accompagné. Geneviève devait savoir qu'ils étaient sortis. Tu dois connaître les environs mieux que moi, mais d'après la police elle aurait ensuite gravi la colline, probablement pour aller dire au revoir à ses chevaux avant de partir.

Cela paraissait plausible.

Neil but une gorgée de bière avant de poursuivre :

— A en croire Alexander, il est parti travailler comme d'habitude ce matin-là, et a déposé Jamie à l'école. C'était la fin du trimestre, le dernier jour avant les vacances. En temps normal, Geneviève aurait elle-même emmené Jamie, mais elle avait décidé de prendre un bain. Sans doute pour éviter de se trouver face à face avec Alexander. Il dit avoir trouvé sa lettre en évidence sur la table de la cuisine, quand il est rentré du travail ce soir-là. C'était plus tôt que d'habitude, car l'école l'avait appelé pour qu'il vienne chercher Jamie, puisque Geneviève ne s'était pas présentée.

— Mais cette lettre n'existe plus.

— Non. Alexander dit qu'il l'a brûlée.

Neil vida son verre d'un trait, et reprit :

— Ensuite, il y a la question de la lettre que Geneviève a laissée pour Jamie. Elle a également disparu, mais logiquement elle n'aurait jamais dû exister.

— C'est exact. C'est Alex qui l'a écrite, précisai-je.

— Pourquoi aurait-il fait une chose pareille ?

— Pour que Jamie ne soit pas trop inquiet. Geneviève n'avait même pas pensé à dire au revoir à son fils.

Neil se frotta pensivement le menton.

— Non, parce qu'elle ne pensait pas que c'était nécessaire. En réalité, elle a toujours eu l'intention de l'emmener avec elle. Tu as trouvé son sac à elle, mais il y en avait un autre, qui contenait les affaires de Jamie. Le passeport de l'enfant se trouvait dans le bureau d'Alexander. Geneviève ne l'a pas pris avant d'être fin prête, car elle craignait d'éveiller les soupçons de son mari. Elle a vraisemblablement attendu d'être sûre qu'il était au travail pour tout préparer, passer déposer la lettre chez ses parents et prendre Jamie à l'école.

— Comment diable sais-tu tout cela ?

Neil sourit.

— J'ai d'excellents contacts dans la police. Qui coûtent très cher.

— Tu sais aussi qu'Alexander n'est pas le père biologique de Jamie ?

— Naturellement. Supposons que Geneviève avait un amant qu'elle connaissait depuis longtemps. Disons Luke Innes, par exemple. Il y a de fortes chances que celui-ci soit le vrai père de Jamie. Surtout si elle le voyait déjà avant d'avoir rencontré Alexander. S'ils envisageaient d'emmener l'enfant à l'étranger, Alexander n'avait pas l'ombre d'une chance de le récupérer.

— Cela donne un excellent motif à Alexander pour empêcher Geneviève de partir, fis-je remarquer. Et fait de lui un coupable idéal.

— Exact. Mais si Alexander est l'assassin de sa femme, pourquoi l'amant ne se fait-il pas connaître ?

— Parce qu'il n'a pas la conscience tranquille. Il sait qu'il est indirectement responsable de la mort de Geneviève. Peut-être aussi ne veut-il pas qu'on sache qu'il avait une liaison avec elle, à cause de son épouse.

— Ou bien parce que c'est lui qui l'a tuée.

Je soupirai, tremblante.

— Il y a encore autre chose, enchaîna Neil. L'héritage de Geneviève. Il est considérable.

— Alexander se moque de ce genre de choses. L'argent ne l'intéresse pas.

— L'argent intéresse tout le monde, protesta Neil. Surtout si la somme en jeu est conséquente.

62

Quand nous rentrâmes à la maison, pour la première fois depuis mon retour à Manchester, je n'eus pas envie d'aller directement au lit. J'aurais voulu entreprendre sur-le-champ des recherches concernant l'histoire de Geneviève et d'Alexander. Neil avait un ordinateur portable, et je songeai à passer une heure sur Internet. Mais May était sur Facebook. Elle s'était montrée si patiente et avait toléré tant de choses pour moi que je n'eus pas le cœur de prendre sa place. J'allai préparer du chocolat chaud pour nous trois, puis je revins m'asseoir dans le canapé à côté de May et regardai la télévision. Ma sœur repoussa l'ordinateur, passa un bras autour de mes épaules et me serra contre elle.

— Tu te sens mieux ?

— Oui. Grâce à toi et à ton mari.

May sourit, et je l'embrassai sur la joue. Elle sentait le shampooing.

— Je te remercie de tout ce que tu as fait, dis-je.

— Je suis là pour ça.

63

A sept heures et demie le lendemain matin, je m'étais déjà douchée, j'avais lavé et séché mes cheveux, et j'avais revêtu une jupe en tweed, un chemisier en soie ivoire et un manteau vert que May gardait en réserve dans l'espoir de mincir suffisamment un jour pour pouvoir le porter. Je me dirigeais avec Neil vers l'entrée du personnel, sur le côté du bâtiment où se trouvaient les locaux de la NWM. J'étais contente de revoir la ville, avec ses rues, ses lumières, ses autobus. Je me sentais optimiste. Positive. J'étais fière de faire quelque chose pour prouver l'innocence d'Alexander, même s'il devait s'avérer plus tard que j'avais perdu mon temps. J'aurais voulu avoir un moyen de lui faire savoir que j'étais de nouveau sur les rails, que je me battais pour nous tous.

Neil m'inscrivit sur le registre des visiteurs et nous prîmes l'ascenseur. Dans l'immense salle de presse, il me trouva un ordinateur libre. L'atmosphère était feutrée, les gens travaillaient en silence, le son des téléviseurs était coupé, et les sonneries de téléphone assourdies. La moitié des bureaux étaient inoccupés. Neil m'expliqua qu'il y avait eu des licenciements avant Noël et que, parmi les journalistes restants, beaucoup étaient en vacances. Je n'allais gêner personne. Je posai mon manteau et mon écharpe sur le dossier d'une chaise, et je m'assis. Appuyé au bureau, Neil se gratta le crâne.

— Je crois qu'il faudrait commencer par Matt Bryant, dit-il. C'est le type chez qui Alexander a commis le détournement de fonds. Tu connais l'histoire ?

— Oui, j'ai lu un compte rendu du procès dans un journal de l'époque.

— Alexander a épousé Geneviève dès sa sortie de prison, d'accord ?

— Oui.

— Ils devaient donc être déjà très proches avant sa condamnation. Selon toutes les sources, Bryant et lui étaient amis avant cette histoire. Bryant pourra sans doute nous en apprendre davantage sur sa relation avec Geneviève.

— Très bien.

— Si la société de Bryant existe encore, tu pourras la trouver par Internet. Tu sauras le faire ?

J'acquiesçai. J'avais l'impression d'être un enfant, le premier jour d'école. Il me tardait de commencer.

— Pendant que tu t'occupes de ça, je vais voir ce que je peux dégoter sur Geneviève. Y a-t-il quelque chose d'important que j'ignore ? Tu as des pistes pour moi ?

— Rien, à part Luke Innes.

— Très bien. Ce sera mon point de départ. Si tu as besoin de moi, je suis au bureau d'information. Ça ira ?

— Parfaitement.

J'avais hâte qu'il s'en aille, afin de me mettre au travail.

Je trouvai sans difficulté le site Internet de la Société d'Assainissement et de Restauration Bryant. Ce n'était pas un site très original, mais il était évident que, loin de péricliter, l'affaire était florissante. Elle s'était développée et s'était mise à vendre également du mobilier de jardin et du grès. Je montrai le résultat de mes recherches à Neil et lui demandai ce que je devais faire. Il me conseilla de les contacter par téléphone, et de demander Matt Bryant.

— Que dois-je lui dire ?

— Pose-lui des questions sur Alexander.

— Mais il doit le détester, après ce qu'il a fait. Pourquoi m'aiderait-il ?

— Tu ne lui demandes pas son aide, mais des renseignements.

— Et s'il refuse de me parler ?

— Sois charmante, flirte avec lui, je ne sais pas... Tu trouveras bien un moyen.

Il me fallut plusieurs minutes pour me préparer à donner ce coup de fil. Il n'était même pas huit heures et demie, et il me paraissait peu probable qu'il y ait déjà quelqu'un au bureau. Mais un homme décrocha et une voix bourrue annonça :

— Société Bryant.

J'étais tombée tout de suite sur celui que je cherchais à joindre. Matt Bryant ne me parut pas carrément hostile, mais se montra soupçonneux. Il était au courant de ce qui était arrivé à Geneviève et Alexander, et avait déjà été contacté par plusieurs magazines nationaux pour qu'il leur cède sa version des faits en exclusivité. Les articles ne seraient pas publiés avant le procès, mais ils auraient un supplément tout prêt sous la main au cas où Alexander serait déclaré coupable.

— Je ne peux pas supporter ces vautours, grommela Matt. Je les ai assez vus la dernière fois, mais ils s'obstinent à ne pas me laisser tranquille, bon sang ! Je les ai envoyés promener, je ne veux parler à personne.

— Je ne suis pas journaliste, m'empressai-je de préciser.

Je lui expliquai qui j'étais, et quelle était ma relation avec Alexander. Je fis de mon mieux pour le convaincre de l'honorabilité de mes intentions, mais il refusa de me parler au téléphone, en disant qu'il s'était trop souvent « fait avoir » par le passé.

— Si vous voulez parler, ce sera face à face. Mais je ne vous promets rien.

Il raccrocha, et j'allai retrouver Neil au bureau d'information.

— Que se passe-t-il ?

— Il ne veut pas me parler par téléphone.

— Dans ce cas, il faut lui rendre visite.

— Il est dans le Worcester.

— Ce n'est pas si loin que ça.

Neil glissa une main dans sa poche et en sortit un jeu de clés.

— Tu sais où est la voiture. Vas-y. Pars vite.

J'allumai la radio et m'engageai sur la M5. A l'heure du déjeuner, je me retrouvai installée dans un café face à la

Société de Restauration Bryant. J'avais commandé un toast au fromage et à la tomate, et Matt Bryant une tourte à la viande et des frites. Matt m'avait tout de suite reconnue quand je m'étais présentée, car il avait vu ma photo dans les journaux.

« C'est bien vous, avait-il dit en posant une main sur mon épaule. Il fallait que je sois sûr, vous comprenez ? Quelqu'un aurait pu essayer de se faire passer pour vous. C'est une terrible affaire. Allons manger quelque chose. »

Cet homme me plaisait bien. Bavard et amical, il avait une mâchoire forte et un accent prononcé. Il était fier de son affaire, de sa famille, de sa réussite. Il était vêtu d'une simple salopette de travail, mais il arborait une montre de prix au poignet. Ses bottes étaient dotées de bouts ferrés, mais il portait un parfum Calvin Klein, et la plaque minéralogique de sa voiture était personnalisée. J'imaginais très bien qu'il puisse être l'ami d'Alexander, mais dans un monde différent de celui où Alex évoluait quand je l'avais connu. Il y avait foule autour de nous, et il faisait chaud dans le café décoré de guirlandes. Des automates à l'apparence de père Noël émettaient des musiques nasillardes, faisant concurrence aux mélodies de Noël de la radio.

Matt écouta ma version de l'histoire en secouant la tête.

— Je savais que ça ne pouvait conduire qu'à un désastre, dit-il. Bon sang, j'en étais sûr.

— Qu'est-ce qui conduisait au désastre ?

— La relation d'Alex avec Geneviève. Nous l'avons tous mis en garde, mais il n'a rien voulu entendre.

— Ce n'est pas la faute de Geneviève si ça s'est terminé de cette manière, dis-je posément.

— Ecoutez...

Matt agita sa fourchette sous mon nez.

— ... elle a mis le grappin sur Alex. On savait tous qu'elle le jetterait quand elle en aurait assez.

— Comment se sont-ils rencontrés ?

— C'était une amie de ma sœur. Elles étaient à l'université ensemble.

— Oh, je vois.

— Nous étions une bande de copains. Toutes les filles étaient amoureuses d'Alex, mais il n'avait d'yeux que pour

Gen. Il croyait qu'ils étaient faits l'un pour l'autre. Alex faisait partie de ces gens qui essayent toujours de tout faire comme il faut. Mais je suppose que vous le savez déjà.

J'éprouvai une bouffée de nostalgie. Alex me manquait. Jusqu'à présent, je n'avais rencontré personne qui l'avait connu avant Geneviève. Si seulement les choses avaient été différentes. Si je l'avais rencontré quand nous étions plus jeunes, avant que tout cela n'arrive... Mais je ne l'aurais pas intéressé. Il aurait choisi Geneviève, naturellement.

Matt avala une gorgée de thé.

— Quoi qu'il arrive, il cherchait toujours à réparer les pots cassés. Il était comme ça. Sans doute à cause de sa mère, cette bonne à rien. Et Geneviève, malgré son éducation, ses chevaux, et son joli minois, c'était une catastrophe ambulante. Un beau gâchis.

C'était la première fois que j'entendais parler d'elle de cette façon. Les paroles de Matt contredisaient radicalement ce que je savais d'elle.

— Pourquoi était-ce une catastrophe ?

Matt leva les yeux au ciel.

— Elle avait une relation avec un homme plus âgé qu'elle. Il était marié, mais lui avait promis de quitter sa femme. L'histoire habituelle. Et puis la femme est tombée enceinte et il a dû rester avec elle, pour l'enfant. C'est pour cette raison que Geneviève est venue habiter quelque temps chez nous. Elle était dans un drôle d'état. Elle n'arrêtait pas de pleurer et menaçait de faire toutes sortes de sottises. Un jour elle voulait aller régler l'affaire face à face avec l'épouse du type, le lendemain elle voulait se tuer. Elle soutenait qu'elle ne pouvait pas rester chez elle et faire bonne figure, avec sa mère qui la bombardait de questions.

L'amant en question ne pouvait être Luke Innes, puisque Luke avait le même âge qu'elle et n'était pas marié. Je ressentis une pointe de frustration. J'imaginais très bien Virginia interrogeant Geneviève, s'efforçant de comprendre le chagrin de sa fille. Et Geneviève, incapable de dire un mot, de peur des répercussions. Je comprenais qu'elle ait ressenti le besoin de s'éloigner.

— C'était une victime de première classe ! reprit Matt. La plus grande tragédienne du monde. Une personne normale aurait dit que c'était bien fait pour elle, elle n'avait qu'à ne pas coucher avec un homme marié. Mais Alex s'est rangé de son côté. Il a tout mis sur le dos du gars, il estimait que Geneviève avait été trompée et manipulée, il voulait la rendre heureuse de nouveau.

Je l'encourageai à poursuivre d'un signe de tête.

— Il adorait cette fille. Il vénérait le sol qu'elle foulait. Il aurait fait n'importe quoi pour elle, absolument n'importe quoi.

Matt essuya son assiette avec un morceau de pain. Je regardai un moment par la fenêtre, m'accordant un peu de temps pour me ressaisir. J'étais jalouse de Geneviève, j'en voulais terriblement à Alexander d'avoir été si bon pour elle.

— Je ne m'attendais pas à ce que vous défendiez Alexander. Pas après ce qu'il vous a fait.

Matt suspendit son geste, me regarda droit dans les yeux. Puis il détourna le regard et finit son pain. J'attendis. Il prit une grande gorgée de thé puis reposa délicatement la tasse dans la soucoupe.

— Vous ne savez pas grand-chose, dit-il enfin.

— Je sais qu'il vous a dérobé beaucoup d'argent et que vous avez frôlé la faillite à cause de lui.

Matt hocha la tête.

— C'est ce qui était écrit dans les journaux, en effet.

— Ce n'est pas vrai ?

— Alex a avoué. Il a plaidé coupable. Ça, c'est vrai.

— Je ne comprends pas. Que voulez-vous insinuer ?

Matt se pencha en avant.

— Vous ne savez pas ce qui s'est passé après le procès ? demanda-t-il doucement.

Je secouai la tête.

— Dès qu'Alex a décidé de plaider coupable, tout l'argent qui manquait a réapparu dans les comptes comme par miracle.

— Toute la somme ?

— Jusqu'au moindre penny.

Matt se renversa contre le dossier de sa chaise et croisa les bras. Je reposai un morceau de toast dans mon assiette et m'essuyai les doigts avec une serviette en papier.

— Je ne comprends pas. Vous voulez dire que l'argent n'a pas été volé ?

— Non, il a bel et bien été dérobé. Seulement, quand Alex a décidé d'endosser la faute, quelqu'un a rendu la somme avec une petite note pour notre comptable, stipulant que c'était un don anonyme d'un bienfaiteur.

— Pourquoi quelqu'un aurait-il fait ça ?

— Je suppose que quelqu'un a dit à Alex que s'il acceptait de plaider coupable, mon affaire serait sauvée de la faillite. Et donc, il a mis sa tête en jeu pour sauver la mienne.

— Mon Dieu.

— Naturellement, il protégeait aussi la personne qui avait réellement fait main basse sur l'argent.

Ma gorge était sèche. Je bus une gorgée de thé. J'éprouvai une bouffée de tendresse pour Alexander. Je tournai une question quelques secondes dans ma tête, avant de me décider à la poser. La réponse était tellement importante pour moi.

— Vous êtes certain que ce n'était pas Alexander, le voleur ?

Matt ricana.

— Depuis combien de temps le connaissez-vous ? Alexander a du mal avec les chiffres, et c'est tout juste s'il sait se servir d'Internet. Sa dyslexie est si grave qu'il était dans une section spéciale à l'école. Il n'aurait jamais pu monter une arnaque pareille sans se faire prendre.

— Mais si ce n'était pas lui...

— Allons, ce n'est pas sorcier ! Qui avait un papa très riche et complètement gaga, prêt à tout pour que son bébé n'ait pas d'ennuis ? La même personne pour qui Alex aurait gaiement accepté d'aller en prison. Le pauvre vieux s'imaginait qu'elle prendrait cela pour une preuve d'amour.

— Geneviève ?

— Qui d'autre ?

Je baissai les yeux pour que Matt ne voie pas un éclair de jalousie briller dans mes prunelles. J'avais honte de moi. La pauvre Geneviève était morte, elle gisait froide quelque part, dans un tiroir de morgue. Elle ne reverrait plus jamais Alexander, ne tiendrait plus son enfant dans ses bras, et pourtant j'étais jalouse. Ce sentiment détestable me rongeait, comme un ver dans un fruit.

— Son père est riche comme Crésus. Quel besoin avait-elle de voler de l'argent ?

— Je l'ignore. Mais je suis prêt à parier que ça avait quelque chose à voir avec l'amant marié. Il lui a peut-être dit qu'il n'avait pas les moyens de quitter sa femme, maintenant qu'ils avaient un enfant. Ou bien, elle voulait acheter un petit appartement pour le retrouver en secret. Elle ne pouvait pas demander de l'argent à papa, pour ça.

Je songeai à l'appartement de Tenby.

— Vous pensez donc que ce n'était pas fini, entre Geneviève et cet homme, bien qu'il lui ait dit qu'il ne quitterait pas sa femme ?

Matt haussa les épaules.

— Elle n'est pas tombée enceinte par l'opération du Saint-Esprit, n'est-ce pas ?

— Non, certainement pas.

— Je suis désolé qu'elle soit morte. Elle ne méritait pas ça, mais cette histoire ne pouvait pas bien se terminer. Genny était enceinte quand Alex est sorti de prison. Mais quand elle lui a dit que c'était lui qu'elle aimait depuis toujours, il l'a crue.

Nous discutâmes encore un peu. Je lui demandai si Geneviève était restée en contact avec sa sœur, mais il n'en savait rien. Charlene s'était mariée et était partie travailler dans une banque à Hongkong. Elle s'était installée là-bas, elle avait deux enfants, et il ne l'avait pas revue depuis des années. Je compris qu'ils n'étaient pas très proches.

Quand je me levai pour lui dire au revoir, il m'imita et me serra la main en me posant de nouveau une main sur l'épaule.

— J'espère que ça va s'arranger pour Alex. Il a de la chance, d'avoir quelqu'un comme vous qui se bat pour lui.

— J'ai perdu la foi pendant quelque temps, avouai-je.

— Vous êtes très bien, mon petit. Quand vous verrez Alex, et que vous le ferez sortir de taule, donnez-lui le bonjour de ma part. Et dites-lui que s'il a des problèmes, il y aura toujours du travail pour lui, ici.

— Merci. Je n'y manquerai pas.

Alexander était innocent. Cette pensée flottait dans mon esprit quand je quittai Worcester et m'engageai sur l'autoroute. Il était innocent du vol pour lequel on l'avait condamné, et probablement innocent aussi du meurtre dont on l'accusait. Ce qu'il m'avait dit de sa relation avec Geneviève, le fait qu'elle avait été amoureuse d'un autre quand ils s'étaient mariés, qu'il avait essayé en vain de la rendre heureuse... tout cela venait de m'être confirmé par Matt. Tout était compliqué, caché derrière des secrets et des mensonges, afin de protéger d'autres secrets et d'autres mensonges, plus sombres.

Je savais depuis toujours, au fond de mon cœur, qu'Alexander était quelqu'un de bien. A présent, c'était clair aussi dans ma tête. J'aurais aimé revenir en arrière, à ce jour de décembre où Alex et Jamie étaient allés chercher le sapin de Noël. Au lieu de fuir Alexander, j'aurais dû demeurer à ses côtés, lui tenir la main, avoir le courage de dire aux policiers qu'il était incapable d'un acte malhonnête.

Je ne l'avais pas fait.

Je l'avais pris pour un voleur. Je l'avais soupçonné d'avoir caché l'ordinateur de Geneviève dans le puits, de m'avoir fait douter délibérément de ce que je voyais. Quand je l'avais regardé, j'avais pensé aux mots terribles : « Tu seras la prochaine ». Je m'étais demandé ce qu'il allait me faire.

Alexander avait eu pour Geneviève un amour inconditionnel, jusqu'à ce qu'elle rende elle-même cet amour impossible. Je commençais à comprendre pourquoi elle avait agi comme elle l'avait fait, pourquoi elle l'avait poignardé. L'amour d'Alex devait l'irriter, elle se sentait prise au piège. Elle avait voulu lui faire comprendre qu'elle ne lui rendrait jamais ses sentiments. Elle voulait le libérer.

Mais elle voulait aussi garder son enfant.

Alexander avait veillé sur moi, et m'avait accordé sa confiance. Certes, il ne m'aimait pas comme il avait aimé Geneviève. Mais une passion dévorante ne survenait sans doute qu'une seule fois dans une vie. Je ne pouvais pas lui reprocher cela.

Alexander était innocent, et je m'étais montrée terriblement déloyale. Je ne savais pas s'il pourrait me pardonner un jour.

Moi, je ne me le pardonnerais jamais.

64

Il était tard quand j'arrivai à Manchester. Les illuminations de Noël étaient toujours en place mais les soldes avaient commencé. Les vitrines étaient défigurées par des affiches et des inscriptions, les rues jonchées de détritus trempés par la pluie. Un grand silence régnait. C'était le calme avant le chaos des fêtes du nouvel an. Tout en regardant la ville défiler sous mes yeux, je songeais à Alexander. Où était-il, que pensait-il ? Se doutait-il que je faisais mon possible pour le disculper, ou bien avait-il cessé de croire en moi, persuadé que je ne croyais pas en lui ?

Neil m'ouvrit la porte, et je lui sautai au cou, enthousiaste.

— Par ici ! cria May depuis la cuisine. J'ai préparé des kebabs !

— Je vais me laver les mains !

J'allai me rafraîchir dans la salle de bains, puis je passai dans la chambre d'amis, qui était maintenant la mienne, et allai tirer les rideaux pour regarder au-dehors. Il faisait nuit, et je ne distinguais que les fenêtres éclairées des autres maisons de la rue. L'espace d'un instant, je crus sentir le poids d'un bébé contre mon épaule. J'avais imaginé des nuits interrompues, passées devant une fenêtre, à tapoter le dos de mon bébé tout en lui fredonnant une berceuse. Il nicherait sa petite tête dans mon cou, en reniflant. Ce scénario s'était déroulé si souvent dans ma tête que j'avais l'impression que c'était un vrai souvenir.

Je refermai les rideaux.

Nous étions dans la salle de séjour. May avait préparé un repas qu'elle avait disposé sur la table. Neil était assis avec elle dans le canapé, et je m'étais installée face à eux, à même le sol. La pièce était confortable, rassurante. J'avais faim, et je me sentais normale, comme autrefois.

— Regarde-toi ! s'exclama May en me tendant un verre de vin. Les yeux brillants, les cheveux en bataille ! Tu meurs d'envie de nous raconter ce que tu as découvert, n'est-ce pas ?

J'hésitai, et Neil m'encouragea d'un geste.

— Allons, vas-y.

— Eh bien... commençai-je posément, comme si je m'apprêtais à réciter un poème devant ma classe. Le fait principal, c'est qu'Alexander n'a pas dérobé un seul penny à Matt Bryant.

Je regardai May et Neil, rayonnante. Ils hochèrent la tête d'un air approbateur pour m'inciter à poursuivre.

— En fait, c'est tout le contraire. Matt croit qu'Alex a passé un marché avec quelqu'un pour sauver sa société. Il a plaidé coupable car il savait que s'il le faisait, l'argent manquant serait restitué à Matt.

— C'est peut-être le cas, mais cela n'exclut pas qu'Alexander ait pu être celui qui l'avait volé.

— La théorie de Matt, c'est que si le procès s'était déroulé normalement, l'innocence d'Alex aurait été prouvée, et l'identité du véritable voleur serait devenue évidente. C'est pourquoi il était impératif qu'il change de tactique et plaide coupable.

— Seigneur ! s'exclama May en haussant les sourcils.

— Matt pense que c'est Geneviève qui a pris l'argent.

— Comment s'y serait-elle prise ?

— Je ne sais pas.

— Moi, je le sais peut-être, déclara Neil.

Nous le considérâmes avec surprise.

— Attendez. Laissez-moi tout reprendre depuis le début.

Il nous expliqua qu'il avait retracé assez facilement le parcours scolaire de Geneviève grâce à Internet, et qu'il avait parlé à sa malheureuse préceptrice. D'après cette femme, Geneviève était une « entêtée ». Sans verser dans les détails, elle avait laissé entendre que Geneviève, après avoir réussi à se faire renvoyer de deux pensionnats, avait passé le plus clair de son temps dans le troisième à renouveler cette performance. Tout le monde fut étonné quand Geneviève annonça son intention de rejoindre l'université. Elle n'était pas du tout scolaire et ne manifestait aucune inclination pour les études. Tout ce qu'elle aimait, c'était monter à cheval. En supposant qu'elle souhaite poursuivre son éducation, son entourage présumait donc qu'elle irait au collège d'agriculture de Cirencester. Mais elle décida un beau jour que ce qui lui convenait, c'était l'université, et elle mit ce projet à exécution.

— Elle a forcément dû réussir dans le secondaire pour pouvoir être admise, fit remarquer May.

Neil fit un signe négatif.

— Ses résultats étaient catastrophiques. L'école est d'avis que quelqu'un a dû intervenir. La famille devait avoir des amis parmi le personnel enseignant.

— Geneviève était à l'université avec la sœur de Matt Bryant, dis-je.

— C'est là qu'elle a rencontré Charlene Bryant et est devenue son amie, répondit Neil. Ce garçon auquel tu faisais allusion, Sarah, le fameux Luke Innes, était étudiant en deuxième année. Ils ont été colocataires quelque temps.

— Ahh... fit May. C'est donc pour cela qu'elle voulait aller à l'université. Son petit copain l'avait devancée.

— Tu as sans doute raison. Mais si c'était une histoire d'amour, elle n'a pas duré longtemps. Luke a quitté la fac au cours du deuxième trimestre, quand il a découvert que Geneviève sortait avec quelqu'un d'autre.

Un long frisson me parcourut, comme une décharge électrique. Tout se mettait en place. Je levai la main pour intervenir dans la discussion.

— Matt m'a dit qu'elle avait une liaison avec un homme marié.

— Ah, mince alors ! s'exclama May, en écarquillant les yeux.

— C'est la vérité, ajouta Neil.

Il posa son assiette sur la moquette, et se pencha en avant, les coudes sur les genoux.

— La quatrième colocataire était une fille qui s'appelait Isabelle Gerard. Elle pense que Geneviève devait voir un homme rencontré à ses événements hippiques. Il lui avait promis de quitter sa femme...

— Mais la femme est tombée enceinte, et cela a tout changé ! m'exclamai-je, ravie de constater que nos conclusions se rejoignaient. D'après Matt, Geneviève aurait eu une espèce de dépression. Elle ne pouvait pas supporter de rentrer chez elle, car Virginia ne la laissait pas tranquille. Aussi, elle est allée s'installer chez la sœur de Matt, avec la famille de celle-ci. C'est comme ça qu'elle a rencontré Alexander.

— Donc, si elle vivait dans la famille de Matt, et était amie avec Alexander, elle devait tout savoir sur le fonctionnement de la société, conclut May.

— Exactement. Elle a dû se rendre compte rapidement qu'Alexander avait un problème avec les chiffres, et lui proposer de l'aider pour les comptes, ou quelque chose du genre. C'est ainsi qu'elle a dérobé l'argent.

— Nous n'avons pas de certitude sur ce point, remarquai-je.

Je voulais tellement que ce soit vrai que j'avais besoin d'être rassurée, de voir ces suppositions confirmées.

— Tout concorde, répondit Neil.

— Tu n'as pas trouvé le nom de cet homme marié ?

Neil secoua la tête.

— Isabelle n'était même pas sûre que c'était un cavalier. Pour elle, il était simplement vraisemblable que l'homme appartenait à ce milieu. Et cela colle avec ce que nous savons des activités récentes de Geneviève. A condition que ce soit toujours le même amant. Isabelle dit aussi que Geneviève protégeait son identité, et donc que ça devait être un homme important, ou célèbre. Peut-être même quelqu'un de titré. La famille de Geneviève fréquente l'aristocratie, c'est donc plausible.

— Nous pouvons rayer Luke Innes de la liste, puisque ce serait cette nouvelle relation qui l'aurait éloigné de Geneviève.

— Ce peut être n'importe qui, reprit Neil. Si cet homme est riche et connu, et s'il est toujours marié, il ne tient sûrement pas à être identifié. Surtout maintenant.

— Tu n'as aucune piste pour le retrouver ? s'enquit May.

Neil haussa les épaules.

— Isabelle dit qu'elle a entendu une fois Geneviève au téléphone. Une seule fois. Elle avait bu, elle semblait bouleversée et elle suppliait quelqu'un qui s'appelait Lee. Ce nom t'évoque quelque chose, Sarah ?

— Non.

— Merde...

Nous restâmes encore un moment à parler, mais je fus bientôt submergée de fatigue. Je souhaitai une bonne nuit à Neil et à May, j'allai me laver et me changer, et je me pelotonnai dans mon lit après avoir branché la couverture électrique au maximum. Je ne parvins pas à m'endormir.

Je pensais sans cesse à Alexander, à Jamie, et aux secrets qui nous séparaient.

65

Le lendemain, Neil avait une interview à réaliser avant d'aller au bureau. Aussi, il me laissa son ordinateur et me demanda de mettre par écrit tout ce que nous avions découvert jusque-là. May était assistante bénévole dans une école d'enfants autistes, trois jours par semaine. Avant de partir, elle me pria de faire les courses pour le dîner du soir. J'avais donc amplement de quoi m'occuper. Mais avant tout, j'avais quelques petites choses à faire.

Je regardai les informations à la télévision tout en buvant mon café. Sur un écran, derrière le présentateur, s'affichait une photo de Geneviève. Pour une fois, le cliché n'avait pas été pris dans un centre équestre. Elle portait une robe de bal rose, des bijoux au cou et aux oreilles. Sa coiffure était exquise. Elle avait tout d'une princesse.

Le présentateur lisait sa fiche lentement, en détachant les mots.

Le corps de la carrière avait été identifié depuis déjà une semaine, alors que j'étais recroquevillée au fond de mon lit. Les premiers résultats de l'autopsie indiquaient qu'elle avait reçu un coup unique sur la tête, sans doute aucun destiné à donner la mort. Elle avait été assassinée.

Je fermai les yeux. La façon dont Geneviève était morte n'avait pas vraiment d'importance ; cependant, chaque détail m'attristait et me déprimait un peu plus. Chaque fois que j'apprenais quelque chose de nouveau, mon désir d'être avec Jamie, de veiller sur lui, de le protéger, augmentait. Il me manquait terriblement. Je me demandais ce qu'il faisait, qui s'occupait de lui. Presque aussitôt, mes pensées se portaient vers Alexander. Savait-il comment Geneviève était morte ? On n'avait pas dû le ménager en lui annonçant la nouvelle. Etait-il seul ? Avait-il le cœur brisé ?

Il devait penser que personne au monde n'était de son côté.

J'ouvris le carnet de notes de Neil, trouvai une page blanche, et me mis à écrire.

Cher Alex,

Je passai à la ligne suivante. Mais je ne savais pas comment exprimer ce que je ressentais en quelques mots, sur cet étroit morceau de papier. Je ne savais comment expliquer ce qui s'était passé, ou ce que je faisais pour contribuer à faire éclater la vérité, ou encore pourquoi j'avais mis si longtemps à le contacter.

J'écrivis :

Je ne sais pas tout, mais j'ai découvert une partie de la vérité au sujet de Geneviève.

Je barrai immédiatement cette phrase, trop mélodramatique. Alex allait croire que j'étais encore obsédée par son épouse. Il ne comprendrait pas ce que je voulais dire. Je pris une nouvelle feuille.

Cher Alex,
Je pense à toi à chaque instant de la journée et j'espère que tu...

Je m'arrêtai de nouveau. J'espérais quoi ? Qu'il supportait la situation ? Qu'il allait bien ? Qu'il pensait à moi ?

Je déchirai la feuille.

Cher Alex,
Je suis sûre que tu te fais du souci pour Jamie et je voulais te dire qu'il...

Je ne savais pas comment allait Jamie. Je ne savais pas où il était, ni qui s'occupait de lui. Je reposai le carnet, coupai le son du poste de télévision et, sans me laisser trop de temps pour réfléchir, composai le numéro de Claudia. Bill répondit.

— Bonjour, Bill, c'est Sarah.

— Bonjour.

Il était froid, sur la défensive.

— J'ai vu les informations. Je suis désolée, Bill.

— Merci.

— Comment va Claudia ?

La stupidité de ma question lui arracha un soupir excédé. Il ne prit pas la peine de me répondre.

— Et Jamie ? Comment va Jamie ? Il est au courant, pour Geneviève ?

— Il sait qu'elle est morte.

Je fus choquée par la brutalité de sa réponse.

— Que lui avez-vous dit ?

— Sarah, je ne pense pas qu'il soit opportun de...

— Il est là ?

— Non.

— Alors, où...

— Il est chez ses grands-parents.

J'imaginai le petit Jamie, si irritable, si difficile. Je songeai à la façon dont il ramenait le bord de son sweat-shirt ou de son pyjama sur son nez, pour ne pas montrer qu'il suçait son pouce, pour paraître détaché. Je voyais parfaitement Virginia l'exhortant à être courageux, à se comporter en brave petit soldat. Et instillant subtilement son poison, l'air de rien, dans la façon dont elle parlait d'Alexander. Mes yeux s'embuèrent.

— Il va bien ?

— Aussi bien que possible. Nous faisons de notre mieux pour le protéger de la vérité.

— Personne ne connaît encore la vérité.

— Ecoutez, répondit Bill, j'aimerais bien bavarder avec vous, mais...

— Pouvez-vous simplement dire à Claudia que je pense à elle ? Dites-lui aussi que mon beau-frère, Neil, qui est journaliste, est en train d'éplucher le dossier et...

— Sarah...

— Je sais. Je suis désolée. Vous avez des problèmes plus urgents à régler. Dites seulement à Claudia que nous sommes presque certains qu'Alexander n'a pas fait de mal à Geneviève. Pouvez-vous le lui dire ?

— Non, parce que cela la bouleversera. Nous connaissons tous votre obsession étrange pour Geneviève. Franchement, Sarah, ce que vous faites est malsain.

Cette conversation ne se déroulait pas du tout comme je l'espérais.

— Bill, j'ai peut-être été un peu obsédée, mais...

— Laissez tomber, Sarah. Fichez-nous la paix. Arrêtez de nous harceler. C'est fini.

Je crispai les doigts, le récepteur collé contre ma joue.

— Je suis désolée, je... Bill, quand vous verrez Jamie, dites-lui qu'il me manque et que nous nous verrons bientôt.

Mais Bill avait raccroché. Je ne pense pas qu'il avait entendu ces derniers mots.

66

Je pris une douche, m'habillai chaudement, puis passai une heure au téléphone et sur Internet, à retracer les mouvements d'Alexander, depuis le commissariat de Castle Cary jusqu'à la prison de Bristol, en passant par le tribunal local. J'appelai la prison et demandai s'il était possible de lui parler, mais on me répondit par la négative. L'officier de police se montra brusque, mais pas franchement hostile.

— Pourriez-vous lui transmettre un message ? Dites-lui...

Une fois de plus, je cherchai mes mots.

— Pourquoi ne pas lui dire simplement qu'il vous manque ? suggéra-t-il.

— Oui. Merci. Dites-lui aussi de ne pas s'inquiéter pour Jamie. Dites-lui que tout ira bien.

Je passai encore une heure à consigner tout ce que je savais et tout ce qu'on m'avait dit sur Alexander et Geneviève, dans un document que je créai sur l'ordinateur. Je notai scrupuleusement les dates et les références, puis j'envoyai le texte à Neil, par mail.

Ensuite, j'enfilai mes bottes et mon manteau et me rendis à la supérette du coin de la rue. Je croisai des fêtards déjà habillés pour le réveillon, qui riaient en agitant des crécelles de supporters de football. Je leur souris, et nous échangeâmes des vœux de bonne année. Un homme, grand et vêtu d'un déguisement de chat de dessin animé, m'embrassa sur la bouche.

Les derniers journaux de l'année étaient empilés dans le magasin. Les premières pages étaient occupées par des panoramas et par l'énumération des événements de l'année écoulée. Je ne vis aucun titre concernant Geneviève.

Je choisis les ingrédients pour des spaghettis à la carbonara, et j'arrivais à la caisse quand mon téléphone se mit à sonner.

Sortant l'appareil de la poche de mon jean, je consultai l'identité de l'appelant. C'était Neil. Avant que j'aie pu placer un mot, il lança :

— Sarah, il faut que tu voies quelque chose. Où es-tu ?

— A la Coop.

— Prends un taxi, rejoins-moi au bureau le plus vite possible.

— Qu'y a-t-il ?

— Dépêche-toi. Tu verras.

Il m'attendait à la porte d'entrée du personnel. Il m'agrippa la main et m'entraîna dans l'escalier.

— Les ascenseurs sont en panne, il faut monter à pied.

— Dis-moi ce que tu as trouvé !

Je faisais un effort pour avancer à son rythme. Neil avait de plus longues jambes que moi, et il grimpait les marches deux à deux.

— La preuve que nous allons dans la bonne direction.

Le cœur battant à cent à l'heure, je le suivis le long d'un couloir. Nous franchîmes des portes battantes et émergeâmes dans la salle de presse.

Neil me désigna un fauteuil à roulettes devant son bureau, et relança son ordinateur. Il tapa rapidement son mot de passe sur le clavier et en quelques secondes un écran de mails apparut.

— Qu'est-ce que c'est ?

— Regarde, répondit-il en se penchant par-dessus mon épaule.

Le compte était celui d'une certaine Charlene Ho.

— La sœur de Matt ?

Neil acquiesça et pointa un doigt vers l'écran. Le 21 juillet, il y avait un message de Genny C.

— Ouvre-le, m'enjoignit Neil.

— C'est un compte privé. Comment as-tu fait pour entrer ?
— Pas d'importance.
— C'est légal ?
— Lis ce mail.
Je cliquai sur la petite icône en forme d'enveloppe, et le message s'afficha. Geneviève avait écrit :

Tout est prêt pour vendredi. Je suis SI nerveuse ! Je n'arrive pas à y croire, mais cette fois c'est... sûr !!!

— Elle fait allusion à son départ ?
Neil hocha la tête, et je poursuivis ma lecture :

Tu comprends, n'est-ce pas, Charlie ? C'est le SEUL moyen de nous retrouver ensemble. Franchement. Et nous en avons par-dessus la tête des mensonges et des tromperies. Plus ça dure et plus c'est difficile ! En fin de compte, ça sera beaucoup mieux pour tout le monde. J'espère que tout va bien à Hongkong. Ecris-moi ! Tes mails vont me manquer quand je serai en Sicile ! Gros bisous, Gen xxx

Je fermai un instant les yeux. Geneviève écrivait probablement comme elle parlait, avec emphase, en ajoutant des lettres capitales et des points d'exclamation. C'était ainsi que je l'imaginais. Elle avait été en proie à un mélange d'appréhension et d'excitation, quand elle avait écrit ce courriel. Elle s'imaginait que la fuite était imminente, et que bientôt tous ses soucis se seraient envolés. Je trouvai presque insupportable de pénétrer ainsi dans son intimité. Et l'idée que ses beaux projets étaient tombés à l'eau me rendit triste pour elle.
Elle avait envoyé un autre message, le même jour, juste avant minuit :

Charlie, je suis inquiète. Alex ne m'a pas quittée des yeux toute la soirée, je suis sûre qu'il se doute de quelque chose. Je suis obligée de t'écrire de la salle de bains ! C'est le seul endroit où je peux être tranquille. J'aimerais pouvoir partir tout de suite. Je ne supporterai pas de passer encore une journée comme ça. Je sais que je ne vais pas dormir, il va s'en apercevoir et essayer de savoir ce qui ne va pas, etc. J'ai hâte que tout soit fini. Gxxx

— Ce message ne me dit rien qui vaille, fis-je remarquer.

— Il y en a d'autres, répondit Neil.

L'échange entre Charlene et Geneviève s'était poursuivi jusqu'au petit matin. Geneviève était de plus en plus tendue et fatiguée, Charlene la rassurait et la poussait à aller se reposer. A quatre heures et demie, Geneviève avait écrit :

Oh, mon Dieu, il fait jour. Je SENS que l'aube apparaît. Il est trop tard pour aller dormir. Je me regarde dans le miroir, j'ai l'air d'un zombie. Si L. me voyait comme ça, il changerait d'avis, c'est sûr. Je vais aller voir les chevaux. Merci de m'avoir tenu compagnie, C., tu es une amie adorable. Bises, Gxxx

— Quel est le décalage horaire entre Hongkong et l'Angleterre ? demandai-je à Neil.

— Ils ont sept heures d'avance sur nous. Charlene a passé sa matinée avec Geneviève.

Geneviève n'avait rien posté pendant les dix heures suivantes, mais dans l'après-midi, elle avait écrit :

J'ai pu voir L. Nous sommes allés à l'endroit habituel, et il m'a un peu calmée. Il dit que tout se passera bien. Je me demande comment il fait pour être aussi DÉTENDU. Je lui ai fait promettre que cette fois nous partirions vraiment, et il a dit que oui, vraiment, vraiment. Suis fatiguée. Gx

— C'est la veille de sa mort ?

Neil fit un signe affirmatif. Il avait joint les mains, et son menton reposait sur le bout de ses doigts.

— Ce n'est pas bien... de lire ça, balbutiai-je. C'est trop personnel. J'ai l'impression de l'espionner, de la traquer.

— Geneviève est morte, tu ne peux pas lui faire de mal. Pense plutôt à Alexander et à Jamie.

— Je sais, mais...

Neil me serra gentiment l'épaule.

— C'est important, Sarah.

Un peu plus tard ce jour-là, Geneviève avait écrit :

J. joue depuis qu'il est rentré de l'école. Je lui ai montré des photos de la maison en Sicile. Je lui ai raconté l'histoire d'un petit garçon qui vivait sur la plage avec son papa et sa maman. Alex va lui manquer. Suis pas très fière de moi. Gx

Je poussai un long soupir. A dix-huit heures, elle avait envoyé un autre mail :

Tu as raison. Ça ira mieux quand il n'y aura plus de secret. J'espère que la famille me pardonnera un jour !!! Alex croit que je suis malade. Il m'a envoyée m'allonger dans la chambre. Je viens d'appeler L. Il m'a promis d'annoncer à la famille qu'il partait ce soir. Ça va être affreusement dur, mais il m'a dit que cette fois il allait le faire. Charlene, tu dois en avoir par-dessus la tête de m'entendre rabâcher toujours la même histoire. Je ne sais pas comment tu fais pour être encore mon amie, mais je suis drôlement contente de t'avoir. Gxx

A vingt-trois heures apparaissait un bref message :

Je ne sais pas ce qui se passe. J'ai appelé L. une douzaine de fois. Son téléphone est sur messagerie. Tu crois qu'il leur a parlé ? Pourquoi ne m'envoie-t-il pas un texto ? Il avait promis de m'en envoyer un pour me dire que c'était fait, mais je n'ai rien reçu.

Vingt-trois heures cinq :

Tu as raison ! Il ne peut pas m'envoyer de message, bien sûr. Ils doivent être en train de discuter ou de se battre. Pauvre L. J'ai de la peine pour eux. Gxxx

Vingt-trois heures quarante-cinq :

Je ne tenais plus en place. J'ai appelé la ligne fixe. C'est lui qui a répondu. Il m'a dit qu'il ne pouvait pas parler, mais j'ai eu l'impression qu'il se passait quelque chose d'important. Il lui a dit, ça y est. Je le sais.

Deux heures du matin :

TOUJOURS rien reçu. Mais comme tu dis, pas de nouvelles, bonnes nouvelles. Tu imagines, Charlie ? Dans moins de douze heures nous allons être ensemble. Lui, Jamie et moi... pour la première fois, nous serons comme une vraie famille. Une famille toute neuve !!! Je suis sur des charbons ardents !
Souhaite-moi bonne chance, Charlie ! Tu n'auras pas de nouvelles de moi pendant quelque temps. Cela va prendre une éternité pour avoir de nouveau une connexion Internet, en Sicile. Je te contacterai dès que possible. Je te promets que ça ira. Je n'ai jamais été aussi heureuse de MA VIE !!!
Je t'embrasse, Genny xxx

Je lus trois fois la série de courriels. Neil vint s'asseoir sur un coin du bureau et me passa un gobelet de café.

— Ça va ?

Je fis signe que oui. Puis je secouai négativement la tête.

— Pauvre Geneviève. Cette dernière phrase...

— Il semble bien que L. l'a menée en bateau. Mais ça ne nous dit pas qui il est.

Neil ôta le couvercle de son gobelet et souffla sur le liquide brûlant.

— Le problème, c'est qu'aucun de ces mails ne prouve qu'Alexander n'a pas tué sa femme. Geneviève dit qu'il l'épie, qu'il se doute de quelque chose, qu'elle est nerveuse. Quelqu'un pourrait faire observer que cela mène droit à la possibilité qu'elle ait décidé d'avoir une discussion avec Alexander ce matin-là, qu'il ait perdu son sang-froid et qu'il l'ait tuée. Ou bien, il a découvert qu'elle prévoyait d'emmener Jamie avec elle.

— Mais ils confirment qu'elle avait bien rendez-vous avec ce L... Lee, son nom doit être Lee. Ils devaient se retrouver le 24 au matin et avaient l'intention de partir en Sicile avec Jamie.

J'imaginais sans peine l'excitation de Geneviève, son appréhension. Elle devait penser à la petite maison sur la plage, à la famille qu'elle allait former avec son fils et son amant. J'avais eu exactement le même rêve, mais notre destination était la Cornouailles. Ce scénario imaginaire m'avait absorbée, j'avais vu Jamie adolescent, avec les cheveux longs et de larges épaules. Alexander et moi, heureux, le visage creusé de rides à force de rire. Geneviève avait fait la même chose. Y avait-il quelque chose que j'aie fait et qu'elle n'avait pas fait avant moi ?

— Tu as lu les courriers précédents ? demandai-je.

Neil hocha la tête.

— Que disaient-ils ?

— La même chose. Son amant repoussait sans cesse l'échéance, ce qui l'agaçait de plus en plus. Remonte jusqu'au 19 juin... Oui, c'est là.

Je lui ai dit aujourd'hui que s'il ne lui parlait pas, c'est moi qui le ferais !

— Elle le menaçait de tout révéler à sa femme ?

— Oui. Elle dit qu'à présent elle se moque des conséquences.

— Comment Lee a-t-il réagi ?

— Regarde le mail suivant.

Il m'a montré les photos de la maison en Sicile. Il dit qu'il peut la louer pendant six mois, le temps de nous organiser. C'est un très bel endroit, à l'écart du monde. Nous aurons tout le temps et l'espace qu'il nous faudra pour devenir une vraie famille.

— Il paraît vouloir gagner du temps, dis-je.

Neil approuva d'un hochement de tête.

— Il y a quelque chose, quelque part, qui concerne son frère Damian... ajouta-t-il en se penchant pour faire défiler les messages. Voilà.

Geneviève avait écrit :

Nous allons prendre un nouveau départ en Sicile. Quand tout le monde sera au courant, je serai enfin débarrassé de mon affreux demi-frère ! Je ne l'aurai plus sur le dos !!!

— Qu'est-ce que ça signifie ?

— Eh bien...

Neil se tapota les dents du bout de son stylo.

— Tu m'as dit que Damian détestait Geneviève, n'est-ce pas ?

— Oui, il n'était qu'un tout petit garçon, quand...

Je me tus brusquement. Damian avait le même âge que Jamie quand sa mère était morte. Damian avait été élevé par Philip et Virginia Churchill, et n'avait pas reçu l'amour qu'il méritait. Je savais à quel point il en avait souffert. Je ne laisserais jamais la même chose arriver à Jamie. Un flot de colère me submergea, renouvelant mes forces.

— Oui, il détestait Geneviève, repris-je. Il la rendait responsable de tout.

— Supposons qu'il ait découvert sa liaison. Damian était rejeté par sa famille, il avait besoin d'argent pour financer ses causes, il n'avait pas de travail, mais il lui fallait un endroit pour vivre...

— Tu penses qu'il faisait chanter Geneviève ?

— Oui, je le crois. D'après moi, les cent mille livres dérobées à Bryant étaient pour lui. C'est ce qu'il avait exigé pour se taire, quand l'épouse de l'amant s'est retrouvée enceinte. C'était sans doute un versement ponctuel, et cette somme a dû lui permettre de vivre confortablement pendant quelque temps. Mais il a pu devenir plus gourmand. Dans ce cas, Geneviève aurait été soumise à un stress considérable. Une bonne raison pour elle de faire éclater la vérité et de vivre son amour au grand jour.

— Cela expliquerait pourquoi Damian est venu à Burrington Stoke en apprenant qu'elle avait disparu. Il voulait s'assurer que ce qu'il avait entendu était vrai. Tu crois qu'il serait disposé à révéler qui était l'amant de Geneviève ?

— Cela l'obligerait à admettre qu'il la faisait chanter. Je ne le connais pas, Sarah. Mais il existe toutes sortes de raisons pour lesquelles il doit préférer ne pas être impliqué dans cette histoire. Vraisemblablement, il considère l'amant comme une source de revenus sûre.

Nous gardâmes le silence un moment.

— Il y a un point auquel nous ne nous sommes pas encore intéressés, dit Neil. Tu te rappelles, quand nous avons rencontré Alexander en Sicile, il nous a dit qu'il était là « pour affaires », ou quelque chose dans ce genre.

— Hmm.

— Le soir où nous avons dîné avec lui, Jamie s'est plaint parce qu'il avait discuté pendant des heures avec un homme.

— Oui.

— Sais-tu qui était cet homme ?

— Non. J'ai eu l'impression qu'Alexander le payait pour quelque chose.

— Un détective privé, peut-être ?

— C'est possible.

— Alex avait dû apprendre qu'ils projetaient de se rendre en Sicile.

J'inspirai brusquement.

— Neil, s'il est parti chercher Geneviève en Sicile avec Jamie, il ne savait pas qu'elle était morte.

— Tu as raison. Réfléchis, qui pouvait bien être cet homme ? Il faut que nous lui parlions.

Je me creusai la tête.

— Son nom était Rawl... ou Rowell. Quelqu'un qu'Alex appelait Rawl a essayé de lui téléphoner en Sicile. J'ai vu le nom s'afficher sur le téléphone.

— Je vais voir ce que je peux faire, dit Neil en prenant note.

J'allai à la cantine acheter des sandwichs. Quand je revins, Neil parlait au téléphone, renversé dans son fauteuil. Il avait adapté un micro au récepteur, pour garder un enregistrement de la conversation. Il était rayonnant, et leva le pouce d'un air de triomphe à ma vue en articulant silencieusement :

— Bingo !

Je posai notre déjeuner sur le bureau et m'assis, les mains glissées entre les genoux. Neil poursuivit sa conversation, ponctuée de « je vois », « je comprends parfaitement », « très bien, c'est d'accord ».

Cela se prolongea pendant une éternité.

Enfin, il remercia abondamment son interlocuteur, raccrocha, et rapprocha sa chaise de la mienne pour m'embrasser sur le front.

— Ce n'était pas Rowell, mais Raul. Sam Raul. Un détective privé de Catane, spécialisé dans les cas compliqués de gardes d'enfants, en particulier lorsque les parents habitent des pays différents.

— C'est à lui que tu parlais ?

— Non, à son assistante. Elle n'a pas le droit de parler des dossiers, mais elle m'a confirmé qu'un M. Westwood s'était rendu à leur bureau. Elle se souvenait de Jamie.

— Donc, ce que tu veux dire, c'est que... Alex est allé en Sicile afin de se préparer à se battre pour obtenir la garde de Jamie ?

— Oui. Il a dû penser qu'elle reviendrait chercher son fils. Il avait compris qu'elle comptait se rendre en Sicile, et il voulait trouver un expert sur place, au fait de la loi.

— C'est la raison pour laquelle il avait besoin de moi, dis-je doucement. Il fallait quelqu'un qui n'appartienne pas à la famille Churchill pour garder Jamie, au cas où Geneviève reviendrait le chercher.

— C'est une des raisons.

Neil me prit la main et la serra.

— Sarah, c'est la preuve dont nous avons besoin pour disculper Alex. Peu importe que nous n'ayons pas pu identifier ce Lee. C'est le travail de la police, à présent.

Je n'osais pas y croire.

— Qu'allons-nous faire ?

— Je vais transcrire tous ces éléments au propre, pour les présenter à la police. Ensuite, je vais prévenir les journaux nationaux que nous avons une histoire sensationnelle sous le coude. Cela mettra la pression aux policiers. Ils auront intérêt à aller vite, et à faire rapidement sortir Alex de prison. Tu veux bien qu'on mette toute la gomme sur cette affaire ?

— Tu crois pouvoir tenir les journalistes à l'écart de Jamie ?

— Je vais faire mon possible pour cela.

— Et moi ? Que dois-je faire ?

Neil me serra dans ses bras.

— Retourne dans le Somerset et recolle les morceaux.

— Tu crois qu'il n'est pas trop tard ?

— Il n'est jamais trop tard.

67

De retour à l'appartement, je consultai les horaires des trains pour Bristol. Puis j'appelai l'inspecteur principal Twyford, mais il ne répondit pas. J'essayai de le joindre au commissariat, où on ne voulut rien me dire et où on refusa même de me laisser exposer la raison de mon appel. J'ignorais qui était l'avocat d'Alexander. Je téléphonai chez Claudia, mais là non plus je n'obtins pas de réponse. Je laissai un message sur le répondeur, annonçant que je serais de retour à Burrington Stoke dès le lendemain matin.

Puis je fis couler un bain et me plongeai un long moment dans l'eau chaude, les yeux fermés. J'étais à la fois exténuée et surexcitée. Alexander était innocent. Ses seules fautes c'étaient l'amour, une confiance mal placée, et une fierté ridicule qui aurait pu lui faire tout perdre. A mes yeux, il était un héros. J'avais honte d'avoir douté de lui. J'aurais voulu qu'il ait suffisamment confiance en moi pour m'expliquer le passé, et en même temps je comprenais qu'il n'ait pas envie de revenir en arrière. Peut-être regrettait-il d'avoir fait autant de sacrifices pour Geneviève. Peut-être aussi pensait-il que la meilleure façon de protéger Jamie était d'enterrer aussi profondément que possible les vérités douloureuses, et de les dissimuler sous des mensonges plus acceptables.

Mais on avait beau vouloir faire disparaître la vérité, elle remontait toujours à la surface. C'était ce que Betsy disait.

Quand je fus réchauffée, je sortis du bain, m'enveloppai dans une serviette tiède tout juste extraite du sèche-linge, et m'assis sur mon lit pour me sécher les cheveux.

Je regardai la photo d'Alexander et Jamie, sur l'écran de mon téléphone. Jamie avec son large sourire, ses oreilles décollées, ses yeux d'un bleu pur à l'iris cerné de noir. Jamie qui, tant que j'aurais un souffle de vie, ne deviendrait pas un nouveau Damian.

— Je viens te chercher, chuchotai-je, en posant les lèvres sur l'écran.

May entra dans ma chambre. Elle prit quelque chose dans sa poche et me le tendit. C'était un long bâtonnet en plastique blanc.

Il y avait deux lignes bleues en travers du bâtonnet.

Nous contemplâmes toutes les deux les deux traits, comme si c'était un miracle. Et, de fait, c'en était un.

— Oh, May, murmurai-je. Comme je suis heureuse !

— Tu ne le diras à personne, n'est-ce pas ?

Je secouai la tête. La vie m'avait appris qu'il ne fallait pas provoquer le destin. Je ne le ferais plus jamais.

Je dormis mal cette nuit-là, et ce ne furent pas les feux d'artifice du nouvel an qui me tinrent éveillée. J'étais fatiguée, mais trop de pensées s'agitaient dans ma tête. Qu'allait-il se passer les jours suivants ? Quand Neil présenterait ses nouveaux éléments à la police, Alexander serait sans doute libéré, et il pourrait aller chercher Jamie. A supposer que les Churchill acceptent de le lui confier. Je savais qu'il existait de fortes probabilités qu'ils refusent. Virginia devait savoir qu'Alex n'était pas le père biologique du petit garçon. Si elle décidait de se battre pour obtenir la garde de Jamie, j'étais incapable de dire qui aurait l'avantage dans un procès. Les grands-parents, ou l'homme que Jamie considérait comme son papa depuis sa naissance ?

Et même si, par miracle, Virginia acceptait de laisser Jamie à Alexander, où me situais-je, moi, désormais ?

Alex voudrait certainement vivre avec son fils, mais je n'étais pas sûre qu'il veuille encore de moi.

Puis je pensai à la pauvre Geneviève. Toute sa vie, elle avait été manipulée par son amant. Un homme cruel et lâche, qui la berçait de fausses espérances et lui faisait payer leurs erreurs communes. Il l'avait laissée tomber chaque fois qu'elle avait eu besoin de lui. C'était pour le protéger qu'elle avait volé l'argent de Bryant. Puis elle s'était retrouvée enceinte, et il lui avait fallu un père pour prendre en charge son bébé. Une fois de plus, Alexander s'était trouvé là pour elle, permettant au vrai père de Jamie de s'en tirer sans dommages. A la fin, quand elle avait cru pouvoir vivre son amour honnêtement, au grand jour, son amant l'avait trahie une dernière fois.

Je m'étais sentie si souvent jalouse de Geneviève. Furieuse, amère, frustrée.

Ce soir, tout ce que je ressentais c'était de la compassion.

— Geneviève, que faudrait-il que je fasse ? murmurai-je dans un demi-sommeil.

Un chuchotement me parvint aussitôt, à mi-chemin entre rêve et réalité :

— Ne ferme pas le portail.

Je m'endormis.

68

Je pris le train vers le sud et descendis à Bristol Temple Meads. Contrairement à la première fois, il n'y avait personne pour m'attendre à la gare.

Il faisait sombre. C'était le premier jour de l'année et la pluie était tombée sans discontinuer depuis le matin. La gare était déserte. Je n'eus pas besoin de faire la queue pour avoir un taxi, qui m'emmena directement à Burrington Stoke. Un minuscule arbre de Noël électrique était fixé au tableau de bord, la prise branchée dans l'allume-cigare.

Le chauffeur était obsédé par l'histoire de la mort de Geneviève. Dans la région, les gens ne parlaient que de ça, me dit-il. Il me demanda si j'avais quelque chose à voir avec la famille Churchill, et je lui répondis en toute honnêteté par la négative. Il me confia alors que c'était pour le petit garçon qu'il avait le plus de peine. Qu'avait-il fait, ce pauvre enfant, pour avoir un père qui avait tué sa mère ? Je m'apprêtais à rectifier, à lui expliquer qu'Alexander n'avait pas tué Geneviève, puis je me rappelai qu'Alex n'était pas le vrai père de Jamie, et que le chauffeur avait probablement raison. C'était bien ce qui s'était passé. Je gardai le silence, et il alluma la radio. Nous écoutâmes des chants de nouvel an, entrecoupés de bulletins d'informations qui revenaient inlassablement sur l'histoire de Geneviève Churchill. Son mari, Alexander, devait comparaître devant le tribunal le lendemain matin.

Le taxi me déposa devant le magasin Spar de Burrington Stoke, et je demeurai un instant plantée sur le trottoir, à regarder autour de moi. Je n'étais pas partie très longtemps, mais plus rien ne me semblait familier. Le village était tellement calme, comparé à Manchester. Quelques illuminations de Noël étaient encore accrochées aux fenêtres de la mairie et de l'hôtel, mais le reste de la rue était plongé dans une pénombre sinistre. La campagne était lugubre, les feuilles mortes noircies constituaient un tapis glissant, les pavés étaient détrempés, les jardins nus et désolés, les collines offraient un morne paysage avec leur vert sombre strié de chemins boueux. Quelques têtes de bétail disséminées sur les pentes pataugeaient dans l'eau et la gadoue.

Mon téléphone émit un bip dans la poche de mon manteau. J'avais reçu un texto de Neil.

```
Impossible de mettre la main sur Twyford.
Fais attention à ce que tu dis.
```

J'éteignis le téléphone pour économiser la batterie et le rempochai. Puis j'entamai à pied le long chemin vers l'ancienne carrière et Elenora House.

Les équipes de journalistes n'étaient plus agglutinées dans l'allée. Elles devaient camper devant le tribunal, à présent. Mais elles avaient laissé un véritable chaos derrière elles. L'herbe avait été piétinée, les roues des véhicules avaient creusé de profondes ornières dans les pelouses, et la boue avait gelé, formant sur le chemin une pellicule verglacée. Les haies étaient jonchées de gobelets en carton et de sachets de fast-food. Le ruban jaune tendu par la police à l'entrée de la carrière voletait dans tous les sens. La pancarte qui annonçait *ENTRÉE INTERDITE* pendait de guingois d'un côté de la route. Elle n'avait pas empêché Geneviève d'entrer dans la carrière, le matin de sa mort. Pourquoi avait-elle accepté de venir jusqu'ici ? Son amant l'y avait-il obligée ? Ou bien était-elle déjà morte, quand il l'avait amenée là ?

Je tournai dans l'allée qui menait chez Claudia, mais je fus déçue de constater que la Volvo n'était pas garée devant la maison. De toute évidence, elle n'avait pas eu mon message. Le portail était fermé. Je pressai le bouton de la sonnette.

— Oui ?

— Bill, c'est moi, Sarah.

Il y eut un bourdonnement et les battants s'écartèrent.

J'eus une hésitation.

Une fois que j'aurais franchi le portail, il se refermerait automatiquement derrière moi.

Ne ferme pas le portail. Pourquoi ces mots flottaient-ils dans ma tête ? Se rapportaient-ils spécialement à ce portail ? Je fis un pas en avant. Les battants étaient ouverts, puisque la cellule électrique qui les contrôlait attendait que je sois passée pour les actionner de nouveau.

Je franchis l'entrée. Il y avait un arrêt de quelques secondes, le temps pour une voiture de passer, puis les portes se rabattraient.

C'était stupide. Ce n'était qu'une phrase anodine, le signe avant-coureur d'un rêve.

Ne ferme pas le portail.

Les mots ne voulaient pas me quitter. *Ne ferme pas le portail. Tu seras la prochaine.*

Je savais que c'était de la superstition. Néanmoins, je pris un des pots de lavande de Claudia et le plaçai devant le montant de gauche. Puis je regardai les battants se refermer. Celui de gauche demeura coincé par le pot, laissant un espace juste assez large pour permettre à une personne de se faufiler entre. Je n'aurais su dire quel intérêt cela présentait, mais mon soulagement fut immense. J'avais fait ce qu'il fallait.

Je me dirigeai à pas lents vers la Grange. Une large couronne de Noël était accrochée à la porte. Elle devait s'y trouver déjà la dernière fois, mais je ne l'avais pas remarquée. Alors que je l'admirais, une violente bourrasque venant du nord me fouetta le visage. Le vent glacial me fit l'effet d'un coup de poing. Je me ressaisis et enfonçai la sonnette, déclenchant un concert d'aboiements à l'intérieur.

Au bout d'une minute ou deux, Bill ouvrit la porte. Blue se jeta sur moi, mais je m'attendais à cet assaut, et j'attrapai ses énormes pattes pour les reposer sur le sol. Bonnie, dont les mouvements étaient ralentis par l'arthrite, contourna plus posément les jambes de son maître. Je lui caressai la tête.

Loin dans la maison, j'entendis de la musique d'opéra. Une femme chantait une complainte terriblement triste, d'une voix hésitante de soprano.

Bill avait une mine épouvantable. Il avait vieilli de dix ans en quelques jours. Son menton était hérissé de barbe, il avait des bajoues, des poches sous les yeux, les cheveux en bataille. Il portait un vieux jean trop large et un tee-shirt rayé, et sentait la transpiration.

Il m'invita à entrer et referma derrière moi en faisant en sorte que les chiens restent dehors.

— Vous allez bien ? demandai-je.

Bill posa sur moi un regard appuyé.

— Désolée. Vous ne pouvez pas aller bien, naturellement.

Sans un mot, il me débarrassa de mon manteau et me fit signe d'entrer dans le séjour.

— Claudia a eu mon message ?

Pas de réponse.

— Elle n'est pas là ?

— Non, fit-il en secouant la tête. Elle ne veut pas vous voir.

J'ouvris la bouche et la refermai sans avoir prononcé une parole. Puis, rassemblant mon courage, j'insistai :

— Où est-elle ?

— Peu importe. Vous ne la verrez pas, Sarah.

Tant de personnes étaient passées ces derniers jours que la moquette blanche du salon avait pris un ton grisâtre. Je m'assis au bord d'un des canapés. Les décorations de Noël un peu poussiéreuses semblaient déplacées et conféraient à la maison une allure pathétique. Bill s'éclaircit la gorge.

— Claudia m'a demandé de vous transmettre un message de sa part.

— Oh ? fis-je, reprenant espoir.

— Elle veut que vous laissiez la famille tranquille. Partez et ne revenez jamais. Vous devez nous oublier. C'est compris ?

— Je ne peux pas. Je n'oublierai jamais Jamie.

— Il le faut.

— Non, je ne ferai pas ça.

Bill alla se camper devant la fenêtre et se gratta la tête.

— Ce que vous devez comprendre, Sarah, c'est que je suis prêt à tout pour que ma femme soit heureuse. Si elle ne veut pas de vous ici, je ferai en sorte que vous n'y soyez pas.

— Je ne suis pas venue pour Jamie, aujourd'hui. Je suis venue dire à Claudia qu'Alexander n'a pas tué Geneviève.

Bill se mit à rire.

— Les gens se moquent de ce que vous pensez !

— Il existe des preuves de ce que j'avance.

Il vint se planter devant moi et se pencha. Je me recroquevillai dans le canapé.

— Vous n'écoutez pas, Sarah. Claudia se moque de ce que vous avez à dire, et moi aussi. Vos divagations n'intéressent personne. Nous ne voulons pas connaître vos petites histoires imaginaires, vos jeux.

— Non, ce n'est pas ça, je...

Bill m'interrompit, d'une voix calme et posée :

— Nous savons que vous êtes... comment dire ? fragile, Sarah. Tout le monde sait que vous avez eu des problèmes, et vous admettrez vous-même que Geneviève est devenue pour vous une sorte d'obsession.

— Non, je...

— Votre propre sœur nous a avoué que vous aviez fait une dépression postnatale et que vous étiez soignée pour cela. Votre esprit est atteint. Nous savons que vous avez tenté d'enlever Jamie. Nous avons des preuves irréfutables.

Mon sang se glaça. J'avais la gorge sèche. Un sentiment de terreur familier me submergea.

— Vous auriez voulu qu'il soit votre fils, n'est-ce pas ? Vous vouliez prendre la place de Geneviève.

— Non.

Je secouai la tête, craignant de prononcer des paroles qui m'incrimineraient. J'ignorais ce que Bill savait réellement. May avait-elle fait allusion à une altération de ma santé mentale, devant lui ou devant Claudia ? Non, ma sœur n'aurait pas fait cela.

Mon égarement devait se lire sur mon visage.

— La vidéosurveillance, expliqua Bill. Nous l'avons fait installer quand nous avons appris que Damian était revenu à Burrington Stoke. Juste par mesure de précaution. Quand nous avons visionné les bandes, nous vous avons vue, Sarah. Je vous ai vue, Claudia et la police également. Nous avons des enregistrements.

Je secouais toujours la tête, désespérée.

— Je... je ne savais plus où j'en étais, bredouillai-je.

— Cela fait des mois que vous n'avez plus une vue claire des événements.

Je m'efforçai de garder mon calme et d'analyser les implications du discours de Bill. Avais-je fait quelque chose qui puisse réduire les chances d'Alex d'obtenir la garde de Jamie ? Les Churchill pouvaient-ils démontrer qu'il avait employé pour s'occuper de Jamie une personne qui n'était pas mentalement en état de le faire ? Cela le présenterait sous un jour défavorable.

— Nous avons pris conseil auprès d'un avocat, enchaîna Bill. Vous n'aurez jamais le droit de voir Jamie, Sarah. Pas tant que vous constituerez une menace pour l'enfant.

— Je ne ferai jamais de mal à Jamie ! protestai-je avec véhémence.

— Non, jamais. Car nous allons obtenir une injonction visant à vous interdire de vous approcher de lui.

— Je vous en prie, laissez-moi parler à Claudia. Il faut que je lui explique...

Bill secoua la tête.

— Arrêtez, Sarah. Laissez tomber. C'est fini. Je vais me préparer et vous conduire à la gare. Je veux que vous soyez partie avant que Claudia ne revienne.

J'étais trop bouleversée et paniquée pour mettre de l'ordre dans mes idées. La famille Churchill était riche et puissante, et j'étais insignifiante face à eux. Mais cela n'avait peut-être pas d'importance. Alex serait bientôt libre, et rien ne pourrait l'empêcher de reprendre Jamie.

— Vous pouvez m'écarter, mais vous ne pourrez pas séparer Alex de son fils, répliquai-je, au désespoir.

Bill soupira comme s'il trouvait cette conversation terriblement ennuyeuse.

— Alex va passer le reste de sa vie en prison.

— Il est allé en Sicile pour chercher Geneviève. Il était prêt à se battre pour obtenir la garde de Jamie. Aurait-il fait tout cela, s'il avait su qu'elle était morte ?

— C'était juste une façon de brouiller les pistes. Il n'est pas idiot.

Bill tourna les talons pour quitter la pièce. Je pris une inspiration avant de lancer :

— Nous savons aussi que Geneviève avait un amant et qu'elle pensait s'enfuir avec lui ce jour-là. Nous connaissons son nom.

Bill eut une hésitation.

— Du moins, une partie de son nom, précisai-je.

Il leva une main pour m'interrompre.

— J'en ai pour deux minutes. Ne bougez pas.

Il sortit. Je restai assise un moment, la tête baissée, enroulant une mèche de cheveux autour de mon doigt comme quand j'étais enfant. Ce geste me calmait. J'allais laisser Bill me raccompagner jusqu'à Temple Meads, et de là je prendrais un taxi pour me rendre à la prison. Je doutais fort qu'on m'autorise à voir Alex, mais la possibilité n'en existait pas moins. Je pourrais peut-être lui faire passer un message. A la seule pensée de me trouver près de lui, je me sentis mieux. Nous étions séparés depuis si longtemps. Le souvenir de son corps, de sa présence, de son visage, me faisait chavirer.

Je me levai et allai à la fenêtre. Une pile de courrier avait été rangée sur le rebord. Je me penchai pour regarder les chiens dans le jardin, et sans le vouloir je fis tomber les lettres sur la moquette. Je les ramassai. Il y avait deux ou trois enveloppes qui, à en juger par leur liseré noir, devaient contenir des messages de condoléances. Elles étaient adressées à la « Famille Lefarge », ou bien à « Bill, Claudia, et leurs filles ». Une circulaire brune était adressée à Claudia, et une autre enveloppe blanche à William Lefarge.

Je reposai les lettres en une pile bien nette sur l'appui de la fenêtre. Les pas de Bill résonnèrent dans l'escalier.

Je retournai au canapé et me rassis, l'esprit préoccupé. Une idée insaisissable flottait dans ma tête.

Quelque chose n'allait pas.

Je fis tourner mon bracelet autour de mon poignet.

Bill entra dans le salon en boutonnant les manches de sa chemise. A présent qu'il s'était lavé et changé, il avait meilleure allure, il était plus présentable. Je me levai et allai me placer derrière le canapé, maintenant entre nous une distance respectable.

— On y va ? dit-il.

J'acquiesçai d'un signe de tête. Il vint vers moi, mais je me déplaçai de nouveau, me dirigeant vers la porte, dans le vestibule. Bill prit le courrier sur le bord de la fenêtre, et c'est à ce moment que la vérité fondit sur moi.

J'eus l'impression que tout s'effondrait. Mon optimisme, ma conviction que tout finirait par s'arranger... Ce fut comme si le sol se dérobait sous mes pieds, que le futur disparaissait.

M. William Lefarge.

William.

Liam.

Lee.

C'était Bill ! Bien sûr, c'était lui ! Quelqu'un que Geneviève avait rencontré à l'université... probablement la personne qui pour commencer avait tiré les ficelles afin de l'y faire admettre. Un homme marié. Un père de famille, dont l'épouse avait été enceinte quelques années avant Geneviève. Quelqu'un qui avait tout à perdre dans cette affaire. Un homme dont il fallait cacher l'identité. Qui connaissait bien la carrière. Qui aimait Geneviève, mais qui aimait encore plus sa femme et ses enfants. Cet homme, c'était celui qui venait d'affirmer devant moi qu'il était prêt à tout pour protéger Claudia.

Je crus que j'allais m'évanouir et tomber, que ma tête allait heurter le sol. Et ce serait sans doute aussi bien, car Bill ne pourrait pas voir sur mon visage que j'avais tout deviné.

Geneviève m'avait mise en garde.

Tu seras la prochaine.

Je traversai le vestibule en tournant le dos à Bill. J'espérais qu'il n'avait pas vu mon expression quand les pièces s'étaient mises en place dans ma tête. Mais je savais que mon corps exhalait une odeur bien particulière. Elle émanait de ma peau, de mon cou, de mes bras, du creux entre mes seins.

C'était l'odeur âcre et primitive de la peur. Bill devait la percevoir, aussi clairement que je voyais le pâle soleil d'hiver pénétrer par la fenêtre.

— Venez, dit-il avec un petit soupir. Finissons-en.

69

Je me dirigeai vers la porte à pas lents, tout en cherchant mon téléphone dans mes poches. Je me rappelai tout à coup que je l'avais laissé dans mon manteau, et que celui-ci était suspendu dans le vestibule.

J'essayai de réfléchir, mais les idées tourbillonnaient dans mon crâne, créant un véritable maelström. Je n'avais rien à craindre, puisque Neil connaissait la vérité. Non, il ne savait pas que Bill était Lee. Il finirait peut-être par comprendre, mais pour le moment il ignorait tout. Ou bien, il ne devinerait jamais.

Bill n'allait peut-être pas me tuer. Ce n'était qu'un accès de paranoïa de ma part. Il allait probablement faire ce qu'il avait dit, et me reconduire à la gare de Bristol. Non, je ne supporterais pas de rester tout ce temps à côté de lui. Je lui demanderais de me déposer à l'arrêt d'autobus. Oui, c'est ce que j'allais faire. Et tout irait bien.

Bill me prit le bras, le serra.

— Venez, répéta-t-il.

Il me poussa devant lui et me fit sortir de la maison. Il avait posé une main sur mon dos, et ne m'avait pas lâchée. Il n'était pas vraiment brutal, mais de toute évidence je n'avais pas le choix, j'étais obligée d'obéir. Il prit au passage mon manteau accroché à une patère, et dans le mouvement, le portable s'échappa de la poche et tomba par terre.

Bill me passa le manteau, ramassa le téléphone et le mit dans sa veste.

— Je le garde pour vous, dit-il.

Il avait les yeux dans le vague, comme s'il était à des kilomètres de là.

Je ne voyais aucun moyen de m'échapper. Le portail était toujours légèrement entrouvert, mais cela ne faisait aucune différence puisque je ne pouvais m'enfuir nulle part. Le chemin qui partait sur la gauche menait directement à Elenora House, mais la maison se trouvait à un kilomètre, en haut de la colline. Mes bottes à talons n'étaient pas faites pour la course. Sur la droite, le chemin rejoignait la grande route et le portail d'entrée de la carrière. La pente était abrupte, boueuse, et parsemée de plaques de verglas. En face, les terres cultivées étaient délimitées par des haies très hautes et si fournies qu'elles étaient impénétrables. Même les jeunes daims, pourtant agiles, ne pouvaient les traverser. Au-delà se trouvait le site de l'ancienne carrière.

Si je me mettais à courir, Bill me rattraperait. Si je criais, personne ne m'entendrait. Bill avait empoché mon téléphone et celui-ci était éteint, donc on ne pouvait trouver ma trace. Le chauffeur de taxi m'avait déposée devant le Spar. C'était le dernier endroit où l'on m'avait vue.

Si je disparaissais, personne ne pourrait savoir que j'étais venue à la Grange.

Je poussai involontairement un petit cri de détresse.

— Taisez-vous, m'ordonna Bill. Ne criez pas, je vous en prie. J'ai mal à la tête.

— Inutile de me ramener, dis-je. Je vais marcher jusqu'à l'arrêt d'autobus.

— Oh, non. Non, Sarah, je ne vous laisserai pas faire. Je veux être certain que vous êtes partie.

— S'il vous plaît... balbutiai-je, en faisant mine de m'écarter.

— Désolé, mais vous l'avez cherché. Personne ne vous obligeait à venir à Burrington Stoke. Personne ne vous a demandé de vous mêler de cette affaire. Maintenant, vous devez assumer les conséquences de votre obstination.

Il ouvrit la portière du 4 × 4 noir, et me fit monter côté passager. Le siège était dur et froid.

— C'est ce que vous avez dit aussi à Geneviève ?

— Quoi ?

Pourquoi avais-je dit cela ? Pourquoi ces mots avaient-ils franchi mes lèvres ? Je tentais de survivre, de sauver ma peau. Je n'avais pas intérêt à provoquer la colère de Bill. Il allait s'acharner contre moi.

Il fit claquer la portière. Je m'adossai au siège, fournissant un effort intense pour surmonter un étourdissement. Je serrai les mains sur mes genoux afin d'en maîtriser le tremblement. Il ne fallait pas montrer que j'avais peur. Je devais paraître calme.

Bill s'assit derrière le volant.

— Qu'avez-vous dit ?

— Rien.

Il me regarda un instant.

— Ne bouclez pas votre ceinture, me dit-il d'un ton sec, bien que je n'aie pas esquissé un geste. Vous savez, n'est-ce pas.

Ce n'était pas une question. Je posai les yeux sur mes mains.

— C'était vous tout le temps ? murmurai-je. C'est pour vous que Geneviève a volé cet argent ? Son enfant, elle l'a eu avec vous ?

Bill secoua la tête.

— Je lui avais dit de ne pas donner un sou à Damian. C'est un marginal, personne n'aurait jamais cru ce qu'il disait. Puis elle a fait exprès de tomber enceinte, pour m'obliger à quitter Claudia. Je l'avais pourtant prévenue, depuis le début, que rien ne pourrait m'obliger à détruire ma famille. Elle n'écoutait pas.

Les chiens aboyaient pour monter dans la voiture. Je les observai à travers la vitre. Les grosses pattes de Blue labouraient la portière. Bonnie tournait en rond derrière lui.

— Penchez-vous, m'ordonna Bill, d'un ton infiniment las.

J'obéis. J'étais sous le choc. Je n'arrivais pas à croire que cet Américain aux manières affables et à la voix posée était un meurtrier dangereux. Il me lia solidement les poignets avec sa cravate, et attacha celle-ci à l'accoudoir. Je n'eus plus aucun doute sur le sort qu'il me réservait... et cependant j'avais encore du mal à l'admettre.

Il démarra et se dirigea lentement vers le portail, puis actionna une télécommande sur le tableau de bord. Les portes s'écartèrent. Les pneus crissèrent sur les dalles roses de l'allée quand il manœuvra pour franchir l'entrée.

— Pourquoi l'avez-vous tuée ?

Bill inclina la tête vers moi. Il ne sembla pas remarquer le petit pot de lavande que les roues de la voiture heurtèrent au passage. Le pot oscilla, sans se renverser.

— Pour la faire taire. Elle n'arrêtait pas de hurler. Je lui ai demandé d'arrêter, je l'ai mise en garde, mais en vain.

Mon cœur tressauta.

Nous avions franchi le portail. Bill tourna à droite, vers l'ancienne carrière, tout en bas de la colline. Dans le rétroviseur, je vis le portail se rabattre derrière nous. Le battant de gauche resta coincé par le pot de fleurs. Les chiens nous suivaient des yeux, derrière les grilles.

— Vous étiez dans l'ancienne carrière, quand elle est morte ?

Bill hocha la tête.

— C'était l'endroit où nous nous retrouvions. Il n'y avait personne, c'était pratique.

Bill déglutit. Je remarquai que ses yeux étaient rouges et vitreux. Il conduisait lentement, avec prudence, sur le chemin en pente.

— Elle n'était jamais contente. Il lui fallait toujours tout. Et même si elle avait tout eu, tout ce qu'elle pouvait désirer dans le monde, elle n'aurait pas été heureuse.

— Bill...

— S'il vous plaît, ne parlez pas.

La voiture avançait avec une lenteur excessive. Je jetai un coup d'œil dans le rétroviseur. Les chiens s'étaient faufilés à l'extérieur, devant le portail. Ils hésitaient. En principe, ils n'avaient pas le droit de sortir du jardin.

— Ce matin-là, reprit Bill, elle était gaie, pleine d'allant, mais son humeur était toujours changeante. Elle m'a dit qu'elle avait laissé une lettre à Alexander, et une autre à ses parents, et que nous ne pouvions plus revenir en arrière. Elle m'a demandé ce qu'avait dit Claudia, quand je lui avais annoncé que je partais...

Il s'essuya la joue d'un revers de main.

— Je lui ai répondu que je ne pouvais pas faire ça à Claudia, que je n'avais pas le courage de la détruire. Alors,

Geneviève a décidé qu'elle allait lui annoncer la nouvelle elle-même. Elle l'aurait fait, ce n'était pas une menace en l'air. Elle m'a avoué qu'elle essayait d'aborder le sujet avec Claudia depuis des semaines.

Bill secoua la tête. Des larmes s'écrasèrent sur son pantalon, tachant le tissu gris clair. Il renifla. La voiture était en surrégime, le moteur peinait. Bill était hagard, comme s'il ne parvenait toujours pas à croire ce qui s'était passé ce matin-là. Du coin de l'œil, je vis Blue s'élancer en bondissant sur le chemin, derrière la voiture.

— Elle était assise dans la cuisine, sur un tabouret. Elle buvait du café. Claudia avait emmené les filles à l'école, elle allait revenir d'une minute à l'autre. Je lui ai proposé d'aller faire un tour. Il fallait que je la fasse sortir de là. Je ne pensais pas qu'elle serait d'accord, mais elle a accepté. Elle a suggéré de descendre à la carrière. Et puis elle m'a annoncé que je devais l'attendre en bas, pendant qu'elle remontait parler à Claudia. Elle devait pourtant se douter que je ne la laisserais pas faire ! Qu'est-ce qu'elle imaginait ?

— Elle était épuisée. A bout de nerfs. Elle croyait que vous alliez partir avec elle en Sicile. Elle en rêvait depuis des mois.

— Oui, oui, mais c'était un rêve, justement ! Ce n'était pas la réalité. Tout se passait dans sa tête.

— Vous avez joué le jeu, Bill.

— Elle connaissait les règles.

Les roues dérapèrent sur une plaque de verglas. Il me sembla que les haies, de part et d'autre de la route, se refermaient sur nous.

Quand Bill parla de nouveau, la frustration perçait dans sa voix :

— Gen croyait qu'en insistant suffisamment elle pouvait me pousser à faire n'importe quoi.

Il secoua encore la tête et, brusquement, tourna à droite, entre deux haies. Le passage était si étroit que je ne l'avais jamais remarqué. Des branches crissèrent sur la voiture, tandis que nous plongions dans un tunnel de ronces. Le véhicule passa en cahotant dans des ornières.

— Ce sentier est complètement oublié, dit Bill. Les ouvriers l'ont dégagé pour faire un raccourci, quand ils transportaient les pierres au sommet de la colline, lors de la construction d'Elenora House.

Le professeur d'histoire refaisait surface, malgré lui.

— Nous sommes presque arrivés.

— Bill, je vous en prie. Si vous me poussez du haut de la falaise, ils comprendront. Ça ne peut pas être Alexander puisqu'il est en prison, et...

— On ne vous retrouvera sans doute jamais. J'ai cru que Geneviève allait être découverte tout de suite. Je n'ai rien fait pour cacher son corps. Les gens ne sont pas censés se promener par ici, mais ils viennent tout de même. Pour faire courir leur chien, ramasser des champignons, faire l'amour, nager. Je les ai observés. Ils sont venus toute l'année, et personne n'a vu Geneviève.

— Mais s'ils me trouvent...

— Tout le monde sait que l'histoire de Geneviève vous obsède. Vous voulez prendre sa place, sa maison, son mari, son fils. Votre famille est au courant. Le médecin aussi. Ainsi que la police, et notre avocat. Vous avez perdu tout cela. Et surtout, vous avez perdu Jamie. Vous le vouliez plus que tout le reste, n'est-ce pas ? Vous le vouliez tellement que vous étiez prête à l'enlever. Mais maintenant, il est hors de votre portée, et tout le monde va lui raconter des histoires sur vous. Lui expliquer que vous avez voulu l'enlever à sa famille...

— Non !

— Personne ne sera étonné que vous ayez sauté. Les gens verront dans votre acte une sorte de symétrie, ils établiront le parallèle avec le sort de la femme que vous auriez voulu être. Vous savez ce qu'ils diront, Sarah ? Ils diront que c'était à prévoir, que c'était une façon pour vous d'avoir votre photo dans le journal, à côté de Geneviève.

Il me sourit. Ses larmes avaient disparu. Il avait peut-être pleuré en tuant Geneviève, mais moi je n'étais rien pour lui.

— Vous oubliez la vidéosurveillance, dis-je. Il y aura la preuve que je suis venue à la Grange ce matin, et que nous sommes repartis ensemble. Si vous me faites du mal, tout le monde le saura.

— Non. J'avais arrêté la caméra avant que vous n'arriviez. Je ne voulais pas que Claudia sache que vous étiez revenue.

Ma respiration se bloqua.

Loin devant nous, j'apercevais le bout du tunnel de ronces. Je distinguais les buissons de houx parmi les résineux, avec leurs branches qui pointaient vers le haut. Nous devions être au-dessus de la carrière. J'avais vu des photos aériennes dans les journaux et sur Internet. Je savais que la colline couverte d'arbustes et d'épineux aboutissait brusquement sur une falaise abrupte. Deux cents mètres plus bas, à son pied, se trouvait la vieille carrière inondée, entourée de rochers détachés des parois. Ceux-là mêmes sur lesquels le corps de Geneviève s'était disloqué avant de glisser dans le lac, et qui avaient dissimulé son corps pendant de longs mois.

Bill arrêta la voiture, ma portière côté falaise. Le vide était à deux pas de moi. Mon estomac se contracta de terreur.

Je voulais bouger les mains, mais c'était impossible. Mes doigts n'atteignaient pas le tissu qui liait mes poignets.

— Vous n'auriez pas dû venir, dit Bill sans me regarder.

— Ne faites pas ça. Je vous en prie, Bill, laissez-moi partir.

Il secoua la tête.

— Il faut que je m'occupe de Claudia. C'est mon devoir.

— Oh, Bill !

Ma voix se brisa. Je me mis à pleurer, mais je n'avais pas de larmes. Je gémissais, terrifiée. Je m'acharnais à trouver les mots pour le convaincre de m'épargner, mais quand je croisai son regard, je compris que sa décision était prise.

Il tendit la main pour repousser les cheveux qui tombaient devant mes yeux. J'eus un mouvement de recul. Ses doigts étaient froids et doux. Je songeai aux mains fortes et rugueuses d'Alexander, et mes yeux s'embuèrent. Des larmes roulèrent sur mes joues.

Bill prit mon menton dans sa main. Je sentis son pouce sur mon cou. Mon pouls battait à toute allure.

— Sarah. Espèce de petite sotte.

J'avalai péniblement ma salive et murmurai :

— Je vous aimais bien, Bill.

Ces mots déclenchèrent un rire chez lui.

— Seigneur ! Les filles s'imaginent que le sexe est la réponse à tout. Geneviève était comme vous ! Vous croyez que cela vous donne un pouvoir. Mais c'est faux.

— S'il vous plaît...

— Oh, arrêtez. Arrêtez !

Il me frappa au visage, avec force. J'éprouvai un choc. Ma joue était brûlante, trempée de larmes. Je reniflai comme un bébé.

Bill s'essuya la main sur son pantalon.

— Seigneur, marmonna-t-il.

— Je suis désolée.

Il ouvrit sa portière. Je me mis à sangloter de plus belle.

— Je vous en prie, Bill, laissez-moi partir. Je ne veux pas finir ici, comme...

Il referma la portière et contourna le 4 × 4. Je vis un petit rouge-gorge passer au-dessus du capot. Un minuscule témoin. Personne d'autre que lui ne saurait.

Bill ouvrit ma portière et s'accroupit à côté de moi.

— Bill, par pitié... je ferai tout ce que vous voulez...

— Quelle ironie, n'est-ce pas ? Vous avez tout le temps marché sur les traces de Geneviève. Jusqu'ici. Au bord de la falaise. Vous vouliez tellement prendre sa place, n'est-ce pas ?

— Je... je n'ai jamais voulu être Geneviève, bredouillai-je entre mes larmes. Je voulais seulement rester avec Alexander.

— Mais, honnêtement, Sarah... vous étiez bien contente qu'elle ne soit plus là, non ? Vous vous moquiez complètement de ce qui lui était arrivé !

— Je ne voulais pas qu'elle soit morte !

— Vous en êtes sûre ?

Mes larmes redoublèrent. Bill me poussa pour détacher de l'accoudoir le lien qui entravait mes poignets.

— En fin de compte, tout a très bien fonctionné, dit-il. Maintenant, Jamie va pouvoir venir vivre avec moi.

— Vous n'êtes pas son père. Vous ne le serez jamais. Son vrai père, c'est Alexander.

— Oh, la ferme ! grommela-t-il en se débattant avec le nœud.

Tout était fini, je n'avais plus que quelques secondes à vivre. A cet instant, je me rendis compte que j'aimais la vie. Encore un tout petit instant et ce serait terminé, je ne sentirais plus rien, je ne penserais plus. Je ne voyais aucune issue possible à la situation. Ma vie ne repassa pas comme un film devant mes yeux, mais je vis en un éclair des gens et des lieux que j'aimais, qui avaient joué un rôle important dans mon existence. J'éprouvai une bouffée d'amour et de bonheur, et je me dis que j'avais eu de la chance.

Je perçus l'odeur de la pluie. Bill me saisit le coude et tira à lui. Je tentai de le repousser, mais il était fort et déterminé. Je savais que je n'avais pas la moindre chance contre lui.

Je revis mon bébé. Paisible dans la mort, la joue pressée contre ma poitrine. S'il avait pu mourir avec tant de dignité, lui qui n'avait jamais pu courir dans l'herbe, goûter une fraise juteuse, tenir un être aimé dans ses bras, ou même sentir le vent dans ses cheveux, alors je pouvais en faire autant. Je pensai à la perfection de son petit visage et je m'accrochai à cette idée, afin de mourir avec cette image en tête.

Je parvins à me calmer. Bill se pencha sur moi. Mon regard se porta sur l'espace entre la porte et l'habitacle, je vis des nuages blancs se poursuivant dans le ciel gris qui s'assombrissait peu à peu. Je décidai alors de ne pas regarder dans la carrière. Je ne voulais pas voir les rochers déchiquetés, ni mon reflet se précipitant vers moi. Je garderais le visage tourné vers le ciel, et je mourrais en pensant à mon bébé.

Bill réussit enfin à dénouer la cravate. Le tissu glissa sur mes poignets, le sang afflua de nouveau dans mes mains.

— C'est presque fini, dit-il.

Il imprima une violente torsion à mon poignet gauche en le repliant dans mon dos pour m'obliger à descendre de la voiture. Je résistai, tout en sachant que cet effort était dérisoire.

Bill me tordait le bras si fort que j'avais l'impression que mon épaule allait se démettre. Et soudain, il me relâcha.

Il disparut.

La portière se rabattit sur ma jambe gauche, et une douleur intense me traversa la cheville. Instinctivement, je ramenai la jambe devant moi, refermai la portière, et verrouillai le système d'ouverture. Je m'attendais à voir le visage de Bill surgir derrière la vitre. J'enfouis le visage entre mes bras, me préparant à l'assaut. Il allait essayer d'ouvrir, de casser une vitre. Je m'attendais même à sentir la voiture bouger. S'il ne pouvait me faire sortir, il ferait sans doute basculer le 4 × 4 dans le lac. Rien de tout cela ne se passa.

Plusieurs minutes s'écoulèrent. Au bout d'un long moment, je compris que Bill n'allait pas revenir. Je me penchai vers le volant, et appuyai dessus de toutes mes forces, avec les coudes, pour actionner le klaxon.

Je restai là, prostrée, en pleurs, jusqu'à ce qu'ils me trouvent.

70

Blue m'avait sauvé la vie.

Le chien avait suivi la voiture, parvenant au bout du chemin au moment où Bill jetait la cravate sur le sol. Blue avait alors fait un bond, pour rejoindre son maître et lui manifester sa joie.

Bill ne s'attendait pas à ce que l'animal de cinquante kilos lui saute au cou. Il bascula dans le vide. Blue tomba avec lui.

Blue m'avait sauvée. Virginia, qui était en train de nourrir les chevaux, avait entendu le klaxon et cherché la voiture. En me voyant, elle crut que dans un accès de dépression j'avais volé le véhicule. Comme Bill l'avait prévu, elle pensa que je voulais me suicider. Elle appela la police, qui arriva en un temps record. Twyford se pencha au-dessus du vide, vit ce qui avait échappé à Virginia, et réussit à me persuader de déverrouiller les portières. Il grimpa sur le siège du conducteur, desserra le frein à main et ramena prudemment la voiture sur le chemin. Puis il m'emporta dans ses bras.

Une ambulance me conduisit à l'hôpital. Les infirmiers étaient gentils, enjoués. Je voulus leur parler de la voix dans ma tête, qui m'avait dit de laisser le portail ouvert, mais ils ne m'écoutèrent pas. Ça ne les intéressait pas. Ils étaient plus préoccupés par ma cheville. Ils me firent respirer dans un masque, immobilisèrent mes jambes, me dirent de ne pas m'inquiéter, que tout allait bien mais que j'étais en état de choc.

Grâce à mon statut de victime d'un dangereux criminel, je ne fis pas la queue aux urgences, et on me casa rapidement dans un box. Le médecin, un jeune Asiatique très mince, hocha gravement la tête quand je lui racontai le miracle du portail ouvert.

— Vraiment, mon petit ? me dit-il d'un ton plat.

Une infirmière me posa de nouveau un masque sur le visage, et je ne pus prononcer un mot de plus.

Je passai une journée à l'hôpital, assommée par l'anesthésie et les tranquillisants. Quand je m'éveillai, après l'opération, May était là, assise dans un fauteuil en plastique près du lit, feuilletant un vieux magazine. J'essayai de lui parler de l'avertissement que j'avais reçu dans ma tête et qui m'avait sauvé la vie.

— Ma chérie, tu as subi un choc épouvantable, dit-elle. Repose-toi. Tu es en sécurité, à présent.

Ma jambe était dans le plâtre jusqu'au genou, et suspendue au-dessus du lit, comme dans un film. Je ne pouvais pas m'asseoir.

A un moment, dans la journée, Geneviève passa devant la porte ouverte de ma chambre. Elle était souriante, et tenait Blue par son collier. Le chien la regardait d'un air d'adoration, en remuant la queue. A moins que toute la scène n'ait été que le produit de mon imagination...

Deux femmes officiers de police vinrent m'interroger. Elles ne voulurent pas non plus que je leur parle de la voix, et du portail. Elles me sourirent gentiment, en disant « oui, mais... » et en me ramenant à la question qu'elles venaient de poser. J'aurais aimé qu'elles m'écoutent.

Car je savais.

Un peu plus tard, May me fit manger un sandwich au fromage et à la salade, par minuscules bouchées. Puis elle m'aida à boire un jus d'orange avec une paille. Ensuite elle partit, et je restai allongée sur le dos, fixant les reflets de la lumière au plafond. Je songeai à Geneviève, et je la remerciai silencieusement.

May me ramena à Manchester le lendemain matin.

— Promets-moi une chose, dit-elle, alors que nous roulions sur la M5.

J'avais posé le pied sur le tableau de bord, et mes orteils émergeaient d'une chaussette bleue au bout découpé.

— Quoi donc ?

— Ne retourne jamais là-bas.

— Jamais, dis-je.

Une semaine passa, puis une autre. Nous allâmes chez nos parents pour l'anniversaire de maman, le 18 janvier, et nous passâmes une journée extraordinaire. Enfin, tout le monde s'amusa beaucoup. Je fis semblant d'être à l'unisson, pour leur faire plaisir, mais je me sentais terriblement seule. Maman me prenait sans cesse dans ses bras pour m'embrasser sur la joue, me disant qu'elle m'aimait. Chaque fois que papa me regardait, ses yeux s'emplissaient de larmes.

« Quand je pense à ce qui aurait pu arriver... disait-il en s'essuyant le nez.

— Mais ça n'est pas arrivé ! » répliquais-je invariablement, avec un grand sourire.

Quand ils croyaient que je ne les entendais pas, ils murmuraient entre eux : « Comme elle a été courageuse ! Elle est presque redevenue comme avant. Qui aurait cru qu'elle surmonterait un choc pareil ? »

J'avais renoncé à parler de Geneviève, et de la façon dont elle m'avait sauvé la vie. Mais elle était sans cesse présente dans mes pensées.

71

Le premier jour de février, il tomba vingt centimètres de neige à Manchester. Pendant une quinzaine, seules les artères principales furent praticables. Une semaine plus tard, Alexander et Jamie débarquaient.

Leur train entra pile à l'heure dans la gare de Piccadilly. Je les attendais sur le quai et leur fis signe de la main. Ils vinrent vers moi lentement, d'une démarche hésitante. Puis Jamie se mit brusquement à courir et me sauta au cou, manquant me renverser. Ma cheville était encore fragile.

— Bonjour, toi, dis-je en le couvrant de baisers.

Il me serra si fort que j'eus la respiration coupée. Je levai les yeux vers Alexander, qui se détourna.

Trop d'événements avaient eu lieu. Nous ne savions plus où nous en étions, et chacun de nous craignait de causer encore plus de chagrin à l'autre.

Ils m'avaient apporté un cadeau, que j'ouvris dans le taxi. C'était un dessin encadré, représentant un avion de guerre. Du feu et de la fumée sortaient d'une aile ; il poursuivait une sorte de monstre.

— C'est moi qui l'ai dessiné, et papa l'a encadré, expliqua Jamie.

— C'est magnifique.

Jamie s'appuya contre moi.

— Tu vois, ça, c'est un dinosaure qui s'est échappé de la carrière. L'avion va s'écraser, et le dinosaure va le piétiner.

— Tu crois que le pilote sera sauvé ?

Jamie secoua la tête, de l'air de dire que c'était dommage, mais quoi ? Personne n'y pouvait rien.

— Waouh... laissai-je échapper dans un souffle.

Nous nous assîmes sur un banc, près du canal gelé. Des canards se dandinaient sur la glace, offrant un spectacle comique.

— La police a retrouvé l'ordinateur portable de Geneviève, dit Alexander. Dans le puits. Protégé par un sac en plastique. Elle a dû le laisser là, en cas de problème. Tous ses mails étaient enregistrés. Tous. Elle a peut-être eu une sorte de prémonition.

— Je savais qu'il était là.

Alexander me prit la main et la posa sur ses genoux.

— Pardon...

Nous prononçâmes le mot exactement en même temps. Il était inutile d'en dire davantage.

Epilogue

Nous nous mariâmes l'été suivant, moins d'un an après notre rencontre. Ce fut un mariage civil très simple, juste Alexander, Jamie et moi, avec May et Neil en guise de témoins, et mes parents à nos côtés. Annalise, la petite fille de May, dormait dans sa poussette. Je portais une robe bleue empruntée à May, et un collier de macaronis que Jamie avait fait spécialement pour cette occasion.

Le soir, nous donnâmes une petite fête dans le jardin du pub. Matt Bryant vint de Worcester avec sa famille, et d'autres amis qu'Alexander avait perdus de vue. Mes amies de Manchester étaient toutes là, à l'exception de Rosita. Roseanne, Midge, Betsy et Tom louèrent une voiture pour venir de Burrington Stoke.

Ce fut une très jolie fête. Le jardin était vert, égayé par le cerfeuil en fleur. Des moucherons voletaient dans l'air chaud et humide, des lanternes étaient suspendues aux arbres, et il y avait de la musique. Assise sur un vieux banc, je sirotais du cidre, Jamie endormi sur mes genoux. Alexander posa un cardigan sur mes épaules et se pencha pour m'embrasser.

Il ne me dit pas qu'il m'aimait.

Ce n'était pas la peine.

Plus tard, Alexander se rasa la barbe et se coupa les cheveux, tandis que je laissais les miens pousser. Nous manquions toujours d'argent. Nous louâmes un appartement minuscule à Bath, à mi-chemin entre Manchester et Burrington Stoke. Nous avions renoncé à aller vivre en

Cornouailles. Alexander avait trouvé un emploi de maçon dans une société spécialisée dans la restauration de monuments historiques. Ceux-ci étaient nombreux à Bath. Je m'inscrivis à l'université dans une section d'histoire de l'art, et je travaillais le soir comme serveuse. Nous fîmes quelques économies, et un jour un des géomètres qui travaillaient avec Alexander lui parla d'une petite maison qui allait se libérer.

Nous allâmes la visiter, avec Jamie. C'était une jolie maison, sur une des collines qui entouraient la ville. Elle s'appelait Lilyvale. La famille qui y vivait, composée de deux adultes et deux enfants, était sympathique.

— Pourquoi partez-vous ? demandai-je à la jolie jeune femme blonde qui était enceinte.

— Nous avons besoin de place, dit-elle en posant une main sur son ventre.

Nous ne parlons jamais du passé. Maintenant que nous avons construit une nouvelle vie, nous essayons de ne pas regarder en arrière.

Claudia a vendu la Grange et est partie vivre ailleurs avec les jumelles. J'ai entendu dire qu'elle avait acheté une maison dans le Pembrokeshire, non loin de chez Damian, à Tenby. Je ne l'ai pas revue, mais je pense à elle de temps en temps, et j'espère qu'elle va bien.

Une fois par mois, Virginia et Philip viennent à Bath et passent la journée avec Jamie. Philip est encore en forme. Il a une constitution robuste. Le poney de Jamie a été vendu, mais parfois nous assistons tous ensemble à des concours hippiques. Les Churchill en profitent pour présenter leur magnifique petit-fils à leurs amis snobs du milieu équestre. Ils sont gentils avec Alexander et moi, et ils ont du mal à contenir leur émotion quand ils regardent Jamie. Le soir, nous allons au restaurant. Philip et Alexander payent l'addition, chacun leur tour. En dehors de cela, nous n'avons pas de contact avec la famille Churchill. Nous savons simplement que l'argent de Geneviève a été placé pour Jamie.

Mes parents considèrent Jamie comme leur petit-fils. Pour lui, May et Neil sont sa tante et son oncle, Annalise sa cousine. Je pense toujours à mon bébé, mais moins souvent qu'autrefois. A présent, c'est l'enfant vivant qui absorbe toute mon attention. Je ne serai jamais sa mère, mais je ferai toujours de mon mieux, pour lui. Il le sait.

Nous avons décidé de ne pas lui dire la vérité sur Bill. A moins que n'apparaisse un jour un grave problème d'ordre génétique, ce qui est peu vraisemblable, il n'y a aucune raison qu'il connaisse sa véritable filiation. Grâce au ciel, cet aspect de l'histoire n'a jamais été découvert par les médias. Cela fait un secret de plus, mais à quoi servirait de dévoiler la vérité ? Alexander et moi ferons en sorte que Jamie soit toujours en sécurité, nous le protégerons du passé.

Je pense à Geneviève tout le temps. Je ne suis pas portée sur la religion, mais chaque fois que je vois une église ouverte, j'entre et j'allume un cierge pour elle. Je m'assois sur un banc, je pense à elle, et je me rappelle que c'est elle qui m'a sauvé la vie.

Geneviève m'a confié son petit garçon. J'éprouve une immense reconnaissance, et je ferais n'importe quoi pour lui.

Nous sommes heureux, Alexander et moi, nous connaissons un bonheur tranquille et profond. Parfois, l'un ou l'autre se plonge dans ses pensées. Nous savons que c'est passager, que l'histoire que nous avons vécue ne peut plus nous faire de mal. Maintenant que nous connaissons la vérité, qu'il n'y a plus de secrets entre nous, nous sommes en paix.

Je ne suis plus hantée par le passé, et Alexander non plus.

Quand je le regarde, je vois sa vraie beauté. Alors, il sourit et me prend la main. Nous tombons dans les bras l'un de l'autre, et je sais que nous sommes meilleurs et plus forts ensemble.

Remerciements

Je suis extrêmement reconnaissante à mon agent, Marian Gunn O'Connor. Sans son travail et son soutien, ce livre n'aurait pas existé. J'adresse aussi tous mes remerciements à Pat Lynch et Vicki Satlow. Ce roman a été considérablement amélioré par mon éditeur de talent, Cat Cobain. Merci aux adorables personnes auxquelles j'ai eu affaire chez Transworld, en particulier Madeline Toy, Kate Samano et Sarah Day. Je sais que j'ai beaucoup de chance de travailler avec vous tous.

J'aimerais remercier mes parents Janet et Michael, et mon frère Steve, pour leurs constants encouragements ; Kevin, parce qu'il est mon héros, Chris, Nick et Mark, parce qu'ils sont les fils les plus parfaits qu'on puisse imaginer. Et aussi tous mes merveilleux amis. Spécialement Melanie, Carol, Angie, Sandy, Martin et Roger, dans le Somerset. Judith et Henrietta à Londres, et Milly à Barnsley, ainsi que toutes les dames merveilleuses de la Romantic Novelists Association – en particulier pour le chapitre Somerset/Wiltshire.

Une invité indésirable est imprégné des thèmes gothiques que l'on retrouve dans tous mes livres préférés. J'ai été beaucoup influencée par *Rebecca* et par *Ma cousine Rachel* de Daphné Du Maurier, ainsi que par *Les Hauts de Hurlevent* d'Emily Brontë et *Jane Eyre* de Charlotte Brontë. Bram Stoker, avec son talent incroyable pour décrire le paysage et maintenir le suspense, m'a beaucoup appris, ainsi que Henry James, par la façon dont il traite le drame psychologique.

Enfin, je tiens à remercier tous ceux qui ont lu ce roman.

Cet ouvrage a été imprimé en France par

CPI
BUSSIÈRE

à Saint-Amand-Montrond (Cher)
en août 2013

MIXTE
Issu de sources responsables
FSC
www.fsc.org
FSC® C003309

Composé par Maury Imprimeur SA
45330 Malesherbes

N° d'impression : 2003902
Dépôt légal : septembre 2013